理論的世代　廖朝陽教授榮退紀念論文集
Theory: A Generation

廖朝陽等　著
林明澤、邱彥彬、陳春燕　編

編輯前言

2019年3月下旬的一個週末，為誌記廖朝陽老師從臺大外文系退休，我們為他舉辦了一場學術研討會。這本集子是研討會的後續成品。當時發表論文的夥伴中，有幾位因個人工作時程因素，無法參加出版計畫；有兩位則另啟題目，重寫論文。

廖老師自臺大外文系取得學士、碩士學位後，前往美國普林斯頓大學攻讀東亞研究博士，1985年夏天返回外文系教書，2019年2月退休。我們都曾是他的學生。

研討會，是我們送給老師的退休禮物，感謝他這些年對我們在理論閱讀上的影響，其前沿性、其精準度、其破題與解惑的功力。這本專書，除了逼迫廖老師寫出新作，也有我們將禮物裝整得更為精善的誠意，同時是我們這些自認曾受批判理論啟發的中古一代交付給自己的期中作業，是我們虛心呈給學界同儕的最近期學思心得。

論文集分三大落。第一部分，是對理論的反思。廖老師對於由他引介進入臺灣的後人類理論提出階段性的評述，從詞語中譯這看似枝微末節的小處申論後人類理論（相較於後人文主張）如何才能真正帶來思維的創變，成就介入現實的倫理；李鴻瓊援引東西方思想及藝術作品，示範「空」如何開展親密性；吳建亨以史提格萊的訓示出發，省思先進科技紀元下如何將記憶技術轉化為批判實踐；林明澤則從廖老師著述中梳理出災難時刻的主體應接之道，以及這對現下人文危機的意義。

文集第二部分是對集體性、共同性的討論。黃涵榆對於歐債危機，拉出了深遠的歷史面向，並從哲學角度省思債與罪責的關聯；朱偉誠從近年關於共群的哲學論辯談到文學中所示範的不同形式的同志愛，雙向地反覆測試彼此之間的連結性；邱彥彬一頭栽入跨時代、跨時區的史料，以「絕對外部性」的概念描繪臺灣的歷史定位；蔡佳瑾則以諾貝爾獎得主石黑一雄的小說探討憂鬱歷史觀中如何可能迸顯彌賽亞時刻。

第三部分論文皆環繞媒體與媒介。蘇秋華從偵探小說家道爾對於蕈菇、電話與召魂術的興趣，提出了後人類理論式的媒體考古學研究；周俊

男以一部日劇為例，倡議AI技術如何富有修造真實世界關係的倫理意涵；陳春燕則分析在近年控域、數位性思維再起的情境下，如何在不必迴避數位性的條件下找到具有創發力的分割性美學。

文集中論文並未事先約定一致的立場、說法，研究素材也五花八門。然細細觀之，這些文章事實上仍然聚匯出某種值得觀察的同步性，某種對於方法論、問題提陳方式的更新，例如：著眼倫理，而非權力協商；對於系統內部、外部關係的變化，強調必然性之中又有開放性；認真面對物質性甚至物理性變化在思想創生上的決定性；質疑代理思維、再現主義的侷促；重思形式之必要（即形式之倫理性）。

世代，在這些篇章中如有任何意義，應該在於其最最單純的時間標記。我們期許，我們正在參與臺灣外文、比較文學學界再一次的思想翻造。

本書編輯體例部分，我們求全書外文人名中譯統一──若作者參考現成中譯本，該處則沿用被引述著作之中譯人名。重要外文字詞及外文著作標題的中文翻譯，由各篇作者自由決定。

專書並無任何經費贊助。秀威資訊對如此冷門的題材表達興趣，我們由衷感謝。

推薦序　　我看理論世代[*]

劉毓秀

　　我跟廖朝陽教授是大學同班同學，我們於1972進入台大外文系，那是47年前，半個世紀以前。今天，外表上，朝陽不再年輕，但他的笑容、神情、說話的語氣、跟人的關係、關照，卻是跟我記憶中大學時代的他沒有什麼不同。我只能說他是一個很純、不變初心、不改初衷的人。但我要到相當晚了才了解到他的這一面。

　　對在座的大部分人而言，有廖老師何其幸運，而我有他這一位同學、同事，有另一種幸運。剛剛劉亮雅教授提到1999年，這讓我想起我是在這一年升等教授的。話說大學時代，我們的同學廖朝陽就是土氣土氣的，不太說話，卻很厲害。我們那時候英國文學史是顏元叔老師教的，非常嚴格，但在他的班上，朝陽卻得了95分，很可能是破天荒的。你們知道我得幾分？我得65分。後來進入外文系教書以後，升等這件事很折磨人，我就盯緊朝陽，想說等他升等我再來著急就可以了。然後就很easy地等，一直等到世紀末，他都沒有動靜，我只好打個電話問他：你怎麼到現在都還不升等？沒有想到電話那頭回答：還沒準備好。

　　朝陽還沒準備好，那誰準備好了？一些比我們年輕的同仁，已經超前升教授了，他卻不為所動。因此我就去進行升等。大家去查一查外文系的教授年資，會發現我排在朝陽前面。對，65分的跑在95分的前面。剛剛亮雅提到那幾年間朝陽跟他們在忙什麼，總之跟升等無關。由此我看到了朝陽的本質是什麼：他根本不在乎這種事情。我們這些學院人往往承受著升等的壓力，覺得遲遲不升等代表你的能力不佳，但朝陽似乎有他自己的步驟，他自己的方向，不會迷惑於其他的東西。我發現這就是他的本質。

[*]　（編者按）劉毓秀老師在臺大外文系執教多年，於2019年8月退休。這篇文字是毓秀老師在「理論的世代：廖朝陽教授榮退學術研討會」（2019年3月23-24日）尾聲的發言節錄。特別感謝她會後親自整理錄影資料逐字稿。當天另有李有成、張小虹、張淑麗、馮品佳、劉亮雅、劉紀蕙幾位學界前行者上台致詞，在此一併致謝。

　　但這是不是說朝陽有某種內在的固執？好像也不是。我有幾年擔任外文研究所課程召集人，我是一個改革狂，改革很多事情，但我跟學院很疏離，因此每次想要進行改革時就把這些了不起的同事們找來，問他們：「欸，你們認為要怎樣？」他們就會提出建議，然後我據此弄出一份改革的藍本，請同仁們來討論。其中有一次，是要針對外研所的定位、方向、未來發展進行檢視與調整。前置作業做好以後，就把同仁們請來開會，大家一起討論。廖老師被邀請先說話，沒有想到年輕同仁們一個一個表示不同意。廖老師長年做為文化研究領域的一位領航者，他在那一刻面對年輕同仁們一一提出跟預定的東西很不一樣的主張的時候，你可以看到他的U-turn。我的感覺是，他在那個過程中，轉過去站在他們的位置上，看到不一樣的可能，於是他讓步。會後一位新來的同仁跟我說，wow，他們都以為廖老師對他長久以來主導的外文研究所，會強烈地認定應該怎麼樣，但他發現原來他很好溝通。

　　朝陽就是這樣，所以剛剛鴻瓊說，當他去思考這位老師的內涵是什麼，到後來發現他就是「空空如也」。我覺得這是很了不起的。他對知識的追求是孜孜矻矻的，但是內涵是什麼？他就像是摸著石頭過河，帶領著大家——應該說是「任大家」，而沒有在「帶」。他說這是「臺灣式的」方法——我們不是像歐陸或中國那樣有一個很大一統的東西。我覺得這真是太可貴了。

　　這又讓我想到，我在擔任外文研究所課程召集人的幾年間，改革的重點之一，是修改章程、課程、論文寫作程序、師生互動模式等等，以便讓碩博士生的學涯減少阻礙，讓學生提早完成學業，不要總是拖得很久。但在這類會議中，朝陽往往獨持異議，反對把修習學業期間拖久視為錯誤的、務必改正的。今天在這場研討會上，我眼前再次閃過朝陽在那些會議中的眼神。是的，欠缺明確的目標，不固定於一個理論，沒有大一統的東西，不急功近利，可能就是形塑今天研討會中呈現的多樣性的主要因素之一。

　　我今天是被動員來的，為的是以朝陽的同學、同事身份，在這場歡送「理論世代」領航者廖老師榮退的研討會結尾講幾句話。我一直在搞婦運，是一個革命份子，一直在衝撞東、衝撞西，窮忙瞎忙，絕少參加學術界活動。彥彬打了電話給我，所以今天我乖乖一大早就來坐著聆聽，然後覺得，喔，我錯過了好多東西，這些東西非常的entertaining！我覺得朝陽

跟大家一起發展出來的這些，真的是非常具有多樣性。我這個婦運者，革命份子，或社會改革者，想到的是：這些東西我可以用來進行改革。以前我做過這樣的事。在我擔任《中外文學》總編輯的幾年間，跟執行編輯宗慧合作為每一期出刊的論文安排一場座談會，讓這些論文和作者跟社會接觸、碰撞。結果被一位前輩大罵一頓，說我們是在廉價叫賣，把學術庸俗化。今天我再次想到，嘿，我可以把這些東西拿去庸俗化，將它化為社會改革的觸媒。

這使我想起朝陽對我傳達過的一個訊息。現在想來，覺得這是一個missed opportunity。我在很多年前寫了一篇論文，叫做〈賴皮的國族神話學〉，講《牯嶺街少年殺人事件》。這部電影裡面有許多外省掛、本省掛流氓、混混，小流氓、小混混。我是一個女性主義者嘛，我的論文裡面說的就是，好，你們這些男性，不管是什麼掛的，弄出來的這部國族神話，或是國族神話學，從女性的角度來看，就是在對立面。我記得朝陽對我說過，你為什麼不去思考從女性主義的角度或運動的層面上，聯合兄弟進行國族認同論述的可能性？我覺得朝陽一定忘了他講過這個話。但是也不見得，因為那正是他跟廖咸浩進行了激烈的國族論述爭辯之後的時間。後來我做女性主義，都不去碰觸國族、國族認同、國族認同論述問題。我現在想到，這可能是一個missed opportunity。

事實上在今天，對臺灣而言，國族論述也好，女性主義也好，都是一個沒有解決、而且越來越嚴重的問題。譬如你們剛剛在講人文工業，講到教育。現在我們的人文工業，我們的教育，碰到了一個大麻煩：沒有人可教。民國85年到105年的二十年間，我們的國小在學人數少了40%。這40%就不見了，先是小學，然後中學、大學，無限往上、往前延伸。所以，我們為什麼沒有空間？就是因為人文學界的人很大的就業市場，就如剛剛建亨講的，是從事教育——但就是沒人可教了。所以我們的學生就沒有job market了。

這背後當然很重要的因素是女性的角色。女性作為身體的生育者，處境就是明澤剛剛引用的廖老師的「受難的身體」、「自然的身體的受難」等等。其實這背後跟女性的身體息息相關。女性的身體如何被擺在政治、制度、國族的大架構裡面？事實上這可以幫助我們去理解為什麼臺灣，或是儒家文化、「不孝有三無後為大」的文化涵蓋的地區，今天生育率都徘徊在1的邊緣？這是會亡國滅種的生育率。過去二十年間國小學生人數少

掉40%，現在眼看著將會持續少掉更多。像這類的事情，其實有必要做更大的討論。所以朝陽以前對我的提示，意思是不是說我應該回過頭來，把這一方面的論述跟各位所講的結合起來，這樣對整個社會、文化的影響力會更大、更深？這讓我想到，以後我應該多多跟各位交流。

　　我非常為我有朝陽這位同學、同事而感到幸福。也為這個領域長年來有朝陽這位領航者，而為各位感到幸福。

目次

理論的原初與更新

內造思維與後人類倫理：
物種特性的觀點

廖朝陽

國立臺灣大學外國語文學系

摘要

本文由後人類論述中譯時出現的一些問題切入，說明思維方式的改變才是後人類觀點的大原則所在。透過翻譯過程產生的，意義環境的糾纏，我們可以看到傳統的代理思維如何在知識上代理乃至隱藏某些無法透過代理來呈現的對象。按巴拉德的後人類論述，代理思維無法窮盡的對象屬於內造思維的領域：人類的思維總是已經在大於人類的系統中內造。這個問題同時也涉及後人類與「後人文」的區分：停留在「後人文」（人文主義的自省或改造）其實是以內容的改變「代理」了思維的改變。由內造行動的觀點看，只有以非人文的方式消解人文與物質的區隔才能打開新的局面。這樣的消解不會否定「古典」思維的局部效力，因為後人類偏向物種特性的觀點，接受人類本來就離不開演化制約所決定的，物種生存要求簡化的特性上。只有這樣，我們才能說人類的特殊性決定了人文主義的部分有效性，同時也在另一個層次留下觀念代理無法窮盡的，由現實變化的各種路徑所構成的延伸環境。在災難常態化的當代情境中，內造行動的觀點積極把各種系統糾纏看成知識對象，重新面對來自大環境的偶然性，同時也指向思維透過內造行動參與現實的倫理原則。

關鍵詞：後人類，後人文，代理思維，內造行動，偶然性

哲學的特點就是它會「退一步」，由實然回到可能……理論是一種
力量，可以讓我們從原點脫身，然後我們才能以其依存的前提，其
先驗的成立條件為基礎，重新建構這個原點……

——Slavoj Žižek, *Tarrying* with the Negative

同一性的假設的確是純粹思維落入意識形態的部份，包括最基礎的
形式邏輯都是如此；但是在同一性當中卻也隱藏著意識形態的真實
面，也就是消去矛盾，消去對立的應許。在一個判定為同一的簡單
動作裡，實用的、控制自然的部份已經結合了烏托邦的部份。A要
變成它尚未變成的東西。

——Theodor W. Adorno, *Negative Dialectics*

　　近年來各種後人類相關論述持續開展，呈現出各種觀點的分歧與對
立。特別是「人新世」（the Anthropocene）之說雖然沒有具體的論述內
容，但直接連結到人類陷入災難的各種大時代預言，帶入環境、動物、生
命政治、科技、人性崩壞等種種熱門議題，對人類、後人類的討論來說儼
然成為一種不能不正視的關懷。本文想檢討的是這樣的知識連結所形成的
倫理調性如何進入後人類論述，如何指向釐清基本問題的可能性。[1]

　　在眾多論者當中，吳爾弗（Cary Wolfe, *What Is Posthumanism?*）的一
些論點在國內人文學界似乎引起了較多迴響。這一點或許也與他以動物研
究為主要關懷有關，但本文認為不止如此，因為他的論述在某些地方也可
以說含有重要的指標性意義。

　　按國內一些學者的理解，吳氏自己一再辨明的基本立場可以標示為
「後人文主義」（posthumanism），也就是他並不特別關心「後人類」（the
posthuman）的問題，而是要以新的（人文）觀點（或者說被人文主義遺忘
的觀點）取代「人文主義」，所以這裡的後與做為物種的人「類」嚴格來
說並無關係，因為後人文針對的是特定的人文思想：吳氏在導論裡明確強

---

[1]　日文學界對「人新世」、「人類世」的名稱問題討論較多，而且普遍接受前者的正確性。
　　田耕一認為「人類世」雖不合地質學命名原則，但做為「比喻的」，「通俗易解的」譯法也
　　可接受。從本文的觀點來看，人新世的討論不可避免的會導向「智生代」、「人生代」、
　　「人類紀」、「亂新世」等等變化，很容易變成互相追逐的比喻屍陣，其中的細節即使只要
　　求形式上的區分也不能不回到地質學的意義環境來表達。

調他想做的是「反對由人文主義傳統延續下來的離身 （disembodiment）、
自律等幻想」（Wolfe, *What Is Posthumanism?* xv；另見120）。[2] 由中文譯
詞來看，這裡的區分非常簡單：人文主義之後的人類還是人類，只是除掉
人文主義當中不好的部分（例如離身和自律等原則），其他人文知識大致
可以維持或修正後維持；相對的，後人類可能會（偷偷）指向「人類形體
被超越」之後，落入「超人類主義」（transhumanism）（黃宗慧，〈後現
代的戲耍〉17；〈是後人類？〉43）。[3]

　　以英文來說，「後人類」與「後人文」的區分並不像中文那麼明確
（這裡就不談「主義」本身意義更含混的老問題）。吳爾弗書中的提示雖
然涉及論述的大方向，後續論者響應的卻不多，各種詞彙的歧義也沒有消
弭的跡象。[4] 連吳氏自己都有把兩邊直接擺在一起的說法：「後人類（the
posthuman）就是接在人文主義的人之後（時間在後），也表示來自人文
主義的人之前（就物質性、即身性、演化來說是人所以可能存在的一種明
確條件）」（Wolfe, *What Is Posthumanism?* 121）。

　　吳氏這段文字與要說的還是後人文與後人類有別，也與導論一樣，都
引用了李歐塔（Jean-François Lyotard）認為後現代既在現代之前，也在現
代之後的說法，指出後人類或後人文的情況也一樣，既在之前也在之後。
兩段討論文字上主要的差別是導論裡說的是：「後人文主義」（而不是
「後人類」）指的既是「人文主義之前，也是之後」（xv）。雖然我們也
可以說導論以「後人文主義」取代「後人類」似乎是修正錯誤（但忘了改
或無法改另一個地方），但我們未必不能用其他方式來解釋。也就是說，

---

[2] 楊乃女、林建光（8）及黃宗慧（〈是後人類？〉43）都引用了這個意思。「後人文」的譯詞
　　也見於更早的顏厥安；但顏文論述另有聚焦，僅簡短提到後人文（67）。

[3] 比較明確排除「後人文」的批評見James 31-37。哈洛威（Donna Haraway）很早就說過：後
　　人類、後人文主義因為詞義不穩定，都容易被「嗨掉」的人利用（Gane 140）。另一方面，
　　吳爾弗的詞義辯其實是延續了超人類主義一般說法裡常見的區分，只是後者的構想是透
　　過「超人類」或「超人類主義」導向終極的「後人類」（a posthuman 或posthumanity）（見
　　Bostrom, "Introduction" 1-5）。「主義」只是倡導、想像，所以超人類主義本來就會接受「後
　　人類主義、超人類主義都只是人文主義的分枝」（Bostrom, "Why I Want" 105）。

[4] 一般來說「後人類」（the posthuman 或 posthumanism）仍然是最籠統的泛稱，其他除了超
　　人類之外，可能有「反人文（或人類）主義」、「後設人文（或人類）主義」、「後人文」
　　（posthumanities）、「後設人文」（metahumanties），甚至也可能改稱「新物質論」（new
　　materialisms）（以上見Ferrando 2013）。其他當然還可以有「批判的」、「文化的」、「擬
　　想的」（speculative）、「哲學的」等等描述性區分（一般概述可見Miah；Ranisch and Sorgner
　　7-16；Roden 9-51）。

就文字來看，後人文與後人類有別是中譯之後才成為明顯的問題：「接在人文主義的人之後」出現的應該是後人文，怎麼會突然變成「後人類」？反過來看，英文的構詞其實可以從「後人文主義」再去詞尾，反推到「後人文主義的核心性質」或者說「後人文」（就像「人文主義」的核心性質是「人文」），但是這裡「後人文」（也只能說成the posthuman）一方面是去掉「主義」，也就是依附在「主義」下面的衍生詞，另一方面又與原先強力指定意義的「後人類」一詞（尚未加上詞尾衍生為「後人類主義」）同形，形成一詞二義。這在吳氏的原文其實可能沒有問題（至少可以假設能力夠的讀者會根據情境來分辨意義），但是如果用中文的構詞來套，就會使原本隱藏的意義重疊顯像露出，導出後人類與後人文既必須區分又不能區分的奇怪結果。

就翻譯而言，這個問題就是「約定俗成」的指定意義在語言環境中因為複雜的意義關係而受到干擾的問題，而且構詞法的背後有某種必然性：如果完全排除由「後人文主義」衍生出「後人文」的合理性，那表示後人文主義不可以有核心原則或核心意義，或者有的話也與「後人文」沒有關係。反過來看，除了英文的構詞超出中文，中文本身的意義關係也加入別的問題。這是因為中文所謂「人文」來自易經的說法：「剛柔交錯，天文也；文明以止，人文也。觀乎天文，以察時變；觀乎人文，以化成天下。」。也就是說，天文與人文之間既有意義的區分，也有共同歸結於「文」的通連。用「人文」來界定人，等於是在李歐塔式的前、後問題之中另外加入一個新問題：中文的「後人文」也可能重新帶入原文沒有的，「人文」與「天文」的連結：在中文的意義環境裡，人文仍然以萬物「剛柔交錯」，各具物種特性為前提，只是人做為物種，是以「化成天下」的可能為特性。這樣的構想也可以說本來就沒有「人文主義」那種獨偏離身、自律，與環境對立的預設。

當然，中文的意義環境並沒有比較高尚：化成也可能去「文明」，轉成「化骨」式的權力操作而偏離文化理想。但是這裡的重點是：意義環境的干擾是複雜系統的一部分，如果約定俗成太容易轉向代理式的意義指定，必然會因為系統的簡化而產生盲點。真正的「約定俗成」其實必須建立在長期的慣性累積、遺忘等過程上，涉及複雜的意義「化成」。相對而言，吳氏強力指定「後人類」的意義，等於是讓意義「自律」化，切割人與「天文」（環境意義）的關係，是一種非常「人文主義」式的操作。這

個問題當然也可以說只是經過跨語言、跨文化轉譯過程折射而浮現的，意義不穩定的小細節，但是在各種相關論述中，由意義環境產生的語言特性常會被連結到技術、生物、自然界等等複雜系統，這個問題的背後顯然已經涉及後人類倫理的重要關節。

　　吳爾弗最推崇的社會理論家魯曼（Niklas Luhmann）就是借用生物學、自動控制學的「自生發」（autopoiesis）觀念來看社會系統（Luhmann, "Autopoiesis"；Knodt）。魯曼談意義，強調的就是意義與其環境不可切割：

> 意義的各種現象總是指向經驗與行動的其他可能性，以指涉過剩的形式出現。特定意義會形成焦點，佔據使用意向的中心，其他可能的意義則停留在邊緣，在經驗與行動之中形成一種『難以盡訴』的遠景。（Luhmann, *Social Systems* 60）

　　這樣一來，意義的轉譯顯然不止是一個技術性的問題。我們如果比較一下黃宗慧檢討吳爾弗倫理立場的總結性陳述，就會發現吳氏的倫理立場正是魯曼所謂意義「遠景」（horizon）的延伸：

> 以無條件的悅納異己做為努力的方向，才會不斷發現現況的不足、悅納異己的有限，也因此才可能不斷修正與調整，繼續朝向無條件的悅納異己發展，從而負起比先前更多的倫理責任。（〈是後人類？〉59）[5]

　　這是一種兩截式的倫理，而其源頭應該就是「自生發」系統裡系統與環境的關係。在倫理系統內部的自世界裡，「悅納異己」服膺系統的封閉性（要先求生存才能考慮「倫理責任」），所以是有條件的；但是系統的操作、與環境的關係不斷變化，自生發原則必然也要納入某種形式的「他生發」，讓自世界可以與他界「共振」，才能適應環境的變化。如此，

---

[5]　這段文字原文標示引用Wolfe, *Before the Law* 86，但大意似乎經過些調整。這裡吳爾弗的論式明顯採用解構理論的閃躲策略，本來就有許多意義翻轉、歧出的可能。例如關鍵所在的「朝向無條件的悅納異己發展」，吳氏原來的說法是：「並不是說我們不必努力追求無條件的悅納異己，不必做到完全負責」。這裡我們也只能說：我們「好像也不能說」吳氏的說法必然不能被黃宗慧的轉述所代理。

「倫理責任」就會變成自生發過程的意義所在，而且透過意義帶入「難以盡訴」的遠景：某些對象現在無法被「悅納」（如致命的病毒），但是我們仍然可以想像在另一個時空環境裡，悅納異己的「經驗與行動」也可能有「其他可能性」（人與病毒也可能成為好伴侶之類）。這些位在邊緣的可能性經過「努力」，就會影響自生發的過程，產生「修正與調整」，使封閉的自系統也可以在自己的內部看到其他可能性，在意義環境的遠景、近景不斷變換的過程中走向「無條件」的悅納異己。

這裡的假設當然是「悅納異己」責任的絕對化：無條件的悅納異己不僅是來自外部或向外部開放的倫理規範，而且是人本身自生發系統內部隱含的，封閉在深處的行為理想，由於某種原因無法立即實現，但可以透過實踐的過程逐漸彰顯其存在。那麼除了理論家的倫理指導之外，我們如何在實踐過程尚未落實之前知道「努力」的方向？這部分我們或許也可以（努力）透過系統理論的抽象原則來說明，但許多追隨魯曼的論述並不承認自生發系統有這樣的必然性。貝格泰討論生態問題，就認為魯曼的系統論是「純粹形式化的描述」，所以「生態後人類主義者」如果認為生命互相依存的認知可以指引我們脫離生態危機，那他們只會走回「幻想人類可以自己做主」的老路（Bergthaller 101）。

不論如何，吳爾弗認定這裡的系統「因封閉而開放」（Wolfe, *What Is Posthumanism?* xxi），顯然是結合了德希達（Jacques Derrida）式的解構倫理觀。[6] 但開放是不是（或為何是）封閉的終極理想？或者是不是（或為何是）封閉最純粹的形式化描述？吳氏在另一個地方說：「真正」的悅納異己只能是以「狀況可以理清而且有條件」為前提，所以「偏愛、挑選對象、重視自我、排他都是不可避免的」。也就是說，

> 我們**必須選擇**，而選擇的意思就是**不能**所有對象、所有東西都一起要。但是這樣的選擇同時也可以保證：當我們**進到**（in）未來，我們**可以回頭看到我們錯了**。我們將會了解：現在因為「可以理清狀況」而產生的正義之舉其實是**過度理清**，其實已經造成忽略某些對象或某些事物的結果。（Wolfe, *Before the Law* 103）

---

[6] 吳爾弗的後人文主義在實際操作上常因過於偏向解構觀點而受到批評（如黃宗慧，〈是後人類？〉 42-47）。不止吳氏，整個批判型後人類論述的興起也常被連結到後結構主義對主體的解構（如Nayar 11-15；Roden 23-31）。

　　這裡倫理的兩截化呈現在「真正」意義的翻轉上：從現實情境來看，有條件的悅納異己才是「真正」的悅納異己；但是從終極理想、形式化描述等其他角度看，也可能無條件的悅納異己才是「真正」的悅納異己。也就是說，不同的系統配接方式會產生不同的結果。這樣的相對化與傳統「人文主義」以理性判斷為基礎的自律個體觀當然是非常不同。問題是既然要談倫理，在不同的配接條件下就仍然要分辨知識的「真正」意義，也就無可避免的仍然必須保留某種絕對化的外部規範：封閉才能開放，所以封閉只有在自己的絕對反面才能找到「真正」的意義。

　　黃宗慧以「無條件的悅納異己」為理想目標，正標示出有條件、無條件的翻轉重複了封閉與開放的翻轉。在各種後結構論述中這應該已經是常見的操作。[7] 德勒茲（Gilles Deleuze）喜歡講潛態（the virtual）、現態（the actual）的「不可分辨」（indiscernible），指的也可以說就是這種比較複雜的翻轉關係：有條件的悅納異己才是真正的悅納異己，是因為只要潛態實現為現態，系統就必須處理不可預知的環境現實條件。但是當現態隨著時間而更新，條件的改變就會帶動不同時間點的重複，透過不同可能性的互補來產生不一樣的意義或知識。只有這樣我們才能理解吳爾弗的德希達式提法：在不同的時間點重複同樣的倫理問題，我們總是會「回頭看到我們錯了」。不同的時間點呈現不同的現實（系統與環境的動態關係），也只有一再重複同樣的問題我們才能在嘗試錯誤的過程中翻轉條件的有無，至少將現實條件清洗到接近「無條件」的潛態。就知識的形態來說，簡單的對象代理產生關係的重複（就像譯文等於原文），會形成一種再生式的「回歸」（iteration），透過各種可能性的重複來接近潛態則是比較複雜的，一對多的代理，相當於遊動式的「行走」（itineration）（Deleuze and Guattari 372）。魯曼也認為意義的操作離不開「趴趴走」的過程：「意義的處理會不斷重新改造構成意義的，現態（actuality）與潛勢（potentiality）之間的差異。意義就是潛勢的不斷現態化」（Luhmann, *Systems* 65）。

　　這裡的倫理觀涉及潛勢或潛態的不斷現態化，而且希望在不同的時間點帶入「比先前更多的倫理責任」，可以看成就是在各種現態中行

---

[7]　這類翻轉關係以各種形式出現，主要是因為太過簡化的嬉遊式開放主體觀對多變現實的穿透力不高。例如新自由主義主體早已學會「接受根本實體或穩定中心的消失，在其中看到不斷更新自我，不斷擴大接觸範圍的良機」（Pellizzoni 104）。

走，以時間軸的知識、狀態累積代理不斷後延，總是無法出現的潛在理想。另一方面，這裡「行走」的意義並不是單純的擴大德勒茲式的「遊牧」範圍，黃宗慧所謂「更多的倫理責任」也不是向外延伸邊界，不斷帶入新的倫理對象。吳爾弗認為這種畫邊界的做法只是在複製認同政治常見的叫陣方式：「我的對象比你的更邊緣，更沒地位」（Wolfe, *What Is Posthumanism?* 140）。也就是說，吳氏的行走含有結構性的意義設定，所以現態的行走不是量的累積，潛態、現態的邊界也分得很清楚，沒有「不可分辨」的問題，而且吳氏的構想顯然並不是單純的以無條件或開放為終點，因為這裡的無條件還是要再回到物種關係的現實環境，連結到「悅納異己」（hospitality）的條件：不只是要回到「異己」的抽象關係，更是要回到「悅」、「納」或原文的「招待／容受」（to host）所帶出的各種經驗層次的評價性意義。因為吳氏倫理含有來自解構思維的減法程序，要從有條件逐漸轉向無條件，所以其中的倫理責任一方面必須回到某種跨物種的共性，不是功利計算、權利分配的問題，[8] 另一方面又必須在更高的層次用悅、納等等依附在（人的）物種特性上的現實條件來避免落入虛無。

　　從另一個角度看，因為行走過程中的每一點都要呼應倫理責任，這裡潛態、現態之間的代理關係其實也與「後人類」、「後人文」的簡單代理關係一樣，都是透過倫理判斷來「回歸」一個穩定，可以再生的意義對象。這樣的再生式理想雖然帶有層次的轉移，但又會要求特殊的實踐過程，甚至是不斷「修正與調整」，不斷「看到我們錯了」的辯證追求，多少是回到吳氏一再反對的，人（或某些特別有感受能力的人）的特殊位置。也就是說，人雖然基於同為動物的共同性而產生責任，進入悲憫（compassion）的倫理，卻又離不開自己的特殊位置，使悲憫成為人的單向悲憫，其他動物「只能接受，不能施與也不能參與發動」（Chiew 61）。歸根究底，這裡的大目標既然含有無條件的設定，可以說已經離不開某種意義的超越性，很難說沒有虛擬化而成為脫離現實的外部規範。如果尼采的擲骰子是透過偶然（骰子擲出）來容受必然（骰子落下），這裡的操作應該是顛倒過來，是以落地的骰子（被指定的倫理主體）為普遍價

8　吳爾弗對跨物種共性的理解主要是以「共同的脆弱性」所造成的互相依存關係為基礎（Wolfe, *What Is Posthumanism?* 141）。布萊多提（Rossi Braidotti）直接點出「後人類」接受人與動物之間基於「分享地球、土地或環境」，會形成「深刻的生物平等關係」（71）。

值，用來統合個別物種的偶然性拋擲。這就是為什麼吳氏的倫理不能停留在自我與異己的抽象關係，而是必然要再度回到悅、納等相對具體的條件。但是這樣的具體化缺乏現實的開放性，本質上就是將複雜的現實投射到一個虛擬的層次，由悲憫來代理、隱藏殘暴。按邱弗蘭的看法，這仍然是一種辨認過程，仍然等於是在「指出**單一**差異點，成立排他性的位置來賦予較多的道德吸引力與／或道德譴責」（Chiew 66）。

　　這裡我們可以再回到「後人類」與「後人文」之分的問題。吳爾弗本來就是以修正人文主義為論述的目標，回歸常見的人文主義理想，或者以比較傳統的方式來處理人的特殊性，其實並不奇怪。那麼「後人類」對物種特性是否真的可以有不一樣的說法？邱弗蘭針對這個問題指出：巴拉德（Karen Barad）主張動因糾纏論（agential entanglement），把倫理意義帶回現實內部，與吳氏隔離觀測者的「道德指南針」式倫理形成明顯的對照（Chiew 62-65, 66）。倫理離不開現實，意思就是不只是對象、條件、開放性進入行走，倫理反應本身也會與其他動因糾纏，啟動各種不同的可能性。邱弗蘭認為巴拉德的說法比較完整，因為倫理意義既然本身就不穩定，如果太早跳脫現實，單純以高層次的悲憫、愛為訴求，仍然等於是迴避了現實情境，只是用虛擬的「無條件」來取代現實的「有條件」，又如何解決倫理實踐必須辨認敵我、善惡的問題？

　　要了解巴拉德的後人類觀，就不能不回到人「類」的物種特殊性。巴拉德談後人類有一個一般性的倫理原則：我們必須在「代理」思維（representationalism）之外開發另一種思維能力，也就是轉向「內造」（intra-action）的思維。也就是說，思維如何「行走」，有沒有可以契合「非人」的另一面，才是人類物種特殊性所決定的，「後人類」轉折發生的地方。代理思維假設代理對象獨立存在，在被代理的過程中不會因為各種操作而產生改變（Barad, *Meeting the Universe* 46）。舉例來說，這樣的思維會認為悲憫是既定的理想狀態，不同時間點的動作以不同的方式代理這個理想狀態，並且累積經驗，逐漸提高代理的完善程度。同樣的，代理思維也會認為「後人類」是獨立而固定的意義實體，所以原則上可以透過翻譯，讓「後人類」的各種代理分身出現在不同的語言中，雖然不一定能完美「再生」，但都能跨越距離，直接連結讀者與原始的固定意義。

　　反過來說，內造思維則認為各種行動都涉及行動在更大的系統或裝置中內造，也就是個別動作不能獨立，而是會被更大的動作或動作組合所

影響：「現象是『對象』與『計量動因』經過特定內部造作產生的結果」（128；省略重點標示）。這裡的對象、計量動因是以物理學為範本的說法，所謂「內部造作」就是計量動因並非獨立在對象外部的「指南針」，而是與對象一樣，都是因為計量動作而產生的，整體計量裝置的一部分。換成翻譯活動來說，內部造作指的應該是：翻譯對象出現在特定語言環境的內部，與語言環境中不斷拉扯意義的各種動因糾纏，形成無法預先指定代理關係的應接（performative）過程。

　　當然，就像量子力學並不會取消古典力學的正確性，內造性也不會使所有客觀的計量動作失效：只要情境允許細微的誤差，速度表、量尺、鐘錶等等計量工具都可以在一定條件下扮演客觀觀測者的角色。但是這樣的主客代理關係預設了一定的條件，一旦條件不符合（例如進入粒子的微觀世界），代理關係就有可能必須轉向內造關係。巴拉德用波的繞射現象（diffraction）來描述事物之間界限不清楚，互相交纏的情況（Barad, "Posthumanist Performativity" 803；"Diffracting Diffraction"）。按同樣的原則，代理與內造之間的層次區分當然也應該視為互相交纏。

　　本來後結構理論延續左派批判理論，早就是以反代理為大方向，也比較能接受事物之間的繞射關係，在其框架下要把人類與人文看成互相纏繞，應該也不會有太大的爭議。典型的說法是把不完整的代理看成隱藏在背後的幽靈：「即使是人文主義也總是逃不掉被自己的幽靈版本附身——也可以說被後人文或後人類主義附身」（Badmington 6）。吳爾弗的立場比較特別的是：基於「因封閉而開放」的原則或者其背後的一些倫理實踐問題的考慮，他反而要求直接回到人文主義的部分觀點，在後人文與後人類設立明確區分，也標示出不願脫離代理思維的大原則。

　　這就是為什麼「後人文」的翻譯雖然是一個非常邊緣的問題，卻可以突顯出吳爾弗原來的思維在這裡已經是一種症狀式的呈現。透過翻譯過程產生的，意義環境的糾纏，我們可以看到問題的核心：停留在「後人文」（人文主義的自省或改造）等於是以內容的改變「代理」了思維的改變。由內造行動的觀點看，只有以非人文的方式消解人文與物質的區隔才能打開新的局面。這樣的消解必須包括人類與前／後人類、人文與前／後人文之間區隔的消解，卻不會否定「古典」思維的局部效力：我們可以主張人文主義並不是錯誤、扭曲的意義生產活動（也不是被幽靈附身的傀儡），而是建立在演化制約所決定的，人類物種生存要求簡化的特性上。只有這

樣，我們才能說人類的特殊性決定了人文主義的部分有效性，同時也在另一個層次留下觀念代理無法窮盡的，納入完整現實變化的延伸環境。用史提格萊（Bernard Stiegler）的話來說就是：「執行自保本能」靠的是「一般行為的固定型（stereotypes）」，但是固定型記憶的操作必須有容納差異變化的空間，技術才能進入演化（Stiegler, *Technics* 163）。這個允許差異存在的空間就是超出觀念代理的延伸環境。從這個觀點看，吳爾弗的立場既然不必完全「代理」它要描述的對象，就表示它也有有效代理的範圍，只是說一旦超出這個範圍（例如進入跨語言轉譯），就可能在某些地方受到環境因素干擾，也就可能產生無法預知的意義表達，甚至回頭影響原先局部代理的有效性。

巴拉德的內造行動說可以就物種特性為我們提供比較特別的觀點，但似乎太偏向觀測的具體情境而容易相對化，無法明確指出其中可能存在的倫理路徑。這裡我們可以轉向史提格萊近年的倫理論述。史氏的倫理觀當然是延續了德希達的「藥毒二效性」（pharmacology），偏向就地求解而不是「跳出」系統（例如不會以反科技治科技之病）。另外，他也從技術發展史的觀點來描述人類的物種特性，就相關議題整理出很明確的輪廓。延續勒華古宏（André Leroi-Gourhan）以「技術現象」為人類主要特徵的觀點（Stiegler, *Technics* 46），史氏轉向一種比較像「因開放而封閉」的說法：各種說法常提到的人類特殊性全都來自缺陷與不滿足（例如語言表達的是欲望的延遲）。人類因為不滿足而外求，向外投射自我，透過增補、輔助、修理形成性質、意義的外部化（116, 133），所以技術「發明」人類；人類的出現與技術的出現是同步進行的演化過程（141）。如此，我們就很容易回到吉爾（Bertrand Gille）的說法，把人類的物種特殊性擺到範圍更大的系統裡，連結到各種內外交錯的（內造）關係：

> 在技術演化的過程中，事物之間各種彼此依存、交相更新的互補關係會明確化而產生內化性質（acquisitions）、結構性傾向等穩定化的力量，從而在特定的歷史時期中形成個別的技術系統，與同一時期的其他側面形成區隔。（Stiegler, *Technics* 29）

這樣的說法完全可以呼應巴拉德的內造行動觀：「個別的技術系統」（包括單純的個人生存）在自己的環境裡發揮作用，本來可以各自分開，

看成古典力學裡施力、受力的獨立單位（等於「人文主義」的自律個體），但是在人類生存偏向「不滿足而外求」的設定下，個別系統底下容易被忽略的「彼此依存、交相更新的互補關係」會成為另一種類似計量動因的，變化動力的來源。這時系統本身的計量動作也容易不滿足，為了產生更多價值或意義可能必須納入「如何計量」的環境動因，在更大的系統中內造。

在當代資訊科技主導一切的環境裡，這裡的內造關係無法依附「悲憫」、「悅納」等虛擬化的外部動因，但是在藥毒翻轉的原則下卻可以帶入比較抽象的，「計量」機制的改變。這裡史氏的策略是：我們不必排斥計量化的資訊，而是要援引其他「知識類型」的標準（意思就是改變系統的計量動因），讓資訊的價值「通過批判價值評估的再檢驗」；如此一來，「知識的價值只能是經過新知識增益的價值」，原先純粹依賴計算所產生的知識不再只是單純的計算，而是可以透過「批判」，帶出其背後「無法計算的潛勢」（Stiegler, "Conflict" 86）。

我們可以引用史氏自己所舉的例子來說明這裡的「潛勢」。就單純的資訊價值來說，當天報紙（多少也可以包括新聞網站）提供的資訊在二十四小時之後價值可能變成零（沒人要看），但是過時報紙的資訊也可能以其他方式產生價值，因為在脫離預設的時間性之後，我們可以不再只是「消費」其中的即時資訊，而是進一步把資訊當成觀察、思維的對象（也算是改變計量動因）；例如我們可以在多年後設法尋找、閱讀我們出生當日（或類似的特殊日期）的舊報紙，在其中尋找個人化的特殊意義，或者把新聞裡的單一訊息放在眾多相關訊息的時間軸發展裡，產生更多的理解。也就是說，即時資訊一旦脫離即時性，也可能會產生「本來是商品，現在變成知識」的使用方式（86-87）。這樣的知識保有內在的異質構成，正是以外部記憶也就是文獻記錄（包括過時的即時資訊）可以提供的思維多樣性為基礎。

史提格萊把保有思維多樣性的系統稱為「活的」系統（87）。這裡的「思維」（noesis或nous）與古典人文主體所發動的理性（logos）似乎有些關連，但並不完全一樣：思維有其理性面，也有其（超出理性的）「精神」面（*Age of Disruption* 211；"Dreams"）。精神面的存在指向技術系統的現實性，所以人的思維也會預設自己的不滿足：思維總是建立在人類也有可能「去思維」（de-noetization）的風險上（*Neganthropocene* 83）。也

就是說，系統要先想像自己會死，才會重視保留「活」的可能。[9]這樣的系統在多樣性當中「行走」，涉及非常實際的技術（避險）考量，並不是以不斷「回頭看到我們錯了」為目的，不斷走向現實條件的「死透透」。這裡技術與生命的連結正好標示出思維與理性（或理性思維）的距離：思維超出個體，涉及在大系統中內造的動態過程，也參與其中的動因流，不斷反過來影響系統各處「局部穩定的因果結構」，在其中製造重組、更新的可能（Barad, "Posthumanist Performativity" 817）。

　　如果吳爾弗透過行走來（不斷）回歸理想，終究離不開康德式的先驗理性，那麼系統死、活的考慮顯然始終停留在經驗的層次，離不開物種的初階能力。[10]史提格萊明確點出：死與活之間既然向偶然性開放，多樣性的行走就不會回歸必然。他的例子是網路「瀏覽」背後的偶然性：瀏覽者可能因為開啟網頁排名功能之類的原因，看到不在原來的搜尋範圍之內，卻更具吸引力的內容。這種經驗對傳統的低科技人文研究來說應該不算新奇（相當於開架找書與索書碼調書的差別），但史氏特別把這類經驗定位為「撿到槍」（serendipity），在其中看到特別的意義：這裡偶然性的作用其實是突然穿透環境中由多重系統組合所構成的關係群聚，觸撥或搭上原先就存在的脆弱點，使原來的穩定秩序產生變化。這時原來的系統遭遇新的「事件」，舊的搜尋目標可能會秒死，新的注目對象可能會秒生。這樣的新對象仍然可以算是資訊，但是其背後的系統（可能是原先隱藏的「待行走」系統）已經超出計算，變成衝擊、擾動的力量，可以改變以舊資訊為中心的讀者世界（以上見 "Conflict" 89）。

　　把思維看成技術「行走」的核心，還涉及另外一個與偶然性有關的

---

[9]　這裡「去思維」涉及大環境的崩壞，與思維本身的毒化還是有分別（Age of Disruption 297），所以史氏又說瘋狂、愚昧等等本來都是思維的一部分，甚至都是推動、創造思維的力量（"Dreams"）。這種毒化思維仍然不離思維的觀點或許可以解決所謂思覺失調症是否會造成（一般、特定）辨識能力喪失的問題。我們必須問：去思維時代的精神醫學面對單一化的法律規格，是否也只能跟著工業化而放棄史氏所謂「做夢」的思維能力，再也離不開個體只能描述為單一系統，所以只有「失調」問題，也只能吃藥「調」回來的緊箍咒，不再能處理天才、瘋狂、邪惡等等涉及異世界、異系統的思維？

[10]　具體情境裡不同的個體對「人類幸福」之類的外在目標可能有各種不同的認知、要求，所以康德式倫理不接受這種沒有定論的「行走」，轉而主張只有超出經驗的共同原則才能成為倫理的基礎（見Sandel 4-6）。我們可以比較一下史提格萊對技術發明的說法：技術發明不是偶然發生，也並未離開理性，只是其理性來自實際操作，含有系統之間各種經驗的假借，所以比較「鬆散」，有別於追求「定論」的科學理性（Stiegler, Technics 34）。

問題：這樣的構想對技術系統有形體、無形體似乎並不作區分，這點也與一般後人類論述關心的即身、離身問題形成有趣的對照。我們可以看看史提格萊如何引用德勒茲的說法來連結「事件」與偶然性，並展開這裡的問題。在《意義的邏輯》中，德勒茲引用了布雷歇（Emile Bréhier）的思多噶派思想研究，區分「成因」（cause）與「半成因」（quasi-cause）：

> 我們說「變大」、「變小」、「變紅」、「變綠」、「切開」、「被切開」等等，情況（與數量、性質）完全不同。這些指的不是狀態——形體（bodies）內部深處的交雜——而是位於表面，沒有形體的事件，內部組合產生的結果。樹「變綠了」。（Deleuze, *Logic* 6）

　　德勒茲明確指出這裡的區分涉及有形體、無形體的事物（也就是至少含有部分即身、離身的意思）：形體之間互為成因，但這些成因產生的結果不是形體而是「無形體的存在」（4）。所以形體之間是空間對象的「交雜」關係，形體的變化則是來自形體的成因造成的事件；前者有內在的深度、厚度，後者則是「表面」的變化。但表面的變化之間也可能有不完全的因果關係，也就是「半成因」。半成因與形體無關，但是有「最低限度的存在」（5），離不開形體的決定，但仍然可以互相形成意義（例如「切開」與「被切開」之間的連結）。史提格萊引用此說，將「半成因」的表面世界視為系統產生歧變（bifurcating）的契機所在，相當於精神分析的「彼物」（*das Ding*）（Stiegler, "Conflict" 91-92）。[11] 德勒茲喜歡把這個表面說成逃脫柏拉圖體系的「虛像」、「幻象」，但也常連結到人類的語言：半成因也指向「不定詞」的世界，含有「變成不受限制」的意思（Deleuze 5, 8）。史提格萊進一步透過歧變的可能，把這個類似「彼物」的世界連結到思維活動（Stiegler, *Neganthropocene* 60, 62）。瀏覽網路資料的動作背後涉及很具體的成因（相當於各種意義下的「有形

---

[11] 關於半成因的討論涉及其他可能的讀法，可參考 DeLanda 75-80；Žižek, *Organs* 26-32。齊傑克（Slavoj Žižek）舉的例子是德勒茲談戰後新寫實電影轉向時間像（Deleuze, *Cinema 2*）的演變，除了戰爭造成心理創傷之類的「成因」之外也涉及較難明確定格的，電影發展本身（遲早會偏離自己）的「事件」或「半成因」（Žižek, *Organs* 27）。另外，齊氏也說半成因相當於精神分析稱為「小對形」（*objet petit a*）的「對象因」（27）。

體」），但一旦動作進入思維，動作所在的表面脫離形體的限定，我們就會把「撿到槍」的可能納入認知。也就是說，瀏覽的目的並不是一定要按照預知的程序走到底，也可能被其他對象所「切」而造成偶發事件。這樣的半成因只是「可預知當中的不可預知」，但其中的偶然性會像海德格所謂「向死存有」（*Sein-zum-Tode*）一樣（總是會死，但不知道怎麼死），產生複雜的前瞻性，甚至進一步連結到思維歧變力的發動，形成來自偶然的必然（Stiegler, "Conflict" 89-90）。這樣的改變不能脫離思維，但仍然可以產生行動；這是數位文化制約下仍然「超出計算」，打開未來可能性的關鍵力量所在（"Conflict" 92, 96）。

　　追根究底，德勒茲式的深度、平面之分可能還是與單純的即身、離身或有形體、無形體稍有不同，這裡不必深究。我們詳細說明史提格萊的引用或轉用，主要是要回到巴拉德的後人類觀點。巴氏的專書《彷彿見到宇宙》用副標題點出「物質與意義的糾纏」（Barad, *Meeting the Universe*），意思正是語言與意義並不是只有資訊化的「離身」面向：意義雖然沒有形體也不一定附屬於具體個人，可以呈現為明確的離身關係，卻像翻譯活動一樣，也會連結到更大的系統，被各種形體決定，與即身互相重疊、干擾。[12] 這個問題涉及游動式的「行走」是否一定要直接「即身」也就是透過不同的時間點的重複過程，以神農嚐百草的姿態——窮盡各種可能性：如果意義不是只能表現為「離身」狀態，各種不同的可能性就可能以互相疊加的方式（如同量子力學裡的「薛丁格的貓」）進入思維，成為生存技術的一部分。史氏把思維視為承載人類物種特性的活動，看似離不開人類中心觀，其實是避免意義離身化走向資訊代理的有效做法。

　　如上所述，思維與理性不同，主要是因為思維涉及偶然性，但是偶然性並不會導向虛無，因為還有其中還是有「半」成因存在。也就是說，思維會帶入不可預知的各種連結（「維」指的就是關係的繫絆），雖然不可預知但總有一天會產生歧變。這裡因果關係減半，也呈現為思維的歧變總是以間歇交錯（intermittence）方式出現（Stiegler, *Neganthropocene* 60,

---

[12] 海爾思（N. Katherine Hayles）檢討自動控制學的發展，發現其中有幾個重要關節，其中第一項就是「資訊失去形體」（2）。史提格萊主張資訊要「變成知識」，顯然也與資訊的形體有關，但不是媒材（印刷字體、紙質之類）的問題，而是資訊是否連結到半成因的表面，使思維形體化而「移置身外」（exosomatization）。對人來說，「移置身外」其實就是夢想成真（Stiegler, *Age of Disruption* 91）。例如無籽西瓜最初可能只是來自思維世界的某種想法，最後透過大於思維的，技術系統的改變而進入形體的世界，使思維「移置身外」。

83）。也就是說，歧變與傳統左派要求的革命並不相同：新世界與舊世界之間可能形成混合狀態（甚至含有形體的「交雜」），有點像藥毒二效的並存，既呼應了巴拉德的繞射關係，也仍然符合量子力學不會取消古典力學的原則。

如果說系統要先想像自己會死，才能保留「活」的可能，那麼「間歇交錯」也可以帶來歧變的構想已經表示：系統也可能發現自己必須從「死一半」扭轉回來，或者接受自己只能「活一半」。這樣我們就回到一開始提到的「人新世」的問題。從本文的觀點看，後人類與超人類觀點最大的不同其實可能是在其面對環境的現實感上，也就是其觀點否在災難的環境中內造，是否接受人類已經「死一半」。史提格萊討論技術發展的歷史，一開始就預設了技術不斷加速發展，到了當代科技已經結合資本主義而「入魔」。近年他在器用學（organology）或減亂（negentropy）、減人新世（Neganthropocene）的框架下對不確定的因果形態多有論述，背後的目標仍然直指自動化技術、演算法文化（包括超人類「意識形態」）的非人走向（較近的例子是Stiegler, *Age of Disruption*）。這樣的論述來自現實情境裡的實際狀況而不是「人文主義傳統」之類的單一意義系統：當物種存活的條件徹底改變，現實裡各種系統互相交雜纏繞，人類思維不再保有理性的優越位置，而是必須面對越來越重要卻不可預知的，各種系統（接連）崩潰的可能性。面對生存環境的非人化，思維也只能尋求以「減人」的方式更新自己，在逆境中開發透過歧變來擬造新思維的可能。

後人類論述通常是假設科學、技術所以對人文造成衝擊，是因為人類基於人文主義，將自己擺在「例外」位置上。史提格萊的做法則是由思維受到物種特性、技術環境制約，來說明經驗與技術之間的交互影響與偶然性扮演的角色，形成明確呼應內造思維的論述。當然，我們往往也可以在人文傳統的某些非主流論述找到調性接近的構想。例如德勒茲早已指出電影媒材的自動裝置反映了思維本身的運作形態，所以有利於「觸動」思維（Deleuze, *Cinema 2* 151-81）。背後的意思就是說：思維的沉睡造成納粹運動的災難性歷史歧變，而自動裝置的重建雖然也因「自動」而脫離人的掌握，卻因為回歸（大於人的）思維而有利於避免災難再次發生，也是思想家的責任與貢獻所在。史提格萊的切入點與德勒茲非常不同，但關心的也是災難常態化的時代裡思想如何切近現實，參與現實的演變。他一再以2002年發生的南特（Nanterre）市議會殺人案為例，說明殺人犯德恩

（Richard Durn）因為失去「存在感」而犯案，代表的是時代的病徵（如Stiegler, *Acting Out* 39-40）。當想像「我們」的可能性破壞（「我」不能在「我們」中內造），個體的存在意義因為得不到他世界的回應而失去安定，無差別殺人、仇恨殺人之類的事件就會一再上演。

　　從這個角度看，本文所談的後人類倫理觀其實與吳爾弗的動物權關懷一樣，都涉及當代社會文化迫切須要面對的情境。如果「悲憫」的訴求是以類似宗教的方式來召喚人類個體所保留的跨物種回應能力，後人類的理論思維走的是另一個方向：思維介入現實（包括改變思維習慣）的過程雖然比較迂迴，但其中所含的現實性與面對時代危機的迫切感仍然會透過內造關係的跨系統網路參與現實，甚至進入善因與善果之間的未知領域，以不同於行善的方式影響現實的開展。

引用書目

黃宗慧。〈後現代的戲耍或後人文的倫理？以卡茨的臆／異想世界為例〉。《中外文學》42.3 (2013): 13-47。

──。〈是後人類？還是後動物？從《何謂後人文主義談起》〉。《後人文轉向》。楊乃女、林建光。台中：國立中興大學出版中心，2018。41-67。

楊乃女、林建光。前言。《後人文轉向》。楊乃女、林建光編。台中：國立中興大學出版中心，2018。5-17。

顏厥安。〈基因、主體與後人文社會規範〉。《台大法學論叢》32.1 (2003): 49-79。

增田耕一。〈Anthropocene（人類世、人新世）という新概念の複数のとらえかた〉。ブログ《macroscope》。はてなブログ，2016年2月6日。網路。2020年3月11日。

Adorno, Theodor W. *Negative Dialectics*. Trans. E. B. Ashton. New York: Continuum, 1973.

Badmington, Neil. "Pod Almighty!; Or, Humanism, Posthumanism, and the Strange Case of *Invasion of the Body Snatchers*." *Textual Practice* 15.1 (2001): 5-22.

Barad, Karen. "Diffracting Diffraction: Cutting Together-Apart." *Parallax* 20.3 (2014): 168-87.

──. *Meeting the Universe Halfway: Quantum Physics and the Entanglement of Matter and Meaning*. Durham: Duke UP, 2007.

──. "Posthumanist Performativity: Toward an Understanding of How Matter Comes to Matter." *Signs* 28.3 (2003): 801-31.

Bergthaller, Hannes. "On Human Involution: Posthumanist Anthropology and the Question of Ecology in the Work of Hans Blumenberg and Niklas Luhmann." *New German Critique* 43.2 (2016): 83-104.

Bostrom, Nick. "Introduction:—The Transhumanist FAQ: A General Introduction." *Transhumanism and the Body: The World Religions Speak*. Ed. Calvin Mercer and Derek F. Maher. New York: Palgrave Macmillan, 2014. 1-17.

──. "Why I Want to Be a Posthuman When I Grow Up." *Medical Enhancement and Posthumanity*. Ed. Bert Gordijn and Ruth Chadwick. Berlin: Springer, 2008. 107-36.

Braidotti, Rossi. *The Posthuman*. Cambridge: Polity, 2013.

Chiew, Florence. "Posthuman Ethics with Cary Wolfe and Karen Barad: Animal Compassion as Trans-Species Entanglement." *Theory, Culture & Society* 31.4 (2014): 51-69.

DeLanda, Manuel. *Intensive Science and Virtual Philosophy*. New York: Continuum, 2002.

Deleuze, Gilles. *Cinema 2: The Time-Image*. Trans. Hugh Tomlinson and Robert Galeta. London: Continuum, 2005.

──. *The Logic of Sense*. Trans. Mark Lester and Charles Stivale. Ed. Constantn V. Boundad. New York: Columbia UP, 1990.

Deleuze, Gilles, and Félix Guattari. *A Thousand Plateaus: Capitalism and Schizophrenia*. Trans. Brian Massumi. Minneapolis: U of Minnesota P, 1987.

Ferrando, Francesca. "Posthumanism, Transhumanism, Antihumanism, Metahumanism, and New Materialisms: Differences and Relations." *Existenz* 8.2 (2013): 26-32.

Gane, Nicholas. "When We Have Never Been Human, What Is to Be Done? Interview with Donna Haraway." *Theory, Culture & Society* 23.7-8 (2006): 135-58.

Hayles, N. Katherine. *How We Became Posthuman: Virtual Bodies in Cybernetics, Literature, and Informatics*. Chicago: U of Chicago P, 1999.

James, Paul. "Alternative Paradigms for Sustainability: Decentring the Human without Becoming Posthuman." *Reimagining Sustainability in Precarious Times*. Ed. Karen Malone, Son Truong, and Tonia Gray. Singapore: Springer, 2017.

Knodt, Eva M. Foreword. *Social Systems*. By Niklas Luhmann. Trans. John Bednarz, Jr. and Dirk Baecker. Stanford: Stanford UP, 1995. ix-xxxvi.

Luhmann, Niklas. "The Autopoiesis of Social Systems." *Sociocybernetic Paradoxes: Observation, Control and Evolution of Self-Steering Systems*. Ed. Felix Geyer and Johannes van der Zouwen. London: Sage, 1986. 172-92.

——. *Social Systems*. Trans. John Bednarz, Jr. and Dirk Baecker. Stanford: Stanford UP, 1995.

Miah, Andy. "A Critical History of Posthumanism." *Medical Enhancement and Posthumanity*. Ed. Bert Gordijn and Ruth Chadwick. Berlin: Springer, 2008. 71-94.

Nayar, Pramod K. *Posthumanism*. Cambridge: Polity, 2014.

Pellizzoni, Luigi. *Ontological Politics in a Disposable World: The New Mastery of Nature*. New York: Routledge, 2016.

Ranisch, Robert, and Stefan Lorenz Sorgner. "Introducing Post- and Transhumanism." *Post- and Transhumanism: An Introduction*. Ed. Robert Ranisch and Stefan Lorenz Sorgner. Frankfurt am Main: Peter Lang, 2014. 7-27.

Roden, David. *Posthuman Life: Philosophy at the Edge of the Human*. London: Routledge, 2015.

Sandel, Michael J. *Liberalism and the Limits of Justice*. 2nd ed. Cambridge: Cambridge UP, 1998.

Stiegler, Bernard. *Acting Out*. Trans. David Barison, Daniel Ross, and Patrick Crogan. Stanford: Stanford UP, 2009.

——. *The Age of Disruption: Technology and Madness in Computational Capitalism*. Trans. Daniel Ross. Cambridge: Polity, 2019.

——. "Dreams and Nightmares: Beyond the Anthropocene Era." Trans. Daniel Ross. *Alienocene: Journal of the Outernational*. 19 June 2019. Web. 11 Mar. 2020.

——. *The Neganthropocene*. Ed. and trans. Daniel Ross. London: Open Humanities, 2018.

——. "The New Conflict of the Faculties and Functions: Quasi-Causality and Serendipity in the Anthropocene." Trans. Daniel Ross. *Qui Parle* 26.1 (2017): 79-99.

——. *Technics and Time, 1: The Fault of Epimetheus.* Trans. Richard Beardsworth and George Collins. Stanford: Stanford UP, 1998.

——. "Technics of Decision: An Interview." Interview by Peter Hallward. Trans. Sean Gaston. *Angelaki: Journal of the Theoretical Humanities* 8.2 (2003): 151-68.

Wolfe, Cary. *Before the Law: Humans and Other Animals in a Biopolitical Frame.* Chicago: U of Chicago P, 2013.

——. *Critical Environments: Postmodern Theory and the Pragmatics of the "Outside."* Minneapolis: U of Minnesota P, 1998.

——. *What Is Posthumanism?* Minneapolis: U of Minnesota P, 2010.

Žižek, Slavoj. *Organs without Bodies: Deleuze and Consequences.* London: Routledge, 2004.

——. *Tarrying with the Negative: Kant, Hegel, and the Critique of Ideology.* Durham: Duke UP, 1993.

理論與親密性[*]

李鴻瓊

國立臺灣大學外國語文學系

摘要

廖朝陽在相關地方提出理論親密性的問題，以虛空或死亡來定義理論的根本，並強調理論與知識之間應該具有某種親密關係。本文從廖朝陽背後的空有親密思想出發，但不延續處理理論與知識的關係，而往其他方向延伸這裡觸及的親密背反想像，嘗試進一步開展、論述相關問題，以呼應並衍射廖朝陽的思想論說。本文分為幾個層次或面向，包括物質世界（一界密）、資訊結構（一線密）、空的本體（空密）、空的反身（間密），來闡述親密性。在理論性論述方面，本文納入東西方思想，包括廖朝陽、西谷啟治、佛教與道家思想、德勒茲、摩頓、朱立安等；在具體文化內容的分析與討論上，本文納入東西方文學與藝術案例，包括翁泰的創作、日本古典俳句、當代文學、磯崎新的建築等，以闡述與空親密的美學實踐。本文以此跨度較大的方式探究親密想像能展開的不同層次與面向，希望能打開區隔的時代、思想、領域與實踐，呈現理論擬想所具有的親密能力。因而本文不只在談論親密性，或在內容層面闡述理論與親密性的關係，而是嘗試將親密性轉為一種理論實踐，希望不只在內容層面對相關理論概念的釐清能有所助益，更根本的目的在召喚對理論的親密想像，引發穿越性的親密理論實踐。

關鍵詞：理論，親密性，廖朝陽，西谷啟治，華嚴宗，德勒茲，翁泰，磯崎新

---

*　本文受科技部專題研究計畫（MOST 103-2410-H-002-148-MY3）補助。

「澤雉十步一啄，百步一飲」。野雉要到處走動才能覓食，為什麼還是不願意被蓄養關在籠中？⋯⋯正是因為連結停駐點的十步、百步並不是虛耗，而是面對多變環境仍能承載擬想，變化生命的未來性所在。

——廖朝陽，〈理論與虛空〉

文學起於一隻豪豬的死亡⋯⋯。語言必須致力於創造這些女性、動物、分子的迂迴，且每個迂迴都是一種流變・死亡。直線並不存在，不管在事物或語言上。

——Gilles Deleuze, "Literature and Life"

前言

　　廖朝陽在2014年〈空與即：理論中有親密世界嗎？〉演講中，訴諸西谷啟治晚期重要的著作〈空與即〉（〈空と即〉）（"Emptiness and Sameness"），提出理論的親密性問題。西谷的文章特別涉及佛教的「空」義與表達的問題。他使用「空」與「虛空」之間的關係作為討論基點，說明前者屬於「法理」層面，不具形象，無法透過「論理」（logic）來表達，然而「虛空」雖屬可見的天空形象，卻因其「情意」（sensory）的特質，貼近了空義的體驗，因此藝術與文學等情意世界的表達與空之間具有一種「密接」關係（Nishitani 179-81；西谷，〈空〉111-13）。[1] 廖朝陽的提問把重點移到理論上，一方面探問理論有沒有可能也如藝術一般呈現出某種親密性，另一方面，更核心的是，他把法理與情意的親密關係轉到理論與現實之間，探問空的理論論述是否也應與現實或知識系統構成親密關係（〈空與即〉）。這裡的出發點是，空是一種全體或背景真實，一旦主體體驗真實之後，空的起用並不應只限制在美學或情意層面的「構想力」（imagination）上，也應能展現在思考或論述上：空的理構想與空的美學構想。

　　廖朝陽之後在〈理論與虛空〉一文中較完整把理論與現實或理論與

---

[1] 本文同時參考〈空與即〉的英文與日文版。由於語意的部分以英文版為主，因此文中引文出處標示先列英文版，再列日文版，但中文名詞翻譯則儘量沿用日文版中的漢字。後文參考、引用此文時，若脈絡清楚，則文中出處不再標出作者名，僅依此順序列出頁碼。

一般知識系統之間的關係——或更直接說是空與有的關係——整理出來。概略而言，個別「類化」的知識是一般進入實際實用的知識，難免會走向僵化與封閉，而無法回應真實的變動或變動的真實。理論的介入則通常啟動反身性的問題化，並不以個別實質內容為理論思考的應用或解釋對象，而是在進行現存知識的檢討與批判，希望能中止它的持續運作（「止用」），以開啟、催生新的知識實踐，因此是知識更新不可或缺的力量：

> 沒有對象的思維並不一定等於空想，不一定是脫離現實的生命反面，因為立基於空界的擬想是生續力量的來源。……理論的擬想雖然超出文化特殊性，卻可能涉及文化內容的牽繫與再生，是文化生續不可缺少的部分，卻未必會指向普遍真理的建造工程。也就是說，理論的擬想是文化向前演變的條件，文化活性不可缺少的部分。（廖朝陽，〈理論〉163-64）

廖朝陽在這裡觸及時間、歷史以及知識模式變動的關鍵，這若從當代西方理論發展的角度來說是相對清楚的。戰後的世界大抵進入一個新的年代，理論之所以充滿諸如「死亡」、「不可能性」、「解界」（deterritorialization）等中止性的語彙，所反應的也是突破僵化的宰制或建制性知識，以創造能解釋當代現實或差異時代的思維模式：「理論就是死亡，因為理論指向無性的虛空，可以召喚各種知識所共有的，專有性的歸零」（171）。

　　在廖朝陽的整理下，理論所具有知識生續的意義與功用是清楚了，理論因此是以死亡的方式跟生命維持一種親密關係。本文的興趣並不在延續闡述理論與現實或知識的關係，而是受到廖朝陽的空有親密論述的啟發，希望能往其他方向延伸這裡觸及的親密背反想像。本文嘗試回到西谷啟治的本體論與美學論上，再延伸到相關西方當代的理論論述，並納入東西文化內容以及具體藝術案例的討論，以探究親密想像能展開的不同層次與面向，希望透過這樣的方式，能打開區隔的時代、思想、領域與實踐，呈現理論擬想所具有的親密能力。因而本文並不只在談論親密性，或者在內容層面闡述理論與親密性的關係，而是嘗試將親密性轉為一種理論實踐，希望不只在內容層面對相關理論概念的釐清能有所助益，更根本的目的在召喚對理論的親密想像，引發穿越性的親密理論實踐。

親密性1：一界密

　　對於標舉差異的後結構主義而言，它整體上應是反親密性的，因為後者可能假設了表意的非武斷關係、社會的有機整體、存有的臨在、相似、同一等。但晚近的理論又重啟親密的論說，這後結構之後的親密性便值得思考、追問。在這些新進的論述裡，最明顯提出本體親密的應屬生態理論，諸如萬物相依（interdependence）、相連（interconnectedness）、共在（coexistence）等即為此中核心概念。在此以摩頓（Timothy Morton）所提出的「網」（mesh）概念來說明：「『網』可指網絡中的洞以及洞之間的穿線（threading），……可指『一個複雜的情境或一系列事件，而人被纏繞其中』」（*Ecological Thought* 28）。網是由網線所編織而成的，表現出相繫的結構：「既然所有事物都是相連的，便沒有特定背景也因此沒有特定前景」（28）。摩頓將此相繫結構延伸到達爾文（Charles Darwin）對一切物種相連結的發現：「貫穿一切時間與空間的所有動物與植物都以群群相次的方式彼此聯繫」（Darwin；引自Morton, *Ecological Thought* 29），亦即同種生物底下不同類者之間關連最緊密，而同屬之下不同種之間的關連則略鬆一些，如此一直到生物整體。如同後來「內共生」（endosymbiosis）的理論所指出，每個生物都是其他生物所構成的，因此網不只指生物與生物之間的關連網絡，更是說每個表面上可指認的生物本身或內部都是網，因此並不存在本質或身份，而只是網存在：不只是網民更是網生，因此一個網眼是由中間的洞（本體空白）以及穿繫成它的周邊線（其他存在物）所構成，依此類推。也由於任何存在物都失去身份，因此「相連〔雖〕意指極端親密」（37），卻不會消除「陌異」，反而是強化它（41）。在這樣一個結構上無邊際的網裡，並沒有一個起點，而是每個點都同時是「中心與邊緣」，也因此「沒有絕對的中心或邊緣」（29）。這種跨物種或跨有機無機的存在整體關連應是晚近生態論述的核心主張了。這涉及了更進一步去人類中心的想像，也應與拉圖爾（Bruno Latour）持續主張的擴大集體、從人的社會連結直到「萬物共會」（the Parliament of Things）是一致的（142-45）。摩頓也訴諸索緒爾（Ferdinand de Saussure）對語言結構的說法——亦即語言結構裡的元素，其價值並非在於自身有何正性身份或本質，而在於它與其他元素有差異、

區分——而強調，「一切存在都以負性以及差異的方式相互關連，處在一個開放的系統裡」（*Ecological Thought* 39），因此這樣的生態相連結構雖是「整體」，但並不落入「集一性」（totalitarianism）或「全體性」（holism）（40）。

摩頓較為特別之處是把這個萬物相繫的網連結上佛教華嚴宗藉以譬喻其本體論的「因陀羅網」（Indra's net）（*Ecological Thought* 39-40）。根據佛教傳說，切利天主因陀羅（又稱帝釋天）的宮殿有一寶網裝飾，此網之上有無數結，每一結上附一寶珠，數目因此也無量，每顆寶珠都相互映現其他一切寶珠之影，每一影中又相互映現其他寶珠之影，如此重重相互影現，無盡無量。這因陀羅網或帝珠的結構向來是華嚴宗據以解釋一入一切、一切入一的本體相映攝結構——千江有水千江月——也突顯相依緣起的無盡性（《佛光》「因陀羅網」與「因陀羅網境界門」條目）。《華嚴經》裡相關的描述甚多，遍佈經中各處，茲引一段為例：

> 菩薩摩訶薩。住此十智已。則得入十種普入。何等為十。所謂一切世界入一毛道。一毛道入一切世界。一切眾生身入一身。一身入一切眾生身。不可說劫入一念。一念入不可說劫。一切佛法入一法。一法入一切佛法。不可說處入一處。一處入不可說處。不可說根入一根。一根入不可說根。一切根入非根。非根入一切根。一切想入一想。一想入一切想。一切言音入一言音。一言音入一切言音。一切三世入一世。一世入一切三世。是為十。（《大方廣》258）

這一與一切相入、相攝的結構也特別是西谷啟治最著名的作品，他中期的《宗教是什麼》所依據的華嚴本體論，西谷稱之為「回互相入」。此概念意指，「在世界中存在的一切事物，都以某種方式相互連結」，「彼此互為主從而存在」，亦即每一個事物的「本」（底層）是由其他事物所構成的，而每一事物也都伸入到其他事物的本之中（西谷，《宗教》177）。西谷更進一步說：

> 一切事物在其「有」中，互相進入到他者的本，成為不是其自身；而且作為這樣的事物（亦即在空之場中）又始終是其自身，這種回互的關係本身，不外就是使一切事物集中且結合為一的「力」，不外就是

> 使世界成為世界的「力」。……不管是如何微小的事物，只要它是有
> 的事物，在它的有當中，就有結合萬物的回互相入（*circuminsessional
> interpenetration）之網現起。或者可以說，在「有」中，世界「成為
> 世界」（世界が「世界して」いる，*world worlds）。這樣的存在
> 方式，就是此事物的自體性的存在方式，非對象性的、作為「中」
> 的存在方式，即是此「事物」的自體。（178-79）[2]

事物底層的空，與萬物匯歸到此底層，這兩面性與摩頓網的兩個元素（洞
與穿線）是一致的。西谷更直接說，讓萬物相入、連結交織的「收攝力」
成立一切事物，更且「讓一切事物彼此聚集」、「收攝於一」而成立「一
個世界」，而這個「力」就是「古來被稱為『自然』（Physis, Nature）
者」（175-77）。這裡除了明顯海德格（Martin Heidegger）世界（或人
世）哲學的影響外，自然與生態的想像也在其中。但這裡是有曖昧的，也
就是當自然被等同於「一個世界」，此時全體性就不容易避免了。

　　西谷在此反應出的可能是京都學派集一性的傾斜走向，這與海德格
人成世界的全體性特質應有「親密性」，因為兩者都追求某種世界的密實
想像，接近文化有機親密。西谷說，回互相入是在「空之場」中成立的
（《宗教》175-76），因為事物的有只能存在於相互關係中。這裡空被轉
為相互性，反而支撐、聚集事物的有，這便是曖昧、去空的關鍵。在本文
的理論（親密）關懷下，特別值得注意的是，這個萬物相互參與的結構也
很早就出現在德勒茲（Gilles Deleuze）的哲學裡。在此須先說明，本文在
此所做的東西哲學並置閱讀，重點不在進行比較，而是嘗試解開不同思
想的界域，讓思想元共處在類似基因庫無分隔、無階層的平面中，重新串
接，希望可以引發思想的冒現或實驗，而不是重複分隔域中的隔斷思想本
體或本色。這是一種思想的親密實踐，可密接，因無可接、接於無，也因
為親密必須在親密之外……。

　　德勒茲哲學核心的概念是「虛在」（the virtual），而虛在的基本結
構即為「共在」。早期德勒茲在解釋伯格森（Henri Bergson）記憶（也
就是虛在的原型）時，即將闡述記憶錐形該章的標題訂為〈記憶即虛在

2　對照用的日文原文與英文譯語為中文譯本原有。根據中文版譯者解說，西谷啟治親自校訂過
　　《宗教是什麼》的英文版翻譯，因此其英文譯語貼近西谷自己的意思，所以以中文版特別以
　　「*」號標出英文譯語，希望對讀者理解上有幫助（見西谷，《宗教》lix）。

共在〉（"Memory as Virtual Coexistence"）（Deleuze, *Bergsonism* 51），
而他對錐形截面（或稱虛在層）之間共在結構的解釋如下：「過去AB與
現在S共在，但這是透過將所有其他截面A'B'、A"B"等都包含進去自己之
中。……這些截面的每一個，或這些層的每一個都包含……過去的整體」
（59-60）。這裡已經可以看到兩種共在的結構，一是現在與過去的共
在，一是過去也就是虛在內部本身的共在。這兩個區分在《差異與重複》
（*Difference and Repetition*）裡又講得更清楚了些：單一過去與它之前
「曾是」的現在，這兩者之間的共同存在不稱為「共在」而稱為「同時」
（contemporaneity），這是一般過去跟現在同步存在的解釋。而真正的共
在是過去的整體與新的現在共在（Deleuze, *Difference* 81），且這個共在
可以成立的更根本原因在於，「這個整體過去首先跟**它自己**共在，於不同
程度的鬆弛與緊縮裡」（82-83）。這是一種內部或內在共在，而現在也
只是時間最緊縮的一層而已。[3]

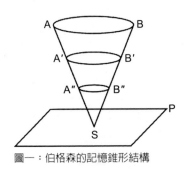

圖一：伯格森的記憶錐形結構

　　這個內在地一入一切、一切入一，或一切與一共在的結構不只屬
於時間或記憶而已。[4] 在時間上，虛在記憶的基本內容為記憶層，而在

---

[3]　簡單說，每一個在「實在」（the actual）層面發生的事理論上都會被資訊化且儲存為記憶的
　　一部分，這實虛同步存在的雙元性是最初階的共在。在後來的《電影II》（*Cinema 2*）裡，實
　　像與虛像同步存在的「晶體影像」（crystal-image）就是這種最初階的時間影像，而更內在、
　　處於時間深處，或真正屬於虛在層次的共在則是位於「過去薄片」（sheets of past）之間（見
　　Deleuze, *Cinema 2* 68-69, 98-99）。

[4]　前面所引《華嚴經》段落中，「不可說劫入一念。一念入不可說劫。……一切三世入一世。
　　一世入一切三世。」已經具有此種時間層次一與一切相入的結構，而西谷啟治在《宗教是什
　　麼》裡也引了經中另外一段為例以說明：「譬如幻師，善知幻術，住四衢道，作諸幻事，於
　　一日中，一須臾頃，或現一日，或現一夜，或復現作七日、七夜，半月、一月、一年、百
　　年……」（引自西谷，《宗教》190-91）。

存在上，虛在的基本內容即是「特異」（singularities），也同樣帶有一入一切、一切入一的結構。德勒茲在《哲學中的表現主義：斯賓諾莎》（*Expressionism in Philosophy: Spinoza*）裡，是如此定義上帝（即「共涵平面」（plane of consistency））之內的「本質」（即特異）：

> 每個本質都契合於所有其他的本質，因為所有的本質都參與在任一本質的生成中。這個狀況並不是存在模式之間或多或少相對的契合，而是一種同時是特異又是絕對的契合，是任一本質與所有其他的本質之間的契合。……本質最後是表達的：不只任一本質在其生成的原則上表達所有其他的本質，它也表達作為此一原則本身的上帝（其中包含所有本質），以及任一個別本質所依靠的原則。任一本質都是上帝力量的一個部分。（303-04）

　　據此，不論從生態、物種、萬物回互相織、特異相涵共在來看，一與一切相攝的結構應該是飽滿、親密的，沒有什麼事物是不與其他事物相密接的，甚至是內部密接：「天地與我並生，萬物與我為一」，且是內在地。而除了網之外，摩頓也使用一個碎形構造來說明這種「去中心」的無限整體性：門格海綿（Menger sponge）。門格海綿是康托（Georg Cantor）集合的三維呈現。這個集合是這樣構成的：把一條線分為三等分，去掉中間的一等分，接著依此類推，再去掉剩下兩等分各自中間的三分之一等分，如此去除下去就產生無限的點與無限的洞——這也呼應前面的網是由無限網點與洞所構成的——這就得到一個康托集合。這個集合原則上應可無限向下分解而得不到親密性，但門格海綿是可以做出來的，表示它可以是實際存在的飽滿、相包含的一個整體，如同一個生態系。

　　此處很重要的是，門格海綿的拓撲維數是一（〈門格海綿〉）。這「一」意指此相互關連的親密結構即是一個世界的基本結構。前面已提過，在結構主義的定義裡，元素的存在意義只在於其差異或不同於其他元素。這些可稱微小差異，都是屬於同一個差異（結構）內的局部變化。這獨一差異因此是一個世界的充分理性：在德勒茲的哲學裡，一個微分關係或一個特異能實在化、展開為一個世界，正是因為虛在關係或特異是一與整體親密重疊（否則就不是特異的定義）。這應相當程度上呼應了理論物理對宇宙奇異點的定義：大霹靂從此點開始，展開為一個宇宙，而一

個宇宙是以立體、多層次碎形或分形展開的，如同一個門格海綿，因此奇異點之中即以虛在、潛態的方式包含了之後出現的宇宙全體。這多層次分形明顯地假設了一種資訊結構，亦即同一關係展現在不同層次、維度，形成一個分形即是整體分形的一入一切、一切入一的關係。[5] 而如果上帝粒子的存在證明，構成事物的基本粒子是通過希格斯「場」（Higgs field）才取得特定質量，那麼在這一界裡，物質與資訊關係不是分離開來的：特異同時含有物質以及一入一切的結構關係，因此不是形質分離（hylomorphic），而是彼此內在包含。或者說，因為分形是物質的分形，而關係也是物質的關係。

總括而言，一個世界或一個生態系的出現假設的是系統中的元素彼此緊密相合、相互交織，每一個元素都與其他元素相關連。也因此摩頓可以使用類似量子物理「非局域性」（non-locality）的概念說，「『此處』已包含『他處』，……『此處』就是『任何處』」（*Ecological Thought* 56），因為所有的點都與其他點相連結（更精準說應是每個點與整體重疊）。因為此一整體親密關連性或系統性所指出的是一個交織而成的世界結構，我們因此稱這第一種親密為「一界密」。

回到前面所提西谷啟治空的曖昧。在西谷回互的說法裡，一個世界的收攝、聚集為一，雖說是建立在無根底的空之場裡，但卻轉為「自體」與有的支撐基礎，而所謂回互相入則成為一世界中一切事物彼此緊密共構的互成性，可說是互為主體或「互物性」（interobjectivity）的類似版本：「如果將使萬物收攝為一、賦與秩序、使『世界』成立的『力』稱為自然的話，這種『力』乃是屬於在一切『事物』之間」（西谷，《宗教》194）。這「之間」是沒有空隙的無間回互網，空因此被塞滿了。這一方面過於接近有機整體社會的想像；一旦每個人都與其他所有人緊密關連，這就是一體性的狀況，也就是上述所說京都學派的傾斜。每個個人都是整體倫常關係所成立與決定的，這相互牽「絆」或許真是日本親密性的一部分：回互相入是自體，因為個別的自體或關係的外部是不存在的，這集體性與個體性之間的陳套辯證在中期西谷、甚至是無間之間的和辻哲郎那裡似乎沒有被「超克」：和辻哲郎的「間」是建立在準儒家「人間」倫常關係之上（見楊儒賓401-05），因此雖說是間，但只有倫理關係並無鬆脫之

---

[5] 有關華嚴相攝結構與分形幾何的共同性，可參考陳士濱（336-45）。

間。這與他們都多少採用黑格爾（G. W. F. Hegel）（除了海德格之外）或許也有關係（見楊儒賓407-17）。在強調「負性」的邏輯系統裡，最終是「否定的否定」成立了絕對精神，而空之場也是再進一步空掉現代性「虛無之場」的空空運作，將虛無轉為「有化」之場：「此有化之場是可對一切事物說『是』的大肯定之場（*this field of be-ification is the field of the Great Affirmation, where you can say Yes to all things）」（西谷，《宗教》150；參見陳一標、吳翠華xlviii-liii）。再者，無間之間也讓摩頓的網有可能成為沒有中間空白的網，非局域性（此處即一切處）也可能轉為個體與集體的拓撲疊合，去中心也可能變成關係、結構決定，而門格海綿是應該充滿孔洞、無限鬆開，而非變成飽滿緊密的三維體：後者是無限分解或空被堵住了，孔隙、之間由消解性轉變為集聚性——實線的持續分解應也指向巴迪烏（Alain Badiou）說的「一**不在**」（23），但也轉變為集合（每一段實線都是由兩段次實線構成的）。「空、間」在密實親密裡被取消，因緣連結成為無邊無際的網，門格海綿與集合的底層都漏不出「外面」，只剩實線、實點連結，只剩一界密。但摩頓畢竟堅持空的一面，也挑戰身份與本體的飽滿狀態，而他也強調門格海綿是充滿空隙的，也就是世界是充滿孔洞的，因此重點在如何還原或如何解釋「空、間」。換言之，這一入一切、共涵平面仍有未釐清的曖昧，下文當再追究。

親密性2：一線密

　　前面關於一個世界緊密結構的解釋已觸及開展出來的實質世界以及虛在共涵關係，即特異之中所包含的世界的充分理性。這虛在關係的核心結構是記憶，也可等同於資訊。如果是資訊，那就是物質編碼、計算、書寫，因此可以描述為線性的。在前面提到的伯格森記憶錐形裡，每一個可具現為一個實質記憶世界的虛在截面也因此可說是線性的，如同DNA的編碼是線性的，但這線性表現的是整體關係或全體計算（共在），才能實在化為一個整體世界或生物（如胚胎、人體）。我們也可以想像，宇宙似乎被一條線所貫穿——或者無數條線。

　　德勒茲與瓜達希（Félix Guattari）將事物也統稱為「層」（stratum）。他們在討論「內容」與「表現」的區分時，將事物分為三層，一是無機的，如地質、晶體、非生物化學等，二是有機層，三是如人類（但不是人

類本質）一般更為解界的層（德勒茲與瓜達希沒有明確賦與名稱）。他們談到無機層時以地質層形成或結晶化做為例子來說明，形式與表現的區分在這一層裡只是同一物質大小或程度的差別而已，如同細沙粒累積、堆疊至形成地層（Deleuze and Guattari 57）。再者，如結晶化所示，其變化、運作只發生在當下結晶一圈的表面，即最外部的表層，與前已結晶的晶體內部沒有關係。變化只發生在直接物理接觸的局部之上，而沒有產生全體變化（結晶化碰不到晶體內部）。德勒茲與瓜達希據此認為，晶體明顯是受制於三度空間的「界性」（territoriality），因而結構無法複製自身，只能讓變化發生在局部表層上，他們稱這種層層接觸性的引動變化為「引發」（induction）（60）。然而在第二層的有機層上，表現就脫離於內容，也脫離於二度與三度空間，亦即產生了解界的運作，而有了自由。這是因為有「自主與獨立線」的出現，亦即負責編寫生物遺傳資訊的核酸序列。透過此資訊線性，有機生命可以複製「它複雜空間結構中的所有細節」，亦即複製整體，並且「讓它所有的內部層都與外部產生『拓撲接觸』」（60）。譬如外在環境的變化不只影響到表層，而是及於整個生物體甚至基因；突變就是整體變動，會牽動身體最底層或最深層的結構與化學變化，而發生在基因線性上的編寫變動也會產生整體身體的變化：一入一切、一切入一。德勒茲與瓜達希稱這種線性（全體）的表達為「轉導」（transduction）（60）。

　　遺傳符碼的連結是緊密的，編碼與順序都不能出錯，因為這涉及生物體的全體關連，不只是單一器官與功能而已，我們因此可以說，任何系統性事物（包括一個世界）的整體關連是來自於這種資訊或符碼的整體計算、編寫，這也說明了一致性是一種全體計算關係。我們可以訴諸較素樸的書寫經驗來解釋，雖然德勒茲與瓜達希反對將遺傳符碼視為語言。當我們書寫一篇文章到一定階段，一種思想的整體性就約略出現，之後，只要我們調整一處的說法，就必須全篇相關處都一併調整：一切相入的非局域性也出現在這種日常的書寫裡，因為這裡有全體關係。一個概念必須返回整體論述、邏輯中取得全體關連或一致性才能成立，這也可以說明程式書寫裡「遞迴」（recursion）的重要性。特異的核心結構因此也可視為一條線，如同一個截面或一個微分關係，而因為這一線是一個整體世界的內在關連與充分理性，因此這種親密性可稱為「一線密」。臺南天壇的一字匾可以是在表示這一線密，至少因為自然或道通常被視為一個一致整體，即

一切事物都匯歸到這一線裡。《莊子》〈齊物論〉裡有「道通為一」的說法，也指出這或許多少是道家對自然一體的理解：「朝三暮四」與「朝四暮三」是一樣的，加起來都是七（《莊子》）。除非這裡的「一」不意謂一致整體，不指向單一世界……。

　　一線是一世界：一花一世界是物質，一線一世界是資訊。我們現在因此知道APP是如何透過編寫這一線又一線來改變世界全體，我們是從物質宰制進入到線宰制的狀態了，第四次工業革命或「網絡實體系統」（Cyber-Physical System）的普世開發、應用是明顯的走向了。這「世界的線性化」到底意謂什麼是需要深入思考的。前面已提到，特異同時含有物質以及資訊關係，因此不是形質分離，而是兩者相互纏繞、包含的。晚近在人工智慧的討論裡，笛卡兒（René Descartes）唯心哲學又重新受到重視，可見資訊線性壓倒物質的傾向了。在上述德勒茲與瓜達希對線性的解釋裡，線性涉及的表達雖直接與遺傳符碼相關，但需要依靠核酸以及核苷酸此細胞膜內的分子來攜帶，也涉及在內容層次蛋白質的製造（氨基酸序列合成）（Deleuze and Guattari 59）。這資訊與分子的關係都是線性的，因此可以說特異是形質並存，雖然如上所論，其連結關係（符碼關係）仍處於主導地位。重點是，原來的「內在」雙元關係需要遵守一定順序，不只因為編碼有順序，更且因為物（內容）有順序。這是時間、聚合、演化或成長的結果，且形成一種親密關係：資訊與物質的親密。現在，在人類「翻譯」（第三種層的表達）的運作下，語言符碼超越遺傳符碼的「空間性」而進入「時間」層面，更進一步脫離前後順序的限制，更「解界於」內容，成為「超編碼」（overcoding）與「超線性」（superlinearity）的表達運作：「語言在其自身之層的特定條件下，具有代現所有其他層的能力」（62）。[6] 更有甚者，這應帶有正面意義的「普世翻譯」一旦陷入「符徵帝國主義」（imperialism of the signifier）的危險，便自認可以扮演「抽象機器」的角色，穿透所有存在層，「操弄所有層」，而無視個別層的符號秩序（或者說資訊與物質的親密）（65）。在

---

[6]　德勒茲在此所謂的「空間性」是本文前句所指編碼的順序性，因此已是時間或演化的呈現結果。然而，嚴格德勒茲的時間是更自由、更虛在或更解界的狀態，更脫離順序性或關連性。或者說，這裡涉及德勒茲理論裡時間的兩個面向，一是流變所產生的固定關係，如記憶或歷史等，一是力的純粹解界、無組織或「根莖」狀態，因此帶有「反系譜」、「反記憶」、反歷史的面向（Deleuze and Guattari 21, 23），但也因此如德勒茲的批判者所言，無法避免會帶有暴力與宰制的一面。

這裡，超級線性把自然線性化，物被全體調動。這不只是普世翻譯，也不是內在構成全體親密，而是喪失整體（空間）與內在節奏的狀況，傅柯（Michel Foucault）的生命政治或「控制社會」是需要談到這裡的。我們在此觸及的是「物的受難」（passion of the object）；物成為全體「受弱」（vulnerability）的狀態，因為它的內部被符碼「碰觸」了。[7] 早在人被人工智慧取代之前，是物早已進入本體失所、失根的狀態：無產階級化或者盧卡奇（György Lukács）的「形上失根」是進化到物或本體版了（可稱物的離散或本體離散），而「物化」也退位給「無物化」的全體運作。[8] 從這個角度看，躁鬱也不是意識或心靈的問題，而是一種物的躁鬱、本體的躁鬱：各種物，從生態、氣候，到人、分子、情感與賀爾蒙都陷入某種雙極化的狀態──另一種的人類紀或非人類中心化。生命喪失節奏是發生在更根本的本體（同時涵蓋不限於人和有機物的物體〔物質〕與感體〔受感〕）上的。這物的躁鬱也指出，我們需要的不只是人的精神分析，也應包括物的物感分析。

德勒茲在《摺疊》（*The Fold*）裡所討論的狀況不少屬於上面所描述萬物相互包含的一界密。摺疊在虛在或「靈魂」的層面就是內在摺疊、包含，一切入一；單子不只與世界有著無窗的親密關係，其內部更是包含所有其他單子。但他也在詮釋翁泰（Simon Hantaï）的畫時提到線條，這部分的討論在此有特別的相關性與重要性。翁泰前期，特別是1950年代的畫是無限摺疊、無限飽滿的；畫中充滿各種管狀物的交織與穿透，可充分表現萬物緊密相入、交織的結構，其中空白是不存在的，而凡是有空間、通道的地方都是其他物穿滲之處，猶如自然中沒有真空一般。[9] 但自1960年代起，翁泰開始摺畫布，把摺疊從內容變成「方法」（Deleuze, *Fold* 35）。德勒茲把翁泰這中後期的摺布表現分為兩種摺疊，或稱兩種線條：「巴洛克」與「東方式」。當翁泰持續不斷在同一空間摺疊、塗色時，空白便無法存在，德勒茲稱這是巴洛克的線條，而其摺疊是「飽滿」的。另外一種

---

[7] 這裡對「受弱」的解釋是採對暴力批判的角度而取的，單向突顯「超級線性」的本體入侵帶來的狀態，但受弱也帶有萬物相受、相連結的一面，因此也能成為倫理的基礎，如巴特勒（Judith Butler）在《危命》（*Precarious Life*）等處所主張的一般，那麼或許超級線性或「智慧」容受或不容受就會是關鍵的問題了。

[8] 莊子的「物化」因此可說具有本體親密的意義：是物的內在形成，或物與物之間的自然、內在轉移；現在的物符碼化是無物了。

[9] 翁泰的畫作與相關解釋，可參考Archives Simon Hantaï網站。

東方、中國線條則是「空白」的，是當翁泰在畫布中間的摺疊區域留白，而只在此空白的周邊塗上顏色（36）。德勒茲的解法等於是把翁泰早期的飽滿穿織等同於中後期的一種密摺狀況。我們如果嚴格看待從內容到方法的轉變，再搭配翁泰從1960之後的風格變化就可以有另一種解釋。[10]

　　從1966-1968年的「孟村」（Meuns）系列開始，翁泰就一再說明他的摺布與上色手法是在讓白色（留白、未上色）更為突顯或更為擴大。[11] 一方面，當內容變成方法，原先飽滿的畫作內容也轉變為摺疊的產物或結果；這裡已有的意思是，飽滿的世界只是布上一摺。再者，層次對調也表示，摺疊的不再是飽滿的穿織物，而是空白的畫布：中間的摺是留白的，而周邊是上色的，這讓畫作的空白看來不再是顏色事物的中間空隙，而是顏色是從空白的間隙中、從空白的摺疊中出現的。這不只在「孟村」系列，在看起來飽滿的「習作」（Études）、「格版」（Tabulas）等系列更是明顯。因此，德勒茲稱巴洛克摺疊為巴洛克線條，就等於指出翁泰從一界密走向一線密（一摺密）的發展了。這與一字匾同樣有天地一畫的意涵。但這裡，因為底層是空白的，這就跟資訊、編碼一線有完全不同的意義了。翁泰從1960開始的摺布作品就像是穿織的世界從原來的油畫內容變成飽滿的一塊中間的摺（到了「卡達木洪」（Catamurons）系列，這塊上色的區域只佔畫布中間的位置，其四周全是空白），到成為空白的邊緣，最後似要沒入空白底布之中，如同一個世界從生轉沒的過程。「格版」系列不少作品是整張整齊單色格子色塊，中間的隔線是空白的；德勒茲將這個系列描述為一個「實體（solid）將其內在投射在規則摺疊的平面上」（Fold 36），但我們也還可以說，這些實體規則是從空白平面中生出來的，是摩頓空白網格與實體線的另一種版本，或其對照、負片：空白線與實體網格。翁泰在最晚期（1983-2004）的作品裡使用稀釋畫法以及廢棄物來創作，其中圖樣或組織已鄰近消解邊緣。而在他最後的作品之一，2004年的《Hebel》（也稱《Hbl》或《Hobol》）裡，早先一幅作品《丁香格版》（Tabula Lilas）的影像持續經數位處理，最後銷溶成一片半透明的「氣」；"hebel" 是希伯來文，意指氣。[12] 包括《Hebel》在內的一批作

---

[10] 翁泰的摺布手法，以及其摺疊與德勒茲思想的關係，可參考顏彗如（〈西蒙‧翁泰〉）。

[11] 此點可見Archives Simon Hantaï網站，"his artwork"項目下的"Meuns"、"Études"與"Blancs"頁面。

[12] 此作品名稱，Archives Simon Hantaï網站寫為"H.b.l"與"Hebhel"；本文依照Wikipédia網站"Simon Hantaï"頁以及巴赫內（Sylvie Barnay）文章（81）的版本。

品於2005年展出，翁泰在寄給儂希（Jean-Luc Nancy）的展覽目錄裡額外寫著：「唯一關於我的就是這個標題：Hobol, Hebel 或 Habel……『氣』（buée）」（"Simon Hantaï"）。他也描述自己時常夢到，他一切作品瞬間從世界上消失無蹤——他的《氣》的創作手法開始於2001年的《壽衣》（Suaire）數作，這樣標題的取法應是很清楚的了。或許在這裡，資訊與物質都回歸到一種與空的親密狀態，如同氣與天空的關係一般，而一線世界在此也被越過、沒入了。只是在翁泰的狀況裡，最後需要保留的是那一氣的存在：他接著作品消失的夢寫到，唯一沒消失的像是牆上的作品「要保護的地方」，那裡因「少了髒污而有了微小差異」（引自Barnay 81）。數位跟藝術商品化或許是他要抵抗的兩大因素，因此他自1982-2008就幾乎退隱了，也把不少作品贈送給巴黎市政府與龐畢度中心。這就像他在「殘留物」（Laissées）系列也切割自己具有代表性的作品（參見 Archives Simon Hantaï），我們因此可以說，他是透過消隱或終結而保留氣，也保留了切開、跨越密織世界（數位與資本）的可能性。

親密性3：空密

　　摩頓在討論佛教空與批判理論的關係時說，後者表現出他所謂的「恐佛症」（Buddhaphobia），而其所恐懼的對象是一種內在的「親密性」（Morton, "Buddhaphobia" 187）。這裡的問題當然是這親密性到底是什麼。前面提過，結構主義的結構負性差異同屬為一，而門格海綿的拓撲維數為一。德藍達（Manuel DeLanda）依照差異化層級，將幾何學分為歐幾里得幾何、仿射（affine）幾何、射影（projective）幾何，以及拓撲幾何。歐幾里得幾何是度量的（metric），亦即不同長度、角度與形狀就是不同的幾何物件，如三公分不等於四公分，但在仿射幾何裡，線的直性（straightness）與平行性（parallelism）還是不可變的或有區分的，但長度就可以變化，亦即不管多長都屬同一形狀。而射影幾何則是在投射的狀況下都可視為同一個物件，亦即長度、大小跟角度都不具區分性了，譬如把影像投影到不同角度的螢幕上，這時這些因投射而變形的形狀都屬同一個。更進一步在拓撲幾何裡，只要不增加點，也不融合兩點，則對所有點或形狀所做的任何變化，包括折、壓、拉、彎等「持續變形」，都不具差異，都是同一物（DeLanda 23-24）。更與本文相關的是，這些變化不

包括「撕開或黏合」，而重要的拓撲性質是「連通性與緊緻性」（〈拓撲學〉）。撕開自然是跳脫世界了：撕開是增加點，指一不是一，或同一不存在，而黏合則為減少點，因為兩點為一，表示二不是二，或差異不存在。同異的消失或二元結構的消失就是世界的消失、隱沒。德藍達的討論是以數學當作例子或比喻來說明，從拓撲、射影、仿射到歐幾里得幾何的變化，如同在「本體上」從虛在「內集」（intensive）到實在「外延」（extensive）的逐層實在化過程，即每一個更為實在化或區分化的階層都是上一個更無區分的內集層面的變化（24）。

　　當然，內集性就貼近特異了。也就是說，一個特異就是一個拓撲、一個世界、一個宇宙；一個緊緻、連通、密接整體的出現就是一個拓撲。在拓撲幾何裡，只要兩點不重疊都屬同一個幾何域。這可連結到電影《星際效應》（Interstellar）裡對蟲洞的說明：只要把一張紙的兩點重疊，就越過一個世界，進入另一個世界了。在這裡，科學理論的想像與哲學理論是親密的，都是在構思超越世界的可能性，所謂時間可以倒退的意思也是一樣，亦即對邏輯或因果關係（密接整體的結構性）的改變是對存在世界的改變。相關科學推論的限制也在這裡：我如果回到過去殺了我的祖先（因），我還存在嗎？且我還能回到過去殺掉我的祖先嗎？這裡核心的推論都直指當下一界密背後的一線密（整體關連的因果性），也都涉及我能不能改變我的核心問題。一般科學推論忽略的是，如果我們談論的是跨越世界（超越這個世界的決定）的問題，那麼「我殺我」（我把我撕開，或我跟我重疊）的邏輯困境正在於從單一元素（我）的角度來推論整體關連（結構、世界），因此自然是無解，也問錯問題了。這裡的邏輯困境也說明，德希達（Jacques Derrida）的aporia屬拓撲關係，因此邏輯上「無解」，而拉岡（Jacques Lacan）拉、彎、扯的「持續變形」，無盡轉來轉去的扭結關係也是拓撲學的一個領域，自然也不能拆開、無解，因此他最後幾年只能持續追問脫離「無／唯一意識」（Un-conscient）的可能（見Voruz 134）。

　　在此可以唐三藏、孫悟空與如來佛的關係來說明。孫悟空一翻十萬八千里，這是一界的距離，因此指向一界密，也就是嘗試建立一個點跟十萬八千里內的點的非局域性親密。重點是，世界的整體親密是資訊關係的啟動：石頭（物質）有了靈性（資訊）就表示逐步發展出整體關係。唐三藏的咒是符碼串成一線，是書寫，表一線密的狀況，因此能夠化為緊箍咒，束緊大腦，亦即透過線性來編排初步分散的資訊，以建立緊密世界、轉導

物質世界（石頭），孫悟空因此自然是受制於控制機制了。在梵文裡，「咒」有記憶術的意思，能「於一法之中，持一切法；於一文之中，持一切文」（見《佛光》「咒」與「陀羅尼」條目），這當然指向一切入一的整體親密關係，亦即資訊或符碼的層面。再者，唐三藏所代表宗教與政治的連結關係也指向世界的符碼化、統合化、線性化，甚至是德勒茲與瓜達希所稱的「超編碼」、「超線性」運作——如果宗教與政治兩者結合為一，而不是構成張力關係。更重要的自然在如來佛之上。孫悟空一翻十萬八千里，但卻翻不出如來佛的手掌心，是因為拓撲翻轉只能在一世界裡，在十萬八千里裡，因此要越過如來佛的手掌心就必須讓兩點合一、世界空，取消同異，以穿過蟲洞，翻到另一個世界——但也可能就是脫落於外部、脫落內外，不一定再進入另外一個世界。這裡就有張力了，也顯示消解超編碼或者消解世界的面向。這裡是可以呼應廖朝陽的說法的。空或死亡具有更新知識、文化或任何成立物的效果與意義，因此與生是親密的：生死親密，因此這種親密可稱空密。唐朝或漢文化要能找到文化更新的可能，就必須終止自身、沒入空白，才能跨越到不同世界（印度佛教），產生新的世界化。

一界密是緊密回互世界，而其條件或者充分理性則是一線密，是把局部、分散的部分整合，把世界排成一條線、一個順序，如此才能開展為相互關連的親密世界——梅亞蘇（Quentin Meillassoux）所批評康德的「關連主義」不應只是兩個經驗或個別元素之間的關連，而應是一個世界或體系（西方現代體系）內部的整體關連。但如同翁泰晚期的摺空白一般，當線、摺疊只是空白的一個波紋、翻轉，當格子的世界秩序也同樣是從空或空的間隙浮出來的，則相對於一界的回互、一線的摺出，空就必須是一線沒入、一線散離。生死親密、空有親密必須具有肢解義。在《莊子》〈養生主〉庖丁解牛的故事裡，當庖丁不再使用分割或分配式的眼睛官能時，他就能使用無區分的「精神」來感知牛骨之「間」的間隙以下刀，而這「以無厚入有間」的肢解法就讓牛「謋然已解，如土委地」。牛體之所以能沒入空的平面也應該是庖丁讓牛的組織兩點重疊，才能跨越這拓撲牛。文惠君說，「善哉！吾聞庖丁之言，得養生焉。」這也應該是以死養生，解開回互繫縛取得自由，稱為「帝之懸解」（《莊子》）。

西谷啟治晚期或許因為理解到自己中期所提出回互相入的說法帶有同質或有機共群的傾向，是空或間被取消的密織無外世界，因此才在〈空

與即〉裡產生一個大**翻轉**，修改回互相入的說法，並進而提出「不回互」來作為最究竟層次的解釋。在〈空與即〉裡，回互相入仍然解釋為「一即多、多即一」，並且也持續主張這種萬物相入或相「聯關」就是世界或「世界化」。而這裡的一多相即就更明顯喪失空的面向了：一即多是從世界一端來看萬物，此時一指的是一個萬物開顯的世界，而多指的是世界之中含有的眾多「局所」；多即一則是從萬物端來看世界，此時多指的是個個物都有個別自性，而一則是這些個別物都各得其所（200-01；138）。在此一即多裡，多只是一的局部分割，在多即一裡，一只是多的自適、自得。西谷認為，這種複雜的關連雖可透過邏輯如科學與哲學來解釋，但這些「理」並無法真正涵蓋現實事物，後者只有情意性的經驗才能觸及。因此，除了「理法界」，也還有「事法界」的存在，而一即多與多即一的表達方式就是要達到「理事無礙」的層次，讓世界複雜的關連能透過「即」這樣的形式來表達，而理事無礙的「無礙」指的就是這個即的意思（201；138-39）。在這裡，我們只是看到理性的解釋（理法界）與感性的解釋（事法界）要能相容、相即而已，但看不到空的介入。[13]

　　但為了再從回互相入的理事無礙推進到事事無礙法界，西谷接著提出頗為怪異的說法，將世界的一與事物的多完全隔離開來成為兩個對立的端點，而兩者之間的場域才是回互相入的相對世界。就世界是一或開顯而言，必須先有「絕對性」、「根源性的開顯」作為場所，才能讓回互相入的事物關係（「局所」或「相對性」的開顯）在此間發生。但此絕對的開顯是「絕對的一」，並不包含任何相對或回互關係的存在，因此是「不回互」的：

　　　世界的開顯自身作為絕對的「一」，不含有任何的相對性，也完全不含有作為事物與事物間之關係的場所之開顯的意味。它也斷絕了

---

[13] 西谷啟治在《宗教是什麼》以及〈空與即〉裡，都訴諸華嚴宗的四法界作為解釋架構：事法界、理法界、理事無礙法界、事事無礙法界（見陳一標、吳翠華 lvii；陳一標316）。事法界指「差別之現象界」，也就是因緣所生的一切諸法，相應於所謂「小乘」所觀之法，強調的是我空但法有；理法界指「平等之本體界」，也就是一切諸法的空性本體，相應於大乘初期以空為主的觀法，強調我法皆空；理事無礙法界指「現象界與本體界具有一體不二之關係」，為大乘佛教更進一步或更後期所發展出來的觀法，強調「空有無二，自在圓融，隱顯俱同，竟無障礙」；事事無礙法界則指《華嚴經》中一切諸法相入相攝、「周遍含容」、「事事無礙重重無盡」的層次（《佛光》「四法界」條目；陳一標316）。

如在回互或相即所包含的，帶有相互否定性的「辯證法性」的相對性，它作為絕對的一，是不回互的。在此，世界成為世界一事也是純一無雜的唯一事，超越任何的局部性。世界的開顯等同虛空，是「無一物」的。在此意義下，它是全然的「無礙」。無礙見於此世界的開顯。（201-02；139-40）[14]

　　在事物是多這一邊也一樣。事物個個有別，都顯示出「絕對是其自身的『頑固』自我同一性」，因此是徹底分隔的，帶有一種「內在的閉合性」，成為絕對的一，因此也斷絕任何相對性以及「和他者相互滲透、相即的『回互性』」，所以也跟絕對一的世界開顯一樣，是「不回互」的（202；141）。這裡的解釋之所以怪異在於，西谷看來是把場所與內容分離開來，認為兩邊都是絕對的一，或者一邊是絕對一，另一邊是絕對多，因此不回互，而混在一起或兩端都往中間站一步時才回互。但就各自為絕對的狀況而言，兩者是不相即且是矛盾的。在推進到事事無礙法界時，西谷先將一多的回互轉為一多的矛盾，接著再將此矛盾描述為同一：

絕對的一與絕對的多的同一性，既不是一即多，也不是多即一，也不是這兩個相即的相即。若勉強要說，可說是一即零、零即多，乃至這兩個即的相即。這不是任何意義的理法、logos，是絕對無理的，是非「理」的。……作為世界的聯關的具體的現實「世界」，是唯有透過作為絕對的不回互相互矛盾的兩極是同一這樣的方式，才成為可能的。……這不外就是「事事無礙」法界。（205；144；陳一標328-29譯）[15]

西谷原是將世界定義為理事無礙的回互世界，但在此又將世界的定義往前推，視不回互的絕對開顯即是世界，是「世界自身的『世界性』」。是這個事事無礙的世界讓理事無礙的回互世界成為可能。但西谷又多加了一句，同樣的，讓一般回互世界成為可能的也是另一端「絕對的事」或「頑固的事實」所代表的事事無礙的世界（205；144）。換句話說，事事無礙

---

[14] 此處譯文取自陳一標（327-28）的譯法，後文同此狀況時，直接在文中註明。

[15] 英文版將「零即多」錯翻為「零即一」；感謝廖朝陽於〈空與即：理論中有親密世界嗎？〉演講上提供的誤翻表。

的世界同時在兩端表為絕對開顯以及絕對事實，或絕對一與絕對多。再更進一步，絕對開顯那端是「全然的虛空」，而絕對多那端則脫離於秩序化的關聯「宇宙」，現為某種原初「混沌」；在此，空與混沌這兩端也是同一的（205；145）。

西谷這裡的推論有窒礙，不夠親密，正因為空顯不出來，而常取代以絕對和相對，一和多，直到空與混沌的出現才有超越翻來翻去的邏輯拓撲，指出超越的可能性。對西谷來說，進到事事無礙法界才是屬於宗教的領域，而他所謂的宗教卻似乎單純是超越邏輯而接受荒謬事物的存在，因此他訴諸「信」來做為這宗教層面的原則（206；145）。但這種解釋較適用於一般神蹟等非邏輯之事（見206-10；146-51），遠離了與空的親密性。這裡的搖擺以及對空的遮顯可能是西谷哲學甚至是京都學派的界限，因此包括西谷啟治與西田幾多郎在推論空時最後都偏往淨土信仰，遠離了空義（西田284-85, 317-19）；西谷在這裡不只將基督教對神蹟的信仰類比於佛教對大乘的信仰，並且說在真正的宗教裡，「信仰」與「咒術」雖是表面上對立但卻共同構成「根本的一體」（Nishitani 210；西谷，〈空〉150）。的確，西谷在這裡是在闡述一般宗教，並區別於打破一切有、體證「廓然無聖、本來無一物」的禪師境界；他們則能「超出」信仰與咒術了（211；152）。然而，這裡的關鍵在於，如果事事無礙是空的最高表現，那麼矛盾的同一就不應下降為一般對神秘之事的信仰，而能指向與空的親密關係。

本文在此做的是，整理西谷思想中帶有「超克」潛力的關鍵，嘗試進行「蟲洞」理論操作，將繞不出世界的推論與邏輯進行摺疊，產生穿越的可能。西谷把一多兩端都視為絕對的1，而中間是絕對的相對化，類似0.5 + 0.5，因此只有除以二，但沒有空。他把這中間視為回互的世界，而兩邊是分斷的。但本文要顛倒過來，把中間無間密織的一界密與一線密還原回空、間。所謂矛盾但同一也就是蟲洞的兩點重疊，它依靠的不是或不只是信仰，而是中間把一即零、零即多連接起來的零或空。是超越一多、同異，才讓矛盾或兩個分隔的點可以即，因為世界的法或全體關連（因果）已沒入空，這樣的即是分開的即，不相即的即：一即零不同於零即多，而是要各自即零，也因此，這裡的即，如同西谷所強調的，不是簡單在同一空間中平順的即，或者如小野真所說，不是「水平」的即（見陳一標329）。也就是說，這是一種不共即，亦即不屬同一世界的即，不即於

該世界，但還是種即，因為同一，因為差異世界的消隱，因為定義這兩點的世界沒入空、是空。或者，A點是空，B點是空，就沒有兩個點（一不在，何有二，不一不二可做此解）可以相互比較跟相互即，因此不回互，但是即，因為都是空，但空不是單純的即。這應多少可以解釋事事無礙。

再更進一步說，這中間既然是空，則它隔斷兩端（不相即），讓它們處在某種相互外部性的狀況。這兩端在此不再是一個世界的一多，而就是不同世界，在此變成各為外部的特異世界。這裡還可以再做一個變化，較貼近西谷的說法：一端的絕對一是世界的絕對、「根源」開顯，但這開顯等同於「虛空」，是「無一物」的。這虛空從一端變成實際存在物或不同世界之間的空間，讓這些世界不回互、相互分隔，成為閉合的特異。這裡的重點是，理事無礙的回互關係是一界構成的，但事事無礙（兩端或多之一端）是界界或線線處於外部關係，因為都是空，是偶然織成的世界而已（是石頭突然有了靈性而已），也因此可以跨越不同世界（不共即）。[16]也就是說，蟲洞不只有一個，是有無數個，而如同量子世界，可穿過的世界也是無數世界。如同A世界從空升起又沒入，B世界從空升起又沒入，如此以下。如果使用翁泰的摺疊來比喻，就如同從白布中摺出一摺，接著該摺沒入，又摺出一摺，該摺又沒入。摺摺、界界之間不回互，因此真有「間」，但相即，可沒入、穿越，從一個拓撲解除，再繫為另一個拓撲。兩者之間不是單一拓撲的往返穿織，翻不出如來佛的手掌心，而是不做邏輯編織，是脫落沒入。西谷在《宗教是什麼》裡也有走到這裡：

---

[16] 早些年前，廖朝陽曾連結金庸小說《天龍八部》的傳奇結構與西谷啟治回互相入的本體結構。其時他尚未參考〈空與即〉一文，但該處的解釋已經超出《宗教是什麼》的回互模式，而接近此處隔斷之即或不回互的事事無礙。在該文中，廖朝陽提出「兩截式層次分斷」的結構，來同時安立事物的特殊性以及特殊性的轉化，讓隔絕的差異能個個依自己的「癖性」、因緣，在分隔、不相共的狀態下透過空而達到各自的超越，進入「回互」「底體的同一」（〈《天龍八部》〉534）——此處應解為「不回互、不一不二的混沌」。他也透過「無緣慈悲」的運作來說明：「我與對象已經隔絕不相對，卻無損於慈悲的存在，『譬如日月不作往來照明之心。以諸眾生福德力故。自行往反壞諸暗冥』……所以無緣慈悲雖無對象卻反而能『心無分別，普救一切』……這樣的慈悲觀念本身就形成斷裂的兩截式結構：如果慈是願使生樂，悲是願使離苦，那麼有願求卻無所攀緣……更能保存對象的特殊性，『雖觀無相，不捨大悲』……反而在更高的層次向平等溝通開放」（522-23）。如同佛經中常描述的狀況，天龍八部、人非人等眾聚於佛前，「佛以一音演說法，眾生隨類各得解」（《維摩詰》538；亦見廖朝陽〈《天龍八部》〉521），這應也可作為事事無礙的註解了。

「世界」作為一個全體亦即作為一個「世界」而成立，意味著它是在與許多「世界」的迴互相入中成立的。這個我們的世界是一個相對的世界，其他乃是許多可被想像的可能性的或現實性的（用萊布尼茲的方式來說，是possible或compossible的）世界。但是，在這些世界所被想像的空之場中，一一的世界是可以映現出一切世界者，同時作為這樣的事物，一一的世界也是實在的其自身。（192）

差別是，這裡仍然是把空作為飽滿交織的場所，因此世界與世界之間仍是被相互關係所繫住，並沒有解開、不迴互的可能。而當然，這裡提到萊布尼茲（G. W. Leibniz）的「相共世界」，也可讓我們再延伸到德勒茲的「分離和合」（disjunctive synthesis）或「混沌宇宙」（chaosmos）的概念（見Deleuze, *Logic* 174-76）。[17] 在上面西谷談到，矛盾、不相即的兩端即是「全然的虛空」以及原初「混沌」。這兩者的同一，方才已解釋過。而混沌既是超越迴互、秩序化的宇宙，也應該除了是物質與資訊都沒入空白（無特定關係與構造）之外，也可指向差異世界的連結。但如果沒有了無限間距的空，或嚴格來說連間都沒有的脫落、斷裂，不同世界之間仍只是被織入飽滿摺疊的拓撲連續體而已。換句話說，分離和合不會出現在巴洛克線條上，正如萊布尼茲只透過理性密織來選擇相共、一致世界，而不相共世界是被排除了，不相共還是不相共。沒有了東方線條或空摺疊，不共不會轉成不共之即，但不是不共之共，而是不共之不共即。而另一個重點是，一旦講到世界沒入，就不會只有西谷所說的做為絕對開顯的世界（已不是單一迴互的相對世界），也會帶有不開顯的一面，走向寂然，一如一線可以沒入、牛體可以委地、紐結可以打開、門格海綿可以散離不聚集，因為拓撲維數為零。

　　西谷討論到非邏輯（「不條理」）時，舉了唐朝華嚴宗初祖杜順和尚偈語裡的例子：A男喝酒B男醉，以及某人生病叫了醫生來，醫生卻幫旁邊的狼狗打針（Nishitani 206；西谷，〈空〉145）。陳一標找出這兩個典故的出處，前者應是禪宗典籍常見的「張公喫酒李公醉」，但卻不見杜順

---

[17] 但「混沌宇宙」如果是走向「唯一事件」（*Eventum tantum*）或者「一音性」（univocity）此種圓融構像，即一切事件入一事件或一切存在入一存在（見Deleuze, *Logic* 176, 179），則仍應遲疑、考量。

曾提過此公案，而後者則應與杜順的法身偈有關：「懷州牛喫禾，益州馬腹脹；天下覓醫人，灸豬左膊上」（陳一標329n37）。到了這裡，這些穿越世界的非邏輯例子才不會只有信可以解釋，而是分離和合、混沌宇宙，是事事之間無礙，是透過空而產生的不共世界之間的相即、親密，因此這裡的親密可以說是空密，是親密但無限距離——無限距離是因空，但也因帶有純粹外部性，因此也可說是外密。

親密性4：間密

　　道元禪師在《正法眼藏》〈唯佛與佛〉篇裡有這麼一段話：「謂『盡大地是解脫門』者，即不為何物所拘纏，故得其名也。盡大地之言，于時于歲，于心于言，皆感親切，無有間隙而親密也。無限無際，當云盡大地也。覓求入此解脫門，或覓求出之，又不得也。為何如是？須反省發問！欲尋無有處，當不可得也」（712）。廖朝陽在解釋這段話時特別強調真實（親密）與方法（門）之間的關係：

> 「無有間隙」雖然隱藏虛空，卻也指向「門」不是通向虛空，而是本身就是位在「無間隙處」的虛空：所以「欲尋無有處，當不可得也」……。解脫就是回歸真實的本來面目，預設了一定的親密性。「門」原本指向有外在目的「可得」的方法，可以由技術面來理解；但如果目的是解脫，超出有限目的的格局，真實經驗預設的親密性就必然會投射到技術現實。這時「有物」嵌入虛空，方法（修行、坐禪等法門）不再只是方法，而是遠離主客之分，飽含來自親密感的主體效應。（〈理論〉161）

一旦體驗了空的親密性，則一切親密，因為一切解脫。而從這種盡虛空遍法界（「盡大地」）再回到有間的生命現實或技術層面，就會產生與空親密的特別方法、技術或表達：「道路（門）回歸技術現實（修行者不能怠惰），但仍然指向親密世界留下的無間隙經驗」（162）。這時可以反過來說，不是有物嵌入虛空，而是虛空嵌入有物——以無厚入有間——讓物產生空、間，目的是希望物我都透過此空、間掉落出去（但也沒掉到哪裡去），進入與空無間隙的親密，或至少是以某種表現方式映照、提醒空的

存在；這可說是空的投射，是一種迴身親密。

　　再回到西谷的〈空與即〉，這就涉及他一開始提到的虛空與空之間的關係，也就是情意性、非邏輯性的表達，如文學與藝術，與空的體驗之間有一種密接關係：「詩的語言賦予無限、無相者一個形式」（Marra 177）。而一旦進入表達，也就是進入交織書寫的層面，這時主體就不在事事無礙的宗教領域而退回理事無礙的層面了，但這時的書寫不是密實或全體關連的一線密書寫。西谷略微僵硬地將表達法依理法界與理事無礙法界的區分，分為屬於純粹理性的科學與哲學「論理」，以及屬於情意領域的logos——情意世界包括倫理與藝術，我們在這裡關注後者（Nishitani 201, 204；西谷，〈空〉139, 143）。但當然，類化的語言表達如果不一定是文類本質性的，不同表達法也應該都可以貼近親密空，因為這些技術會帶有「主體效應」。

　　西谷認為詩的語言應該最接近語言的原初狀態。語言裡不只有邏輯或論理這一面，西谷稱這部分的語言法則為「文法」，它透過知性的「分別」作用，分隔出主語與述語，再透過繫詞把它們連結起來構成命題。這種主客分離的理性運作一直以來都是西谷批評的對象，因此不管在《宗教是什麼》或〈空與即〉裡，他都嘗試尋找一種統合全體、不分割的存在方式（回互相入）或語言表達。後者就是語言的另一面，或其原初的一面；相對於文法，西谷稱之為「文」，是相應於根本、純粹經驗的全體性、不分割性，相應於對「事」直接體驗的一種語言理法（Nishitani 193；西谷，〈空〉128-29）。這種語言是「具有情意、生命的人的原本自我表達」，其中「人的氣息」也得到傳達，而這才是他所謂的「『文』的脈絡」（194；129）。這種與「事」親密的語言也必然與空有親密關係：

　　　　所有在如此文脈下所出現的語言的logos不是論理意義下的「理」，而是在事實被給出的本原之處，與「事」為一而現成之「理」，在事實體驗的場所中當下所被會得之「理」，也可說是所謂理事無礙的原初型。在此意義下的語言的logos中，也含有在情意世界中扮演重要任務的「沈默」或「無言」的契機。難以用語言表達，縱使表達出來也不會是真實，這樣的東西在此和語言有同等的重要性。在語言的本原之處，語言和沈默是相互滲透的，也就因此之故，語言也可成為有影響者。（194-95；130；陳一標327譯）

　　西谷開始討論詩與空時，是舉在內容上與佛教有關的詩，如孟浩然的
〈題義公禪房〉，其中對義公禪房以及其所處環境的描寫，如「空林」、
「空翠」，連結上對內在清淨的描寫「蓮花淨」與「不染心」，呈現出佛
教的法義空與詩的情意空之間的某種親密性（180-81；112-13）。之後，
西谷更進一步推論空與表達形式而不只是表達內容之間的親密關係，此時
他提出「文」的概念，並以日本的俳句當例子來說明。他集中分析、討論
了俳句詩人丈草的詩：

　　さびしさの／底ぬけて降る／霙哉
　　Sabishisa no / Soko nukete furu / Mizore kana
　　寂寞的／底脫落且降下／霙啊

西谷的解釋在此具有重要性，以下詳細描述。寂寞的底落下與下雨雪這兩
件事在一般論理語言裡會被分開，並使用連結詞以建立邏輯關係，譬如
「因為」下起了雨雪，讓寂寞變得無底。但在詩裡，這兩個內在（寂寞）
與外在（霙）或者主客之間沒有分裂開來，而是成為一體，重疊、交混在
某個空間裡，這就是詩的「文」能呈現出來的狀況，是最貼近直接的「體
驗」或最靠近「事」原本的領域（186-89；118-23）。西谷結合俳句詩
5、7、5音節之間的「切分」（cut；「切れ目」），以及詩中的「切字」
與「助詞」（teniwoha）來說明他所謂詩的「文」。首先，詩的兩個命題
（寂寞的底落下，下雨雪）在「文法」上有切分、斷裂（caesura；「切れ
目」），但同時也是這個切分把這兩者連結起來。再者，西谷訴諸松尾芭
蕉所說，日本詩歌的生命即位於助詞上，並以詩中的「的」（の）一字為
例。「的」在此有斷句的作用，屬於俳句中的「切字」（cut words；切れ
字）。在一般用法下，「的」是構成寂寞的所有格而已，但在此，「的」
斷開、切分作為第一部分的五音節，讓「寂寞」變成了主題而具有相當於
主詞的地位（「的」發揮了表主詞的助詞「が」的作用），因此定調了詩
作的「氣氛」，也把「底脫落」融入了進去。更重要的是，透過「的」的
助詞作用，屬於內在的「image」、「心象」（無底的寂寞）與屬於外在
的「Bild」、「形象」兩者「重疊」，「產生出一個複合、不許解析的寂
寞的image。這就是詩歌『文』的力量」（190；124）。
　　在作為第二個部分的七音節裡，「且」（て）這個助詞也發揮一樣

的作用。它一方面是切字，另一方面則讓寂寞的「image」「迴響」在這七音節整體，而不只停在底脫落之上。也就是說，「且」讓無底的寂寞以及雨雪落下這兩個「image」重疊在自己之上，並且也再跟前五音節的「image」產生「合響」，而在這個合響裡，寂寞貫穿整個「底脫落且降下」這七音節。最後，前二部分整體，透過第二、三部分七、五音節之間的切分，全部匯聚在第三句開頭的「霙」這一字或意象之上，也讓霙迴響在前面所有的意象裡。最後一字「哉」是詠歎助詞，更是讓詩作所有文字的迴響都集中在它之上。迴響一說是芭蕉提出來的，而要讓詩作裡的意象產生迴響或合響，依靠的是上述音節的切分以及助詞的切字。這些切分或間斷是詩歌真正的力量所在，它們「產生了更深一層的連結」，亦即打開了一個「場域」，讓這種「非連續的連續」之「文脈」得以出現，也讓詩中的意象產生「複雜的重疊」（190-191；124-25）。

　　詩或藝術屬於情意世界，本身相較於論理或邏輯是具有親密性的。一方面，如西谷所說，藝術所表現或擬構的空間是主客或「內外分裂之前的狀態」（187；120）。另一方面，詩等藝術可能都具有西谷所分析切分的連結、斷裂的連續，或稱間合狀態，並不限於中國與日本詩歌。詩大多是隱藏邏輯關係的，因此讀詩的經驗通常是曖昧、模糊的，亦即不同意象之間連結不明，沒有一界密與一線密，而有交混的狀態，因此帶有親密性。即使是最斷裂的「剪拼」（cut-up）創作，如布洛斯（William S. Burroughs）的小說與陳黎、夏雨的詩，都企圖創造一種超越現實分隔的連結可能，或如布洛斯所說，「打破圍繞意識的障隔」。布洛斯因此稱這樣的技法具有「魔法」以及「治療」的效果，並且在剪拼中，「未來漏了出去」（引自"William S. Burroughs"）。這在經驗越為破碎的現代或後現代更具有情意上的挑戰與意義，因為這是一界密與一線密的統合性更強的時代，在其中生命即「未來」漏不出去。也就是說，現實的緊密化、系統化、一線化是一種扁平連續體，它的整體性越強，生命就越翻不過十萬八千里的資訊速度限制。世界越是連續交織，生命就越斷裂，正相反於上述斷裂的連續。布洛斯宣稱，有個「醜惡靈」要附他的身，那是美國的「單一控管、貪婪惡」（monopolistic, acquisitive evil），他的剪拼技巧就是要透過切開語言來對抗或逃離這個惡，是一種驅魔儀式（"William S. Burroughs"）。而也因為詩或間斷創作能在斷裂的意象或世界之間製造連結，或者不製造特定連結而是創造一個空間讓這些分隔的世界能重疊，因

此能在情意上產生修補作用，或能透過情意產生修補作用，讓原已破碎的經驗與情意能跨越隔斷狀態，取回某種即使破碎（或正是因為能夠間斷）也帶有完整的可能。詩歌在感情修補上的作用是明顯的了，也因此詩常跟散文被對立起來，即使只是表面上的。

　　詩讓不同世界進入親密狀態，這是透過切分或間斷才可能的——而當然如果藝術本身只在濃化原已單一世界的有機親密，那可能會走向生命的極度封閉狀態，反向切斷或異離於差異親密性。也就是說，在事事無礙的空密狀態，差異世界的跨越是在本體層次，或者資訊與物質都沒入空、解開固定形式，回復到某種混沌的狀態，因此也無法說有回互相入的結構。而詩人是把禪師在「本來無一物」的境界（事事無礙）「移映」到詩的情意世界而創造了「文」（Nishitani 217；西谷，〈空〉160），那麼這樣的詩與藝術就是在情意化與構像化事事在本體層面消解、無隔斷的狀態，也就是把空化為情意。是這個從本體轉情意的變換讓不相礙、如在空中的事事轉為帶有感受性，讓各自特異的世界不只在法或本體的根本層次是穿越的，也讓情意似乎透過某種流動力把這些世界串連起來。修補力因此與情意力量有特別關係，這一層面有其獨立性，不是單純物質與資訊可以解釋的，雖然三個層面應是分不開的。[18]

　　此處本文特別關注的是，這種與空親密的藝術——藝術應有很多種，要視其實踐而非本質來討論——之所以具有修復的能力，在於其不只不會陷入一線密或超級線性所帶有的危險，即無視其他生命層而任意對之操弄與拼接、宰制。再者，一線密是一個世界的計算、編寫，相對而言雖建立起存在平台，卻也可能走向一世界關係的強化或一體化，因此會傾向耗盡此單一世界的連結或運作，切斷或壓抑整體空或混沌，讓世界與存在變得單一而脆弱。這是因為混沌既然是無量世界的重疊，而世界是其上的一摺而已，則這一摺的單薄與脆弱便是相對於其底層的空厚，說這是一種厚至少是因為其中事物回復不定的樣態，便可以容納無限可能。與空親密的藝術因此會以間斷的方式運作，如同西谷所分析俳句的切分。而在布洛斯的剪拼創作裡，重點並不在於拼貼的產物是否真的預示了未來將發生的事件，而是在切斷的字詞之間構成某種間斷，而非妄想連結，是由解除現存

---

[18]　本文在此無法處理這部分屬於情感力量的細部論述，但它跟物物相互感受有關，應該接近近年來理論關心的「受感」（affect）概念，也因此會修復的不只是人與藝術，而是與空有親密關係的情意力量。

過於緊密的連結而出現在字詞中間的空、間。這空、間因多少回復混沌，便具有孕育或含藏不定世界與連結的可能性，妄想的未來也是其產物。這裡可以再回到上面對翁泰的分析：他的畫或摺疊後來是從空白浮出來的，因此空白成了上色區域的間斷與空、間，其中含藏了無限或不定摺疊的可能，因此與摺疊構成某種親密關係；這可說是氣與虛空親密關係的引伸、輾轉變化，或回身之後的表現。這間斷的親密性因此可稱間密。[19]

　　上面已提及，翁泰說他的創作就是氣，而西谷也說，詩的「文」所編織的是生命的息。這當然不是綁住世界的資訊編織，而是生命可能性的編織。生命按照翁泰的想像，或許接近空中有了氣息，因此有《氣》畫作中底層的白與漸層灰白氣氳之間的親密關係；摺疊最後回復為一氣、一息。而延續西谷背後的思想，如果生命的氣息、呼吸是連結上事事無礙的空，那麼這空自然是生機的來源（死生親密），是空進入身體或進入語言的結構裡，推動了呼與吸、空與有、論理與非論理、有言與「無言」之間的親密關係。這在傳統詩歌的創作與吟唱裡也是很明顯的，詩行停拍的地方亦即其休止處也就是換氣的地方。這裡既標示了一息的間斷，也具體地成為所有息的存在條件：息同時具有氣息以及歇止兩個相反的意思。氣息會盡，這讓一息所編織或開展的世界回復某種局部性或偶然性；預先為這一息的終止留下間斷空間，便也同時為其他的息與世界、未來的息與世界，或就是未來本身留下空間。這也反映在廖朝陽對災難與希望的相關解釋裡：要處理災難，必須有能力「保留災難邊緣的虛擬或虛構性」，也就是啟動「死亡想像」，「允許『如此』與『非此』共同出現」（〈災難〉13）。這當然是一種終結、止息的未來投射，也就是說，要起死回生就必須有能力連結到事物「變異的可能性」，預演災難與休止（構想空），讓事物回復到某種「冥冥」的空白「前觸」狀態，如此才能「以潛態並存轉化因果連結」（廖朝陽，〈《你的名字》〉）。潛態並存在此也可指混沌中的重疊世界或不定世界；沒入、接取此空間才有可能解除緊密編織的世界因果所帶來的不可逆或無所選擇、無能改變的狀態。

　　空的投射或反身親密因此是在未來設下終結，這"to come"並不是任何

---

[19] 在很根本的意義上，間是空的「回身」或反身表達，接近於小空的意思，但兩者不是量或大小的關係。空是本體層面的，並不直接表現在事物上，當事物存在時，空就會以間的方式出現在事物之內，同時事物也透過間而連結上底層的空。因此，間與空有特殊關係，所以本文也常使用「空、間」的表達方式。

彌賽亞世界的到來，而是世界的休止。世界會終止，呼吸會止息，因此間斷的設立才保留了可能性：與空親密因此可以「轉身」（道元711）。這「間」便帶有終結之意，而當然也因為有了終結而能成為之間，也就是有物或未來可期待出現。最接近此種與空親密的間斷藝術實踐者之一是日本的建築家磯崎新，而他的核心建築思想就是「間」。間為漢字，其日文讀為ま（ma），而ま此字是來自於中文的「末」。從磯崎新長期對廢墟的關注來看，間所帶有的末或終結的含意對他來說超越一般關係性「之間」的意思。他出生、成長於九州，離長崎與廣島不遠，十幾歲時經歷了原爆，受到很大的影響。原子彈摧毀了整個城市，只剩下廢墟：「因此，我對建築的最初體驗是一片虛空」（引自Liu）。戰後日本社會的動盪（安保抗爭、全共鬥等）、阪神大地震，乃至2011年311大地震與核災都深化了磯崎新對災難與廢墟的思考和建築實踐。他著名的宣稱「未來的城市是廢墟」即是由此而來對終止或間斷的表達：「廢墟（斷垣殘壁）是今日城市中的一種狀態，未來之城市總有一天本身也將變為一堆廢墟」（引自〈磯崎新〉）。這空或無常雖然一方面是日本文化或思想的核心成分，但如前面所討論早中期的西谷啟治或京都學派的例子所示，對終結的想像也會逆轉或表現為一種收攝、集中，如果尚未是行動化或「爆衝」（passage to the act）。這裡的重點並不在指向與法西斯的連結，也不在暗示某種法西斯精神分析，而是突顯對空或終結反應的雙向性或曖昧性。這個可能也以另一種形式反應在磯崎新與他早期所參與的代謝派之間的差異上。就這部分，卡茲汀（Eric Cazdyn）整理得很好。

由丹下健三所領導的代謝派早就受到二戰摧毀城市與文明的影響；他們打造新城市的運動是建立在無常的思想上，且借鏡於伊勢神宮一千多年的式年遷宮傳統：每二十年便拆毀現存神殿，於其旁重蓋新神宮，至2013年為第62次遷宮。這樣的做法便融合了「新與舊、原作與仿作、延續與斷裂」、毀壞與更新了（Cazdyn 166）。但代謝派的重點在因應現代化的快速與劇烈變動，進行未來城市的創造，打造「科技烏托邦」，希望設計出可如生物體新陳代謝一般持續死亡與更新的巨大建築與城市，參與在資本主義的加速生產與製造裡。其產物便是模組化的建築，如同代謝派的代表建築黑川紀章的中銀膠囊塔，其構成單位可大量生產並獨立更換，即使實際上沒有膠囊被更換過（"Nakagin"）。這是相應於原子化或資訊化的做法，其意義與效果或許現在難以論定，但模組化並不能解決資本主義過度

毀壞與資源大量耗費的問題，這是很明顯的，不只因為慾望不滿於單一無個性的模組，更因為除了資訊（一線密）之外，生命還涉及情意以及氣息，也涉及親密空。

　　代謝派的立基與目的仍是在建設與發展，也致力於打造超級建築與未來城市，認為科技能夠克服災難與毀壞，而這是磯崎新與代謝派分歧之處；對磯崎新而言，崩解與終止是必然的也是必要的（Cazdyn 167）：「對我們而言，那些我們現在認為應該建造的城市是早已毀壞的了。對於日本的我們而言，城市毀壞的創傷是如此強烈，以致於我們無法自在地接受城市再造之類的提案，以取代我們在剛過去的戰爭時代裡所提出誇大、假人本的大東亞共榮圈構想」（Isozaki, *Japan-ness* 88；引自Cazdyn 168）。但磯崎新更特別之處並不是把現在困在過去災難的陰影裡，而是把災難往未來投射，成為一種貼近背景或與空親近的間疏構作。磯崎新從代謝派之處得到的是對建築的偶然或機緣性理解，他也受到道元的啟發，從《正法眼藏》〈有時篇〉中提取一切事物「有時」的想法，並把此種時間體驗或思想描述為「時間迎面飛來」（Isozaki, *Japan-ness* 89；Cazdyn 167；一點資訊）。在卡茲汀的解釋裡，這指的是時間是由未來飛往現在，而「未來的廢墟是現在結構的一部分」（Cazdyn 167）。再者，來自未來的災難之所以不同於來自過去的災難就在於，這未來代表的是現在無法完全掌控的部分，因此保留了「與現在以及過去完全斷裂的可能」（167），也因此「間是這個未來存在的條件」（169）。來自未來的災難也表示，不像代謝派的理解，現在不是可以無限延續毀壞，而是必須把空納入成為間的存在。換言之，未來迎面飛來也就是指「未來漏了出去」，因為間進入了現在，讓現在可以沒入空白，或與底層的空維持一種親密關係。

　　磯崎新的建築，如日本北九州市立中央圖書館、美國洛杉磯當代藝術博物館（Museum of Contemporary Art）、日本美濃陶瓷博物館等，不少都與地表維持親密關係，看來像是從地裡浮出來的（一摺）。[20] 他許多建築，包括後兩者與西班牙巴塞隆納聖喬治宮體育館（Palau Sant Jordi）、上海交響樂團音樂廳等，也都是幾層深入地裡，呈現出匍匐的姿勢，並且不只在材料和顏色上與土地相近，建築也常被周遭地景包圍，有時這地景就是碎石如廢

---

[20] 磯崎新的建築照片可見《普立茲克獎》（*Pritzker Architecture Prize*）網站所設2019年得獎人磯崎新專區（"Arata Isozaki"）。

墟一般，可見於西班牙拉科魯尼亞（A Coruña）的人類科學館（Domus: La Casa del Hombre）、卡達國家會議中心（Qatar National Conventional Center）等，而日本筑波中心大樓也與廢墟概念特別相關。日本水戶藝術館的地標塔則像是暫時凍結的水柱，隨時可能沒回地面。他的建築因此不收攝、集中，反而突顯了「分散化、不和諧性、支架的間離化」（〈磯崎新〉）；這間疏的特色是很明顯的了，相對於代謝派模組建築嘗試填滿空、間。2011年日本311地震後，在琉森音樂節總監與日本音樂經紀公司的發起下，磯崎新與印度裔的英國雕刻家卡普爾（Anish Kapoor）合作，建造了「新方舟」（Ark Nova）音樂廳，於2013年起在災難發生地舉辦琉森音樂節活動，除2013於松島外，2014於仙台、2015於福島，2017則移到東京舉辦。新方舟是一個大型、充氣式、可移動的大氣球音樂廳。它的形狀是心型，顏色是紅紫血液色，材料是聚酯、PVC塗層，總重1700公斤，充氣後長36米、寬29米、高18米，可容納500人，放氣後可收入貨櫃內，方便運送到任何地點（"Ark Nova"；DaMan）。卡茲汀的描述則更帶有理論意涵：

> 新方舟這樣一個無常、心型的結構體直接在過去瓦礫堆之上充氣，也總是準備好遷移，放置在未來瓦礫堆之上。……這種終末建築（terminal architecture）其形狀變換從無到有，又回歸無，且同時撐開時間與空間，讓未來迎面飛入。（Cazdyn 170-71）

新方舟也近似一個拓撲形：環面（torus）。而明顯地，這個拓撲是可越過十萬八千里的，因它會消解、沒入空，由一個世界、地點穿越到另一個世界、地點。它不須問裡面有沒有外面，因它是外面來的，是空的一摺或一氣。

這些間建築、ま建築、末建築便因此是充滿孔洞、空隙的，是可以間離、支解、沒入空的。磯崎新有許多沒有蓋或蓋不出來的建築計畫，他稱之為「未建成」，他也提出「反建築史」的概念。在此，「未」或「反」的意思就比較明顯了，指向「間」所帶有內在於建築的消失、毀壞（磯崎新23），而這終止漏出了（建築的）未來：「反建築史才是真正的建築史」（引自〈磯崎新〉；亦見五十嵐8）。這是情意的、氣息的、心（型）的，是一種與空親密的表達（間密），是無厚入於間、變成間的表達，也貼近翁泰的摺與空、間的親密表達。卡茲汀稱這是一種「極空建

築」（Cazdyn 165），並具有「治療」的效果（171），但他語焉不詳。如前所說，切分或間斷能讓分隔的世界產生重疊因而具有情意修補的作用，這應可解釋卡茲汀的想法，雖然這或許不是他所意謂的。同樣，間斷所連結的混沌能含藏不定世界，這也適用於磯崎新的間末建築。磯崎新為了表現他對「有時」的理解，在名古屋蓋了「有時庵」茶室，將木材、金屬、石材等分屬不同建築傳統的材料組合、並置在一起（一點資訊）。而在洛杉磯當代藝術博物館上，他結合了東西方的拱頂、金字塔、黃金比例、陰陽理論（見"Arata Isozaki"；Stephie）。有時庵的聚集只是瞬間和合的產物，下一秒就會散離，以待未來持續迎面飛來。這不是或不只是一般後現代的拼貼，而是這些不同元素、世界因失去了界線而產生交混、親密的可能——張翁喫酒李翁醉——但這親密卻充滿間離。或者說，有間處是萬物親密之處，因為彼此失去界線，而不是因為緊密交織。

間密2.0：間間親密、普世親密

如果代謝派與磯崎新都認識到毀壞與死亡，但前者往成立的方向，後者往消解的方向，這兩者的關係在本文裡可以解釋為收攝、成立的門格海綿，與分解、散開、委地的門格海綿——這剛好構成了間的兩面：之間與空、間。或者應該說，磯崎新的狀況是門格海綿的孔洞接連到它所從中冒出的空白地面，這就讓他的建築同時含有間的兩面，或連通了這兩面。在這裡，門格海綿的孔洞（或者摩頓網眼的空白）才突顯出來。一切事物與一切事物相依、相連仍會讓關係或因緣填滿空白，因而動彈不得：只有緣起沒有空。空、間一旦回來，我們便可以重解一入一切、一切入一與共涵平面。一與一切相入看似飽滿相織，但如果這是事事無礙的層面，是事物在空的狀態，那麼空中的相入、相涵就不是實際世界的相互交織狀況。這兩者之間一樣有著無限間距，前者反而會以空、間的方式疏開緊密交織，這才是門格海綿的樣子，才顯現了空有親密、間實親密——但這裡不僅是理事或空有無礙的狀況。更進一步說，「無有間隙而親密也」，意謂萬物親密是因為事物失去界線而不是完滿相織、相攝，因此也不容易說一切相入，因為失去界線、無有間隙便沒有一、沒有一切。是回到邏輯或區分層次嘗試進行解釋或想像，才重拾一與一切，但空中是無一物的，一與一切都無法說。

因此,空中的一切相入是以理來解事物的混沌,才讓空、間消失,顯為飽滿,但實際上混沌的飽滿仍會顯為無限間距,至少因為一切消解與不定,尚未成立正性關係,或正性關係都消隱。這裡並不是說相互依存的關係不存在,相反地,相互交織仍是世界親密,而一個結構上緊密關係的出現(一線密)仍是世界成立的收攝、聚集原則,這裡涉及事物存在的構成條件,因此仍有保護與倫理意義的存在。一與一切相入若要解為世界性應貼近這個結構化或關係性的次層面,已是離開了混沌無區分的空,然而實際上,線都是局部性的,無法有一切入一的一線。但空仍是根本底層,門格海綿只能壓抑或遺忘它的底層,但這底層總是萬物親密的。無量無邊相攝的意思是,無法成立一物,至少因為會無限擴散。能成立的交織物或網結構是此無邊際片面匯集或停頓而得到的局部狀態(可稱為「相」),但它的外部還是空,無邊際。而也因此,數目的無量並不是重點,而是有限數量與無限數量一樣,一旦失去界線便沒入空,而不是無量的問題,因此也不一定要翻十萬八千里,就地沒入也可以,只要兩點重疊、死生親密。

把一個世界變密也可能是全體加速代謝,結果是普世躁鬱。十萬八千里是對世界的耗盡,是一界密的一界無間想像,與前面所提的超級線性或普世翻譯可能帶來的宰制與操控是相關的:一入一切的超級符碼。死生親密已經是說,中斷是生命的根本節奏,如同止息是呼吸的重要條件一般,而萬物躁鬱不就是因為休止被終結而無法呼吸、失去節奏嗎?孫悟空(物)的躁鬱大概也可這樣詮釋。把終止與空間塞住的門格海綿可以是資本主義的圖像,不允許任何事物走向負性與休止,而要塞住持續毀壞的系統就如同代謝派建築一般,必須把萬物化為模組,可持續開發、運作、替換、代謝的元件;一切入一也可以顛倒說是把萬物的世界塞入單一人的世界層裡,或反過來也適用,把人一界的書寫伸入萬物的內部:萬物為我轉導。這並不是說普世翻譯或科技是要拋棄的,因前者涉及離開自己的可能,後者涉及存在的修補與開展,然而在此,間斷或終末是核心的關鍵,涉及的是我為萬物轉導的可能。只有一界能消解自身、產生自我間斷時,普世翻譯才能跳脫自我一界翻譯,不再打造一界密或超級一界密,而是產生無限自我間離,讓萬物真能進入我之一界或我的一線書寫之中,得到傳遞或翻譯,如同細菌能間開自身的DNA鍊,讓病毒可以把自己的遺傳物質植入之間而得到轉導(見Mackenzie 174):轉導不應只是資訊問題,情意或許是決定性的差異。這一線便可以承載其他線,為他界書寫:不是

把世界納入我之中，而是讓世界通過我。從自媒體轉為他媒體，成為一切他界的載體與中介。[21] 這一線便無限寬鬆、無限間距，或者其符碼順序便無限彈性而柔軟，但不隨意也不武斷。此時，與其說是一切入一，更應是一切入零、一切入間：因為間距無限，故無有間隙，而萬物親密也。[22]

　　間斷自我、進入中間才能成為萬物中介，而非自介。在這點上磯崎新是有實踐意義的。他不購置房產，不追逐權力與地位，也不擔任大學的教授（〈磯崎新〉；亦見槙文彥等25）。這種沒入空的狀態跟他的建築是相呼應的。磯崎新說，間是「靜寂」，是「空」，但也是「豐富」（Isozaki, *Time*）；如前所述，他不少作品都像是從空而出的狀態。此外，他反對「日本圖示」與「西方圖示」等固定傳統，而嘗試在不同文化形式之間建立張力關係；他稱自己是「一位永恆的中間媒人」（引自〈磯崎新〉）。他因此在建築界裡是特別的：他很難說有明顯可辨認的風格，可說只居住在中間，而每個建築都是獨一性的「有時」聚集，也讓他不同建築之間差異甚大，幾乎就是不同世界的冒現——從中間。這跟把一切建築都化為日本侘寂或「粹」美學的安藤忠雄不同，也跟大部分致力於結合日本傳統與西方現代的建築家不同。法國漢學家朱利安（François Jullien）透過自己的治學理念指出，不同文化或思想如西方與中國之間的比較或遭遇，重點不在建立文化固有物之間的辨認與差異，而是透過兩者之間的「間距」，讓對方打開自己內部的「間距」，使自己得以遠離自己，也就是遠離已固定化的範式；所有文化在最初都是異質並存的，是在歷史發展的後來，一個主導的範式或方向才出現，此時其他異質的元素便受到壓抑，而外部文化則能隔斷地召喚這個被壓抑的部分，讓人對已成固定、自明之內容進行反思（朱利安49-53）。這是透過外在（中國）的「繞路」而建立內在「間距」，返回自己（歐洲）的內部或者內部之「間」（17-19）。

---

[21] 噬菌體病毒的問題是，它只要細菌為它轉導，而不自身為他物轉導，成就不了「互載」或「互媒」（intermediation）關係。而如果轉導只是純粹資訊關係，那麼它跟翻譯（或他界翻譯、他媒介）的差異或許就涉及情意了。

[22] 讀者在此或也產生政治或集體行動在本文架構下是否可能的問題。大抵而言，在這個比較大的理論視角下，不同實踐之間並沒有區分，因此政治實踐與本文所舉其他案例都應相近，都需要建立成立與消解、行動與無作之間的親密關係，以保留轉化生機的可能，否則政治的行動是可能由其最初打開公共空間的解放出發點，到後來逆轉為追求密實權力，重複宰制輪迴。簡言之，本體與實踐之間不應是對立或分斷關係，而應帶有親密性，突破此二元論也是死生親密的一個面向。

因此，他拒絕漢化，因為他的重點在發現歐洲思想的內在異質，而不是從一個固定性（歐洲）變成另一個固定性（中國）。透過這樣從外部間距反射到內部間距的運作，便能打開「之間」的領域，讓文化之間可以產生某種離開自己或間距自己的溝通，也就是一個由間距與間距共同構成的之間（61, 91），或者說是間距之間的親密：間密。朱利安說之間是流動不拘、不成為固定物，因此是反或超越僵化本體論的，也因此無法接受固定屬性，只能永遠作為「介詞」（61），而翻譯也是透過自我間距或自我語言的陌生化才能翻譯另一種思想與語言：「只有付出這樣的代價，一種語言的可能才能默默地在另一種語言裡前行，用另一種語言打開這一種語言」，而可能抵達某種共同之處、共同之間（81）。這是同於上面所描述的普世他界翻譯以及磯崎新的媒介人的。

　　較可惜的是，在該文裡朱利安是以中國的間距打開歐洲內部的間距，但並沒有反向操作。但他明確的說，他不是在歐洲或中國兩端或任一端，而是在兩者之間：「我把自己定位在這個**之間**的『無處』（« nulle part de l'*entre* »），也就是說，定位在這個『非處』（l'« a-topie »）」（75-77；原文為譯本所有）。這當然都建立在自我間斷之上。他認為反思是人文的核心價值，而自我間距才能啟動反思，因此他也以間距來定義人文：「在自己裡面打開間距的人，才是人」，而不是服膺於固定的文化本質（55）。這裡對變動人的理解是與廖朝陽對後人類的理解相通的：「人類……始終是在運動中的」，當人的觀念或人文傳統固定化，後人類的思維能夠持續變動人的定義，以某種中間或未完成的運動狀態，將人與人文帶離「家」的親密，進入中間的不定狀態（〈緣定〉55）。再者，間斷與間斷之間具有某種之間的親密關係，共同構成不同世界裡的不同終止或間距實踐，也因接觸到差異世界失去界線的共同空，而能接取混沌，啟動新的變化與創造。這不會只發生在情意或美學層面，從本體到思想、世界到理論、摺布到建築、古典俳句到後現代小說、西方漢學家到東方批判理論家，都能產生這種與空親密的間密表達。廖朝陽對理論與虛空的描述是可以做為這些不同世界實踐的註腳的，也讓我們看到某種跨越領域、文化、時空等的間斷親密，如同「一片虛空牽繫到不同情境」的狀況（〈理論〉160）：

　　　　虛空既然無性，以虛空為本的理論也不是一離開西方就進入封閉的「旅行」狀態，而是會回歸個別傳統本身，召喚其中構成內容的空

界，啟動變化的可能。這時理論的跨文化連結並不是建立在實有個體（理論內容）的移動或轉化上，而是經過「以為非我，則遂為我」的共同性表達，突破普遍性、固定「思維像」的拘束，進入親密世界（而不是異國風情）的追尋。（162）

引用書目

DaMan Staff。〈為人們找尋心方向的新方舟，Ark Nova充氣式音樂廳〉。《大人物》。大面創意股份有限公司，2013年10月1日。網路。2019年9月29日。

Liu, Ian。〈2019 普立茲克獎得主──日本建築大師磯崎新！勇於創新、擁抱前衛的後現代風格獲青睞〉。《LaVie 行動家》。《LaVie》雜誌，2019年3月6日。網路。2019年9月29日。

Stephie（文字整理）。〈2019 普利茲克建築獎揭曉！日本建築大師磯崎新榮獲：「他勇於擁抱前衛，不斷演進！」〉《Shopping Design》。巨思文化，2019年3月6日。網路。2019年9月29日。

一點資訊。〈建築大師磯崎新：未來的城市是廢墟〉。《字媒體》。富盈數據股份有限公司，2017年6月15日。網路。2019年9月29日。

《大方廣佛華嚴經》。實叉難陀譯。《大正新脩大藏經》。第10冊。頁1-444。《CBETA 線上閱讀》。T10, No. 279 (T0279)。CBETA中華電子佛典協會，2019。網路。2019年9月29日。

五十嵐太郎。〈反建築史〉。《未建成／反建築史》。磯崎新著。胡倩、王昀譯。北京：中國建築工業出版社，2004。6-9。

西田幾多郎。《西田幾多郎哲學選輯》。黃文宏譯注。臺北：聯經，2013。

西谷啟治。〈空と即〉。《西谷啟治著作集》。第13卷。東京：創文社，1987。111-60。

西谷啟治。《宗教是什麼》。陳一標、吳翠華譯注。臺北：聯經，2011。

朱利安（Jullien, François）。《間距與之間：論中國與歐洲思想之間的哲學策略》。卓立、林志明譯。臺北：五南，2013。

《佛光大辭典》。第二版。臺北縣：佛光文化，2000。光碟。

〈門格海綿〉。《維基百科：自由的百科全書》。維基媒體基金會，2017年11月3日。網路。2019年9月29日。

〈拓撲學〉。《維基百科：自由的百科全書》。維基媒體基金會，2019年9月27日。網路。2019年9月29日。

《莊子》。《中國哲學書電子化計劃》。中國哲學書電子化計劃，無出版日期。網路。2019年9月29日。

陳一標。〈從四法界看西谷啟治空哲學的內涵與發展〉。《華嚴一甲子回顧學術研討會論文集 2012》。陳一標編。下冊。臺北：華嚴蓮社。315-32。

陳一標、吳翠華。〈從絕對無到空的哲學──從京都學派內部思想談《宗教是什麼》的成立脈絡與立場〉。《宗教是什麼》。西谷啟治著。陳一標、吳翠華譯注。臺北：聯經，2011。xi-lviii。

陳士濱。〈《華嚴經》的「分形」與「全息」理論哲學觀〉。《華嚴一甲子回顧學術研討會論文集 2012》。陳一標編。下冊。臺北：華嚴蓮社。333-66。

楊儒賓。《異議的意義：近世東亞的反理學思潮》。臺北：國立臺灣大學出版中心，2012。

道元。《正法眼藏》。何燕生譯注。北京：宗教文化，2003。

廖朝陽。〈《天龍八部》的傳奇結構〉。《金庸小說國際學術研討會論文集》。王秋桂編。臺北：遠流，1999。519-40。

——。〈《你的名字》：雲端因果與內造行動〉。《台灣人文學社通訊》9 (2017): n.p.。台灣人文學社。網路。2019年9月29日。

——。〈災難與密嚴：《賽德克‧巴萊》的分子化倫理〉。《文山評論：文學與文化》6.2 (2013): 1-33。

——。〈空與即：理論中有親密世界嗎？〉。台灣人文學社。國立臺灣大學，臺北。2014年11月29日。演講。

——。〈理論與虛空〉。《知識臺灣：臺灣理論的可能性》。史書美等編。臺北：麥田，2016。141-76。

——。〈緣定與善：阿甘本的潛勢倫理〉。《中外文學》44.3 (2015): 19-60。

槇文彥、磯崎新、原廣司等。〈"建造" 建築和 "思考" 建築〉。《關於建築理論的12章》。東京大學建築學專業先進設計研究室編。郝皓譯。南京：江蘇鳳凰科技技術出版社，2017。16-57。

《維摩詰所說經》。鳩摩羅什譯。《大正新脩大藏經》。第14冊。537-57。《CBETA線上閱讀》。T14, No. 475 (T0475)。CBETA中華電子佛典協會，2019。網路。2019年9月29日。

磯崎新。《未建成／反建築史》。胡倩、王昀譯。北京：中國建築工業出版社，2004。

〈磯崎新〉。《華人百科》。華人百科，無出版日期。網路。2019年9月29日。

顏彗如。〈西蒙‧翁泰畫作物質摺曲的可能性：帶往不可思考者——迷宮〉。《藝術評論》29 (2015): 119-50。國立臺北藝術大學。網路。2019年9月29日。

"Arata Isozaki, 2019 Laureate." *Pritzker Architecture Prize*. Hyatt Foundation, n.d. Web. 29 Sept. 2019.

Archives Simon Hantaï. Archives Simon Hantaï, n.d. Web. 29 Sept. 2019.

"Ark Nova." *Aerotrope*. Aerotrope, 8 Oct. 2013. Web. 29 Sept. 2019.

Badiou, Alain. *Being and Event*. Trans. Oliver Feltham. London: Continuum, 2005.

Barnay, Sylvie. "La rétrospective de l'oeuvre de Simon Hantaï: L'image acheiropoïete au seuil du XXIe siècle." *Études* 2014/5: 73-83. *Cairn.info*. Web. 29 Sept. 2019.

Cazdyn, Eric. "Enlightenment, Revolution, Cure: The Problem of Praxis and the Radical Nothingness of the Future." *Nothing: Three Inquiries in Buddhism*. By Marcus Boon, Eric Cazdyn, and Timothy Morton. Chicago: U of Chicago P, 2015. 105-84.

DeLanda, Manuel. *Intensive Science and Virtual Philosophy*. London: Continuum, 2002.

Deleuze, Gilles. *Bergsonism*. Trans. Hugh Tomlinson and Barbara Habberjam. New York: Zone Books, 1991.

——. *Cinema 2: The Time-Image*. Trans. Hugh Tomlinson and Robert Galeta. Minneapolis: U of Minnesota P, 1989.

——. *Difference and Repetition*. Trans. Paul Patton. New York: Columbia UP, 1994.

——. *Expression in Philosophy: Spinoza*. Trans. Martin Joughin. New York: Zone, 1990.

——. *The Fold: Leibniz and the Baroque*. Trans. Tom Conley. Minneapolis: U of Minnesota P, 1993.

——. *Logic of Sense*. Trans. Mark Lester and Charles Stivale. New York: Columbia UP, 1990.

Deleuze, Gilles, and Félix Guattari. *A Thousand Plateaus: Capitalism and Schizophrenia*. Trans. Brian Massumi. Minneapolis: U of Minnesota P, 1987.

Isozaki, Arata. *Japan-ness in Architecture*. Trans. Sabu Kohso. Ed. David B. Stewart. Cambridge, MA: MIT P, 2006.

——. *Time Space Existence*. Video. "Arata Isozaki on 'Ma,' the Japanese Concept of In-Between Space." By Lindsey Leardi. *ArchDaily*. ArchDaily, 6 Mar. 2019. Web. 29 Sept. 2019.

Latour, Bruno. *We Have Never Been Modern*. Trans. Catherine Porter. London: Harvester Wheatsheaf, 1993.

Mackenzie, Adrian. *Transductions: Bodies and Machines at Speed*. London: Continuum, 2002.

Marra, Michele. "The Space of Poetry: The Kyoto School and Nishitani Keiji." *Modern Japanese Aesthetics: A Reader*. Ed. Michele Marra. Honolulu: U of Hawaii P, 1999. 171-79.

Morton, Timothy. *The Ecological Thought*. Cambridge, MA: Harvard UP, 2010.

——. "Buddhaphobia: Nothingness and the Fear of Things." *Nothing: Three Inquiries in Buddhism*. By Marcus Boon, Eric Cazdyn, and Timothy Morton. Chicago: U of Chicago P, 2015. 185-266.

"Nakagin Capsule Tower." *Wikipedia: The Free Encyclopedia*. Wikimedia Foundation, 26 July 2019. Web. 29 Sept. 2019.

Nishitani Keiji. "Emptiness and Sameness." Trans. Michele Marra. *Modern Japanese Aesthetics: A Reader*. Ed. Michele Marra. Honolulu: U of Hawaii P, 1999. 179-217.

"Simon Hantaï." *Wikipédia: L'encyclopédie libre*. Wikimedia Foundation, 2 Aug. 2019. Web. 29 Sept. 2019.

Voruz, Véronique. "Acephallic Litter as a Phallic Letter." *Re-inventing the Symptom: Essays on the Final Lacan*. Ed. Luke Thurston. New York: Other P, 2002. 111-40.

"William S. Burroughs." *Wikipedia: The Free Encyclopedia*. Wikimedia Foundation, 23 Sept. 2019. Web. 29 Sept. 2019.

何為世代？為何理論？[*]

吳建亨

國立清華大學外國語文學系

摘要

近年幾位當代重量級法國哲學家紛紛發行以年輕世代為對象的書籍，有些將過去針對孩童或青少年設計的講稿校訂後以書本形式發行（如儂希與巴迪烏），另外也有在既有的哲學架構下分析資本主義市場經濟對數位環境的壟斷為年輕世代帶來的挑戰、威脅與機會（史提格萊），這些書寫除了揭露邁入暮年的哲學家之憂慮外，也點出知識代間傳遞的重要性，是成年世代必須承擔的責任。本文以此出發，針對理論與世代的關係做初步思索，其核心關懷圍繞在如何透過理論或哲學思考引導出的批判精神重新構思教育的內涵。我以史提格萊在《關懷青年與世代》的討論為基礎，敘述當代記憶技術造成知識生產／消費的短路危機與如何在危機中激活記憶技術毒藥與良藥的雙重性，讓知識跨代傳遞的雙方能夠進入轉導空間，共同參與持續不斷發生的跨個體化過程，使不同層次的個體化過程接觸，建立接應點，促進迴路的延異與創新。史提格萊認為所有的改變都涉及此跨個體化過程，教育亦然。因此，如何在普遍性無產階級化的今日讓跨個體化過程維持動態的亞穩性是啟蒙的批判精神在二十一世紀得以復甦的關鍵。

關鍵詞：史提格萊，技術，時間，代間傳遞，批判

[*] 本論文受科技部研究計畫補助（MOST 106-2410-H-007-097-MY3）。

序論

　　2018年的11月底，臺灣一場選舉讓整個社會開始意識到假新聞與網路風向等議題。「理論的世代」會議舉行時剛好適逢太陽花運動屆滿五週年之刻，從某個意義來看，太陽花運動反黑箱的訴求可以被視為一場強調訊息公開透明的運動，而科技的快速進展與網路文化在覺青世代的扎根，幾乎使得數位媒介帶來的訊息傳遞之立即與便利和公民社會的民主化程度（包括資訊的即時與公開透明）形成正向比率發展的關係。然而，短短五年的時間，數位訊息傳遞原本被認為是集體啟蒙的媒介，如今卻成為假新聞或帶來「反智」（anti-intellectualism）現象的主要推手。集體啟蒙與集體愚蠢翻轉之快速讓我們不得不去正視史提格萊（Bernard Stiegler）對技術藥理性的觀點。

　　另一個現象也值得我們注意。2014年的學運是以「世代」問題為基礎的運動，當時許多參與學運的學生代表接受訪問時被問到為什麼要佔領立法院時，他們基本的論調是：因為那些「大人」（立法委員）無法做好被賦予的責任與工作，導致我們這群「小孩」必須要佔領立法院，強迫那群「大人們」正視自己對社會與政治的責任。當時以「大人」與「小孩」的框架對學運做論述的現象非常普遍，學運領袖之一的陳為廷對該運動的退場談話也是在同一個框架內表述：「如果有一天我們變成被對抗的大人，希望我們不要忘記我們生命中的這24天」。

　　我當初對使用「大人／小孩」的表述其實帶有疑慮，雖然這樣的修辭可以突顯權力的不對等，但反抗運動若持續以受害者的姿態維持其動能不免令人憂心複製壓迫體制，進而陷入一種惡性循環。另外，我也認為參與學運的這群人是一群思想成熟的年輕人，他們展現出的批判性論述能力已經符合康德（Immanuel Kant）對啟蒙的定義：首先，他們已經展現出無比的勇氣；另外，他們在臺灣（甚至世界）「整個閱讀公眾」面前（in front of the entire reading public）展示「公用理性」（the public use of reason）。換句話說，年輕世代的問題在於過分謙虛，如果他們真的想要使用「大人／小孩」的修辭，應該將彼此佔據的位置翻轉，因為從康德的角度，他們才是成年。[1]

---

[1]　瑞典環保鬥士桑伯格（Greta Thunberg）於2019年9月24日在聯合國發表的演說提供一個顯著

但如今看來事情也非如此單純，當時我忽略知識代間傳遞（intergenerational transmission）的重要性，同時也對大眾透過網路提供的資訊做判斷與自主學習的能力過度樂觀，因此本文將焦點放在代間傳遞的問題，並以史提格萊在《關懷青年與世代》（*Taking Care of Youth and the Generations*）的討論為基礎，探討關懷體系的建構如何幫助年輕世代在當代技術造成集體愚蠢的危機中激活技術的雙重性，並在二十一世紀的今日重新復甦啟蒙的批判精神。

何為世代？

世代做為一個主要的概念範疇是由社會學家曼海姆（Karl Mannheim）開啟，他在一篇著名的文章〈世代的問題〉（"The Problem of Generation"）點出實證主義與浪漫歷史主義對世代理解之偏頗，前者犯了量化的簡化謬誤，後者則無視唯心主義的盲點。曼海姆嘗試在兩個極端中找的另一種界定世代的理論，更進一步地將世代的概念做三種區分：（一）世代位置（generational location）；（二）實存世代（generational actuality）；（三）世代單位（generational unit）。[2]

雖然曼海姆這篇文章是論世代觀念的經典之作，但我傾向為世代做較鬆散有彈性的界定，因為本文的目的不是為世代做客觀、結構性或經驗性等細膩的範疇區分，而是關注世代與理論兩個概念之間的連結，因此我會著重從字源學的角度將世代（generation）與發生（genesis）、產生（generate）做連結。換句話說，世代的概念除了可以從社會學的角度做界定之外，也可用一種更廣義的方式理解，將世代的概念回歸其字源的意

對比，雖然她演說內容也使用小孩／大人的修辭，但她演說中展現出的果決與憤怒讓她的指控脫離訴求（appeal）的領域。演說的後半段，當她提供一系列關於二氧化碳排放量的科學數據並警告人類即將面對的後果，桑伯格隨即指控世界領導者們「仍不夠成熟將事實說出（you are still not mature enough to tell it like it is）」，表示如果這些領導人沒有積極作為，年輕世代不僅不會原諒他們，更會堅持至改變到來，「不管這些領導人願不願意接受（whether you like it or not）」。同樣的結論，她在2018年聯合國氣候變化會議以更直白的方式講出：她表示自己不是來這裡「懇求」世界領導者們開始關心環境保護議題，而是告知他們，不管他們願不願意接受，人民都會帶來改變。另外，桑伯格的抗爭也提供憤怒做為政治情動性（political affect）的一種可能模式。關於憤怒做為政治情動的相關討論，見Malabou 79與Nancy 375。

[2] 以曼海姆的世代理論研究臺灣世代認同關係，見蕭阿勤〈世代認同與歷史敘事：台灣一九七〇年代「回歸現實」世代的形成〉。

義，做為一種「孕育的過程」（the process of giving birth）。[3]

　　如果世代是一個孕育的過程，它所孕育的是什麼？關於這點，德希達（Jacques Derrida）對世代的理解提供我們一條路徑。德希達認為世代包含兩個特質：首先，世代指遵守「某種共同需求」（certain shared exigencies）的一群人，例如德希達所處的世代包括傅柯（Michel Foucault）、巴特（Roland Barthes）、德勒茲（Gilles Deleuze）、李歐塔（Jean-François Lyotard）等人，他們遵守的共同需求是不受大眾意見左右的書寫與思想，「一種不屈服與不妥協的精神」（"an intransigent or indeed incorruptible *ethos*"）（Derrida 27）。因此，對德希達而言，世代孕育的是能夠允許他們這群人如此書寫與思考的環境。雖然這個環境提供實現共同需求的客觀條件，但環境本身不是一個同質的場域；也就是說，雖然他們因一種不屈服於大眾觀點的精神結合成一個世代，但他們彼此之間也持續爭執與辯論，吸收彼此思想的養分。德希達認為，如果有所謂的「六八世代」，這個世代並未生產一統性的「六八思想」。如此觀之，世代環境為思想提供庇護所多了另一層次的意義，除了確保思想獨立不受「大眾意見」（*doxa*）支配外，思想的茁壯也依賴環境內部的「差異」（difference）與「衍異」（differends），這也是德希達賦予世代的另一個特質——對內蘊差異之忠誠（27-29）。

　　回到一開始的提問：如果世代是一種孕育的過程，它孕育的是什麼？從德希達的角度，世代孕育的是對外在壓力的不妥協與對內在差異的忠誠。即便如此，德希達對世代的看法似乎停留在水平面的解釋，沒有處理到代間傳遞的垂直關係，但事實上德希達留下了幾個伏筆。

　　首先，他認為上述關於世代的兩個特質已經慢慢消失，而復甦這兩種特質是一種責任，也是當今迫切之務。另外，德希達也表示實踐這個責任與他所謂「學習生活」（learning to live）是同一件事：「學習生活意味著成熟，但也是教育：教育他人，特別是教育自己」（24）。換句話說，解構主義對生命的肯定在某種意義上延續啟蒙的精神，是邁向成熟的過程，而教育是這個過程得以被實踐的方式。但德希達反問：「生活是能夠被**學習**或**教導**的事情嗎？」（24）。他沒有正面回答這個問題，真正嚴肅看待此問題並且嘗試正面回答的人是德希達的學生史提格萊，他在《關懷青年

---

[3]　關於「世代」與「孕育」的字源的連結，見Corsten 251。

與世代》回應德希達提出關於世代的問題，或者更廣義的說，如何繼承與修正解構式的啟蒙批判。

世代與關懷

在《關懷青年與世代》，史提格萊一開始先描述法國法律的變革。當時法國修法將青少年犯罪承擔責任的年齡限制廢除，也就是說青少年犯罪承擔之責任同成人視之。史提格萊認為這樣的改變產生反效果，不但沒有達到讓青少年承擔責任的目標，反而帶來「責任**稀釋**」的效果（*Taking Care* 1）。他認為責任的問題不能只是限定在法律層次的意義──個人為自己的行為舉止負責──更牽扯個人與社會的關係，以及世代之間的義務。

如果責任、教育、代間傳遞三者關係緊密扣連，讓青少年承擔責任背後的含義是成年世代被卸除教育與監督的責任；此外，青少年獨自接受罰責不僅無法讓他們成長，往往導致更嚴重的脫軌，甚至犯罪行為，這也是為什麼史提格萊認為將未成年與成年的界線消除等同責任的稀釋：青少年無法負起責任，而成年人不再需要負起責任。換句話說，當成年與未成年之間的世代差異被抹除，當代間師徒制的訓練不再受到重視，我們面對的便是一個「結構性不負責任」（structurally irresponsible）的社會，結構性地無法教育下一個世代的社會（2）。[4]

史提格萊認為，成年與未成年的界線在法律定義上的消失反應出一個更普遍的現象：德勒茲口中從「規訓社會」（disciplinary societies）到「控制社會」（societies of control）的改變。[5] 控制社會管理行為與心智的技術不再透過傳統的社會規範或傅柯提到的規訓權力，而是透過「精神權力」

---

[4]　傳統的成年過渡儀式通常涉及某種困難的過程或試煉，經歷過後才真正長大成人。巴迪烏（Alain Badiou）同樣認為我們現在面對兩種極端現象：年輕世代停留在「永恆的青春期（eternal adolescence）」與「成年人的幼稚化」（infantization of adults）。這兩種現象使青少年與成人之間的界線消失，意味著傳統過渡儀式依賴的象徵結構已不復見，因此年輕世代成為「沒有過渡的」（dis-initiated）世代。相關討論見Badiou, *A True Life,* ch. 2，引文頁數為42, 58, 64。

[5]　關於史提格萊對意識工業的分析與德勒茲對控制社會的描述，見Fuggle與Franklin, ch. 1：前者認為德勒茲雖然先見之明地看見後規訓時期的控制社會，但是他那篇關於控制社會的簡短附錄（"Postscript on the Societies of Control"）並沒有提供太多分析，相較之下，史提格萊雖然是受到德勒茲這篇文章的影響，但他對後規訓時期比德勒茲提供更詳盡與深刻的分析；後者則為德勒茲關於控制社會的論述提供更詳盡的解析，追蹤控制社會的數位性之文化邏輯，並對比史提格萊對語法化的描述。

（psychopower）與「意識工業」（consciousness industry）對編碼的控制，生產出一系列針對認知功能的「心靈科技」（psychotechnology），在這些心靈科技的中介下，世代之間的親密連結被分割破壞，年輕世代也因而遭受注意力不足症候群之苦。[6] 史提格萊認為，代間傳遞的重要功能是建立「關懷體系」（a system of care），為過去、現在與未來的世代建立連結。透過教育運作的三個主要場域──家庭、制式教育、文化──年輕世代能與過去連結，學習生活知識、技能知識與理論知識（*savoir-vivre, savoir-faire, savoir-théorique*），進而開創屬於這個世代的未來。然而，當世代之間的界線被模糊，責任被稀釋，關懷體系便無法被建立；當關懷體系無法被建立，年輕世代的專注力也無法養成（7-8）。

　　培養年輕世代的專注力（attention）是關懷體系的重點，也是成年人的責任。史提格萊引用海爾思（N. Katherine Hayles）的研究，區分「多工專注」（hyperattention）與「深層專注」（deep attention），前者指專注力能夠不斷游移且同時處理多項任務，後者指專注力長期集中某一特定工作。基本上，海爾思所持的論點強調內在的可塑性（plasticity），認為腦部神經系統會因外在環境變化而改變，產生內外共同演化（co-evolving）的狀態。科技的進展也為此觀點提供證明，透過電腦斷層顯影可得知，從小暴露於數位媒體環境的孩童相較於大量接觸閱讀的孩童，腦部的突觸連結結構不同，這代表當代媒介技術的改變伴隨著突觸發生（synaptogenesis）而改變（Stiegler, *Taking Care* 19）。史提格萊認為，這種生物性的改變也是「器官學上的突變」（organological mutation），涵蓋有機與無機器官，後者包括外在、人工等非生物但有組織性的器官，例如不斷演化的儲存技術與社會組織（social organ-ization），因此器官學上的突變所衍生出的意涵同時包含生物、科技與社會等多個層次（75）。

　　史提格萊雖然同意海爾思的診斷，但不同意她提出的解決方針。海爾思認為不同領域所需的專注模式不同，因此應該讓「多工專注」與「深層專注」兩者相輔相成。史提格萊批評海爾思的結論過於簡化，缺乏康德

---

[6]　在史提格萊的論述中，心靈技術（psychotechnics）與心靈科技需嚴格區分，基本上心靈科技都是以負面的方式被討論，佔據藥理學的毒藥那端，也可被視為心靈技術的扭曲與工具化（perversion and instrumentalization）。史提格萊視書寫為代表性的心靈技術，稍後對康德與傅柯的討論對此有更詳細討論（見*Taking Care* 13, 17, 112）。韓炳哲（Byung-chul Han）則提供另一個關於心靈與權力討論的脈絡。

式的批判，沒有深入分析「多工專注」的「限制」（limits）與「重新設置」（regrounding）的可能（77）。

史提格萊探討專注力的養成時，將專注力的訓練連結康德論啟蒙批判與未成年至成年的過渡。對史提格萊而言，專注力指的不只是能長時間將注意力集中於一點的能力，專注力也包含關懷、處理、等待、預期與前瞻（protention）等特質。換言之，專注力的形成帶有基進政治的時間結構，串連已逝卻持存的過去、立即卻延異的現在、懸置與期望共存的未來，這個時間結構構成史提格萊復甦啟蒙批判的一大特色（18）。

《關懷青年與世代》最核心的問題是如何讓知識生產進入並維持跨個體化（transindividuation）過程的長路模式（long circuits）。史提格萊認為專注力的養成是一種跨個體化過程，因為個人心智的成長與外在記憶科技的發展、社會制度規範等因素息息相關（17）。然而，當代記憶科技沒有造成上述整個器官學各層次的共同演化，反而帶來知識短路，摧毀關懷體系並危及意識層次知識的跨個體化生產。有鑑於此，史提格萊將討論聚焦在代間教育功能（intergenerational education）。他檢視語法化（grammatization）的歷史進程，發現以書寫為形式的語法化過程內部涉及一種貿易機制（commerce），但是十九世紀出現的語法化革命徹底顛覆早期的貿易機制。[7] 例如，他引用席蒙東（Gilbert Simondon）對工業革命帶來無產階級化的分析：機器自動化的趨勢使工匠的技術與知識做為一連串語法化的體觸記憶（gestural secondary retention）被外化至機器，使得機器成為科技個體，而工人卻被排除於前個體化環境（preindividual milieu）之外，被剝奪與外在物件進入跨個體化過程的機會，因而無法與其他技術和社會器官共同演變。[8]

此外，當記憶歷經科技外化後，工業生產的記憶科技成為生命政治控制的物件（*For a New Critique* 32-33）。十九世紀類比科技帶來記憶的工業化，隨後大眾媒體如雨後春筍般出現，媒體工業不斷生產影音符號，另一端的消費者卻無法參與，只能被動吸收工業端的生產，長期下來形成一種

---

[7]　語法化的過程指將經驗流（flux or flows）離散化（discretization）。人類的歷史上有幾種不同階段的語法化過程：書寫、機器、類比科技、數位科技等等。關於書寫與貿易機制的討論，見Stiegler, *For a New Critique* 41-42；關於貿易與市場（market）邏輯之差異，見該書頁16。

[8]　例如工廠內，工人只是操作員，不斷重複同樣動作或指令，彷彿不屬於生產環境的一部分，因此無法參與創造新的符號與意義，相關討論見*For a New Critique* 10.

負性的動能，市場不斷的推陳出新，但這些「創新」（innovation）都非真正具延異性的「創造」（invention）。也就是說，工業化後的記憶科技標準化（standardize）前個體化環境，外化知識同時也切斷內外共化的跨個體化過程，阻斷意識與外在第三持存（tertiary retention）形成螺旋狀的長路循環，因此也取消前瞻與對未來期望之第三預存（tertiary protention）。市場的競爭與創新陷入一種不變的重複，帶來關懷體系的崩解，個體因此成了德勒茲口中的「可分體」（dividuals），由無數的存取密碼、不斷的狀態更新與即時改變的生物識別資訊等等組成，如此個體化的短路剝奪個體與技術做為第三持存創造未來——第三預存——的機會。史提格萊將上述現象稱之為「普遍性無產階級化」（general proletarianization），與稍早提到伴隨工業革命而來的「無產階級化」之差別在於影響所及從工匠技能深化至心智層面，導致知識的喪失，使整個社會籠罩於「系統性愚蠢」（systemic stupidity）的威脅（*What Makes Life* 22）：

> 這種**知識的喪失**主要在文化領域以各種方式被感受。……這不單純只是文化特殊性的喪失，……更包含藝術與工匠技藝形式內最基礎的生活知識與技能知識之消泯，隨同消逝還有透過回憶生成的跨個體化過程產生出的學術與普遍性形式的知識。（Stiegler, *Taking Care* 30-31）

語法化歷經類比技術與市場邏輯，產生極端不對稱的知識生產關係。值得注意的是，史提格萊在此對跨個體化過程的描述以個體回憶（anamnesis）——回憶存有真理的理型——做為跨個體化過程的基礎，並以此模式做為生活知識、技能知識與理論知識的源頭。[9] 根據史提格萊對柏拉圖的閱讀，個體回憶無法獨立於輔助性技術（hypomnesis）。與詭辯者將一切外部化於輔助性技術的觀點不同，史提格萊認為柏拉圖的個體回憶建立在一種帶有辯證性的巴赫汀（Mikhail Bakhtin）式對話主義上。斯蒂將這種邏輯稱為「對—話式貿易」（dia-logical commerce）」，其中形成的個體化過程被稱為長路模式的跨個體化過程，是一種內外共同演化

---

[9] 柏拉圖將回憶定義為「存有的真理之記憶」（the remembrance of the truth of being）」（Stiegler, *For a New Critique* 29）。

的動態過程（*For a New Critique* 41）。與其對比的是將整個過程完全讓渡至輔助性技術——如上述工業革命時的機器或今日的演算法——的短路模式（short circuits）。[10] 在短路模式下，知識完全外部化於輔助性技術，導致個體與輔助性技術無法建立接應點促進迴路的延異與創新，反而是讓個體屈服於一個已經被標準化的環境，最後的結果便是，知識的消費者無法參與知識創造的過程，僅透過自我調整（adaption）被動地服膺於輔助性技術對知識的壟斷（*What Makes Life* 19, 30, 39）。

　　知識的喪失與系統性的愚蠢造就「適應性社會」（adaptive society）的形成。用康德的語言陳述，這個社會內個體無法學習自主（autonomy），反而上癮般地服從他律性（heteronomy）（Stiegler, *What Makes Life* 32）。相較下，長路模式的內部化與外部化的關係是具辯證性與對話式（dialectical and dialogical）的「內外調併」（adoption）。史提格萊舉兩個簡單的例子解釋：

> 這種個體化過程……是無所不在且持續進行的。當你閱讀一本書時，你透過閱讀個體化自我，因為閱讀一本書亦即被書本改變。假如你沒有被書本改變，你並沒有閱讀——你只是相信你在閱讀。……閱讀可以是短路模式，假如你相信自己在閱讀一本書但事實上沒有。它可以是長路模式，假如你透過閱讀書籍而個體化自我，假如你進入個體化的過程。（Stiegler, "Transindividuation" 3-4）[11]

「內外調併」是一種內外關係因時、因地、因物相互傳導下的改變。個體與書本並不先存於閱讀經驗，而是透過閱讀過程孕育而生的暫時性動態平衡。相較之下，如果只是讓書本告訴你如何思考，如果只是依賴書籍提供指導方針卻沒與它產生親密關係，就不算真正閱讀，只是看書，不是讀書。這種對他律性的依賴即康德所謂的不成熟（immaturity）：

---

[10] 長路與短路的建構有兩個層次：第一個層次是無意識欲望的形成（文化記憶的傳遞），涉及生物的個體化過程（the living individuation）；第二個在意識層次理性（或注意力）的形成，涉及個人精神與社會群體的個體化過程，例如透過學術機構重新習得知識技能、形式生活與批判精神。後者為本文論述的重點。

[11] 巴特勒（Judith Butler）闡述懷海德（Alfred North Whitehead）的攝持（prehension）概念時提供另一個實例。她舉自己近期與大學時期閱讀懷海德為例，強調閱讀時作用與受作用的雙向過程，這種多重影響會隨時間、空間、情境脈絡之差異而改變。見Butler。

> 懶惰與怯弱是為什麼仍有相當比例的人，即使自然早已使他們解
> 放於他人的指導，仍舊心甘情願地一輩子處於不成熟狀態的原
> 因。……假如我有一本書充當我的理解，一個牧師充當我的良知，
> 一個醫生為我決定飲食，諸如此類，我便不需自己勞心費神。
> （Immanuel Kant, "What Is Enlightenment?" 58）

另一個例子是史提格萊與訪談者的對話：

> 當你與某人經歷個體化過程——例如，我們現在的討論與談話，
> 我正經歷自我個體化過程。但是你聽我陳述的同時，你也同樣透
> 過我的論述經歷個體化過程。你可以透過對論述的認可進入個體
> 化過程，但你也同樣可能藉由對論述的反駁與否定為自我個體化。
> （Stiegler, "Transindividuation" 4）

　　相較於跨個體化短路模式對他律性的服從，上述兩例呈現出個體參與
跨個體化過程的自主性。然而，這種個體化過程的自主性必須與傳統人文
主義提倡的個體自主嚴格區分。透過跨個體化長路模式所獲得的自主性需
放置在藥理學（pharmacology）的脈絡論述，自主性不是對立於他律性，
不是絕對的自主性，而是「相對的自主性」（relational autonomy），其組
成總是已經包含他律性：「自主性不是他律性對立的反面，而是將**內外調
併，使其為必然預設**」（*What Makes Life* 41, 21）。

　　史提格萊認為，藥理學強調的不是內外元素的對立，藥理學以構成
（composition）取代對立（opposition）；治療學（therapeutics）則在構
成內部發現不同傾向（tendencies），然後讓良藥傾向能夠不斷創建再
生，同時也無時無刻意識到構成內部另一種毒藥傾向如影隨行無法拋棄
（*For a New Critique* 43-44）。人類的本質便是不同傾向之間協商的結果
（"Technics of Decision" 162-63）。普遍器官學（organology）則統合藥理
學與治療學，讓藥理的雙重性與治療的規範性能在有機與無機器官的連動
共構機制下展開。[12]

---

[12] 史提格萊在席蒙東個體化理論基礎上發展出的普遍器官學與他對生命、科技、社會組織共同
　　演化的觀點常被視為提供一條思考後人類的路徑。然而，對胡賽爾（Edmund Husserl）現象
　　學的回歸使得史提格萊對技術的論述依舊圍繞在意識與記憶等現象學範疇，此特點使他遭受

　　有趣的是，史提格萊對類比科技近乎負面的批評似乎有違技術藥理性的特質，但他對數位語法化的態度就顯得比較曖昧，或者說，更忠於藥理性強調的雙重與不確定性。數位科技雖然大幅改變生產者與消費者的關係，提高後者參與度，但這不代表知識的獲得或批判性的表現，更多時候我們看到的是，參與的假象提供背後演算的大數據更多資料預測並影響參與者未來的行為與動態，形成二十一世紀新媒體數位版的短路現象，一種更深層對他律性的服從，近來假新聞與同溫層的現象也印證在社交平台上參與知識傳播不能等同參與知識跨個體化過程。

　　凱利（Kevin Kelly）在《必然》（The Inevitable）這本書中樂觀看待數位科技帶來「創用」（creative commons）：

> 類似Digg、StumbleUpon、Reddit、Pinterest以及Tumblr的社群網站讓數以億計的普通人可以透過專家和朋友的資料庫搜尋相片、圖檔、新事物與創意，然後集體對這些材料分級、評分、共享、轉發、註解，並將這些材料組織到串流或收藏中。這些網站如同協同過濾器，推薦當下最好的內容。……然而，新興的數位社會主義不同於過往赤化的社會主義，新數位社會主義透過網路通訊通行於無邊界的互聯網上，在緊密結合的全球經濟內生產無形的服務。它的目的是提升個人自主性，並阻撓集權化。它是去中心化的極致表現。（136-37）

史提格萊不否認「創用」帶來集體創作與互動式參與，但也意識到「創用」非數位經濟本身之「必然」。史提格萊強調技術的藥理性，當數位經濟將其內部構成之某一傾向視為必然時，即陷入傳統形上學之窠臼；解構的批判是暴露必然之不可能與其內部之延異，令其通過「延遲效應」（après-coup），並且在不忽略藥理性構成（pharmacological composition）的條件下進行重新設置。[13]

　　一些批評。例如，漢森（Mark B. N. Hansen）認為，即便普遍器官學強調各層次互構與連動的關係性，但是史提格萊對技術的論述依舊無法跳脫人類以意識與感官知覺為基礎的框架，無法觸及更基本的存世感性（worldly sensibility）。關於漢森對史提格萊的批評，見Hansen, "Bernard Stiegler"；關於他對存世感性的論述，見Feed-Forward。

[13] 關於延遲效應相關討論，見許煜14-15。

　　於此，我們需進一步釐清史提格萊理論中的幾個基本命題。上述提及專注力的形成帶有基進政治的時間結構，串連已逝卻持存的過去、立即卻延異的現在、以及懸置與期望共存的未來。由於人的預設（default）是原初的缺失，人與技術需相互依存、參照、演化，成就內部化與外部化螺旋般無窮改變。[14] 過去的文化記憶已經由第三持存外化到記憶技術上，因此代間傳遞過程中第三持存——或席蒙東的「前個體化環境」——先於第一與第二持存。這意味著代間傳遞的過程中人類內在的形成總是已經涉及外在技術，因此內在的發展亦為外在化過程。同時，外在的技術在不同歷史階段也會因人類的創造而改變，因此內在化與外在化過程持續不斷相互協調與共同演化。簡而言之，跨個體化過程的長路模式涉及兩個不斷交互影響的過程：（一）人類個體化過程：即人類如何內在化外在技術使其個體達到動態但脆弱的亞穩性（metastability）；（二）外在的技術也會因進入跨個體化過程而改變，例如蒸汽機的發明使鋼鐵的煉製更完善，進一步生產更新、更有效的機器等等（"Technics of Decision" 163）。因新技術的演化，個體必須再度與外在技術進入跨個體化過程。這樣的循環在跨個體化長路模式下持續不斷進行，使個體只能是整個過程中的一個「位相」（phase），非恆常不變的本質。

　　史提格萊認為人類一出生便被擲入「絕對的不確定性」（an absolute indetermination），人類的命運就是她必須承擔「無命定的折磨」，只因「其起源被差異性的經驗所銘刻」（158-59）。所謂的個體化過程就是在這種原初不足（primordial inadequation）的邏輯下運行。人類的本質是原初的缺，這個缺也是時間性的起源，因為這個缺迫使內部與外部不斷適應與接合，但內外的共同演化（或跨個體化過程）永遠處於內外失調的狀態（disadjustment），因此是一個不間斷的過程。也因如此，當個體進入個體化過程，她在結構的意義上是不完整的（structurally incomplete）。換句話說，個體化過程使主體免於功成完滿，令生命捲入延異的流動（*Technics and Time* 134-42）。上述所謂的「延遲效應」指的是人類歷時

---

[14] 人類是需要依賴外在物件或人造器官（artificial organ）才能生存的生物。早期人類的日常活動（例如捕獵、砍材、耕種）都需要工具，這些外在物件的主要功用雖然不以儲存為目的，但是透過工具的使用，這些器具保留代代相傳的文化記憶，技術因此可被視為經驗的物質化。例如新石器時代人使用的燧石工具物質化文化知識與記憶，史提格萊將這種藉由文化傳遞的現象稱之為後種系生成（epiphylogenesis）。相關討論，見Stiegler, *Technics and Time, 1*, ch. 3。

性（diachronic）特質，人類個體化的「形成」（formation）是「關係形成」（in-formation），也是「再形成」（re-formation）：人類的本質就是時間性。

史提格萊認為，哲學或理論的主要功能是在無法約化的藥理性組成中讓良性（長路）的重複持續發展。[15] 換句話說，對抗組成內部毒藥的傾向（或跨個體化過程短路模式）是哲學的任務，但是史提格萊也提醒，這樣的對抗不能是對立性的，必須是藥理性的，否則只會讓哲學淪為找尋代罪羔羊（*pharmakos*）的行動（*What Makes Life* 20）。因此我們可以說，哲學的批判關懷如何在短路危機中激活記憶技術毒藥與良藥的雙重性，重新設置知識生產中跨個體化共構的長路模式，找到復甦生存知識、技能知識與理論知識的契機，讓跨個體化過程中個每個元素均能進入構成關懷體系的轉導空間（transitional space），共同參與、相互形構持續不斷發生的跨個體化過程，使不同層次（精神、集體、技術）的個體化過程接觸，建立接應點（connectivity），促進迴路的延異與創新。史提格萊認為所有的改變都涉及此跨個體化過程，教育亦然。因此，如何在普遍性無產階級化的今日讓跨個體化過程維持動態的亞穩性是啟蒙的批判精神（也是一種成年的儀式）在二十一世紀得以復甦的關鍵。

為何理論：啟蒙精神的重思

《關懷青年與世代》是本充滿戰鬥能量的書，貫穿此書的口號是「智能決戰」（the battle for intelligence）：

> 今日的智能決戰可以被稱為意識工業與知識社會之間的決戰。但是任何知識社會的形成需要相對的社會智能，如此才能夠**智慧地生活**。（Stiegler, *Taking Care* 34）

史提格萊認為，高等教育是智能決戰的主要戰場，也是陶冶社會智能與形成知識社會的關鍵。因此，讓教育體制擺脫意識工業的制約即為智能決戰

---

[15] 哲學是否能等同理論的問題非本文所能處理，因此未對兩者仔細區別，僅以批判精神做為銜接兩者的基礎。

的首要任務：

> 若智能決戰能在大學找到復甦能量……教育體制復甦的前提將是透
> 過理性與批判的專注力，讓孩童、青少年、年輕人，他們的導師與
> 他們的家長所生存的符號產業環境不再成為建構知識與技藝的系統
> 性阻礙。（54）

意識工業的符號產業所帶來的阻礙造成知識的喪失；在數位新媒體構成的
知識短路網內，啟蒙的理性與批判被理解成工具理性的計算：「批判成了
『透過計算的掌控』（mastery through calculation）」（46）。也因如此，
史提格萊大聲疾呼回歸康德的重要性，呼籲重新檢視啟蒙批判與理性的
意義。

　　書中第一句題詞就引用康德對啟蒙精神的定義：「敢於求知」（Sapere
aude!）。敢於求知是啟蒙批判精神的展現，但批判精神的培養不只取決
主觀的勇氣（只要我有勇氣提出質疑就可以有效地參與知識的生產），還
需客觀條件配合，例如習得閱讀、討論、書寫與判斷等技能，這些技能不
會憑空出現，需要透過教育訓練，除了家庭與文化外，學校是教育的主要
場域，也是代間知識傳遞或關懷體系建構過程中國家機關可以介入的場
域。與一些左派思想家不同，史提格萊認為，生命權力（biopower）為一
種指派給國家的關懷形式，因此他對國家機器賦予相當程度的啟蒙責任，
是過渡儀式（或成年禮）得以實現的公共機關（114）。

　　於此，我們可以回答上述關於德希達的提問：「生活是能夠被**學習**
或**教導**的事情嗎？」史提格萊的答案是肯定的。未成年啟蒙的過程是成年
世代的責任，同時這個過程是「可以習得的社會能力」（1），學校的教
育即是訓練這種社會能力的場域。史提格萊之所以將理性批判能力視為社
會能力是因為：從器官學的角度，個人心智發展——包括閱讀、討論、
書寫、批判等技能與其他普遍性理論知識的養成，相對應的突觸發生結構
——與集體的社會化過程無法分割，而學校的訓練是這個社會化過程的重
要推手，也是培養跨個體化過程長路模式的前提。[16]

---

[16] 泰納（Chris Turner）認為史提格萊對十八世紀公共教育的評價過度正面，忽略茹費理（Jules
Ferry）教育改革中含帶的菁英主義與種族主義。相關討論見Turner。

　　何謂社會能力的學習？對康德而言，公用理性的展現代表成熟與啟蒙的社會能力。公用理性指能夠在整個閱讀公眾面前使用理性，但是理性的使用預設閱讀群體已經習得批判性閱讀與書寫的技能，而培養批判性閱讀與書寫技能的教育場所之所以能擔負如此重任是因為十八世紀啟蒙後公共教育普及化的改革。

　　傅柯論法國十七、十八世紀規訓權力時，將教育列為與軍隊和監獄相等的規訓場域。教育做為規訓場域涉及身體習慣與行為的訓練，其中空間的排設與時間的分配、金字塔式的觀察、不間斷的測驗等技術無不以常態化（normalization）為目標，目的是訓練出有用且具生產力的柔順身體（the docile body）。然而，史提格萊認為傅柯在《規訓與懲罰》（*Discipline and Punish*）書中指涉的個別化過程（individualization）事實上是去個體化的過程（de-individuation），傅柯只注意到規訓做為生命權力的壓迫面，忽略生命權力規訓身體時可能製造出異於／溢於柔順身體的技能，這種能力超出規訓權力預設的常態化目標，能夠將其轉化成有助跨個體化長路模式發展的精神權力與心智技術。換句話說，史提格萊認為傅柯論十八世紀生命權力時忽略教育的藥理性（*Taking Care* 116-22）。他認為，公共教育的規訓技術是培育專注力的社會機構，這種規訓的目的不在屈服，而是透過訓練讓主體進入跨個體化過程的長路編織，形成關係性的代間共群（"a discipline that is not *sub*jugation but *in*tegration into transindividuation . . . forming a relational, intergenerational *we*"）（117）。康德意識到這點，因此強調專注力形成的先決條件——在器官學各層次互動下培養的身體習慣。「與康德相反」，史提格萊寫到，「傅柯聲稱，教育機構本質上致力於一個策略：順民的養成」（117）。

　　然而，傅柯在《規訓與懲罰》對書寫與閱讀技能的培養並非他對此議題唯一的表述。[17] 傅柯晚期論自我關懷的倫理實踐時，自我書寫（self-writing）被視為是自我關懷實踐的重要技能。史提格萊認同書寫技術的倫

---

[17] 傅柯追蹤自我關懷的倫理是從古希臘到希臘化時期，不同的階段自我關懷的技術也會有些差異，例如柏拉圖對話中自我關懷強調教學（pedagogy）、自我知識與政治活動；到了希臘化與羅馬時期，自我關懷由外在政治活動轉向內在的檢視，更成為從出生到死亡的普遍生活經驗，並非只是年輕人需要學習的技藝（見*Hermeneutic* 44；*Technologies* 30-32）；到了犬儒學派（cynics）則從傳統的教學轉變成心靈教學（psychagogy）（*Hermeneutic* 408），生命成了可以自我形塑的樣式（life as technic or a self-fashioning style）。關於史提格萊與傅柯兩者對關懷的論述之差異，見Fuggle。

理性，但也批評傅柯的晚期對自我關懷的討論缺乏公眾面向。更精確地說，當傅柯在《規訓與懲罰》提及教育的公共性時，書寫等技能被簡化成規訓的手段，非自我實踐的倫理；當他晚期將書寫視為自我關懷的倫理實踐時，倫理僅關乎個人而非「整個閱讀公眾」。史提格萊認為我們必須克服傅柯對啟蒙批判重新構思的侷限，了解書寫與閱讀的公共性與這些技能如何構成批判的客觀條件，「讓書寫做為輔助性技術能服務以個體記憶（anamnesis）為基礎的跨個體化過程」（*Taking Care* 60）。

事實上傅柯並非沒有類似的論述，他論斯多葛學派時提到一種新的教學法──聆聽的藝術。傅柯如此描述：

> 首先，我們看到對話的消失與一種愈趨重要的新教學關係──在這個新的教學法遊戲中，導師講授但不發問，學徒不回應也須保持沈默。……他們不發問或在課堂中發言，但他們發展出聆聽的藝術。這是獲得真理的正向條件。（*Technologies* 31-32）

傅柯指出，普魯塔克（Plutarch）在針對聆聽藝術撰寫的論文中提到，聆聽的動作教導學徒如何判斷真實與虛假，聆聽不是被動吸收，而是代表不受導師控制，因為學徒聆聽的是透過導師話語傳遞的邏各斯（logos），聆聽導師的話語事實上是聆聽自我內心理性的話語，而課堂間保持沈默是為了之後的省思。傅柯認為斯多葛學派的教學法與柏拉圖對話中呈現出的教學法有顯著差異。然而，放在史提格萊討論的脈絡，我們可以將兩者視為公用理性的展現與其前提：柏拉圖對話中蘇格拉底與年輕人的辯證提供公用理性運作的模型；斯多葛學派倡導的聆聽藝術則強調對話過程中參與者須先透過某種規訓習得必要的技能（閱讀、書寫、反思等）。

以柏拉圖的對話為例，蘇格拉底與其對話者最終不一定會達成共識，但透過交叉詰問對彼此論點闡述與釐清的過程能夠建立某種交流的基礎，至少他們能夠對彼此之歧義產生某種共識（agree to disagree），而不是讓對話淪為雞同鴨講（disagree to disagree）。史提格萊認為，柏拉圖對話的目的是達到某種意見上的一致性，可以是對歧義的一致看法，甚至是「對歧義有一致性看法的歧義」（"a disagreement with an agreement about the disagreement"）（"Transindividuation" 4）。他更進一步指出：

當蘇格拉底與高爾吉亞（Gorgias）進行討論時，他們之間的討論之所以能夠進行是因為他們兩人已經習得如何書寫與閱讀。他們有共同的技能，閱讀與書寫的技能，這是城邦運作的基礎，沒有這些技能也不會有法律，不會有幾何學，不會有哲學，也無法與荷馬與索福克里斯有建立任何關係。上述種種定義了希臘文明被認可與重視的價值。（4）

由此可知，知識的代間傳遞可透過教育達成，但是教育在傳遞特定的知識內容之前，更重要的是訓練年輕世代閱讀與書寫的技能，讓他們能夠透過這些技能的學習使個體與其外在——包括父母與師長做為尚存人世的前代與做為第三持存不斷演進的記憶科技——進入跨個體化過程，並在閱讀與書寫的基礎上，創造新的意義：

> 學術的教育做為器官學的內在化過程全然由捕抓與形塑專注力的心靈技術（psychotechniques）組成，透過內化規訓準則，將心靈技術轉化為心智技術（nootechniques）。……閱讀與書寫的發生需要特定的器官——如眼、手、腦——相輔而行，但是整個身體需先被訓練成能長時間定坐一地。「孩童被送進學校主要的目的不是在那裡學習，而是最終被訓練成能夠安靜定坐並快速回應他們被要求完成之事」。（*Taking Care* 65）

長路的建構涉及普遍性器官學，需要器官學不同層次彼此應對發展。史提格萊認為，學校對身體的規訓有助學童集中專注力，提供一個讓專注力轉化成知識的基礎，這種轉化涉及上述跨個體化過程的長路模式，學童對教科書的背誦與記憶不是被動地吸收知識，因此不是康德口中的懶惰（laziness）與怯懦（cowardice），也不是傅柯筆下順民養成的規訓技術。在跨個體化的長路模式下，書本不再是一個提供指導方針的封閉物件；相反地，書本是與學生進入閱讀關係（或跨個體化過程）後形成的開放性轉導物件（transitional object），開啟轉導空間（transitional space）。[18] 這個空間內：

---

[18] 關於這點，可以參考史提格萊在另一處對伊瑟爾（Wolfgang Iser）理論的引用。根據伊瑟爾的

> 學生開始透過課堂指派的功課自我內化並重塑迴路。神經系統經由
> 這個過程習得大量集中注意力的態度，提高源自於突觸發生的專注
> 水平（專注持久度）。今日的腦顯影科技讓我們能夠確實地在腦部
> 看到這個過程的發生。（66）

　　教育的重要性由此可見：專注力的養成是建構關懷體系不可或缺之元素，而學校教育正是專注力養成的關鍵場域。史提格萊強調，這個過程中的內外部調整與適應的模式是個體與外在進行「內外調併」（adoption）的程序，必須嚴格地與短路模式中完全被動的「調整適應」（adaption）區分。「內外調併」是「是教育**也是**『人類經驗』長路模式的同步傳遞與新長距迴路的組成」（60），教導學童世代累積的知識與技能，使他們能夠持續創造長路接應點，以學生學者之姿在整個文化世界（即課堂所有同學前）發表己見（60）。簡單來說，跨個體化過程的問題就是創造迴路的問題，跨個體化長路模式創造的迴路是一種能讓參與的各方持續不斷進入過程，而且會因彼此的進入而相互改變與增長，讓迴路內意義的生產能夠持續編織、堆疊與呈現（"Transindividuation" 4）。跨個體化過程的意義生產不是對意義的指定，而是讓參與過程者在整個閱讀公眾前，共同編織意義的多元與延異。

　　史提格萊的理論強調物件的藥理學。也因如此，當他談論金融工業霸權下的「心靈科技」時，雖然認為目前數位語法化的發展不健康，[19] 但他沒有天真到要我們放棄數位儲存做為「第三持存」的技術時代，回歸康德啟蒙時期那種傳統書寫的技術時代。或許上述對書寫技能培養的描述會給人一種印象——即，史提格萊論述中帶有某種依戀，依戀的對象是類比與數位科技改變語法結構之前的書寫。確實如此，但我比較傾向將他對書寫技能的依戀視為一種論述策略，除了為藥理學的雙面性提供例證外，並冀望代間教育能在二十一世紀數位語法化的今日激活藥理性的另一面，使年輕世代能參與公用理性，再造數位書信共和國（Republic of Letters）之批判精神。[20]

　　說法，書本並不存在，存在的是「閱讀的共同體」（the community of the reader），見Stiegler, "Transindividuation" 4。

[19] 史提格萊指出，金融投機（financial speculation）便是促成這種短路循環「最糟糕的動力」（the dynamism of the worst）（*Taking Care* 55）。

[20] 關於如何激活二十一世紀數位語法化藥理性的問題，本文討論依循史提格萊以意識為主的論述。值得注意的是，漢森在新作《前饋》提供另一個切入的視角，他認為二十一世紀新媒體帶

結論

　　關於批判精神的再造，我認為史提格萊的看法有其特殊之處。他雖然師承解構一脈，但他對「批判」的理解卻帶有相當程度的規範性色彩。[21] 史提格萊在德希達藥理學的基礎上發展出具社會與公共面向的「治療學」：他認為解構式的批判未盡全功，沒有思考非對抗性的「延遲效應」或「重新設置」之可能樣貌。史提格萊想同時克服對抗式與解構式的批判，前者將藥理的雙重性區分為摩尼教式的對立，後者只強調物件的藥理性組成，將批判理解成能思的界線或困境，忽略「批判」一詞更原始的判斷之意。[22] 史提格萊強調的新啟蒙批判同時是藥理性與治療性的。如果德希達的「學習生活」強調延異的創造性，史提格萊的「學習生活」同時具備創造性與規範性，學習生活所學習的是「**智慧地生活**」（*Taking Care* 34）。換句話說，藥理學是本體的問題，也是內部組成無可約化之雙重性；治療學是社會或政治問題，關乎如何在內部組成不同傾向中發展長路（而非短路）的跨個體化模式。這也是為什麼史提格萊將哲學的責任定義為使好的或「良藥」的傾象能夠不斷重複：「對我而言，哲學最重要的是學習重複好的重複」（引自Ed Cohen 149）。在長路／短路、良藥／毒藥無可約化的雙重性中做決定即為具規範性的價值判斷。[23]

來與過去完全不同的補償邏輯。舉例來說，書寫的藥理性是以一種代理的關係（surrogacy）呈現：人類內部記憶因書寫退化（因為不需要再練習記憶技術），但退化的記憶也因書寫成為外化記憶獲得直接對應的補償；但二十一世紀新媒體的補償是間接且非對應的，無所不在、存於環境的感應器紀錄的不是以意識為參照的經驗與記憶，而是意識與感官無法直接觸及的物質層次，一個包括人類與非人類元素組成的全面性動態關係網絡，因此二十一世紀新媒體的藥理補償與過去技術相比多了新一層的媒介關係，讓這些無法被意識與感官處理的資料能夠透過前饋的作用擴增與複雜化意識與感官的經驗，然而這個差別在史提格萊的論述中並未被突顯，相關討論見Hansen, *Feed-Forward* 50-53。

21　史提格萊對德希達的批判，見*For a New Critique* 15；*What Makes Life* 49-50。

22　史提格萊在一次訪談中將批判與「辨別的能力（the capacity to discern）」等同視之（"Transindividuation" 5）。在*What Makes Life Worth Living?*書中，他更詳盡地將批判（critique）、規範（normativity）、判斷（judgement）、治療（therapeutics）、懸置（*epokhe*）、決定（decision）、危機（crisis）等關鍵概念串連一氣（48）。

23　對史提格萊而言，決定與懸置（*epochē*）概念息息相關，除了帶有胡賽爾現象學賦予之含義外，也取徑斯多葛派，在流動的懸置與休止中提出判斷（"Technics of Decision" 160）。由此觀之，史提格勒對批判的理解雖然在傅柯與德希達的脈絡下發展，但最後的結論似乎更接近巴迪烏。史提格萊曾在一次訪談中提到巴迪烏在《倫理》（*Ethics*）這本小書中對「我」（1

後記

　　這篇論文撰寫背景是「理論的世代：廖朝陽教授榮退研討會」，因此結束之前我想要回到哲學的原初場景（primal scene）——希臘哲學之父蘇格拉底與年輕人的對話。不論從史提格萊或者巴迪烏的觀點，這些對話奠定哲學最初也是最重要的功能：教育與傳承。然而，權力對哲學最初的態度是一種指控，蘇格拉底被指控用思想污染了年輕世代，使其墮落腐敗。巴迪烏在他近期兩本寫給年輕世代的書中不斷回到這個哲學的原初場景，甚至將自己比擬成蘇格拉底，認為自己的任務是竭盡所能地用思想污染年輕世代。我想廖朝陽老師在過去三十多年對臺灣外文學界的理論教育也同樣扮演蘇格拉底的角色，讓我們這個世代在學習的路上有勇氣不受大眾意見左右，同時也培育出一個內部具差異與延異的世代。換句話說，廖朝陽老師不只教導我們這個世代如何生活，也幫助這個世代武裝思想，讓我們有足夠的批判能力探索智慧生活。

與「我們」（We）的思考與他對跨個體化過程的見解相近（"Technics of Decision" 161）。更進一步比較兩人對批判的理解，可以發現他們在康德式的批判外，也回歸批判更原始的意義——即價值判斷。關於巴迪烏對批判的討論，見2014年他在The Global Center for Advanced Studies演講的抄本 "The Critique of Critique: Critical Theory as a New Access to the Real"。

引用書目

許煜。〈未來的檔案：論第三預存的概念〉。《現代美術學報》35 (2018): 9-25。

蕭阿勤。〈世代認同與歷史敘事：台灣一九七〇年代「回歸現實」世代的形成〉。《台灣社會學》9 (2005): 1-58。

Badiou, Alain. *The True Life*. Trans. Susan Spitzer. Malden, MA: Polity, 2017.

——. *I Know There Are So Many of You*. Trans. Susan Spitzer. Malden, MA: Polity, 2019.

Butler, Judith. "On This Occasion . . ." *Butler on Whitehead: On the Occasion*. Ed. Roland Faber, Michael Halewood, and Deena Lin. Lanham, MD: Lexington, 2012. 3-18.

Malabou, Catherine. *What Should We Do with Our Brain?* Trans. Sebastian Rand. New York: Fordham UP, 2008.

Cohen, Ed. "Dare to Care: Between Stiegler's Mystagogy and Foucault's Aesthetics of Existence." *boundary 2* 44.1 (2017): 149-66.

Corsten, Michael. "The Time of Generation." *Time and Society* 8.2 (1999): 249-72.

Derrida, Jacques. *Learning to Live Finally: The Last Interview*. Trans. Pascale-Anne Brault and Michael Naas. New York: Melville House, 2007.

Franklin, Seb. *Control: Digitality as Cultural Logic*. Cambridge, MA: MIT P, 2015.

Foucault, Michel. *Discipline and Punish: The Birth of the Prison*. Trans. Alan Sheridan. New York: Vintage, 1995.

——. *The Hermeneutics of the Subject: Lectures at the Collège de France, 1981-1982*. Trans. Graham Burchell. New York: Palgrave Macmillan, 2005.

——. *Technologies of the Self: A Seminar with Michel Foucault*. Ed. Luther H. Martin, Huck Gutman, and Patrick H. Hutton. Amherst: U of Massachusetts P, 1988.

Fuggle, Sophie. "Stiegler and Foucault: The Politics of Care and Self-Writing." *Stiegler and Technics*. Ed. Christina Howells and Gerald Moore. Edinburgh: Edinburgh UP, 2013: 102-207.

Han, Byung-Chul. *Psychopolitics: Neoliberalism and New Technologies of Power*. London: Verso, 2017.

Hansen, Mark. B. N. "Bernard Stiegler, Philosopher of Desire?" *boundary 2* 44.1 (2017): 167-90.

——. *Feed-Forward: On the Future of the Twenty-First-Century Media*. Chicago: U of Chicago P, 2015.

Kant, Immanuel. "An Answer to the Question: 'What is Enlightenment?'". Trans. James Schmidt. *What Is Enlightenment? Eighteenth-Century Answers and Twentieth-Century Questions*. Ed. James Schmidt. Berkeley: U of California P, 1996. 58-64.

Mannheim, Karl. "The Problem of Generations." *Karl Mannheim: Essays*. Ed. Paul Kecskemeti. New York: Routledge, 1952. 276-322.

Nancy, Jean-Luc. "Compearance: From the Existence of 'Communism' to the Community of 'Existence'." Trans. Tracy B. Strong. *Political Theory* 20.3 (1992): 371-98.

Stiegler, Bernard. "Afterword: Web Philosophy." *Philosophical Engineering: Toward a Philosophy of the Web.* Ed. Harry Halpin and Alexandre Monnin. Malden, MA: Wiley-Blackwell, 2014. 187-196.

——. *For A New Critique of Political Economy.* Trans. Daniel Ross. Malden, MA: Polity, 2010.

——. *Taking Care of Youth and the Generations.* Trans. Stephen Barker. Stanford: Stanford UP, 2010.

——. *Technics and Time, 1: The Fault of Epimetheus.* Trans. Richard Beardsworth and George Collins. Stanford: Stanford UP, 1998.

——. "Technics of Decision." Interview with Peter Hallward. Trans. Sean Gaston. *Angelaki* 8.2 (2003): 151-68.

——. "Transindividuation." Interview with Irit Rogoff. *e-flux* 14 (2010): 1-6.

——. "The Uncanniness of Thought and the Metaphysics of Penelope." Trans. Arne de Boever, Greg Flanders, and Alicia Harrison. *parrhesia* 23 (2015): 63-77.

——. *What Makes Life Worth Living: On Pharmacology.* Trans. Daniel Ross. Malden, MA: Polity, 2013.

Turner, Chris. "Kant Avec Ferry: Some Thoughts on Bernard Stiegler's *Prendre Soin: I. de La Jeunesse Et Des Générations.*" *Cultural Politics* 6.2 (2010): 253-58.

無／用的空白：
談廖朝陽倫理論述中
「延」與「返」操作的要義

林明澤

國立成功大學外國語文學系

摘要

「災難」是廖朝陽老師倫理論述意圖回應的當代（後現代）切身狀態。所謂災難，不盡然是指一般認定的天災人禍，反而是指人們當下日常必須面對的環境快速變遷，以物質與資訊「洪流」的形式襲捲而來。固然完全投身洪流之中，幻想在其中自在悠游，主體其實是招架不住的，但若只想閃躲迴避，不設法應變增能，主體還是會遭洪流吞沒。主體當學習如何延緩面對災難性的洪流衝擊，暫時出離其外，但仍能返回其中操作，讓自己延續發展。本文作者認為這是廖朝陽老師倫理論述的中心意旨。先以「空白」這個比喻指稱主體延緩面對衝擊所打開的空間，本文討論老師三篇以「災難」（或「風險」）為題的論文，闡述主體如何應該以「延」與「返」為策略操作這個空間，為主體增能培勢，以應接外部的衝擊。無能（失能）是主體面對外部衝擊時的本態，操作下開發的技術也不見得能致用，所有的努力也無法確保主體能夠熬過洪流衝擊而存活下來，但過程中蓄積下來的潛能與動勢具普同性，可為主體再一次應接外部衝擊來做準備。本文最後簡短觀照外文學門在臺灣面對的困境，以及思考如何以「延」「返」的策略來面對。

關鍵詞：空白，災難，延與返，人文學門危機

　　去年（2019）3月24日，在「廖朝陽教授榮退學術發表會」第七場發表的問答時間裡，聽眾之中有人提問李鴻瓊，要他以一個最簡短的字詞來描述老師的思想精髓，鴻瓊給出的答案是「空」，但他的說明語偏詼諧：他說自己偶以老師說過的話再去跟他求證請教，老師卻反問他自己曾經如此說過嗎？這狀況頗類似禪宗公案裡師父不欲弟子拘泥於文字迷障而反身詰問的情境。雖然老師的理論論述中確實大量引述與挪用佛家的說法，但文字絕非老師所忽略不顧者；雖然不曾撰寫專書，但老師出版的每篇論文篇幅皆甚長，並以繁複但精準的文字勾勒其論述的主旨。之所以稱為「勾勒」，因為確實如鴻瓊所言，「空白」是老師論述中的一個重點，而「空白」無法直接呈現，只能在描述（主體或情境）的系統或結構時指出其所在，使其輪廓能約略浮現。在老師的理論體系中，此空白相當重要，是啟動所有政治與倫理行動的關鍵，有必要更進一步地檢視。

　　以「空白」來標記廖朝陽老師的理論思維與著述的重點並無新鮮之處。只要對臺灣後殖民、後現代文化論述稍有涉獵，都知道老師在1995年發表題為〈中國人的悲情：回應陳昭瑛並論文化建構與民族認同〉的論文中，就曾經提出「空白主體」的概念。[1] 包括該文與之後一系列回應廖咸浩、邱貴芬等老師論述的文章，掀起有關臺灣民族主義與文化認同議題的一場重要論戰。關於這場在《中外文學》月刊開啟、橫跨1995、1996年的論戰，相關的回顧評述已經很多，[2] 也不是本文的重點，但特別需要指出的一點是：「空白主體」的說法從齊傑克（Slavoj Žižek）的理論論述發展出來，延續的是拉岡（Jacques Lacan）欠缺主體（subject of lack）的概念，「空白」基本上就是需要有內容來填滿的形式（〈中國人的悲情〉119），有如用來裝飲料的杯子。由於討論議題的情境所致，為免概念在論戰中被曲解混淆（即使注定如此），老師這個階段對於「空白」的討論著重在主體與認同的區別，對於「空白」如何被開啟、以及這個形式或空間的性質特徵等等，並無暇著墨。也許是為了不讓這個概念繼續陷在論戰的泥淖中，從1997年開始，當老師的論述開始偏向文化研究或倫理哲學主題（也就是本文打算要討論的論文），即使概念仍有頗多連通之處，老

---

[1] 相關討論主要集中在該文的第四節（也就是最後一節）「從空白主體看民族認同」（117-25）。

[2] 舉其犖犖大者，如游勝冠，〈國家認同與九〇年代的台灣文學論戰〉，「國家認同之文化論述學術研討會」，臺灣國際研究學會，臺北；張君玫，〈「空缺主體」與「陰性情境」：重探台灣後殖民論述的幾個面向〉，《文化研究》9 (2009): 5-44。

師在勾勒類似「空白」的概念時就很少再使用具象的比喻。即使用詞一樣精準，卻轉而使用較為抽象迂迴的表述方式。針對「空白」（的出現）開始有「無意識」、「互卸」、「分子化」等等說法，而發展這些概念的理論範式也開始出現移轉。如以下討論將顯示的，由於引入「災難」概念來描述後現代的文化情境，班雅民（Walter Benjamin）（以及思維理路相通的阿甘本〔Giorgio Agamben〕）的歷史哲學觀相形凸顯，並輔以德勒茲（Gilles Deleuze）與瓜達希（Félix Guattari）及所謂「後人類」學派的理論洞見，對於「空白」的開啟、操作與（不）運用有創新細膩的論述。若從老師三（或四）篇以「災難」為題的論文來分析，[3] 會發現這個重新懷想的「空白」概念提示出一種面對後現代各類生存危機可以採行的姿態，而「延」跟「返」就是操作這個空白以應付危機的策略要義。面對當代急速襲來的資訊與物質流動，主體應當拖延、放緩其衝擊，以求一個喘息的空間，並體認主體「無」之本態，不必然要以當下的流動來填滿充塞；但拖延也不是辦法（更精確地說，不是辦法的全部），主體終究要透過某種自身回返的功夫來處理流動的衝擊，使空白能有助於主體存活發展之用。在本文最後，接續我自己在老師榮退學術發表會的報告，討論我們自身學門在目前面對主流社會直接要求「學以致用」的危機，是否能夠透過「延」與「返」的操作來處理。

滿召損、欠受益

　　前面已經提過，老師的論文主題經常提及當代的「災難」現象，至少有三篇論文的標題就有災難一詞，而其他論文中也常提到各式各樣的災難。而所謂「災難」的基本型態，可以說就是「太滿」：包括「太多」、「太快」、「太密集」、「太貼合」等等情境。其實，能以最簡潔、最詩

---

[3]　根據個人自己的整理，老師共有四篇論文的標題當中直接或間接出現跟「災難」相關的字眼，分別是〈災難與希望：從《古都》與《血色蝙蝠降臨的城市》看政治〉（2001）、〈災難無意識：地震、暴力、後現代空間〉（2002）、〈失能、控御與全球風險：《功夫》的後人類表述〉（2007）、以及〈災難與密嚴：《賽德克‧巴萊》的分子化倫理〉（2013）。本文並未直接討論〈災難與希望〉一文，除了是因為該文有關國族建構的主題與老師在前一階段的論述關懷比較相近，因此所談的「災難」也比較屬於族群政治的性質，另外還有一個理論論證的考量：雖然在2001年的文章中已經提到班雅民歷史思維中的「後延性」面向（13），2002年出版的文章中其實將這個議題闡述得更清楚。

意的方式呈現這種情境的，就是班雅民在〈歷史哲學論綱〉（"Theses on the Philosophy of History"）文中第九節中描述的「歷史天使」的處境：

> 一個天使看上去正要從他入神地注視的事物旁離去。……人們就是這樣描述歷史天使的：他的臉朝著過去，在我們認為是一連串事件的地方，他看到的是一場單一的災難。這場災難堆積著殘骸，將它們拋棄在他的面前。天使想停下來喚醒死者，把破碎的世界修補完整。可是從天堂吹來了一陣風暴，它猛烈地吹襲著天使的翅膀，以致他再也無法把它們收攏。這風暴無可抗拒地把天使颳向他背對著的未來，而他面前的斷垣殘壁卻越堆越高，直逼天際。這場風暴就是我們所稱的「進步」。（Benjamin 257-58）[4]

本文以下的討論將會揭示，其實這段文字不只描述現代主體被「進步」的風暴席捲、將被過去的殘骸淹沒的窘境，也透露出主體即使「難以」但如何「招架」的可能作法，畢竟無法收攏的翅膀還是擋出背後未來的一小塊可供喘息的餘地。而只能弔詭地正面回看著的過去殘骸，主體有望窺看出其「完整」意義的端倪，而在斷垣殘壁之上找到一個可以安然落腳之處，即使只能短暫停歇。

　　在這一系列「災難」論文裡最早的一篇，〈災難無意識：地震、暴力、後現代空間〉當中，這種「太滿」的狀況大抵上還是被視為後現代文化的特徵：大量、廣泛且快速的環境變化與物質資訊流動近乎不間斷地衝擊著主體，超過其固有感知能力能夠承受的程度而造成創傷（〈災難無意識〉11-13）。因此，儘管論文副標題提及「地震」，這裡討論的災難並非天災，而且也不限於一般認知的「重大災害」；相反地，這種對主體感知的衝擊已是一般生活日常經驗。老師引述了布希亞（Jean Baudrillard）對後現代經驗的描述，稱之為外在世界對主體「絕對的逼近」：「意識與真實之間界限模糊，使主體無法按物種的知覺常規來架構內外關係，導致認知過程極度複雜化，可能超出主體所能忍受的範圍」（12）。就拉岡描述心理結構層次的理論來看，這代表未經符號系統適當處理的「生猛」感官刺激（約略就是所謂的「真實層」）直接冒出來衝擊位在象徵層的意識

---

[4]　以上文字大體上依循張旭東、王斑為北京三聯書局發行的簡體中文版所做的翻譯。

主體，造成老師所稱的「層次塌陷」。針對這個狀況，老師在文章中以近乎端出「主題句」的方式明確表達他的立場：

> 本文的立場是：創傷原本就含有層次的局部塌陷，是小對形（objet a）與空白主體疊合，排除現實經驗的想像與符號替代的結果，而治癒則是重新分開真實與現實（$\$ \lozenge a$），撐起安全距離，讓主體與小對形各安其位。（15）

這裡所陳述的並非只是拉岡「幻見」（fantasy）理論論述的複製貼上，其中還牽涉到一個弔詭的逆轉，也就是創傷的出現與療癒具有同樣的心理時間結構──「延遲回返」。主體遭受災難性的感官刺激時會設法擱置它對認知框架造成的衝擊，但創傷已在形成中且必然回返，而它回返時主體如何應接，這就是問題的關鍵所在。其實，從原初基本的層次來看，有足以撼動平衡靜止狀態的暴烈刺激方能「激活」主體，否則他將只是隨著張力趨零的「快樂原則」一路渾噩下去（14）。另外，除了仰賴文中所聲稱的，身體經驗在面對災難來襲時會隨之加速度調整的一種本能之外，更重要的是屬於真實層的創傷進入感知現實時必須予以符號化（15），而符號化正是某種延緩衝擊的操作。符號化並不是（其實也不可能是）滿懷信心地將創傷經驗「說好說滿」，但也不是如列維納斯（Emmanuel Levinas）與德希達（Jacques Derrida）一般，將回返的創傷對主體的要求視如上帝一般的絕對他者的召喚（也就是主體必須無所保留全力加速迎上而仍不足），使得應接創傷時有如面對無法得到肯定評斷的良心挫折（19-20）。相對地，符號化是形成一種有如經歷「無感地震」的「災難無意識」。

　　老師稱「無感地震」為「災難與創傷最簡化，最原始的形態」，因為它「更符合延遲經驗的表裡分離」，也就是即使一直都理解災難／地震將會、正在、再次發生，加速度調整的身體經驗也設法讓感官不會同時受到同樣程度的衝擊（也就是將「災難」「無意識」化），災難經驗或創傷因此延遲（以記憶的方式）浮現。在後現代所謂的「風險社會」中，當正在或即將發生的災難已成日常時，這個由延遲經驗所打開的「空白」就有倫理的意義與功能。一方面，它給予了主體喘息與操作的空間，無須一直應接不斷襲來的感官刺激，即使這些刺激似乎很「刺激」，彷彿應許著某種愉悅與滿足。〈災難無意識〉中引述班雅民對於波特萊爾（Charles

Baudelaire）一首詩的分析：詩人在大都會的人群中瞥見一美婦，但轉瞬間已無所蹤，好似錯過一場轟轟烈烈的戀情可能發生的機會。類似這種經驗可說是後現代生活經驗的常態，但（誤）以為錯失的美好（一頓高檔餐廳裡的聚餐、一部影評讚譽的電影、一篇標題新奇的網誌）可能只是不斷襲來的大量訊息所做的無端應許，主體其實無暇或無力一一去承接，或者「享受」可能要付出相當高的代價。從班雅民的觀點來看，這種經驗其實「帶有『刺激，甚至是災難的表記』」，因此所謂的「錯失」其實可視為是某種針對感官衝擊所做的防衛，主體只是「傾向以『免於承擔』而不是『無福消受』的態度來面對愛情的失落」（22）。[5]「無福消受」的感受當然出於某種不滿足的狀態，但也是主體在加速度調整後的身體經驗中認知到「追不上」的類災難／創傷刺激，因而為之釋然，因此能將不足視為「免於承擔」而感到滿足。這就是為什麼老師說，「消去事件與感覺的速度差也可以解決刺激或災難所造成的經驗衝擊，但是先決條件是這個速度差不能憑空消失，而是必須轉移到滿足與不滿足（或必須承擔與免於承擔）的時間分離」（22-23）。另一方面，如前所述，災難／創傷是激活主體脫離渾噩狀態的必然方式，而且創傷與療傷其實具有同樣的作用機制，關鍵是在於有無符號化的中介。因此，「在藝術的層次我們看到創傷與療傷『無差異化』，在現實的層次我們則必須面對文化與災難同質化的新局」（14）。[6]這時候主體「追不上」外在環境災難式的快速變化而有的落差或空白就不應該被視為某種欠負，彷彿有虧於某個絕對他者（上帝、國族自決、無產階級革命……）的要求或責難，反而是見證主體存活的基本樣態，也就是「空白」的必然與必要：「就是主體接受本身在『最根本的層次』有欠缺，將欠缺轉為斷離，告別能欲（主體）與所欲（對象）不分的死亡狀態」，並打開「呈現意義所需的距離」（15）。主體在急於追上具災難衝擊性的各式認同而導致層次塌陷時，其實是以自以為的特殊性「覆蓋、隱藏無意識主體所含的普遍性」。而認可這「最根本層次」的「欠缺」其普遍性是具有高度倫理意義的：它確保主體與其認同客

---

[5]　老師在2007年討論電影《功夫》的文章中會將此情況解釋為主體與外在環境互動之前、之外、之中隱現的「互卸」層次；詳見以下討論。

[6]　在此老師使用「藝術」一詞純粹是他接續所引述之佛斯特（Hal Foster）有關「真實（創傷）回返」的討論而來。佛斯特雖然是在討論後現代藝術，但「觀察的範圍顯然並不限於藝術」，而是廣泛的符號化操作。

體應接時不會被後者虛幻的特殊性給卡死。儘管個別主體面對與處理創傷的過程有客觀環境條件不同所導致的一次性，這個過程還是具有回返的價值，能夠轉而適用於另一個情境的潛能，也應許著每次應接過程的倫理意義可以被轉譯。[7] 看似弔詭的是，慎防主體應接客體時造成層次塌陷並不是要把「真實」與「現實」兩個層次隔得遠遠的，反而是期待在空白處出現（由符號運作中介的）層次互侵與干擾。這就是為何在討論九〇年代末期兩部以虛擬實境為主題的電影時，老師對《異次元駭客》（*The Thirteenth Floor*）的評價優於已成科幻片經典的《駭客任務》（*The Matrix*），因為在後者當中「末日現實」與「虛擬實境」區分得太清楚，不如前者當中看似滿實的「現實」層面直接毗鄰著只畫著格線的空白底層，並讓兩層次相互震動搖撼彼此，反而才出現其他自由發展的可能。[8] 然而，既然不希望發生層次塌陷，卻又不希望主體與客體之間涇渭分明，這樣的倫理弔詭如何操作？其確實的意義為何？也許解答問題的關鍵就在老師對「後人類理論」的討論中尋找。

互卸後反身沒入的「功夫」

　　談到後人類理論，免不了會關聯到「人機複合」、「機器控御」等等後現代情境，如果需仰賴文學想像或文化創作來描述與討論這些情境，科幻類型應該是最合適的選擇，而這也是老師自己相當熟悉的通俗文化類型。然而，當他為文探討後人類理論的倫理意義與潛勢時，卻是從一部看起來不太像功夫片的功夫片切入開展，而電影的標題就叫《功夫》！為何會有此一看似奇怪的選擇，也許可以從本文對於「空白」的解釋找到一些端倪。

　　如前所述，空白相對的就是滿實，其意涵也包括「過度貼合」。本文先前雖然依循老師「層次塌陷」的論點而聲稱《駭客任務》中的兩個世界

---

[7] 此一論點老師在討論電影《賽德克・巴萊》時針對「族律」概念的分析當中有更詳細發展；詳見本文以下的相關闡述。

[8] 雖然電影中的主要角色反而認為此一狀況具有造成層次塌陷的威脅，因此亟於藉由殺戮或刪除掩蓋自己的虛擬性，忘記了虛擬也分好幾個層次，層次之間的流通交錯才讓打開「有故事可說」的（藝術）空間。男主角在看過「世界盡頭」之後常說自己因為虛擬而「不存在」，但如何才算「存在」？把自己「上載」到跟女主角原來的同一層次就算「存在」嗎？答案其實應該在於電影開頭已經引述的笛卡兒（René Descartes）名言，「我思故我在」吧。

區分太明顯，但很弔詭地，電影中兩個世界其實是緊密貼合的，因為主要角色在短暫離開虛擬世界後可以相當容易地再「上線」回去，並且靠著幫自己「灌入」一些程式後能在數位基底（matrix）如魚得水般活著，最醒目的例子就是他們虛擬分身所擁有的炫目拳腳功夫都是靠載入程式而得，男主角尼歐的武功基本上就是這樣「學」來的。後來他藉由看透虛擬世界的數位本質並且更快速地處理數據而讓「武藝」更加高強，甚至能飛天遁地，他其實與自己意圖顛覆的「基底」綁得更緊。電影結尾他以數位虛擬之身死在與病毒程式史密斯先生的武打對決中，反而確保了基底的存續，這就是為何老師在《災難無意識》論文中點出，電影規避了是否拆除虛擬世界的問題（25）。眾所周知，整部電影的武打場面設計都是由香港知名武術指導袁和平所設計，因此很矛盾地凸顯了香港功夫片中拳腳功夫的虛擬性。周星馳是否受此「虛擬性」啟發而拍了具有強烈後設意識的功夫片《功夫》？這問題也許無從追究其答案，卻饒富「後人類」思維的意涵。

　　就如老師在論文標題〈失能、控御與全球風險〉中的關鍵字所揭示的，我們無論在電影內或外，仍舊面對著後現代「太滿」的生存狀態（「社會動盪，黑幫橫行的時代」）。他在此引述德國社會學家貝克（Ulrich Beck）的說法來描述人們如何阻擋其逼近：「『風險社會』所以成立，就是因為無規律的入侵成為常態，人的存在必須含有對『他界』的過度存認，不斷透過規避、否認或模擬來處理想像中災難發生的可能性」，然而「這樣的風險複雜度已經超出人類感知現實的能力」（〈失能〉53）。就老師的觀察，千禧年之交功夫武俠片再度興起（尤其是他在〈災難無意識〉文中已約略提及的「御虛功夫片」（cyber kungfu）（〈災難無意識〉26），就是源自於這種身處風險社會的認知，因而想像身體如何應接外在環境變化並「演練」這種「新感受」（〈失能〉24）。所以當代主體應接外在世界的所有增能嘗試，都起始於強烈地認知到自己的無能、失能；學習技術與演練感受的原初動機（也多半是終極目的）是為了阻擋自己被變化流動快速的環境淹沒。也就是說，主體與環境之間施力、受力的互動其實是建立在「互卸」（interpassivity）層次上。關於互卸，老師提出以下的定義，並與互動做區分：「互卸則是隱藏在施力過程背後的暗影偏移，以虛擬受力為本（受態未必能施發為動態），包括種種代理、迴避、影射、曲折關係。互動關係的假設是有施才有受，互卸關係則納入未施先受甚至有受無施的可能」（24）。知名的「互卸」例子就是齊傑克所討論過的，電視節目的罐頭笑聲掌聲代替

觀眾為節目內容作回應、以及使用錄影機錄下影片以免除人們當下觀看的壓力。回到《功夫》裡，老師舉證的例子則是周星馳在訪談中被問及「中國武術的精神」時的回答：「學會怎麼打，然後就不必打」。因此老師才會如此表述電影的倫理寓意：「《功夫》的根本堅持是力的蓄而不發，是互卸而非互動關係」（28）。儘管這部通俗娛樂電影當中有無數炫目的打鬥場面，而且主角終究要贏過對手，但從以上的評述來看，武術裡過招互動根本不是重點，除了「不必打」是目的之外，更重要的是「學會怎麼打」，也就是蓄力而不發。這個立場連結到幾個層次的倫理意義，需要個別闡述。

首先，接續本文以上所指出，空白的緩衝作用，堅持互卸關係表示主體應當避免直接捲入外在環境的物質、能源、資訊洪流當中，因為主體應該認知到自己其實是從這洪流中演化脫身而出，並反身省思自己的渺小與無能。老師在文章中分別引述兩位學者德蘭達（Manuel de Landa）與海爾思（Katherine Hayles）的後人類論述，提到在脫離人本論的觀察框架時，個人的身體與意識其實是偶發與脆弱的存在（26, 41）。這就是老師為何在文中一處註腳明白表示，不認同某些「過度尊崇流動無序」的「德勒茲派」理論家其過度簡化的想法（27），他們顯然遺忘了主體「失能」的本態，自以為能悠游於洪流中卻又超乎其上，變成「為上帝（或大對體）代言的僭越姿態」（26）。後人類論述對於身體的根本思維就是增能：透過觀察與實驗，擬想如何透過工具與技術來強化它所承載的主體。但增能的原初動機是為了卸除對於死亡（被洪流吞沒）的恐懼，這是主體在應接外在環境時不可或忘的：「由互動走向互卸，指的就是在這種地方以失能、無力、低技術為本態，而不是在技術身體回擊（符號身體集結寓意）之後就遺忘受難身體（意義不確定）的開放可能」（33）。老師在這裡提到的「技術身體」，就是增能後的身體，也就是主體在自身空白處予以符號化處理而習得技術。這裡引發另外一個問題：透過技術增能後的主體若能因此免於被洪流吞沒，只要不妄想如神鬼般在其中悠游，何不以技術鞏固／掩蓋自身的空白，抱殘守缺即可？

若回到本文上一節的討論中，會發現主體可能遭遇「太滿」災難的主要型式，除了是被後現代生活的快速洪流淹沒之外，也包括被某種看似滿足慾望的固定事物或僵化模式給卡死。主體妄想以同樣的方式（技術）「複製自我」就可以擋住或不理會外在環境日益劇烈變化的風險。這種立場是上述「過度尊崇流動無序」的背反，但是同樣讓主體面對遭到瓦解的

威脅。也就是，為了抵抗流動無序，所以建立秩序，但「將秩序普遍化則又遺忘了人類的有限性，將卸力的需求誤認為要求行動的命令」（26）。在「社會動盪，黑幫橫行的時代」，卸除死亡威脅的需求如此迫切，但行走江湖時使出來的還是那幾招，也以為這幾招就夠用，栽在黑幫手裡或直接倒在環境動盪（地震？）衝擊之中是必然的下場；這同樣也是遺忘原初「受難」、「失能」身體的下場。如此看來，認知到脆弱為其本態的主體其處境似乎是左支右絀，既不敢消融於洪流之中、也無力長久隔擋其衝擊，那麼當代主體的存活之道在哪兒？

　　要回應這個問題，還是可以先回到老師在〈災難無意識〉中有關主體與外界關係的層次分離但互侵互震的論點。該文中已經反覆強調，「危險所在就是希望所在」：「在層次塌陷，真實外露之後，我們只有回到一個虛擬的（可以昇華的）理性秩序才能重建災難無意識，而這個虛擬的理性秩序又必須以框內、框外（或局內、局外）的層次塌陷為起點」（也就是主體能夠立足操作之處），如此才能帶出「一個獨立、斷離卻又不斷指向外部框架的形式空間」（〈災難無意識〉39）。若將「災難無意識」的緩衝概念連結到老師討論《功夫》所闡述的「互卸」操作，那麼這個「形式空間」應該可以被理解為主體其「受難身體」的「意義不確定」與「開放可能」。在此不妨再用常見的功夫敘事情境來做為例證說明：故事主角在某次災難來襲、受盡折磨之後，體認到自身沒有武功，或只有幾招三腳貓把式並不足恃，這也開啟了重新學習的契機，就是讓主體的空白重啟。存認外部洪流的衝擊無可避免，並從當中繁多的既有套式選擇另一套來學以確保存活，這當然也是與外部「互動」的一種作法，但是真正保持不確定意義開放活性的方式是從「互卸」立場出發：除了主體將自己的失能（或「缺口」）「外部化」成為一種要求，外部做為衝擊的「施與者」也必須「卸除自己，被動接受接受者將失能外部化的要求，在內外配接的技術關係下成為接受者的增能輔助」（〈失能〉34）。此處關鍵的轉折是在於「內外配接」，因此技術的精義不是單純地在於宰制外部，而所謂的外部的「卸除自己」是要它在不變更（也不可能去變更）其「物質—能源—訊息」本質的情況下能夠回應主體的「失能外部化要求」。所以老師強調，「這個內外互相成立的關係形成技術增能的重要原則」：「增能不再是以單一個體為中心，而是接受了個體的有限性，一方面肯定客觀技術有其超越個體的自然規律，一方面透過輔助關係維持內外層次的分離」

（34）。再回到功夫敘事的情境來舉例說明，這種技術的內外配接頗類似武術大師觀察體會風雲山海、蟲魚鳥獸的蓄勁與流動，從而悟出並創發一套武學招式（排雲掌、蝦蟆功、螳螂拳等等）。如何操作這種內外配接而達到輔助增能的效果當然是技術密集的高難度動作，但這種增能的潛勢卻是普遍存在於人類主體與外在環境的關係中，因為它源自於「人類與非人類之間仍然〔具有的〕同質衍生的一面」（38）。人雖然恐懼被外部洪流吞沒，但也是來自於造化流變之中；雖然「自然身體的受難指向人類有限化」，但是「只有在這個前提下，技術在使用端才能『開放』，成為公共儲備，不再是任何個體獨自擁有的潛勢，力的蓄而不發也才可以是固定意義（自我）的卸除」（33）。按這種說法，功夫應該人人能學。但無可諱言（而且有時也令人氣餒）的是，武俠故事裡的主角幾乎都是「百年難得一見的武學奇才」，而且他們「學會」絕世武功的「過程」簡直就像《駭客任務》裡直接把程式灌進尼歐在虛擬世界裡的分身一般便捷（或是像武俠片裡把鏡頭對著山中流水五秒鐘，旁邊打上字幕「十年後……」），但若把討論聚焦在技術致用之前（也就是「蓄力不發」，無論做到什麼程度）能被開放存取這層意義上，它確實應該是對所有人開放的（就像幾毛錢一本的武功密笈一樣），因為它在倫理上的根本意義就是指向人所共通的空白、失能狀態。但是如何去開發這個「虛擬的（可以昇華的）理性秩序」？老師的討論在這裡進到後現代、後人類論述的核心。

　　要瞭解上述的「理性秩序」何所指，以及它與主體空白的關連，就還是要回到〈災難無意識〉文中老師對於後現代性的看法。本文中一直以「洪流」這樣的意象來形容後現代現象對於主體的衝擊，其實會導致某種誤解，以為所謂「後現代」就是反抗或揚棄現代理性，因此才會不受秩序約限地肆意竄流，上述對於德勒茲哲學的簡化解釋也是從這種誤解而來，因此老師特地予以澄清：「層次塌陷始於工業化初期的加速經驗，是貫穿兩種現代的基本經驗結構；後現代只是理性超越意志而以理性本身為對象，『反身』施為，進一步擴大現代經驗而走向塌陷的常態化」（〈災難無意識〉15-16）。但主體面對「理性超越意志」的經驗加速而遭受創傷也是事實，而上文已明確表達主體無法藉抱殘守缺保全自身，在經驗加速度與空白緩衝的背反操作下「隨波逐流」是唯一可行的活路。如此隨波逐流其實就是剛剛提及的、與外部的配接，而配接時能夠卸除其衝擊，就是因為能順勢體會進而操作外部變化的「自然規律」（也可以稱之為它的

「理性秩序」）。所以老師在〈災難無意識〉中曾提及，「現代理性的反面並不是非理性、不可溝通的純粹真質，而是理性本身的另一狀態」，也就是理性運作（運算）複雜到與快速到主體無法招架的地步（34）。但無法招架不表示要全然迴避，而是要緩衝對應，畢竟「危險之所在就是希望之所在」。當下或許可以暫緩處理，但終究還是要去面對，並且徹底釐清，因為那也是唯一出路。總歸一句話，有關後現代倫理的「理論思考的大方向就不能離開現代理性，而必須按現代理性的道路走到底」，讓這個後現代生活經驗的「理性秩序」可以浮現出來（38）。這有待揭顯的理性秩序，老師稱之為「虛擬」，並非表示它是虛幻想像的，而是指它做為「潛勢」掩藏在「已然」（the actual）的現實之下，卻指出未來之「可然」（the virtual）；就像做為其背反的創傷一樣，它可以被符號化後「昇華」提取出來，成為發展技術的基底，為主體增能。而主體未被後現代加速經驗直接淹沒，還能在其中辛苦地為自己撐開一個災難無意識的空白，窺看或提取「理性秩序」的一隅，倚靠的就是「反身沒入」（reflexivity）的功夫。

　　反身沒入是來自於系統控御學（cybernetics）的重要概念。海爾思在其名著《我們如何成為後人類》（*How We Became Posthuman*）中評述整個學科的發展史時，仔細地追溯這個概念經歷過的戲劇性逆轉。在學科成形的第一階段，反身沒入的概念是個困擾研究人員的狀況，它表示人在觀察系統運作時也應該把自身的介入考量進去，因為觀察的作為也是系統的一部分，這似乎使得系統的運作變得不純粹了。海爾思歸類為系統控御學發展史「第一波」的科學家一開始嘗試要擺脫反身沒入的干擾，好讓建構出來的系統常模「簡單純淨」（或許科學家在此的態度就如同上述老師所提及，「為上帝（或大對體）代言的僭越姿態」）（Hayles 68）。在發現這種嘗試不可行之後，有些同屬第一波的科學家（如貝特森〔Gregory & Catherine Bateson〕父女）則給了觀察主體一個看似居中但被動化約的角色：外在世界無法直接理解，而是主體透過其感官知覺來揀選組構，其中牽涉到的一些內部程序也非主體能夠完全意識到，但主體還是打造了一個屬於自己的「主觀、內在世界」。這個「小宇宙」（microcosm）當然還是嵌合在更為複雜的「大宇宙」（macrocosm）當中，而前者之所以還能在後者當中運作，乃是基於某種簡化的對應關係，也就是支撐主體的小世界有如其所根源之大世界的一個「比喻」（metaphor）（Hayles 78）。貝

特森因此聲稱：「每個人都是他自己的中心比喻」（引自Hayles 78）。這情境就如同以上已解釋過的「內外配接」的例子，像是武學大師觀察外在自然變化而悟出對應名稱的招式，但貝特森擬想的主體情境似乎沒有那麼瀟灑自在。按照海爾思的說法，即使反身沒入的思考方向為主體在系統控御研究中打開了一個位置，這套主體認識論還是極為強調外部世界的「客觀約制」（objective constraints），主體為自己所建構的比喻（也就是「主體之為比喻」）必須與之相應和才能存續下去。對貝特森父女而言，「存續才是關鍵之所在」（"Survival was very much the name of the game . . ."）（Hayles 79）。主體存認外部帶來的死亡威脅並予以卸除，這當然是技術生成的本態，但系統控御學若要不負其自身之名，就應該要開發一套更積極與細膩的認識論，方能協助主體「控御」外部世界洪流不斷加速加重的衝擊。接續貝特森的創見，以馬圖拉那（Humberto Maturana）為首的第二代系統控御科學家將反身沒入概念當中的創發潛能予以充分發揮。馬圖拉那從認知生物學對於青蛙與鳥類的視覺能力研究出發，發現每種生物已不單只是透過其神經感知來重現其環境，而是建構該物種所特有的外在世界（Hayles 135）。就像青蛙基本上卸除掉大型緩慢移動物體對其視覺神經的刺激、鳥類經驗顏色的方式與人類的顏色經驗無法對應一般，我們也以人類物種特有的感官經驗來建構外在世界。就生命體而言，外在世界的「原本」樣態（或甚至它是否存在）都無從確認，而且也不重要；關鍵反而是在於生命體內部中，神經系統與腦部（以及其他器官組織）的循環互動，以處理（整理過或濾除過的）外部刺激，並且讓生命系統得以成長茁壯。馬圖拉那將這個過程稱之為「自生發」（autopoiesis），並且認為它就等同於生命本身（Hayles 138）。做為一個能夠觀察與應接外部的自生發單位或系統，主體

> 可以生產它自己互動的呈現（representations）。當系統返覆（recursively）地與這些呈現互動，它就成為觀察者。然後系統可以返覆地生產這些呈現的呈現並與之互動，誠如一個觀察者說，「我是一個觀察到自己正在觀察的觀察系統。」這個反身沒入螺旋的每一次轉折都會增加其複雜度，擴大其互動範疇，替自生發單位將世界變得更明確。（Hayles 143-44）

從資訊學的角度來看，當外部的生猛刺激如雜訊般襲來，觀察主體的自生發過程會透過與它們反覆／返覆互動與呈現將它們消化掉，成為他與外部的互動範疇的一部分，也讓他更瞭解與掌握他所在的世界。再者，如此將雜訊轉變而來的資訊不是什麼不帶物質性的抽象存在，可以原封不動且任意地「灌入」並展現於物質（主體肉身）介面上，而是經過以上的反覆／返覆操作才「即身具現」（embodiment）成主體擁有的技術。因此，對於反身沒入，老師做出如此的結論：「雜訊資訊化，既有外部增能也有內部反身，在簡單化的身體虛位化思考之外另闢蹊徑」（〈失能〉45）。在資訊與物質（肉身）接合之處，主體反身而出現的空白成了自己操作或演練的場域，既未脫離物質基底，也不是僅為其客觀制約所困：「所謂演練，指的是個體一方面透過知覺運動活動，不斷與外界進行「配接」（coupling），另一方面則透過神經活動的內生（endogenous）編排，保有自主行為，並透過知覺導引（perceptually guided）行動進入修正演化的經驗循環」（47-48）。[9]

大難臨頭下的無用經理

　　也許是為了反制後現代文化理論過度標榜反人文的姿態，即使是從後人類理論的角度來探討主體的空白，老師也一再強調這種說法並非無差別地抹煞人文價值的意義：「後人類思想的重點是要確立失能、增能延伸對人類的重要性，在即身層次完成人與非人的無縫接合，所以並不完全是取代人類（或人文主義）的新架構」（〈失能〉32）。在後現代生活經驗的洪流衝擊之下，人類不過是回頭去省思主體在初發之時本就軟弱無依的本態，必須得到某種技術才得以存活成長，就像希臘神話中伊貝米修斯（Epimetheus）沒能給人類任何可以面對險惡環境的天生特質，所以才有普羅米修斯（Prometheus）盜來天火讓人類得以存續苦壯；這個情境不過就是文明發展的過程，似乎無須特別強調我們這個時代的災難與風險更

---

[9]　在文章中，老師接下來引述佛經的說法，提到在經驗流動當中（也就是我所謂的「洪流」），自我或主體常會堅持一個虛構但穩定的自我架構（類似我以上所說的「抱殘守缺」）。修行者應該揚棄這種主體觀，進入「自我相對化」的過程，「就是將『空』（sunyata）視為現實經驗創造生發的總源頭（matrix）；這時某種形式的自我並未消失，而是維持與知覺世界合一的即身狀態（embodiment），是「與物質世界的動態生發緊密結合的『存有路徑』」（〈失能〉48）。這是用佛家的說法來對主體的空白另做一番正面積極的闡述。

勝以往。在每個「社會動盪、黑幫橫行的時代」，個體本來就「必須直接面對混亂，打開黑盒子，進入原本不必顯露的初發過程，在自生發的循環中建立脆弱的社會集結以尋求安定」（53）。因此，即使老師在討論《功夫》電影文章的最後一節帶入後現代風險社會的概念，延續著電影故事結局裡武術高手也回歸「正常人」生活，所有的系統運作承受衝擊擺盪調整後，還是回到自平衡的狀態。即使這種調整必須一直進行，整體而言整個狀態是穩定的。就像老師偏好援引的貝克風險理論所示，人類面對風險的態度牽連到「預想」與「預止」的層面，希望卸除災難的衝擊；所以「風險是介於安全與破壞之間的狀態，是虛擬現實、虛擬對象」（55）。但是，就像電影《功夫》中阿星以不可思議的高超功夫來阻擋豬籠城寨面對的危機，顯然「風險社會也是極端講求物質生活控御技術的地方」（56）。鑑諸後現代社會的實際情況與生活經驗，當災難已經成為常態時，它可能更難以捉摸，更無法被虛擬，又或者如同當代流行文化裡愈加頻繁與驚駭的世界末日想像，能被預想的災難也不知如何能預止，身為個體的人與其組成的人類群體要如何面對，而仍不失為人，還是「真正的人」（也就是保有人文主義所堅持的價值，所謂「人性尊嚴」）？通常，主體與外部相應接時，「在混亂中各自進入物質的局部集結，按照預設規律來處理資訊流動」（50）；但是當「風險其實就是控御機器面臨極限而不確定化」時（56），這些「預設規律」（或是上文提及，被部分提取的「理性秩序」）還能確保個體與其群體還是「真正的人」並安然存續下來嗎？

　　老師在2013年又發表了一篇以災難為題的論文——〈災難與密嚴〉，正是從一個「真正的人」（賽德克・巴萊）與他所帶領的族群遭遇全面性殖民災難的故事／歷史出發，思索如何應接處理上述的極限狀況。老師在這裡使用的理論關鍵詞是借自德勒茲與瓜達希的「分子化」（molecularity）概念，探討系統如何（在面對外在衝擊壓力下）重組應變的過程。然而，不同於一般把分子化視作嬉遊般的逃逸逍遙，老師秉持一貫處理後現代理論的嚴肅態度，揭顯這個過程牽涉到的暴烈與惶惑，就如同霧社事件中賽德克族的發難及其後續一般。另外，老師延伸兩位理論家對於這個概念的原初思維，嚴謹細膩的程度有過之而無不及；是老師堅持住他們在討論分子化時另外提及的顏姆史列夫（Louis Hjelmslev）其「雙重表出」的說法，除了內容（content）與表達（expression）之外，另外區分出實體（substance）與形式（form）的層次差別，才使得分子化能夠連結老師早

先的「空白」、「無用」概念的倫理意義。[10] 在像賽德克族面對極端殖民
情境一般，完全卡陷在經驗實體層次的權力制約中，暴烈的分子化過程其
實卻著重在形式層次上：「符號系統的形式關係（內容形式、表達形式的
接合面）顯然才是分子化是否實現的爭奪點」（〈災難與密嚴〉9）。

　　這裡所謂的「符號系統」，就是上文提到的、主體應接外部的「預
設規律」、「理性秩序」；就賽德克族而言，指的就是他們的族律，一
種他們「透過共同生活中可重複經驗的內容來形成寬嚴不一的規範性知
識」，其內涵就是一種形式，一種「因果關係的編織」（6，8）。而分子
化就是對或多或少已經固定的因果關係形式進行某種程度「解編」，開啟
這個知識系統變化的活性。在「正常」、非極端的狀態下，解編或許不是
很正確的說法，因為這套倫理規範的形式並未有太大變化，「而是將部
分因果連結的多重選擇收斂在行動單位中」（10），讓許多「未然」的
「能（夠）」依照實體經驗的狀況來「表出」。因此老師說，分子化帶來
的活性能「成立靠的是保留形式連結的秩序來作為架構新平衡的基礎」
（14）。如此據本維新的操作，老師以佛家的術語「密嚴」來描述，因為
那是主體面對密集湧現的因果關係（未然的、將然的、已然的皆屬其中；
我們又回到「洪流」的意象）而加以「經理」，使其密而不亂：[11]

> 密嚴是透過一個分離層次來轉移密集，將密集納入「經理」，透過
> 分子化將整體的複雜性縮小到較小的決斷單位，消解因密集而失序
> 的危險。（14）

為了具體呈現這種操作的過程，老師就分析魏德勝電影中莫那魯道如何描
述自己初次出草的經驗，歸納出他「眼神如箭」的「集中、分離、協調」

---

[10] 由於老師的論文中並沒有提供「雙重表出」的圖示，有時候文章中使用「內容形式」、「表達
形式」、「內容實體」、「表達實體」等等辭語變得有些難以理解。《千層台》（*A Thousand
Plateaus*）曾使用過此圖示來描述戰爭機器（416），但其圖示意義因此陷入特定例子當中。但
讀者可以參看以下部落格貼文，有簡潔的討論——Martin K. Jones, "Hjelmslev's Net," *Equivalent
eXchange* (29 Nov. 2010)——藉此較容易理解老師文章中關於賽德克族律在殖民情境中受干擾
與反抗的變化。

[11] 〈災難與密嚴〉的中文標題，老師在英文版摘要裡翻譯成 "Catastrophe and *Oikonomia*"。文章
的註腳21裡說明希臘文oikonomia就是英文中廣義的economy或government，可以指「以臨場決
斷為主的情境調度」（17），而「密嚴」應當就是一種較適切的經理調度。

過程（11-12）。不同於一般認為決斷行動時應「盱衡全局」、「考量周全」，這裡要求的反而是向細密處收斂集中，為一個又一個當下情境做出決斷，以期度過當下的極端狀態；此時若還考量全局，那就是企圖涵納**所有**密集湧現的因果關係，反而只會讓主體被洪流壓垮淹沒，也就是承受「因密集而失序的危險」。為了不讓主體被吞沒在當下的無盡因果連鎖當中，出離是一種必然的取向。[12] 這裡的討論似乎出現了某種衝突矛盾：怎麼會說是專注並向細密處收斂，同時卻又出離於因果連鎖之外？這種混亂是出於層次上的混淆，也就是討論分子化時區分實體與形式之別如此重要。決斷當然是要表出到實體經驗的層次才會「致用」，但專注細膩的功夫是在規範性知識（例如族律）的層次上進行，也就是一再探究這套「保持形式連結的秩序」究竟是否以及如何「有能」。這裡要特別指出，雖然分子化的操作是主體在應接外部衝擊（災難）時所觸發，但如此探究一套倫理規範的「能」並不必然是以其「用」為前提：除了「協調」當下的因果連結干擾來回應衝擊，主體還應當細心端詳耙梳，在已經僵化（或「團塊化」）連結秩序中，應該還有可以鬆動、解編、再編織（或借用德勒茲的說法，折疊）之處。所以分子化不是只就當下「如此」（也就是當下的環境所需）來測試倫理規範是否有用，更重要的是去開啟它在「非此」（也就是一般、普同）情境下的可「能」性。分子化在這個層次的操作確實是名符其實的「無用」，而且密切觀想的也是倫理規範知識系統的空白處。若連結到老師在先前文章中討論風險社會控管的「虛擬」層面，分子化同樣要求主體「保留災難邊緣的虛擬或虛構性」，瞭解到每次災難來襲時的倫理系統的應對不僅是一次限定（也就是「如此」），它可能以某種方式連結或聯想到未來另一次（不一樣）的災難來臨時（也就是「非此」），主體與其倫理知識能否、以及如何應接，因而「允許『如此』與『非此』共同出現的因果收斂與死亡想像」（13）。這是具倫理堅持的主體在（後）現代災難情境下存活必須面對的悲劇性。越是「敢於想像甚至接受失去平衡的危險」，進行分子化的主體「也會不斷指向以律法為本位的秩序連結，以無限縮小來保留某種形式的空白與平衡」。密嚴經理倫理

---

[12] 也許在實際時間（所謂「計量時」）上看來不是如此，就邏輯時間來看，這裡進行的就是一種「延」的操作，暫時跳脫於因果無盡延伸的連續之外，不讓心神思考逸散於其中，如此才有餘裕能夠冷靜決斷，有如讓時間暫時停止，但是就計量時間來言，就有如是「電光火石」之間。

知識體系不見得是為了當下「如此」致用，反而是為了不確定未來的「非此」情境蓄積能量與發展能力，主體甚至為此賭上自身無法存續的代價。這種堅持是出於這樣的認知：倫理規範「越顯得『無用』，就越能指向轉變求善的能力」（13）。那麼這個「轉變求善」究竟是何所指，能力是從何而來？

　　每一套倫理規範知識都是求善的體系，而且**理論上**若要能對應所有可能無限的因果連結，這套體系就應具有指向無限連結的無限能力。倫理行動的主體進行分子化操作時，不僅是在細心處理當下「如此」的因果協調與決斷，而且也鬆動與解編出倫理體系的「可然」與「能夠」的層次，甚至前者才是後者能夠有效的起始基礎；所以密嚴「其核心架構也是以『無用』為變化的基礎，透過形式接合面的秩序化來解決現實因果過於繁多而難以統治的問題」（14）。這些老師稱為「多重動勢」的可然性當下未能致用，但可以被蓄積為系統之後分子化或再啟動的動力。然而，動力可以蓄積而不隨著某次被視為「例外」的「危機」過後則逸散，倚靠的就是對於「非此」空白的倫理堅持，相信具有普同致用性的動勢就潛藏在倫理系統中看似一無所有或一無是處的形式連結裡。如老師所言，「極限情境要求先有出離才能存活，是因為出離主體的形式連結可以無限擴大範圍，匯集普同層次的綜合動勢，在無用中蓄積動能」（24）。老師援引阿甘本「生命形式」（form-of-life）（也就是生命即形式）的概念，強調做為實體的主體個別生命其形式還是連結到人類整體生命的倫理形式，也就拉開了一個以形式為依歸來細心觀照自身個別生命的空間。倫理體系本來就是思維對於重複經驗的細心體會所形成的形式連結（編織）之聚合體，若習以為常，未因應外在衝擊予以分子（活）化，則會以團塊的形式僵化成零組件般套用的模組（如「標準作業程序」，SOP）或碎裂（原子化）成不著邊際的規條。若是對倫理規範進行分子活化，就是去思考以往按既有形式連結進行的思考，因此「思維先以自己為對象（對思維本身進行思維）」，這如同在思維層次上進行上文描述過的「反身沒入」，對既有的因果連結重新仔細加以分離、排列、編組（密嚴的功夫），而且也是「對抗（之前的）自己」，不再依循以往形式連結的老路，而是去「發現或重新發現了自我思維的迴路」（25, 26）。被細心觀想、耙梳的生命形式內容並無改變或增減（因為一切該有的可然皆已齊備，所謂「密嚴恆不動」），但編排而出的生命形式表達如附加在之上的空白一般不斷累積多

重動勢，在主體面臨災難來臨有所決斷時表出到實體層次。表出的過程或方式有可能在分子化與團塊化取向之間擺盪而達到某個新的平衡，但也可能有如電光火石般瞬間燎原，讓主體依循的倫理規範也隨之瓦解，但是在形式的層次上，規範其嚴謹細密的可然性仍在，或許還有再透過分子活化重啟的時候。

學門的災難終結（？）：假彌賽亞其邪惡搞笑的榮耀展演

老師在〈災難與密嚴〉裡一直以（賽德克族的）「族律」來代稱所有的倫理規範性的知識系統，尤其是那些受災難、終結的危機所威脅者。若要討論「瀕危」的倫理知識體系，整個人文學科（尤其是在臺灣的外國文學學門）的成員恐怕是最有感一群。總是因為考生人數減少、學生素質不佳、政府補助削減、學習目的混淆等等理由，學門內每隔一段時間就會針對自身存續的危機發起一輪的討論，嘗試因應外在世界對於研究與應用的期待，也可能促使學門體制內進行一番變革或國家教育體系的重組，不一而足。本文在即將結尾時無法也無意去評論個別的討論議題、因應作為或變革內容是否恰當或有效，而是想從老師這一系列討論主體與系統面對災難衝擊如何因應的文章出發，透過「無用」與「空白」的概念，檢視學門在這一、二十年來面對似乎從不停歇的存續危機，有哪些因應的**方式**及**預想**是很有問題的，而某種較適切的回應方式也許可以如何進行？

人文學門建制中的學者在向學門外解釋自身學科的屬性與致用性時通常遭遇許多困難，因為傳統上與「人性」相關的探討並不屬於工藝技術操作的層面，人文研究的倫理意義經常被視為「無用」、「空洞」（空白）而被摒棄。就外文學門而言，如此受排擠忽視的情況另有一個弔詭的轉折，也就是在資本主義全球化的情境底下，「外語（英文）很重要」；換句話說，就是更有助於商品、資本、訊息的流動。當外文學門提供的訓練有如此明顯的致用之處，原本才是學門核心的倫理規範養成其空間「餘地」更形壓縮，有完全塌陷之虞：「只學英（外）文，不學文學／哲學……」成為普遍瀰漫在英（應）外語系的心態。若將學門「族律」中的繁複形式連結與多重動勢在（實體）經驗層次中表出為某些誘人的「致用」（例如鼓吹讀經典語文能力才能變好，或是瞭解西方文化更能有效地與「外國人」〔在商場上？〕溝通），就現實層面而言這樣說法並沒有

錯，但顯然有將倫理知識體系簡化成「作業守則」之嫌，淪為用老的招式（等而下者，就是在課堂上直接教授如何通過英語能力檢定考試的答題技巧這類的「原子化」操作）。若對照賽德克族在殖民體制之下被禁止獵首、黥面等族律其「實體表達」的儀式作為（廖朝陽，〈災難與密嚴〉9），外文學門刪減或甚至取消文、史、哲課程就是危及或切斷人文精神與人文經典之間固有的「形式內容」與「形式表達」之間的連結，如此做為實體內容的「外語能力」（文法正確、表達流利、格式正確……）才能被「有用」（有利可圖）地操作。被如此緊密地嵌合在資本體系運轉的機器當中，反而代表這樣的外語人是可被（新鮮的肝或沒心肝的機器）輕易更換與犧牲的。不用奢談是「真正的人」，只有一種用處（也就是失去多重動勢）的人也將變成一無是處。

很顯然地，面對外在物質與資訊洪流的衝擊，一種不甚恰當的回應就是「積極正面回應」，也就是第一時間、不經思索地接受外部的要求並投入其中（例如長官一聲令下，立刻開出「觀光英文」、「醫療英文」、「科技英文」、「××英文」等等課程或學程）。從以上的討論就可以清楚理解到，如此「正面積極」是讓學門主體以及其倫理知識體系直接淹沒卡陷在洪流之中，大約就是在語言教師、秘書、翻譯、導遊、接待這類的「團塊」身份與技術上複製與再生產。這不只是昭告外文學門將死（或已死）於災難之中，更悲慘的是，災難洪流並不讓學門真的死去，而是將它捲入無間地獄。學門已死或將死，但它不能死，因為將它捲入的後現代資本主義體制還是對它有所求、有所用。學門不能自己叫停，特別是那些已經深陷在技職體系的學門成員，叫停就意味著職場生涯終止，有如賽德克族以犧牲性命換取族律的完整。體制不停地告訴學門一族，「數位網路／海量影音／生命科技／人工智慧的時代來臨了，書寫翻譯的時代過去了，你們過去那一套不管用了，說不定很快英／外語系就消失了。但沒關係！**危機就是轉機**，你們可以跨領域……。這個經費很多，你們可以申請用來辦大型國際研討會、工作坊、國際學程……。」老師曾如此描述這種（假）終結狀態的操作與其效應：國家權力「其論述停留在權力管理的直線執持上，並沒有面對時間經驗的精神向度，也只能在直線時間的軸線上無限延長災難即將來臨的預告，製造緊急狀態的常態化，為權力的自我複製提供不易被察覺的合理化基礎」；而且，「一旦這樣的操作出現，危機很快就會成為榮耀的溫床」（〈災難與密嚴〉18-19）。也許學門某一天

會發現自己不在意（被）終結，但更嚴重的麻煩是自身困在假彌賽亞一再宣告、卻從未來臨的「準終結」情境裡，且被迫接受它如無間地獄般的虛假「救恩佈局」當中（21）。

　　也許外文學門先要承認並坦然接受，面對這種技術致用為先的時代要求，「無能」確實是我們的本態。儘管我們相信「有能」可以針對這些要求做出對應，而且**之後**我們也應該做出回應，但我們的倫理知識系統在當下既有的連結是「未然」的空白。我們也許無力對做出要求的外部體制「叫停」，但應該先進行某些「延緩」與「出離」的操作，確保這個空白不被莫名的物質流動（即使看似「資源」）與雜訊填滿，減少外部需求對學門主體的威逼與破壞，也是為往後返覆的操作留下來的所在。如此學門好像有了「多出來的」時間與餘地，可以在其中蓄積倫理體系再次啟動的動勢。所謂「多出來的時間」，不單是指幾年幾月的「計量時」，而是為了學門某個階段的終結而開始的「決斷時」，也就是準備迎接終結的時間。若從以上本文討論過的幾篇「災難」文章論點來看，也許適切準備的功夫，就有如密嚴分子化、反身沒入、與自生發的綜合施作。相信學門的倫理知識體系已蘊含所有的潛在連結，可以解決洪流所帶來的所有問題，但體系裡能夠對應外部變化的新連結並非隨手可得，而是要細密分離、編排、重組後才會出現眾多或許有效的可能新連結，反身沒入的操作讓這些可能連結表出在實體層次之中，進行「內外配接」。這些表出或配接的嘗試不見的都有效（甚至可說大多數是無效的），但這就是蓄積動勢的過程，因為隨著每次的表出到實體情境中，系統會開始出現微妙的轉變：「透過不合現實而『無用』的表達形式來產生表達實體，在個別『自己』各自分開的實體團塊中產生『多出來』的部分，用來『對抗自己』」（23）。換另外一種說法，這也是倫理知識主體做為一個系統與自身對外部觀察的呈現互動並產生新呈現（「對思維本身進行思維」），並且漸趨複雜的「自生發」過程。「業用無暫停，密嚴恆不動」：洪流來臨時倫理知識系統確實顯得不堪一擊、漏洞百出，但我們要做的不是急切莽撞地拿外物來填補，或甚至拋棄整個體系，只要設法先緩衝與迴避，體系是可以在既有的基礎上重新啟動，持續地衍生系統連結以應接外部。

　　其實外文學門這十幾年來早已經在進行這樣的重新起動：與傳統國族文學的連結確實已在解編，但解離出來的外語學習動能也不是只卡陷在各種密集湧現的「業用」當中，密嚴的細心觀想功夫依舊往看似無用空

白處收斂，聚焦在學門「族律」以往未曾充分符號化的連結。在此也許可以挪借阿甘本「生命即形式」（form-of-life）的說法，也提出「學習即形式」（form-of-learning）的概念，學習不是侷限在個別科目的模組資訊與作業程序（實體表達）層次，而是返身反思所對應的人文研究其形式連結：所以「觀光英文」不只是練習景點英語導覽，而是思考文化全球在地化；「醫學英文」不只是記誦器官疾病藥品名稱，而是探討生命現象被政治處理決定的情境；「科技英文」不只是學習撰寫設備操作手冊，而是分析人性受機械增能與數位編碼影響後的樣態。本文在意的不是「全球化研究」、「生命政治」、「後人類研究」這些標籤，而是人文倫理知識體系以其「無用」出發而「轉變求善」的過程。在〈災難與密嚴〉發表的同一年，《比較文學學會電子報》開張第一期就面對與討論自身學門的存續危機，老師因此寫了一篇回應文章，〈比較文學的轉化〉（2013）；若把文中「比較文學」研究外於「語種文學」建制的關係拉遠放大，以之類比外文學門（或人文研究）外於整個（「致用」導向的）高教體系的關係，其中論點明白表述本文針對存續議題想要梳理的重點。由於電子報中幾位作者論及當時臺灣許多獨立的比較文學所紛紛退場，其研究議程與方法轉入傳統文學系所，老師因此總結道，「比較文學已經幽靈化」，也就是喪失其「實體資源」而徒留「思想資源」（〈比較文學〉187）；用「災難」系列文中使用的術語，就是失去「實體表達」而回歸形式與符號層次的「理性秩序」或「多重動勢」。對老師而言，比較文學（或拉高層次來說，人文研究）的這個轉向其問題重點在於，「幽靈含有何種預設位階，何種虛相對於實的想像關係？」（188）。直言之，人文研究相對高教體系的外部位置與虛脫狀態，揭顯出「在學院知識市場化、效率化、淺碟化的大方向中，比較文學要對抗的……是〔學術〕分工背後更大的全球化、資本化幽靈」（188-89）。這時候，比較文學／人文研究的「幽靈化就具有必然性」：

比較文學〔人文研究〕處理的通常是文學〔高教體制〕的外部關係（context），其長處是透過外部關係來轉變對內部關係的理解，含有貝特森（Gregory Bateson）所謂邏輯類型的移動：由學習走向學習方式的學習〔，〕或者說由知識走向知識規範的知識。也就是說，比較文學原本就具有游離於體制之外的幽靈特質，對「靈界」

的黑暗也特別敏感。當知識系統受到外部權力的干擾或影響，系統內部解決問題的方式因為必須迎合快速變易的權力而產生彈性，卻總是在無知覺中偏向特定方向。……但是比較文學熟悉外部關係的各種運作方式，透過其知識應該更容易進入更直接，更有效的參考架構。（189）

比較文學／人文研究相對於體制的「外部性」其實就是前者分離於後者之外並延緩其正面回應要求而出現的空白。由於拉開這樣的距離，人文研究才能清醒「敏感」地返覆，反身沒入這個空白，由此細密觀想其「知識規範」形成的邏輯。這就是「由學習走向學習方式的學習」的反身功夫，在〈災難與密嚴〉一文中老師直接了當地描述成「對思維本身進行思維」，或是「發現或重新發現了自我思維的迴路」（25, 26）。所以人文研究在協同高教體制回應「黑暗」的全球資本洪流時能提醒避免「無知覺中偏向特定〔唯利是圖的〕方向」。至於傳統非人文學門質問我們人文學者有何倫理姿態介入他們學科的知識生產，這也頗類似比較文學學者面對語種文學的研究者質疑前者的研究是脫離脈絡、「沒有比較基礎」的做法，而老師的回應是訴諸於「理論」，這不單是指外文學門的一個研究領域，而其實就是指「由知識走向知識規範的知識」：「可比較性的基礎與理論有密切關係：因為理論顯示出表面可見的現象背後另有不易察覺的種種連結，因此比較關係才能在比較項目「不在場」（in absentia）的情況下進行」（〈比較文學〉190）。人文學科的「理論」提醒著其他（特別是著重技術致用導向）的學科研究者，他們的知識規範是有某些牽涉到人文價值的預設立場而他們不自知，他們知識體系中那些「無用的空白」就是我們要反身沒入處理的，而我們的介入「不會或不應停留在〔他們學科的知識〕實體之外，而是保有『滲透』能力，在最具體的〔經濟、醫療或科技〕材料中也會發揮作用，通過多出來的，來自不在場內容的殘餘而保留通向外部的比較性」（191）。

結語

　　提到我們人文研究的「幽靈」身份，也許此時會想起本文開頭處曾提起班雅民描述的「歷史天使」，這時我們應當驀然醒悟，這不正是我們人

文學科或學者處境的自況嗎？我們凝神觀想著身邊的事物，或者說事物間藏在空白之後、隱而未顯的連結。鄂蘭（Hannah Arendt）在為班雅民的選文集《啟迪》（*Illuminations*）所寫的序言裡告訴我們，這位像是活在十九世紀、生活態度慵懶的「文人」（homme de lettres）有集物癖，而且偏好體積微小的物件，因為「物體越小，他似乎就越有可能以最濃縮的方式將所有其他一切涵納其中」（Arendt 12）；不只是物件（一支手機、一個機器人模型、一本漫畫），也包括事件（一段視頻、一場展覽、一堂課程），無不是殘骸，都來自已發生的過去，我們人文學者如果能閒散躊躇地漫遊（flânerie）其中，發揮其凝神觀想的密嚴功夫，其實可以透過這些殘骸喚醒死者並溫故知新，也可以看出這些實體事物之後無盡的形式連結，就算看穿這一切將導致一場災難也無所懼，因為災難之中有救贖的希望。然而，名為「進步」的（後）現代風暴實在來得太急太猛，把所有眼下的一切立刻轉變成過去的殘骸，而且堆積如此之高之快，即將淹沒我們。無論是幽靈還是天使，我們無法叫停，甚至企圖稍加拖延或迴避這場進步風暴都很困難。我們背對著衝向那其實難以預測卻必定遭遇的未來災難（只有盲目者才會相信自己乘著進步之風迎向未來）。如果我們人文學者有如在殘骸荒野中呼喊的先知，那誰（或什麼）才是彌賽亞？

引用書目

廖朝陽。〈中國人的悲情：回應陳昭瑛並論文化建構與民族認同〉。《中外文學》 23. 10 (1995): 102-26。

──。〈災難與希望：從〈古都〉與《血色蝙蝠降臨的城市》看政治〉。《台灣 社會研究季刊》43 (2001): 1-39。

──。〈災難無意識：地震、暴力、後現代空間〉。《中外文學》30.8 (2002): 9-44。

──。〈失能、控御與全球風險：《功夫》的後人類表述〉。《中外文學》36.1 (2007): 19-66。

──。〈比較文學的轉化〉。《中外文學》42.2 (2013): 187-92。

──。〈災難與密嚴：《賽德克‧巴萊》的分子化倫理〉。《文山評論》6.2 (2013): 1-33。

Arendt, Hannah. Introduction. *Illuminations*. By Benjamin. Ed. Hannah Arendt. Trans. Harry Zohn. New York: Schocken, 1969. 1-55.

Benjamin, Walter. *Illuminations*. Ed. Hannah Arendt. Trans. Harry Zohn. New York: Schocken, 1969.

Deleuze, Gilles, and Félix Guattari. *A Thousand Plateaus: Capitalism & Schizophrenia*. Trans. Brian Massumi. Minneapolis: U of Minnesota P, 1987.

Hayles, N. Katherine. *How We Became Posthuman? Virtual Bodies in Cybernetics, Literature, and Informatics*. Chicago: Chicago UP, 1999.

基進政治與當代性的反思

債務與罪責：
兼論安那其反抗與生命想像

黃涵榆

國立臺灣師範大學英語學系

摘要

在當前新自由主義的時代裡，各種消費、保險、信用卡或手機支付、貸款乃至於國債，顯示債務無所不在，儼然已成為我們生活甚至是存有的一部份。債務看似純粹是客觀的、可量化的數目，但實質上卻牽動著極為複雜的政治、經濟、歷史與文化的因素，債務國總是背負著道德責難，被認為是理財不善、怠惰、生產效率低落。欠債的人生活在極不穩定的狀態，無時不感受到壓力、焦慮、沮喪，人生隨時都有可能陷入無可挽回的困境。本文將首先探討債務在當前新自由主義社會如何是普遍化的生命政治治術，是工作、勞動、消費、欲望甚至存有的結構性條件。接著我將透過尼采與精神分析，理解做為法律道德與經濟概念的債務如何與罪責相形相生。接下來我將透過韋伯與傅柯的著作討論「靈魂的治理」，聚焦新教倫理和「教牧權」如何支撐經濟治理理性。阿甘本的著作將發揮論證轉折的作用，除了將「靈魂治理」連結到關於神學為何總是不離經濟治理的思考，我也會探討阿甘本的著作裡蘊含了什麼反抗的可能。文章最後一部分將取材一些當代安那其行動與另類生活形式的實驗，思考反抗甚至跳脫債務人生、債務經濟和債務的心理枷鎖的可能性。

關鍵詞：債務，罪責，新自由主義，經濟人，壞良知，超我，安那其

　　卡拉吉安尼斯（Nathalie Karagiannis）和瓦格納（Peter Wagner）在他們的債務研究論文指出，我們無法單純從經濟角度透視債務的問題，必須要有更寬廣的歷史學、社會學和哲學視角。他們以近年希臘債務危機為例，說明德國政府企圖完全從貨幣的面向處理債務，主張希臘方必須在期限內還清積欠的債務。但是做為債務國的希臘方則從歷史脈絡看待積欠德國的債務，他們強調，第二次世界大戰期間德軍佔領希臘，強取豪奪，德國政府卻從未想過償還積欠希臘的戰爭債務。我們從這個債務爭議可以看到，要區分債權國和債務國似乎變得有些困難。如果從整個歐洲民主體制的發展歷史來說，希臘如果宣稱所有歐洲民主國家都是希臘的債務國，似乎也並非全無道理。個別的債務主體也許容易指認，權責也許容易釐清（只是也許），但國家做為集體的主體可以成為追討債務的對象嗎？如果考慮到幣值的問題，誰欠誰多少也很難說清楚，債的時間拉得越長，具體的數量越難計算，甚至不太可能切割出一段可以計算債務關係的時間。卡拉吉安尼斯和瓦格納同時指出，我們不能理所當然地把債務看成是兩個主體出於自由意志所簽訂的契約，債務總是出現於某些既有的關係之中，不能被化約、去脈絡化成抽象的主體或客觀的數量。

　　格雷伯（David Graeber）的《債的歷史》（*Debt: The First 5000 Years*）涵蓋了東西古今文明，從社會組織、政治與經濟體系、貨幣沿革史的複雜脈絡思考債務的問題。他在本書一如在他其他的著作裡拋出了一些尖銳的問題，例如「欠債一定要還錢？」和「收利息或放高利貸可以，欠債要受罰？」。諸如此類的提問意謂著面對債務的問題時，我們必須改變我們既定的視角或思考框架，必須打破一些和貨幣與交換模式發展有關的迷思。舉例而言，格雷伯參考了許多人類學文獻，指出「以物易物」只是一個無法驗證的神話，無法證明人類社會曾經先施行以物易物的制度，之後為了更高的使用與流通效率才發明貨幣。從格雷伯的角度來看，同樣無法驗證的是「原始債務」（primordial debts）的說法。生活在原初社會的人們相信他們虧欠神明和祖先無法償還的債務，這樣的債務後來由國家所接收，人民接受國家保護等於虧欠國家債務，但格雷伯認為這種宗教和道德上的說法無法對應實際的貨幣制度和稅務系統的發明和實施。格雷伯同時也反對「國家與市場分離」的迷思，強調債的歷史脫離不了國家主導的戰爭、殖民主義和貨幣政策。從格雷伯批判性的觀點來看，債務如同具有道德宣示的經濟行為合理化了交易、奴隸制度和殖民主義暴力，讓人類關係、權

利和義務變成了冷血殘酷的計算（17-18, 27），將人類從他們的生活環境和互信網絡抽離，讓他們成了可交易的商品。格雷伯的《債的歷史》並沒有提出解決（國家）債務問題的確切方案，但我們可以感受到他對於一種建立在互惠原則的人類關係與人性經濟的共產主義模式抱持期待。

拉查拉多（Maurizio Lazzarato)在他的《債人的生成》（*The Making of the Indebted Man*)清楚地將債務界定為一部「俘虜」、「掠奪」和「索討」機器，運作範圍遍佈整個社會，也是大型經濟規範與管理的工具、重新分配收入的機制，並且具備生產與治理集體和個人主體意識的功能（29)。這樣的見解和本文看待債務的角度相當契合：債務不是可被客觀估算的對象，債務總是牽動著資本、國家和政府的治理理性、道德體系和主體意識。在當今的時代，債務儼然是我們的存有、社會關係乃至生命世界的根本條件。

史提蜜莉（Elettra Stimilli）在她的《債務與罪過：一種政治哲學》（*Debt and Guilt: A Political Philosophy*）書中從宗教、經濟學理論與哲學脈絡考察債務與罪過的關聯。債務從古老的歷史階段到現代一直都代表一種約束和義務，與罪過密不可分。從宗教的脈絡來說，約束或約定等同於一種人與神之間的法律關係，人服從神的主權統治求得保護與救贖。這一點，從各種宗教裡的犧牲或獻祭儀式看得最明顯。世俗的政體大致上也延續了這種關係。相對地，破壞了這種做為約束的債務關係就是罪過。我們從這當中也看到了一種權力的部署，個體成了被統治的負債主體或「債中存有」（being-in-debt）：也就是說，負債成了一種在個別生命之前的存有與共同體的條件，可視之為「原始債務」。即便脫離宗教脈絡，「原始債務」似乎還是能夠解釋當前普遍的生命情境：不論我們主觀上願不願意或者實際上有沒有採取任何行動，在政治共同體、經濟或財務金融的層次上，我們早已存在於債務關係之中，只是債務的屬性因地理、政治或社會脈絡而有所差別，與罪過也有不同的連結。背負就學貸款債務的年輕人可能承受不了壓力而自殺，「歐豬五國」的債務危機被看成是傳染病擴散，他們自然成了集體恐慌和道德責難的標靶，被認為財務開銷管理不當，因此必須承擔罪責，接受宛如嚴刑峻罰的撙節政策。當前的負債似乎不再需要或可以被矯正，反而是一種持續被製造、投資的經濟條件。在這種普遍化的債務經濟裡，罪過不單純是一種預先的判定、歸咎或譴責，而是伴隨著生命被待價而沽、需要被投資與增值，也就是個體的生命變成「人類資本」（human capital）（Stimilli, *Debt and Guilt* 159-61）。

以上的文獻為本文的論證提供了重要的參照座標。本文將首先探討債務在當前新自由主義社會如何是普遍化的生命政治治術，是工作、勞動、消費、欲望甚至存有的結構性條件。接著我將透過尼采（Friedrich Nietzsche）與精神分析，理解做為法律道德與經濟概念的債務如何與罪責相形相生。接下來我將透過韋伯（Max Weber）與傅柯（Michel Foucault）的著作討論「靈魂的治理」，聚焦新教倫理和「教牧權」（pastoral power）如何支撐經濟治理理性。阿甘本（Giorgio Agamben）的著作將發揮論證轉折的作用，除了將「靈魂治理」連結到「為什麼神學總是不離經濟治理」的思考，本文更要探討阿甘本的著作裡蘊含了什麼反抗的可能。最後一部分將取材一些當代安那其（anarchy）行動與另類生活形式的實驗，思考反抗甚至跳脫債務人生、債務經濟和債務的心理枷鎖的可能性。

新自由主義經濟理性與經濟人

從韋伯的批判社會學觀點來說，現代資本主義經濟體系在技術和組織上的理性化過程深深影響甚至決定了現代布爾喬亞社會的道德價值觀和生活理想。我們也可以說，資本主義經濟從一開始就和個人的生活建立密切的連結，而經濟關係等於是債務人與債權人的關係。債務不只不是經濟成長的障礙，根本是整個體系的驅動引擎。在比較早期的階段裡，資本主義體系透過工作剝削勞動者的技能，在後來的發展階段裡，個人不僅為資本主義體系供應特定服務，整個生命或者做為人的能力都被標定價值／格。「犧牲」的邏輯似乎不足以描述這樣的轉變，取而代之的是一種不斷尋求機會和滿足的社會要求，在這種發展脈絡下，負債（indebtedness）也有了新的意涵。史提蜜莉指出，「負債到達了全球性規模，成為一種極端的享樂衝動的形式……當前主體隸屬（subjectivation）的前提，需要被複製而不是還清」（*Debt of the Living* 3）。普遍而多樣的消費、投資和保險越來越和債務失去區分：債務經濟似乎沒有預設目標，債務自身既是方法也是目的。自由民主體制應許的權利讓渡給債務，那些看似更民主化的經濟行為實質上都是政治決定和權力、時間和未來的剝奪（Lazzarato 8）。

普遍化的債務事實上反映了整個新自由主義生命政治。國家政府支付國債利息占歲出的比例居高不下，對於金融市場的依賴日益加深，而無所不在的信用卡和電子支付的消費行為更顯示新自由主義的策略不僅不抑

制甚至歡迎債務的擴大。債權人與債務人的關係不斷擴張的力量成為政治主秀，統整且宰制了貨幣、銀行和財政體系。一般人民的薪資、存款、退撫基金、健保或社會服務都成了競爭性的商業利益。「基本收入」（basic income）最主要的倡議者之一史坦丁（Guy Standing）特別關注當代食利資本主義（rentier capitalism）造成「不穩定無產階級」（the precariat）的出現和貧困債務的劇增。根據史坦丁的《不穩定無產階級》（*The Precariat: The New Dangerous Class*）的說法，「不穩定無產階級」指的是那些做臨時性或兼職工作的族群，他們的收入不穩定，也不足以應付日常生活的基本需求，無法規劃生涯，看不見未來。他們欠缺與夥伴的凝聚，工作得不到認同與尊敬，處在壓力爆表和極度焦慮的狀態。簡單來說，不穩定無產階級是新自由主義體系降低營運成本、工作與工時彈性化的受害者。如同史坦丁在另一本書《資本主義的腐敗》（*The Corruption of Capitalism*）提到的，「不穩定無產階級生活在倒債邊緣，他們知道只要一個意外、一場病、一點財務上的過錯，都可能引發漩渦般的效應，導致他們無家可歸、依賴慈善救助而活、酗酒和嗑藥」（137）。史坦丁分析的債務種類包括學貸、房貸，以及發薪日預借、卡債、型錄購物等類型的債務。這些林林總總數量巨大到難以想像的債務更成為可轉換的、以債養債的利基。以大學就學貸款為例，根據史坦丁提供的數據，美國私立大學生學貸2012年到達一兆美金，滋生的貸款利息之龐大可想而知，學生從在學期間到畢業之後都處在負債的狀態，未來的薪水相當大的一部份提前被扣除，不管是美國或英國到了四十歲還在還債的大有人在。這些年輕世代投入就業市場卻無法像上一個世代那樣取得長期穩定的工作，大多只能做不穩定的臨時工作，公司在提升勞動與薪資彈性的新自由主義風潮下，延長員工試用期，想盡辦法壓低薪資並刪減員工福利，使得他們長期陷入貧窮的困境。

　　這整個運作機制於是日益擴大債權人與債務人、擁有者與非擁有者之間不均等的社會與權力關係。這樣的債務經濟根本不是基於平等原則進行的商業交易，更無法以「使用者付費」美化，而是對於主體和生命形式的控制、塑造和剝削。就學貸款顯示教育商品化和教育公共性萎縮的傾向，事實上包括空間、社會（醫療與社福體系）、公民（法律資源）、文化、智慧財產等範疇的公共財都被財團大肆掠奪。

　　資本主義體系或債務經濟如何形塑主體意識及其生命形式，反映在具有更悠久歷程的現代民族國家和共和主義裡財產的重要地位。哈特（Michael

Hardt）與奈格里（Antonio Negri）在《共和政體》（*Commonwealth*）針對主權、法律與資本的密切關連進行內在性批判。他們指出，財產是共和主義和布爾喬亞民主革命和法律系統的核心。舉例而言，美國憲法允許公民擁有武器的權利以保護私人財產，法國1795年憲法將財產權界定為使用自身財物、收入和勞動成果的權利（12），諸如此類的法律精神彰顯了自洛克（John Locke）以來到黑格爾（G.W. F. Hegel）的歐陸主流政治思潮。對於現代殖民主義和福利國家，財產權也都是身份屬性最重要的標記之一。在這些脈絡之中，貧窮逐漸混雜著政治、社會和道德的鄙視或責難，窮人也因此被視為社會的債務、集體恐慌和仇恨投射的對象。艾斯波西多（Roberto Esposito）在《生命：生命政治與哲學》（*Bios: Biopolitics and Philosophy*）從他一貫的免疫邏輯重讀洛克的政治哲學，認為人類為求自我保存而必須擁有財產，也因此需要共同體的保護。換言之，財產制度強化共同體的免疫防衛機制，避免個人的財產受到侵犯。在此過程中，主權的運作藉由財產制度（包括賦稅制度）更細緻地貫穿個人與組織。對於生命的穩定性而言，財產權既是其結果，也是事實條件（64）。財產與生命變得不可分割，但是本體論的哲學思考不會將財產納入生命的要件，也就是說，從「擁有」和「存有」看到的是兩種不同的生命樣態，兩者不必然形成和諧的整體（64），甚至是處在分離、分裂的狀態。財產被視為身體勞動或者勞動者的一部分，但會外化成勞動者所依賴的對象，勞動者與財產的關係從擁有與支配轉變成隸屬與異化。

　　回到新自由主義經濟治理的問題，根據史提蜜莉的說法，新自由主義治理理性就是一種「管理與企業的理性」（*Debt and Guilt* 40），民族國家轉型為「經理型國家」（managerial state），負責中介銀行與企業債權人和負債人之間的債務關係。不只勞動力必須具有生產效益，主體也要能夠不斷與時俱進自我增能，各種消費行為成了讓生命增值的必要投資，這也就是所謂的「人類資本」（human capital），自我扮演企業家的角色，以企業的方式經營自己的生命（Stimilli *Debt and Guilt* 41, 43）。這樣的說法呼應了傅柯的新自由主義治理和「經濟人」（*homo oeconomicus*）考察。根據傅柯在《生命政治的誕生》（*Birth of Biopolitics*）裡的主張，新自由主義的國家治理強調理性化的實踐和內在的自我證成和規範，對於要形塑什麼樣的國家樣態，要完成什麼樣的國家目標，該做什麼、不做什麼都有明確的區分，依照固定的規則進行。國家理性的運作會特別注重治理效益，依照特殊情境調整或限制政府和警察的權力，塑造小而有效率的政

府。必須說明的是，這種對於政治權力的限制並非出自對於人的自由或任何先天的自然權利的尊重，而是為了更能精準分析、掌握和適應市場和社會的變化。順此邏輯，傅柯所理解的新自由主義裡的自由並非一種讓歐洲更自由的普世價值，也不是一種可量化的、客觀的絕對值（63）。如同傅柯的權力系譜學所做的，他總是在特定的情境與關係中理解自由。新自由主義治理下的自由是一種必須被製造、可流通、可消費的客體，但基於集體或市場利益的考量，必須限制那樣的自由，兩者之間總是存在著不均衡的緊張關係。傅柯甚至認為這樣的治理模式經常以安全為由，操控集體恐懼並強化控制，直指「敵視監獄就是自由主義治理的公式」（67）。

　　傅柯在《生命政治的誕生》（特別是第十一和十二講）從十八世紀以來的哲學、法學和經濟理論闡述「經濟人」的概念。根據傅柯的描述，經濟人是一種自我中心、企圖將利益極大化的主體，依照現實理性不斷計算、回應環境變因，修正自己的行為（269）。這樣的主體有別於法學上超越個人的權利主體和公民社會裡的公民，這當中的矛盾或張力一直都是新自由主義治理的重大議題。傅柯認為，經濟人的估算實證性在於所估算的事物超出可估算的範圍，也就是說，是一種「計算不可計算」的吊詭邏輯。「經濟人」的概念顯示新自由主義經濟理性的核心是一種不可知、無法控制的狀態（282），這也是後來的自由主義經濟理論持續回應和企圖解決的問題。從這個角度來看，我們也能夠理解為什麼在當前的債務經濟裡債務無所不在、不斷擴散，儼然成了一種投資的對象，不是要被消除的的亂數。拉查拉多談的「債人」（indebted man）事實上就是經濟人的一種類型。拉查拉多指出，新自由主義社會裡的社會區分，包括「受益人」、「工人」、「消費者」、「投資客」、「觀光客」、「失業者」等不同身份，都是某種意義下的債人，都被吸入特定的信用與消費關係的自動化裝置，而那裝置的驅動力就是永恆的債務。

　　弗萊明（Peter Fleming）的《經濟人之死》（*The Death of Homo Economicus*）主張，在當前新自由主義的經濟體系裡，經濟學家們為了那些不在利益壟斷集團的人們所發明的那種抽象的經濟人模式（也就是自立自利的理性主體）已經死亡。也許我們該說的是經濟人模式被推到極端之後的變型或逆轉，而不是死亡，但是弗萊明如實地描繪了新自由主義社會的私有化、剝削和壓迫的慘況，諸如「幸福經濟」、「企業智慧」、「社會流動性」不過只是掩飾這些慘況的意識形態修辭。在「使用者付費」的

普遍氛圍下，教育和醫療越發商業化，被就學貸款逼到絕境而自殺的年輕人比例巨幅成長，因工作壓力或失業引發的職場兇殺也時有所聞（90）。維持基本生理需求的jobs和具有社會和象徵意義的work之間、工作量和生產力與滿足之間產生嚴重的斷裂，這種狀況也存在於謝普勒（David K. Shipler）描述的「窮忙族」（the working poor）：「他們筋疲力盡，苦苦掙扎，薪資無法讓他們遠離貧窮，改善生活，而生活也反過來困住了他們」（5）。職場工作溢入私人時間，無從區隔正常工作和超時工作，工作成了一種無所不在、緊緊跟隨我們的債務，綁架了我們的日常生活和對於未來的想像（Fleming 132），也是一種意識形態，將人囚禁在既有的生產和階級關係之中，一種沒有域外的封閉系統之中。

罪責與債務主體：尼采《道德系譜學》與精神分析

以上的討論大致呈現當前新自由體系「債人」的生命狀態，說他們是新自由主義生命政治的「裸命」（bare life）似乎並不為過。如上所述的新自由主義普遍化債務和經濟治理，不單純是經濟與財務效益的客觀估算，更值得深入理解的是債務主體意識和生命形式。是什麼樣的心理機制讓主體被帶入這整個經濟治理體系之中？在西方（基督教）的脈絡裡，是什麼樣的精神與道德原則讓人經由工作成為被治理的對象，而工作不只是在客觀物質世界的勞動與生產，也是對自我或精神世界的工作？債務又是如何糾葛著罪責感？

從哲學批判的角度來說，宗教經驗的核心是債務，當做人類社會與存有的基礎。這樣的債務和罪責密不可分，如同德文表示「罪責」的*Schuld*和表示「虧欠」或「欠債」的*schulden*同字根所顯示的。這樣的債務代表一種原初的匱乏，終其一生無法償還，債務人與債權人之間存在著不平衡的關係。尼采的《道德系譜學》（*The Genealogy of Morals*）和佛洛伊德（Sigmund Freud）精神分析「超我」（superego）的概念有助於我們深入思考這個問題。

整個來看，尼采的《道德系譜學》所論證的人類生命為了彌補動物本能的匱乏狀態，管理自然的「赤字」，償還生物的「債務」，所以本質上是經濟性的；尼采也是從債務關係詮釋人類從初民社會到後來的國家的發展歷程，這當中至為重要的是罪責與壞良知（bad conscience）的緊密關

聯。尼采指出，初民社會相信他們虧欠祖先債務，也就是透過訂定價格、衡量價值和計算交換建立社會關係，而償還債務的方式就是遵守先人制定的習俗規範（202）。祖先被當成具有道德優越性的神靈膜拜，無法償還債務也因此成了一種道德缺陷。尼采認為這樣的虧欠感並沒有隨著人們逐漸失去對神的信仰而減弱，相反地，人們即便謹慎尊崇習俗規範，仍然無法平復不確定的債務焦慮。社會的凝聚力越強，人們越被祖先兇狠控訴的聲音纏繞與壓迫，越痛苦不堪。在現代的發展階段裡，人民接受共和政體的保護，彼此形成債務人與債權人的關係，犯罪者指的就是那些拒絕履行義務償還債務的人，他們會被剝奪權利，被當成敵人看待；刑法系統的發展因此可以看成是為各種犯罪行為訂定價格，刑罰則是還債和補償的行為。

尼采認為懲罰主要的作用在於激發壞良知，而不是出自任何功效主義的考量。他在《道德系譜學》從第十六章開始的篇幅裡，針對壞良知做了非常深刻的反思。從以上的討論我們就可以看到，壞良知出自對於祖先和社會習俗規範的服從，總是挑動罪惡感，支撐社會和法律關係。壞良知讓人用心計較，弱化意志力，貶抑自然本能、耽擱滿足，把人馴服成溫順的社會動物（217）。人因此被限縮在內在的精神世界，不斷自我壓迫，厭惡自己。尼采的禁慾主義（asceticism）考察雖然肯定在類似古希臘時代的高層次文化裡，殘酷多少帶著節慶的特質，但人們好像透過某種記憶術（mnemotechnics）將殘酷的原始刑罰法典烙印在整個神經和心智系統，不僅從殘酷的痛苦得到快感，更讓那樣的快感昇華為想像和心埋狀態的一部份（192-93, 200）。尼采說，「人類具有自我凌虐的需求，將他的動物本性囚禁在政體之中，讓殘酷無法得到自然的宣洩，殘酷得以昇華，並且發明壞良知傷害自己。然後這飽受罪惡感所苦的人抓住宗教讓自我折磨達到最大的限度……無可救藥要讓自己有罪的意志力，永遠都無法消除他的罪責」（225-26）。這樣的人性是自稱無所不知的哲學家視而不見的。

精神分析的「超我」和其他相關的概念，包括「鄰人」（the Neighbor）和「死亡欲力」（death drive），也提供了我們有關債務與罪責的哲學批判觀點。佛洛伊德在《圖騰與禁忌》（*Totem and Taboo*）提出「原初之父」（the primal father）的神話或假說，和上述尼采的初民社會以及壞良知的說法頗為相近。兇殘的原初之父獨佔部族的所有女人和財富，後為眾子所殺且烹食。原初之父的統治後來被亂倫禁忌（也就是法律的治理）所取代，但依舊纏繞著後代子孫，挑動著他們的罪惡感，也可以說是成了

法律的超我陰暗分身。綜觀佛洛伊德「超我」概念的發展歷程，重心逐漸從內化的權威轉移到社會規範，也就是「自我理想」（ego ideal），而且是透過一種自我監控和批評的聲音運作，挑起自我的恥辱和罪惡感。到了1923年的〈自我與本我〉（"The Ego and the Id"），同時也是整個佛洛伊德的心靈和文明觀發展到較為悲觀的階段，「超我」不再連結道德良知和「自我理想」，反倒與「死亡欲力」密不可分，其嚴苛的要求變得更難以滿足（30-31）。於是，佛洛伊德三位元的心靈拓樸結構有了更複雜的運作：超我對自我的禁制或壓迫不是為了延遲本能的滿足；自我越是延遲或抑制本能，反而會招致超我更強的侵犯和壓迫。超我在拉岡（Jacques Lacan）那裡甚至成了一種「享樂律令」，超出主體所能承受的程度，於是主體越是聽從超我律令，在欲望上做越多的讓步和犧牲，超我的要求只會更加兇猛（*Seminar VII* 302）。也就是說，主體越是要償還虧欠超我的債務，越覺得債務無法償還，越感罪責深重。

　　晚期的佛洛伊德將死亡欲力解釋成「反覆衝動」（compulsion to repeat），一種回到生命原初惰性狀態的本能衝動，不斷擾亂了主體心靈系統和生命的平衡狀態。這股著魔般的反覆驅力僭越了肉身與精神、有機與非有機、人與非人的區隔，也沒有遵循任何因果律或目的論。拉岡以「絕爽」（*jouissance*）命名這樣的生命樣態。如齊傑克（Slavoj Žižek）的闡述，「人類的生命從來都不『只是生命』，人類不只活著，還被某種怪異的驅力附身，要享受極端的生命，不顧一切依附在某種突出、翻覆事物常軌的剩餘狀態」（*Parallax* 62）。然而，精神分析談的絕爽並不存在於一種無關乎政治經濟的權力真空狀態，甚至我們必須說，它的本質是生命政治的。拉岡在第十七講所談的「學院陣式」（the University discourse）提供了我們審視當前資本主義生命政治絕爽的問題，以及在本文的脈絡下的「負債生命」：

$$\frac{S_2}{S_1} \rightarrow \frac{a}{\mathcal{S}}$$

「學院陣式」指的是S2——全面性的、全知的專業知識和官僚體系——佔據行動者的位置，以絕爽做為計算與管理的對象（*Seminar XVII* 177），如同新自由主義的經濟邏輯，計算不可計算。絕爽之為過量的生命本質被

納入資本累積的運作邏輯,成為大眾消費和投資的商品,當(過量的)消費和投資儼然已成無所不在、攤開在陽光下的超我律令,如同「做你想做的」(Do what you want!)不僅是鼓勵消費的修辭,也是經營和投資生活的行動號召。然而,無所不在的消費和投資並沒有讓主體更瞭解、更能主導自身的欲望,無所不在的選擇並不必然等於更多的自由,我們反而看到了風險和焦慮的普遍化,食物、疾病、教育、就業、移民、旅行甚至連知識本身都是風險和焦慮來源。但精神分析在多大的程度上能幫助人們跳脫這種欲望(也是債務)的困境,能被基進政治化,提供反抗新自由主義治理的知識基礎,則是另外一道值得爭辯的難題。

新教倫理與資本主義的靈魂治理

長久以來,初民社會裡的犧牲儀式一直是為了償還神靈賜予生命之禮。而在基督教體系裡,罪成了一種人積欠上帝的債務,但因為上帝施與恩惠,債務無需也不可能償還,而是成為投資管理的對象(Stimille, *Debt of the Living* 8)。基督徒嚴守行為規範,讓生命與神的律法合而為一,俗世的經濟生活在抽象的層次上發展成一種「得救經濟」。以下將透過韋伯和傅柯的思想深入討論此一議題。

韋伯堪稱第一位主張(特別是喀爾文教派的)基督教倫理與資本主義活動相輔相成的學者。他從資本主義的精神而不從資本累積的角度理解資本主義發展歷程。一些基本的基督教/資本主義倫理原則包括「時間就是金錢」、「信用就是財富」、準時付款、勤樸節儉等,如同美國開國元勳富蘭克林(Benjamin Franklin)對兒子諄諄教誨的工作與生活態度:誠實、守時、節儉、重視職業義務是有用的。資本主義統治的經濟生活是一種「最適者生存」的過程,自然演化出一套工作、職業訓練和營利的最佳策略。「論件計酬」被「壓低工資,提高獲利」的原則取代,相當大的程度上延續了貧窮是工作動力的喀爾文教派信念,但這樣的原則並非無往不利,需要有其他做法的支撐。韋伯解釋,「不僅成熟的責任感絕對不可或缺,還要有一種態度——至少在工作時間當中如此——不會一直用心計較想要用最舒適,耗費最少努力的方式賺到取固定薪水」(25)。需要透過教育培養的態度包含專注、工作的責任感、自我克制、簡樸等,如同富蘭克林給兒子的庭訓(26)。

　　韋伯談的「新教倫理」和「資本主義的精神」，更精準一點來說，是喀爾文教派的禁慾主義。有別於清教對於追逐財富的譴責，視財富為信仰的迷惑，喀爾文教派並不認為財富妨礙教會運作，只有當人們受到誘惑，耽溺於怠惰、罪惡的享樂生活，追逐財富才變成道德缺陷，但如果是善盡職業責任，財富不僅在道德上是被允許的，也是值得享受的成果（108），對自己的財產盡責等於彰顯神的榮耀。禁慾主張結合工作倫理：人生苦短，把時間浪費在社交活動、無謂的談話、奢侈、甚至睡眠時間超過維持健康所需的六到八小時，諸如此類，都招致嚴厲的道德譴責（104）。持續工作是一種抵擋誘惑的禁慾技術，怠工讓人更遠離上帝的恩惠。工作和神召都有固定的方法和規則，這等於為現代的勞力區分提供了倫理基礎（107, 109）。

　　除了韋伯之外，傅柯的著作也有助於我們理解基督教脈絡下治理的精神原則，或是對於靈魂與自我的「投資」。傅柯在〈主體與權力〉（"The Subject and Power"）將教牧權定義為牧師的身份和職務衍生出來的權力形式，那是一種照料信眾的權力，和他們的生命、真理的生產息息相關，為的是能夠通往救贖或是另一種生命（Foucault, *Essential Foucault* 132）。約莫在十八世紀中後期——這個歷史階段對傅柯不論考察人類科學、現代醫學、生命政治等範疇，總是具有關鍵意義——出現了新形式的教牧權，「得救」（salvation）的意義從來生轉移到此生，逐漸與「健康」、「幸福」結合。教牧權走出宗教體系，擴散到整個社會各部門，包括家庭、學校、病院、工廠等等，代表或執行教牧權的機構和官員大量增加，警察和一些人道組織都在其中，權力策略和目標也更為繁多（132-33）。有關於人的知識——會說話、勞動、欲求的人——也是在這樣的歷史脈絡中被建構出來。

　　基督教除了是一種得救的宗教，也是禁慾和告解的宗教。根據傅柯的歷史考究，在古典希臘與羅馬時期，自我技術（technologies of the self）主要透過「自我照料」和「認識自己」兩種模式相互支援。自我檢視與理解為的是把事情做對做好，禁慾（*askēsis*）和記憶術或思考訓練密不可分，如同斯多葛學派有時隱身山林以維持心靈的清明，增進行為與生活的效能，更能融入現實世界。然而，隨著形上學和認識論主宰整個西方世界，「認識自己」蓋過「自我照料」成為主流的自我技術。透過告解確立真理被提昇到義務的層次，基督徒要在公開場合承認自己做為基督徒的事

實，讓自己的信仰接受檢驗，進行必要的懺悔與自我懲罰，透過受苦展示
羞愧、卑微與謙沖，像是醫生探究病因，像在法庭上檢視過錯，為贖清罪
過受苦，求得重生（162-64））。

無力者的反抗，安那其的生命想像與實踐

我們從以上有關新教倫理與資本主義的靈魂治理的討論可以看出經濟
與宗教（神學）的相互依存，債務主體從內（態度、欲望、信仰與靈魂）
到外（生產的社會與經濟關係）都被更細緻、更無所不在的權力部署治
理。面對這樣的治理，債務主體還有任何反抗的機會嗎？還能想像與實踐
另類的生命形式嗎？本文認為，簡短地取徑阿甘本將有助於我們建立思考
——如果不是解決——這些問題的知識基礎。

阿甘本在《王國與榮耀》（*The Kingdom and the Glory*）讓施密特
（Carl Schmitt）的政治神學和傅柯的治理系譜學進行對話，從中探究西方
治理機器的深層結構。《王國與榮耀》提出一道根本性的問題：為什麼西
方世界的權力會以「經濟」（*oikonomia*）——也就是人的治理——的形
式運作，需要透過繁複、僵化的儀式和器具得到神學「榮耀」加持？阿甘
本從神學經濟模式的角度談西方的政治神學機器，突顯西方政治哲學傳統
無法真正思考治理的問題和經濟的關係。對阿甘本來說，面對這些問題真
正急迫的政治任務是「褻玩」（profane）政治神學機器，使其停止運作。
《王國與榮耀》展望的終極目標，是褻玩那虛空的權力榮耀，讓（神學）
治理機器不運作，「將臨的生命」（*zoē aiōnios*），也就是彌賽亞的生命，
得以開展，這也是他整個牲人（*Homo Sacer*）寫作計畫甚至是他整個思想
體系最核心的思考任務。

即便阿甘本的著作深刻描述了陰暗悲慘的裸命，彌賽亞思想依然如同
碎片散佈在其中。他所談的回教人（Muselman）處在人與非人、生與死
完全失去區分的地帶，以一種「無言的反抗形式」讓集中營守衛不知所措
（*Homo Sacer* 185），而總是以「我寧可不要」（I would prefer not to）回應
雇主任何工作或非工作要求的巴特比（Bartleby），也體現了回教人這種無
言、被動的反抗。阿甘本從神學的角度描繪巴特比「無法丈量的潛勢」、
「除了不寫（to not-write）的潛勢之外什麼都不寫」的天使形象（*Coming*
37）。這樣的形象在《潛勢》（*Potentialities*）一書的〈巴特比，或論偶發

性〉（"Bartleby, or on Contingency"）篇章中，有了更複雜的呈現。阿甘本在該文中回到了卡巴拉（Kabbalah）神秘主義傳統，將造物神描繪成一位沒寫什麼或者自己變成使用寫字板的抄寫員。這裡的「無」不是虛無主義的空無一物，而是神靈的、純粹的潛勢與「無為」（impotentiality）的交會，也是超越神靈的褻玩：「造物神做為一種內在性的微弱力量走過所有物質」（Dickinson 168）。這裡的「無」——也許可以稱之為「創造性的空無」——即是造物者自身。抄寫員造物神持有「無為的潛勢」（potentiality *qua* impotentiality），那是一種懸置自身可能性的能力，如同巴特比一再重複說的「我寧可不要」，僭越了意志至上論，開啟肯定和否定、接受和拒絕、選擇和不選擇之間的無區分狀態（Agamben, *Potentialities* 254-55）。巴特比反覆說著「我寧可不要」，不僅顯示無法妥協和化約的特異性，實際上也變成了首語重複法（anaphora）「我寧可不要寧可不要……」，可能性在其中無盡地迴盪著。阿甘本將巴特比詮釋成降臨人世的彌賽亞，拯救不為－不思－不寫的潛勢（*Potentialities* 259, 270）。阿甘本構思的彌賽亞是微弱的，其救贖正出自於這種微弱的力量（*Time* 97）。

　　本文並不打算繼續從上述的神學脈絡論證巴特比與潛勢的反抗意義，我們需要的是更貼近政治與經濟真實情境的思考。從本文的角度來說，面對新自由主義的債務經濟，巴特比的意義在於他拒絕工作，而「拒絕（工作）」的姿態是反抗行動或想像另類生命形式必要的出發點。如哈特與奈格里在《共和政體》一書中指出，「拒絕工作以及最終廢除工人（身份）並不表示生產和革新的終結，而是創造還未被想像的、超越資本的生產關係，驅動創造力的擴張」（*Commonwealth* 322-33）。

　　雖然哈特和奈格里從未宣稱與任何當代安那其思想或抗爭的同盟關係，他們提出的「諸眾」（multitude）概念有助於我們更清楚描繪無力者的反抗和安那其實踐的政治經濟座標。首先，就社會和經濟角度來說，哈特和奈格里談的諸眾是一個當代生命政治的勞動階級的概念，既非傳統馬克思主義定義下具有統一性的階級，也不是自由主義觀點下的社會多元性，是保持各自特異性的勞動主體採取共同行動，具有反抗帝國的潛能（*Multitude* 101, 105）。諸眾的構成要件是共同的勞動情境，包括所有在資本統治下的勞動，特別是當前的非物質性勞動，例如社會工作、知識勞動、認知勞動和情感勞動。相較於傳統生產線的機械式生產，非物質性勞動的工作與非工作時間的區分較不明確，具有較高的彈性和能動性，生產

與社會關係以分散式的網絡運作，當然也具有相當程度的不穩定性和風險，如同前文提到的史坦丁所談的「不穩定無產階級」。除此之外，哈特與奈格里也從財產的經濟觀點界定諸眾。他們指出，財產不只定義了「共和政體」，也界定了誰是「人民」，兩者都是普遍性的概念，但在現實中卻排除了貧窮的諸眾。頗令人意外的是，哈特與奈格里反而企圖翻轉貧窮的傳統形象。對他們而言，貧窮意謂著生命的多元性與創造性，他們甚至提出「貧窮的財富」這樣弔詭的概念（*Multitude* 131；*Assembly* 57-61）。用他們自己的話來說，「貧窮的諸眾體現的不僅是反抗，也是創造性的生命自身的本體條件」（*Multitude* 133）。對於那些為了改變生活條件而遷徙或逃離的諸眾們，哈特與奈格里認為，我們除了看到剝削與貧窮的負面現實之外，我們也可以理解他們如何在移動的過程中發展知識、語言、技能和創造的能力，追求財富、和平與自由的欲望（133）。哈特與奈格里還借用史賓諾沙（Baruch Spinoza）哲學，闡述貧窮的諸眾：沒有財產和地位的區分，是一種包容性的集合體，對於和其他身體接觸保持開放，具有潛力發展成更大更強有力的集合體，或分解成較小的單位，是「民主體制唯一可能的主體」（*Commonwealth* 44）。

哈特與奈格里樂觀地看待諸眾在當前生命政治時代的勞動、主體性與生命形式的創造潛能，他們把當代的反全球化與反戰運動視為諸眾反抗苦難與貧窮的行動。諸眾的反抗行動不依賴任何超越的權威，不訴諸「人民的主權」；諸眾不是分裂的無政府狀態，是具有多重特異性的社會主體，總是保有開放的多元性，不會形成階序區分的整體（*Multitude* 99-100, 190）。諸眾與統治機構（例如家庭、企業和國家）和再現體制進行激烈的對抗，而這樣的對抗是「妖魔性的」，原因在於打破目的論和根源的迷思（195）。哈特與奈格里還觀察到諸眾抗爭網絡化的傾向，1970年代全球各地開始出現的游擊戰顯現都市化和去中心化的政治抗爭，抗爭的主要目的不在於攻擊統治權，而在於改造都市，並且創造和經濟社會生產組織的新關係。這樣的抗爭由較小、更具能動性的組織發動，依靠的不是嚴格的訓練，而是創造力和自我組織的協力（83）。類似1999年西雅圖反全球化抗爭，各自差異甚至矛盾的立場卻能一起行動：環保團體和工會，安那其主義者、教會團體、男同志與女同志。他們並沒有統一在單一的權威之中，而是以一種網絡的結構彼此相連（86）。這樣的抗爭從外部看起來似乎是亂無章法，實際上內部卻以一種沒有中心控制的理性與組織化的方式

運作，哈特與奈格里稱之為「群智」（swarm intelligence）。這樣的運作同時包含技術與政治成分：諸眾在日常生活中運用的技能都成了他們採取政治行動中能夠發揮的能力（*Commonwealth* 351）。自律、協力和網絡化是政治組織的基石，同時創造新的政治行動和新的生命形式。哈特和奈格里認為反抗行動要能持久，就必須發明一套新的群體習慣和實作，也就是新的生命形式（356）。頗值得玩味的是，哈特和奈格里的這些想法和安那其主義頗有異曲同工之妙，即便他們向來不刻意標榜安那其的立場，甚至不是很嚴肅看待、理解當前安那其思想和運動的「眾聲喧嘩」。他們認為諸眾的抗爭能夠策略性地挪用「沒有政府的治理」（governance without government）（373），也就是挪用流動的、偶發的結構（373）。

　　我在先前的佔領運動和安那其研究提出了幾個重點。[1]首先，空間或空間政治是安那其實踐甚至所有抗爭行動不可或缺的元素：任何一種抗爭都需要自己的「廣場」才得以被「看見」。佔領者透過他們的行動不僅要重新奪回都市的權利，也是要創造出「節點」（nodes），讓各種異質的元素能夠碰撞，產生擴散的效應；這不僅是空間使用權的爭奪與重新分配，或是以上簡述的阿甘本談的「褻玩」，也是另類生產、交換與創造模式的實驗。以下我將簡要討論當代歐洲的佔屋（squatting）運動和斯柯特（James Scott）的東南亞高地人類調查，以延伸對於這些議題的思考，開展出更多反抗與另類生命的想像。

　　在相當大的程度上，興起於1960、70年代的佔屋運動是對於本文討論的新自由主義治理的回應：這是一個低薪、債務、高房價、福利國家無法實現允諾的時代。「佔屋」，顧名思義就是沒有得到所有者允許而佔用房地，以行動對資本主義投資和私人財產體系進行最直接且激烈的批判，將私人財產轉化為公共財（Martínez and Cattaneo 27, 29, 34）。佔屋者透過需求信賴、親近、資訊技能等，建構自律與直接民主的政治，也與其他政治與社會運動串連，頗具安那其色彩（30, 31）。

　　普瑞特（Hans Pruijt）在他的研究裡將歐洲佔屋運動分為五種類型，包括社會運動者為移民者和遊民發動的佔屋行動（deprivation-based squatting）；

---

[1]　包括〈諸眾、佔領、身體展演與生產：一些安那其的思考〉，黃涵榆，《跨界思考》（臺北：南方家園，2017），頁170-88；〈佔領〉，《台灣理論關鍵詞》，史書美等編（臺北：聯經，2019），頁81-91；〈「想像力正要奪權！」安那其、佔領運動與藝術反抗〉，《人文星曜》，長庚大學文化講座第九輯，林美青主編（桃園市：長庚大學通識教育中心，2019），頁202-38。

另類居住策略（alternative housing strategy）；成立社會中心，提供佔屋者食衣住行的基礎和佔屋相關的資訊，以及舉行藝術工作坊（entrepreneurial squatting）；反抗變更土地使用和都更，保留歷史建築（conservational squatting）；反政府或反體制抗爭（political squatting）。這五種類型的佔屋行動的策動者與參與者、動員和組織方式各不相同。以「另類居住策略」為例，行動主義者和佔屋者之間，或者領導與被領導之間，並沒有明確的區分，動員和組織都有較多的自發性。這類型的佔屋行動除了提出住屋政策訴求之外，也展現反叛文化的生活方式，像是在佔領的建築物或空間從事實驗性的共居生活和空間設計與裝潢（例如阿姆斯特丹的Handelsblad大樓）（Pruijt 27）。如普瑞特所說的：

> 培力是反文化和反文化政治的元素，出自建立佔用地的行動。佔屋者，至少在住屋的範疇裡掙脫對國家和市場的依賴態度，也和官僚體制規範的成家方式保持距離。佔屋者透過佔領一棟建築並且讓它變得適合居住，照顧好自己的住屋需求，因此得到自信。他們打破都市計計畫、候屋者名單和私有財產制度施加的權力，不再接受無殼蝸牛只能默默忍受而周遭都是空屋的事實。（27）

佔屋行動沒有依循特定的意識形態，可以延續主流的自給自足、社群、宜居性（liveability）等價值，也可以宣揚反資本主義或反財產權的立場，標榜「即時的安那其主義」，卻不受古典安那其傳統的影響，諸如此類（28）。佔屋運動的組織動員也保持彈性，和環保、反戰、性別等運動策略性結盟。即便如此，佔屋運動似乎很難擺脫某種結構性的兩難：一分面希望佔領的住屋與空間能夠獲得合法的基礎，另一方面合法化可能削減行動的基進性（31）。

斯柯特的《不受統治的藝術》（The Art of Not Being Governed: An Anarchist History of Upland Southeast Asia）提供我們理解安那其實踐的另類參照。本書是人類學家斯柯特的東南亞高地贊米亞（Zomia）田野考察紀錄。贊米亞指的是涵蓋中國廣西、貴州與雲南等西南省份，到越南北部、寮國、緬甸、柬埔寨與泰國北部等破碎的高原地，面積約250萬平方公里。贊米亞約有一億人口，主要由難民、逃犯與流亡者組成，他們在過去兩千多年來因為戰亂、奴役、徵稅、疾病、徵兵等理由逃到這個地區，躲避、遠離

國家的控制。他們以搜尋糧草、狩獵、游耕等方式維持生計，不像受僱勞力和定耕農業受到國家調度，更由於人口分散，較能輕易逃過體制的壓迫，各族群得以保持相對的自主性和高度的流動性，身份認同也較為多元混雜（15, 19, 25）。整個贊米亞自古以來一直是四周國家無法掌握的「蠻夷」地區，是威脅的來源，卻也是所謂的「文明」不可或缺的對立面（118）。

　　贊米亞高海拔、破碎的地形、處在國家更迭的「邊陲地帶」是它「不受統治」有利的地理條件。然而，我們不能忽略具有能動性的「逃離原則」（escape principles）。人們可以因為徵稅、奴役、強迫勞動、戰亂、被控異端和文化抵抗，選擇逃離國家的治理而來到贊米亞。這裡的空間沒有中心化的、由上而下的權力管制，因此具有較多任意移動和選擇位置的可能。同樣的逃離原則也發展出逃離性的農業、生活方式和社會結構，都使得周圍的國家無法輕易吸納贊米亞。更具體一點來說，無國家空間是國家稅收有效控制之外的區域，也是人民為了生存而前往的避難所（166）；換言之，斯柯特認為逃離是一種有效的政治選擇。即便來自國家的壓力未曾間斷，贊米亞仍然發展出各種不同的應對策略。某些部落領袖可能接受國家的任命，某些部落為了繼續維持自主性，遷徙到更偏僻、更難以進入的區域，分裂、散開，然後消失，不為國家所見（190-91）。贊米亞居民大多栽種塊根和塊莖農作物，較方便藏在泥土中一段時間，躲避國家的徵收。採集、游耕、狩獵、貿易、畜牧和定耕都是他們的混合式謀生策略的選項，共享資源而不施行財產制度，社會組織因此較為混雜與多變。

　　整體而言，斯柯特的《不受統治的藝術》對單一主權治理提出深刻的質問，打開想像政治與文化抵抗以及生活在國家權力之外的可能。贊米亞居民展示了遷徙者的能動性與持續差異化的過程，我們不能只從「流失」或「被剝奪」的角度看待（160）。何謂「文明」？「蠻荒」又是什麼？除了從「文明」和「治理」的角度之外，我們是否還有其他敘述和想像生命歷程的可能性？

後記

　　本文並未從政策面的體制改革（例如，無條件基本收入）探討如何「解決」當前的債務問題──如果那是可能的話。本文以債務為視角，透

過具有歷史觀的理論脈絡，描述我們所處的這個新自由主義主導的世界，債務已然成為精神與本體存有的根本條件，已非單純是客觀數量的金錢、財產與財務關係。即便（巴特比的）拒絕工作和嬉玩、哈特與奈格里的諸眾、佔屋與佔領行動和贊米亞不受統治的藝術或逃離的原則各自有其歷史特殊性，我把它們都看成是弱者的安那其反抗與生命形式，主要的目的在於呈現反抗的多重可能，並非為了建構出一**種**反抗的理論。型塑一**個**有機的、**同質的整體**或是具有**目的論**的前後連貫的進程，從來都不是安那其體現的原則。本文討論的各自保有殊異性的安那其反抗行動並未依循任何先行的理論或預先決定的精神與行動原則，也沒有設定摧毀或超越國家、資本主義體系、主控的生產形式與社會關係或實現任何社會政治真空狀態如此全面而宏大的目標。安那其反抗與另類生命形式的想像以國家、新自由主義與資本主義的政治經濟現實為逃離或懸置的座標，鑿開一些縫隙或逃離路線，實驗和創造語言、知識、生產與交換形式、存活技能。也許，通往安那其反抗的第一步是拋開任何具體的目標，更別說是具體、合理、精算的政策方案。

引用書目

斯柯特，詹姆士（Scott, James）。《不受統治的藝術》。李宗義譯。臺北：五南，2018。

史坦丁，蓋伊（Standing, Guy）。《不穩定無產階級》。劉維人譯。臺北：臉譜，2019。

格雷伯，大衛（Graeber, David）。《債的歷史》。羅育興、林曉欽譯。臺北：商周，2013。

謝普勒，大衛 K.（Shipler, David K.）。《窮忙：我們這樣的世代》。臺北：時報出版社，2019。

Agamben, Giorgio. *The Coming Community*. Trans. Michael Hardt. Minneapolis: U of Minnesota P, 1993.

——. *Homo Sacer: Sovereign Power and Bare Life*. Trans. Daniel Heller-Roazen. Stanford: Stanford UP, 1998.

——. *The Kingdom and the Glory: For a Theological Genealogy of Economy and Government* (*Homo Sacer* II, 2). Trans. Lorenzo Chiesa. Stanford: Stanford UP, 2011.

——. *Potentialities: Collected Essays in Philosophy*. Ed. Werner Hamacher and David E. Wellbery. Stanford: Stanford UP, 1999.

——. *The Time That Remains: A Commentary on the Letter to the Romans*. Trans. Patricia Dailey. Stanford: Stanford UP, 2005.

Dickinson, Colby. *Agamben and Theology*. London: T & T Clark, 2011.

Esposito, Roberto. *Bios: Biopolitics and Philosophy*. Trans. Timothy Campbell. Minneapolis: U of Minnesota P, 2008.

Fleming, Peter. *The Death of Homo Economicus: Work, Debt and the Myth of Endless Accumulation*. London: Pluto, 2017.

Foucault, Michel. *The Birth of Biopolitics: Lectures at the Collège de France 1978-1979*. Trans. Graham Burchell. Ed. Michel Senellart. London: Palgrave MacMillan, 2008.

——. *The Essential Foucault*. Ed. Paul Rabinow and Nikolas Rose. New York: The New Press, 2003.

Freud, Sigmund. "The Ego and the Id." *The Standard Edition of the Complete Psychological Works of Sigmund Freud*. Vol. 19. Trans. and ed. James Strachey et al. London: Hogarth, 1961. 3-66. 24 Vols.

Hardt, Michael, and Antonio Negri. *Assembly*. Oxford: Oxford UP, 2017.

——. *Commonwealth*. Cambridge, MA: Harvard UP, 2009.

——. *Multitude: War and Democracy in the Age of Empire*. New York: Penguin, 2004.

Karagiannis, Nathalie, and Peter Wagner. "The Subject-in-Debt: Notes towards a Sociology and Philosophy of Debts." Universitat de Barcelona, 2018. Web. 13 May 2019.

Lacan, Jacques. *The Seminar of Jacques Lacan, Book VII: The Ethics of Psychoanalysis 1959-1960*. Trans. Dennis Porter. Ed. Jacques-Alain Miller. New York: Norton, 1992.

——. *The Seminar of Jacques Lacan, Book XVII: The Other Side of Psychoanalysis*. Trans. Russell Grigg. Ed. Jacques-Alain Miller. New York: Norton, 2007.

Lazzarato, Maurizio. *The Making of the Indebted Man: An Essay on the Neoliberal Condition*. Trans. Joshua David Jordan. Los Angles: Semiotext(e), 2012.

Martínez, Miguel A., and Claudio Cattaneo. "Squatting as a Response to Social Needs, the Housing Question and the Crisis of Capitalism." *The Squatters' Movement in Europe: Commons and Autonomy as Alternatives to Capitalism*. Ed. Claudio Cattaneo and Miguel A. Martínez. London: Pluto, 2014. 26-51.

Nietzsche, Friedrich. *The Birth of Tragedy* and *The Genealogy of Morals*. Trans. Francis Golffing. New York: Doubleday, 1956.

Pruijt, Hans. "Squatting in Europe." *Squatting in Europe: Radical Spaces, Urban Struggles*. Ed. Squatting Europe Kollective. Brooklyn: Autonomedia, 2013. 17-60.

Standing, Guy. *The Corruption of Capitalism: Why Rentiers Thrive and Work Does Not Pay*. London: Biteback, 2016.

Stimilli, Elettra. *Debt and Guilt: A Political Philosophy*. Trans. Stefania Porcelli. London: Bloombury, 2019.

——. *The Debt of the Living: Ascesis and Capitalism*. Trans. Arianna Bove. Albany: State U of New York, 2017.

Weber, Max. *The Protestant Ethics and the Spirit of Capitalism*. Trans. Talcott Parsons. London: Routledge, 1992.

Žižek, Slavoj. *The Parallax View*. Cambridge, MA: MIT P, 2006.

以同志為範式的愛的政治：
釣人或共群做為方法[*]

朱偉誠

國立臺灣大學外國語文學系

摘要

本文從哈特與奈格里為了對抗全球化霸權所訴求的「愛的政治」出發，因為他們非常耐人尋味地選擇了以同志釣人與匿名性愛為範式來構思他們的提案。鑒於此一想法儘管有趣卻過於粗略，本文先運用同志批評家柏薩尼對於這些同志連接方式的基進理論來加以補足，以檢視這是否真有可能是「愛的政治」之所本。儘管檢視的結果並不樂觀，本文卻並不擬放棄哈特與奈格里的提案，而試圖代之以另一範式，即當代法國理論中對於「共群」的論辯（主要參與者有儂希、巴岱伊與布朗修），並且聚焦於貫穿整個論辯但多半為研究者所忽略的、有關「愛」的討論。然而有意思的是，這一線討論到最後也仍是與同志相關，因為布朗修用以說明他立場的文本，即莒哈斯的中篇小說《死亡之病》，其實是一個關於男同性戀者與異性戀女子之間的故事。本文最終將為這樣的關係提供重要的現實生活例

---

[*] 此文原為英文，發表於 *Wenshan Review of Literature and Culture*《文山評論》12.2 (June 2019): 187-221，中文由潘維萱翻譯，作者校改完成，並感謝編者更進一步的文字修潤；中文版除後發現之若干錯誤逕行改正，以及為顧及中文讀者理解於細部行文略有調整外，內容一仍原版。此文的寫作歷程甚長，最早為參加2011年8月29日～9月4日於葡萄牙歐波多（Oporto）舉行之「疆界、錯置、與創造：置疑當代」（Borders, Displacement and Creation: Questioning the Contemporary）國際會議與暑期學校上提交之會議論文初稿，之後送經修改、乃至參酌審稿意見大幅調整，儘管頗感不易，但也受益匪淺。作者由衷感謝整個過程中所有回應意見的批評建議，才使得本文最終得以如此面貌出現。此文為國科會「愛欲哲學、友誼政治與現代『性』」專題研究計畫（NSC 98-2410-H-002-187-MY3）之部分成果。

證（包括莒哈斯自己，以及阿倫特與奧登），以說明所謂「愛人的共群」
或許更符合哈特與奈格里的「愛的政治」提案。

關鍵詞：愛，政治，同志，反社會論，釣人，共群

　　哈特（Michael Hardt）與奈格里（Antonio Negri）的《帝國》三部曲極具啟發性地描述了正在興起中的全球化霸權以及抵抗之可能。在其最後一冊《共治》（*Commonwealth*）中，[1] 他們接續在第二冊《諸眾》（*Multitude*）最後所提示的方案，正式提出以「愛」做為一種可供動員的介入憑藉，這主要是因為「愛」在他們看來具有創造「共通」（the common）的可能（Hardt and Negri, *Commonwealth* x-xi；哈特、奈格里5-6）。[2] 雖然哈特與奈格里在《諸眾》中初次提到此一概念時，「愛」仍然看似那個基督教與猶太教傳統中「要愛你的鄰人」的前現代說法（*Multitude* 351），但是當他們在《共治》中正式加以論述時，所謂的「愛」已經不再是那個在當代可能難以翻新以發揮作用的宗教信條，而是變成了我們現在一般談論愛時所指的、現代浪漫情感的某種特定形式。我之所以說「某種特定形式」的原因如下。首先，藉由指認愛的某些「腐化的形式」（corrupt forms），像「認同的愛」（identitarian love）（即「愛和你最相近或最相似的」，如「家族愛」、「種族愛」或「國家愛」），和「同體的愛」（communal love）（即「將愛視為結為一體、變成一樣的過程」，如「浪漫愛」），並與之區分，哈特與奈格里清楚指出，他們所設定的愛，是「對陌生人的愛，是對於差距最遠的愛，以及對於他者性（alterity）的愛」（*Commonwealth* 183；哈特、奈格里144）。第二，更耐人尋味的是，他們用以說明此種理想愛的例證，首先是「惠特曼的詩，在其中對於陌生人的愛，一貫以代表了驚奇、成長與發現的相遇狀態出現」；其次，他們雖然引用了德勒茲（Gilles Deleuze）與瓜達希（Félix Guattari）關於蘭花與黃蜂的寓言，來進一步解釋他們理想中對於他者的愛，[3] 卻將之詮

1　簡體字中譯本題為《大同世界》（見：哈特、奈格里），然為免過早套入中文既有概念，且衡諸原作者用意與其他兩冊書題之中譯，改譯為此；「治」固然有「治理」之義，也可帶入「天下大治」的用法，相信頗貼近該書之所以如此標題之意。

2　本文所引用之書目如有中譯本，皆在引用時同時標註相關頁碼，以供中文讀者查考（儘管許多簡體字中譯本已頗有助益地旁註上原文頁碼）；然內容概以原文或英譯本為準，引文亦皆為作者自譯。如有多個中譯本，只能擇一引用；同時所引用中譯本之作者譯名與本書統一譯名有所出入時，也並未改動，此為文獻引用規則，如顯混亂，請讀者諒察。

3　這個寓言最終出現在德勒茲與瓜達希合著的《千高台》（*A Thousand Plateaus* 10 *passim*；德勒茲、加塔利11及之後多處），但哈特與奈格里在這裡引用的是瓜達希的工作草稿（Guattari, *Anti-Oedipus Papers* 179）；後者的討論因為仍帶有實驗性質且多方嘗試，所以更為豐富有趣。然而，對本文而言特別有關的是，他們和哈特與奈格里都沒有提到，這個寓言其實最早應該是出自普魯斯特對於男同志釣人的著名類比描寫，詳下。

釋為：「讓人聯想起釣人（cruising）與連續性愛的場景，常見於某些男同志社群中，尤其是在愛滋疫情肆虐之前，就像惹內（Jean Genet）、沃伊納洛維奇（David Wojnarowicz）、以及德蘭尼（Samuel Delany）作品中許多片段所呈現的那樣」（187；哈特、奈格里147）。

　　儘管他們急忙澄清：「這並不是說，釣人和匿名性愛將做為愛的模範……，而是它們對於愛在伴侶及家庭中的腐化提供了解藥，將愛開展成與殊異性（singularities）的相遇」（187；哈特、奈格里147），但哈特與奈格里提及前愛滋男同志（gay）文化乃至三位當代同志（queer）作家／藝術家以及惠特曼，無疑是將同志連接的某些獨特方式標舉為他們所謂愛的政治的**最佳**例證。[4] 事實上，在一次近期的訪談中，哈特既同意訪問者的看法，認為「愛的政治」和「諸眾」的概念有關（Hardt, Interview 6-7），也承認：「我和東尼〔奈格里〕都發現同志理論是思考諸眾的重要框架。……同志理論中的反身份認同走向，是透過袪認同（disidentification）達成的——甚至建構**共群**（community）也是透過差異，而非藉由相同或身份認同」（加標重點）。[5]

　　在這麼短（僅一百多年）的時間內，同志不僅從地下世界的邊緣黑暗中脫困而出，還站到舞台中央，成為某些重要創新政治理念的範例，同志和主流間這樣的關係發展，實在耐人尋味。儘管這看起來似乎值得稱頌，然而這樣劇烈的處境轉變也警醒我們必須探問：主流是真的準備好擁抱同志，將之當成新型態「共同生活」的先驅，還是這種擁抱其實是建立

---

[4] 針對相關用語的中譯問題說明如下。儘管在英文中gay與queer有很大差異，但在本文中只能分別作「男同志」（或簡稱「男同」）與「同志」，主要原因是queer本為貶抑用語的翻轉，中文通譯為「酷兒」太過正面，並不妥當，但若依照我個人最早所譯之「怪胎」，雖然有些時候可用，但也有時行文起來並不合宜，且現今英文中queer一詞的用法與中文「同志」一詞已經頗為相近，所以如此翻譯。

[5] 與《共治》一書出版大約同時，哈特自己也在別處進行此種對於同志的模範化。在〈帕索里尼出外找到愛〉（"Pasolini Discovers Love Outside"）一文中，哈特盛讚義大利左派導演帕索里尼年輕時（1940年代）在當時正在叛亂的義大利東北部一個小村落中跨越階級的同性戀愛。哈特認為帕索里尼與地方男孩的情事是一種「政治形式的愛」（125）——意指同時是「向外的愛」（outside love）（113），因為愛上的是和自己（中產階級）不同階級背景的人（農夫）——也是「赤色的愛」，因為哈特認為這與帕索里尼的共產主義投入是「不可分的」（113），也因此是相結合的。他在另一篇題為〈愛的程序〉（"Procedures of Love"）的文章中，也繼續類似的說法，轉以普魯斯特與惹內的作品來發展他對於愛的政治的看法（但面向和這裡所說的有些不同）。關於community一詞的翻譯，在概念討論中均沿用之前有關法國理論之中文討論譯為「共群」，在其他時候則依狀況可能有不同翻譯，譬如「男同志社群」（gay community）。

在一種浪漫化的抬捧上，和真實狀態相去甚遠？因為哈特與奈格里對於愛的政治的討論僅限於上述所說，同時也很難在單一一篇文章中完整檢視所有他們標舉的同志範例，所以本文為了嘗試回答上述問題，將先討論同志理論家柏薩尼（Leo Bersani）對於釣人與匿名性愛頗具爭議的理論說法，也就是所謂的「反社會論」（antisocial thesis）。[6] 之所以選擇柏薩尼，而非其他那些對於同志連接實踐的論述看起來完全符合哈特與奈格里提案的人，是為了避免套套邏輯式的自我證明。譬如最明顯的德蘭尼，他將隨意（性）「接觸」（而非「建立關係網」：networking）視為對階級屏障的橫跨（Delany 123 and *passim*），可能根本就是哈特與奈格里政治化愛的說法依據；或是丁恩（Tim Dean），他對於相關議題的說法完全追隨德蘭尼，再加套用傅柯（Michel Foucault），以頌讚（無套性愛）釣人是一種堪為「關係倫理」楷模的「生活方式」，因為它展現了「對陌生人的驚人好客」以及「對他者性的開放」（Dean, *Unlimited* 176）。同時這樣做也意在促成批判置疑，[7] 而只有像柏薩尼那樣驚世駭俗的理論立場方足以打

6　雖然有些人（包含柏薩尼本人，見Tuhkanen, "Rigorously" 279-80）認為「同志」（queer）這個標記對他並不適用，但我之所以仍然如此稱說的原因是別無更好的選擇；土卡能（Mikko Tuhkanen）在他所編的以柏薩尼為討論主題的第一本論文集的導論中也提到這個問題，且與我看法相同。至於「反社會論」的概念明顯見於柏薩尼著作無誤，但他自己並未使用過這個詞；它其實是個概括性的標籤，因為2005年美國現代語言學會（MLA）年會中一場名為「同志理論中的反社會論」（"The Antisocial Thesis in Queer Theory"；見*PMLA* 121.3 [May 2006]: 819-28）的論壇而被廣泛使用。該場次由柯賽瑞歐（Robert L. Caserio）組織，設定由主張「反社會論」者（見Edelman；Dean, "Antisocial"）和批判反對他們的人（見Halberstam；Muñoz, "Thinking"）進行辯論。至於柏薩尼用以描述自己立場的詞語中，與之最接近的應該是「反共群」（anticommunitarian）（*Homos* 7, 53）——該詞看似頗為便利地將柏薩尼的立場與本文後半所提的替代方案相互區分，但其實它們的差異並非如此絕對。

　　另外，有些人（如Weiner and Young 224）認為柏薩尼的反社會論其實早在1970年代就已由法國同志解放派的歐肯彥（Guy Hocquenghem）提出，因為後者認為：「同性戀欲望是一個團體（group）的欲望；它團聚了肛門，藉由重新回歸它做為一種欲望結合（desiring bond）的功能，同時對其集體地重新投注（reinvesting），以**對抗**那將之貶抑為可恥微不足道祕密的社會」（111；加標重點）。然而，歐肯彥較早的論說有點單薄，除了主張同性戀自我構成一種原欲的（libidinal）肛門社會性、以對抗偽善的主流社會性之外，並沒有更多理論化的可能。關於歐肯彥其人及其歷史脈絡，見Marshall。

7　就我所知，若曲（Tom Roach）是唯一曾將哈特與奈格里的愛的政治和柏薩尼放在一起討論的批評家（但只是稍微觸及）（118-22）。若曲並未認真考量哈特與奈格里以同志為範例的說法，僅視之為權宜的弱勢樣板；且他在該處帶入柏薩尼的反社會論，也只是為了借用柏薩尼在著名的〈直腸是墳墓嗎？〉（詳下）一文中對於男同志肛交的看法，來質疑「他們〔哈特與奈格里〕理想化的政治計畫底下的性別與異性戀正典現實」（121）。然而，他全書的「友誼」框架其實較有可能是另一種處理相關問題的取徑。

開一些相互詰問的縫隙與空間。

　　儘管最終看來釣人可能並不符合哈特與奈格里對於愛的再政治化思索，但是他們的提案實在頗具啟發性，並不該如此輕易放棄。因此，在本文的第二部分，為了落實他們的提案，我將帶入另一線看似不相干但實則更為相近的論述，即當代法國理論中關於共群（community）的著名辯論。[8] 這辯論的起始者是儂希（Jean-Luc Nancy）——與不在場的巴岱伊（Georges Bataille）——隨即加入了巴岱伊的朋友布朗修（Maurice Blanchot）以及其他人。[9] 不過我並不打算正面進入這場辯論的主題，而是側面切入，聚焦於貫穿整個辯論但多被後設討論忽略的一條副線，即其中有關愛的討論。因為相關討論不僅能讓我們快速進入參與辯論的三位思想家的核心差異，也能夠讓這個辯論變成對於哈特與奈格里所提的愛的政治想法的更有效資源。而且更有意思的是，這個替代方案儘管看似再主流不過，但最終仍然變得相當同志，因為布朗修用以闡明他理論立場的敘事，即莒哈斯（Marguerite Duras）的中篇小說《死亡之病》（*The Malady of Death*；原文：*La Maladie de la mort*），其所呈現的也正是某種形式的同志連接，儘管這種連結方式以當代同志理論觀點看來或許並不如釣人那樣地基進或進步。

陌生釣人：同志的反社會性

　　柏薩尼首次提出他刻意挑釁理論立場的地方，是在1987年出版而如今已成經典的〈直腸是墳墓嗎？〉（"Is the Rectum a Grave?"）一文，文中他提議我們要認真看待恐同者對於同性戀的想像，因為它們可能包含了關於同性戀的「真相」（至少是就在恐同霸權下所形塑的同性戀而言）。[10] 之

---

[8] 當然，這並不表示將來沒可能或沒必要與其他有助於延伸、轉化或甚至挑戰此處說法的釣人論述對話。例如，黎可（John Paul Ricco）最近出版的專著《魅惑的邏輯》（*The Logic of the Lure*）就是一個可能，因為它以不同的方式同樣處理了許多和本文相同的問題；或是最近過世的慕紐茲（José Esteban Muñoz）的《釣人烏托邦》（*Cruising Utopia*），儘管該書並不如標題所示，聚焦於討論釣人這個性行為本身，而是將之放在更大的歷史脈絡之中（18）。

[9] 就我所知，唯一提出過連接法國共群辯論與同志議題可能的人，是韋那（Joshua J. Weiner）與戴蒙·楊（Damon Young）；參見他們2011年為*GLQ*學刊所編的「同志結合」（"Queer Bonds"）專輯（17.2-3）的導言，但他們也只是提到這樣的可能而已（Weiner and Young 238n8）。

[10] 除了某些特定關於同性戀的「令人不快」的真相，這篇文章也提出了一個和本文討論有關的、關於一般性交的不快真相，即性其實是「反共群的、反平等的、反撫慰的、反愛的」（Bersani, "Rectum" 22）。

後經過近十年的醞釀，[11] 他回歸出版的《搞同性戀的》（*Homos*）一書，則更完整地發展了他此一理論立場，而提出了一系列看似違反直觀、乃至對抗同志正典主義的立場，其中最著名的就是所謂的「反社會論」。[12] 該書一開始，柏薩尼就以他標準的語不驚人死不休的方式宣告說：

> 雖然有十足的理由去質疑男男之間或女女之間的欲望是對於「相同」（the same）的欲望，但毋庸置疑的是，由於我們對於怎樣去欲望的學習是發生在這樣的假設中，因此同性戀是可以變成「同」（sameness）的優位模式的⋯⋯。或許內在於男同志欲望中的，正**是對於戀異化社會性的一種具有革命意義的不適應（a revolutionary inaptitude for heteroized sociality）**。這當然指的就是我們所知的社會性，而我將在男同志欲望中探討的戀同性（homo-ness），其最具政治擾亂性的面向，就是對於社會性的重新定義。這定義是如此基進，以至於可能看來需要先暫時完全從關係性（relationality）中撤離。（6-7）

儘管支持同志的批評家早已費盡苦心地駁斥同性戀與「戀同」（即一般所說的自戀）之間的負面連結，[13] 柏薩尼卻在其中看見了另類的基進政治潛能，足以取代引發他哀嘆的、深陷於「差異」中的現存社會性（詳下）。不過，雖然柏薩尼將這樣的潛能稱為「反共群的」，他實際所意指的卻並非取消掉所有的共群，而是重構「一種我們或許都能共享的、反共同的（anti-communal）連接模式，也就是一種新的聚合（coming together）方式」——所以這裡所謂的「反」，僅僅是拒絕「被融入既已構成的共群中」（10），無論主流的還是同志的。[14]

　　柏薩尼此種重估式（transvaluative）地將同性戀構思為另類社會性，並非只是抽象推論，而是建立在男同志釣人與匿名性愛的真實經驗上。

---

[11] 關於柏薩尼著作歷程的概略討論，見Tuhkanen, Introduction 2-21。

[12] 此立場也在《直腸是墳墓嗎？及其他論文》（*Is the Rectum a Grave? And Other Essays*）一書第一部份的多篇文章中反覆重申。

[13] 參看Warner, "Homo-Narcissism"。

[14] 關於柏薩尼乃是透過這樣的理論化來發揮傅柯式的「新關係模式」（Foucault, "Social Triumph"），可參見他後來的自陳（*Is the Rectum* ix-x）以及Tuhkanen, "Rigorously" 280。關於傅柯的這個面向，在本文最後還會觸及。

對此，他試圖透過三個法國文學文本來加以闡明，分別是紀德（André Gide）的《背德者》（*The Immoralist*；原文：*L'Immoraliste*）（1902）、普魯斯特（Marcel Proust）的《追尋逝去時光》（*In Search of Lost Times*；原文：*À la recherche du temps perdu*）（1913-27）、以及惹內的《葬禮》（*Funeral Rites*；原文：*Pompes funèbres*）（1948）。[15] 在柏薩尼的書中，它們是依此時間順序上場，但在接下來的討論中我將把前兩者的次序對調，以更清楚呈現他的論點。

因此先看普魯斯特。在《追尋逝去時光》第四冊《索多瑪與蛾摩拉》中，其篇幅頗短的第一部分（功能其實比較像序曲或導言）的末尾，有段來自作者－敘事者非常著名的（或是招致惡名的）嘲諷性觀察，即「性倒錯者」（inverts）──這是當時某些性學家對於同性戀者的概念理解，認為譬如男同性戀者其實內在是欲望著男人的女人（見Carlston）──永遠不會組成自己的社群，除非出於絕望別無選擇。柏薩尼明顯接受這個（自我）貶抑的說法，因為他在其中看到「一種新倒錯共群的必要基礎」，他認為這將有助「對於共群的重新定義，而此定義將大幅減少目前社群特性對我們的制約，而這些特性是由那些希望我們〔同性戀者〕消失的人所訂定出來的」（*Homos* 131）。為了說明此點，柏薩尼回到小說中這段貶抑說詞之前，那段夏呂斯（Charlus）與絮比安（Jupien）之間滑稽的釣人開場。

柏薩尼先批評道：普魯斯特性倒錯模式的問題在於其繁複的性別架構根本是「最極致的異性戀工程」，因為此一模式以為「同性戀無非是偽裝的或是錯認的異性戀」（134）。不過對於柏薩尼來說，此看法的問題並不在於抹殺了同性戀的存在，而是自我的雙重他者化所造成的負面影響，不但人們的內在成了他者性的內化（140），而且我們所情欲化及欲望的只有「那個我們所不是的」（141），因此終將使得彼此都導向「永久的自我異化（self-alienation）」。這就是柏薩尼貫穿全書所批評的「欲望心理」的問題所在，即對於差異的抬捧以及對於互為主體性的強調（124）；此外，如此「無望地幻想把差異完全消除」（146）將會持續造成創傷與自我摧毀。然而這卻形構了主流的「普遍異性戀──或戀異化的」關係性，也就是我們所知的「社會性」（142）。

---

[15] 文中提到的著作，若原本並非英文者，其後標出的最初出版日期指的自是原文而非英譯。普魯斯特之名著譯法之所以與中文通譯不同，係因如此方較貼近原文。

　　不過柏薩尼卻也在同一段開場中的其他地方找到逃脫的可能，也就是將兩個男人的互釣（正好發生在花園中）相當獨特地類比為蘭花誘使蜜蜂授粉的相鄰場景。[16] 雖然敘事者原先想表達的是男同志配對的特異與困難，[17] 但柏薩尼卻把這個類比讀成跨物種「認同」的寓言，也就是說它顯示了所有生物其實都存在於「一個由**近似性**（near-sameness）所構成的巨大網絡中，一個以不完全複製關係為其特徵的網絡」（146）。柏薩尼認為這種類比值得肯定，因為「認知到普遍的戀同性（homo-ness）可以緩和差異所造成的恐怖」。尤其連跨物種的差距都被弭平時，也就不難「將這兩個男－女人互釣的場景去個人化，也就是把場景中可以在心理層次上辨認的個人消除」。換言之，將夏呂斯和絮比安的釣人場景類比為蜜蜂與蘭花因此提供了範例，可用以構想一個完全**同－性**戀化版本的同志連接。柏薩尼非常明白地說：「當一個男人〔在釣人時〕認出另一個男人的欲望，他同時也了解了對方的身份；不是指他確切是什麼樣的人，而是他是屬於哪一類的。簡言之，他既認識他也不認識他」（147）。

　　關於這個「將兩個陌生人身體帶在一起的了解的不了解」（149），柏薩尼認為其中蘊含了強大的政治潛能，因為當對於對方並不要求真正的親密時（151），也就排除了那問題重重的「欲望心理」。柏薩尼正是以這樣的觀點，來閱讀紀德中篇小說《背德者》最後高潮處所描寫的、法國主角米歇爾（Michel）與阿拉伯男孩們在法國西北非殖民地馬格黑布（Maghreb）區域的邂逅。在看似對那些男孩吸血鬼式的、帝國主義的性剝削中（米歇爾藉他們恢復了健康，但他們在敘事中完全無足輕重），柏薩尼同樣發現了「一種具有潛在革命性的情欲所需的先決條件」（122）。儘管這看法聽來駭人，其論據卻建立在文本的描述上，即：米歇爾在康復過程中剃掉了自己所有「層層『習得的知識』」（119），變成邊界已然消失的、「一個身體性的自我」（a bodily ego），或更精確地說，變成「一層**欲望的肌膚**」（a *desiring skin*），其自戀式的擴張……便也意味著對自戀式自給自足（self-containment）的揚棄」（120）。柏薩尼認為，當米歇爾祛除掉自我或主體

---

[16] 這應該就是前述哈特與奈格里所提及的、出現在德勒茲與瓜達希書中寓言（見註1）之原始出處。

[17] 賽菊維克（Eve Kosofsky Sedgwick）曾指出這個文本在這一點上其實是自我解構的，她同時也說：「在夏呂斯與蘭花的處境類比中所不斷強調的，一言以蔽之，是一種感傷（pathos），關於滿足是多麼無望，關於每個人的需求是多麼荒謬且無望地特殊與困難」（220）。

性時,他和當地那群男孩的接觸也「無異於是觸碰他自己的不準確複製,即他自己的延伸」(124)。而他對他們的無興趣與冷漠,還有「他們相互接觸的表面性」——儘管一如任何具有後殖民概念的批判所會指出的,明顯「反映了一種自覺或不自覺的、對於他這些性伴侶內在卑微地位的認定」(122)——卻讓柏薩尼認為具有潛在的革命性,因為他們「既不受困於也不在意差異」(124),因而是「非關係性的」(nonrelational)(123)。

如果米歇爾去主體化的過程,即這段推論中的關鍵所在,聽來像是詭辯,那或許是因為柏薩尼實際上想的(但並未明說),其實是一種在性愛、尤其是匿名式性愛中的那種「失去自我」的體驗。[18] 同樣地,在分析這段看來像是我們今日所說的性觀光式的相遇時,柏薩尼實際上描繪的也是男同志釣人、匿名性邂逅裡的那種(非)關係性:

> 米歇爾的希臘式少年愛(pederasty)是一種摒除了親密性的親密關係模式。它主張我們在他人身體之間不負責任地移動,對這些身體漠不關心(indifferent),只僅僅要求他們和我們一樣可供接觸,以及在他們不再被他人擁有的情況下,要求他們也揚棄自我擁有,同意棄守疆界,如此才能讓他們和我們一樣,成為在那由存在所構成的普遍與流動的交流中不斷移動的休憩點。(128)

因此,釣人所構成的那種(非)關係,不僅沒有做為一般關係特徵的、那種知(即想要了解對方)的意欲(will to knowing),同時也是在實踐一種特殊模式的親密:「在其中的他者,不再被當做一個人來尊敬或侵犯,而只是做為可釣的、另一次自戀愉悅的機會,既微不足道也珍貴」(129)。換句話說,如果這構成了一種不同的共群,那麼它的確是一種反共群,也就是一種不像其它共群的共群,以無視於他者而非加以抬捧的方式來運作。[19]

---

[18] 讀者可以參看諸如哈特與奈格里所舉的同志範例裡的另一位,即美國藝術家沃伊納洛維奇關於他自己釣人經驗的證言——如弗樂伊德(Kevin Floyd)所準確描述的:「沃伊納洛維奇將他〔在哈德遜河岸碼頭〕對於性的追逐,描述成是對於那個讓他感到他者化、社會型塑的個人隱私一種高潮式的超克追求,也是對於身體交融時瓦解孤立自我的追求。在這樣不停的集體追尋中,原本清晰可辨的身體,讓位於肉體交纏和『清波微動的水上倒影』,身體的部位和動作時而清楚時而模糊,那明亮又朦朧的手臂、背部與頸部的景象」(217)。

[19] 這也可以與麥可・渥納(Michael Warner)對於釣人的共群式描述相參照:「不同於一般的

　　相較於其他關於釣人的理論（例如，本文一開始所提及的德蘭尼和丁恩），我們可以清楚看到柏薩尼說法的坦誠與直白，也就是他一貫反「救贖」（redemptive）的立場——所謂「救贖」指的是他所說的、那種將性說成比實際上「比較沒那麼讓人感到不安、沒那麼會造成社會摩擦、也沒那麼暴力」的「美好田園化」（pastoralize）的傾向（"Rectum" 22）。譬如德蘭尼強調釣人跨階級的潛能，有可能發展出性的或「非性的友誼，和／或持續幾十年或一輩子的相識往來」（123）；丁恩則以一種惠特曼式的修辭，更加揄揚釣人是一種「對陌生人的博愛」（Unlimited 177）——雖然他其實和柏薩尼的立場較為接近，因為他徹底反對任何形式的「建立關係網」，而且堅持不論在性愛之前或之後，陌生人都應保持陌生（211-12）。[20] 與此相對照，柏薩尼在談論釣人時，不僅完全避免使用「愛」這個字眼，他甚至一貫將之理論化為非關係的、或甚至是「反關係」的（Homos 169）——這點在他接下來閱讀惹內的《葬禮》時凸顯得更為清楚。在惹內這本刻意離經叛道、以背叛和迷戀納粹為主題的小說中，柏薩尼選擇聚焦討論一個特定的同性性行為——"coitus a tergo"（Genet 164），也就是後背式肛交——並且將它解讀為「無交流的性交」以及「與性親密感迥異的……性愉悅」，也就是和一般所說的「做愛」完全不同意含的一件事：

　　　我們的文化要我們把性視為最終極的隱私，視為家庭單位所立基的、關於對方的親密知識。享受那永遠不會被公開的狂喜吧，那也會（儘管這並未明說）讓你安全地、乖順地離開公共領域，讓你安於讓其他人去創造歷史，而你著意於完善那個僅由交媾或家庭親密構成的橢圓。而所多靡者（sodomist）、[21] 全民公敵、叛徒、殺人犯……在理念上並不適用這樣的親密。從所有崇高的共群逐出……

迷思，愛找陌生人時所享受的並非僅僅是匿名性，也不是無意義的發洩。而是歸屬於同一個性的世界的愉悅，在其中自己的性愛偏好所得到的回應反響，不僅是從一個、而是一整個世界的其他人。陌生人有種代表一整個其他人世界的能力，而這是永續的親密關係也無法企及的」（Trouble 179）。

[20]　丁恩在《沒有限制的親密》（Unlimited Intimacy）一書最後說：「貫穿全書，我都在試著探討我們如何可以和其他人相連，甚至變得互動親密，卻不需要了解或認同他們」（212）。

[21]　此註為筆者所加：這個詞我之所以不隨俗譯為「雞姦者」，是因為它所意指的其實並不只一種性行為（非生殖的都包括在內，如口交），同時兼有「離經叛道」的更廣泛含意，詳見我的〈詭異的鏡像〉141與〈西方友誼研究〉13註20。

他們遭貶低、或〔應該說是〕被抬高到一種無對象或一般化的射
精，幹這個世界而不是幹彼此。（165-66）

換言之，柏薩尼再次擇取一個恐同的建構——在此指傳統上對於所多瑪
（和後來對於同性戀）的妖魔化（Bray 19-30）——而將之轉化為一種刻
意怪胎（queer）化的「對於邪惡的追求」（*Homos* 159），其目的「不
在於犯下什麼違反社會定義良善的罪，而是完全將良善範疇棄之不顧」
（163）。這也就是為什麼，在他對於《葬禮》的解讀中，柏薩尼不只宣
稱「背叛」是「合乎同性戀本質的」（153）——小說是以紀念敘述者死
在納粹手裡的、佔領區反抗軍的愛人開始，卻旋及轉向崇拜那應為他愛人
的死負責的通敵者——他甚至於更進一步肯定惹內對於納粹（包括希特
勒）的性幻想，因為這代表了「背叛所有的人類聯繫，也是對於人性自身
的嘗試毀滅」（167）。

　　同志反社會論的驚世駭俗可以說是莫此為甚。然而，因為柏薩尼曾
經表白自己所投注探討的是「一種我們或許都能共享的、反共同的連接模
式，或是一種新的聚合方式」（10），因此應該可以說，柏薩尼基進理論
的目標，並不是真正要破壞關係、共群、或甚至人性，而毋寧是一種面
對同性戀逐步正常化——尤其鑒於同性婚姻合法化的全球趨向——所採
取的反融入的基進姿態。[22] 然而，柏薩尼立基於釣人這樣刻意基進的另類
共群發想，不僅很難納入哈特與奈格里顯然是大愛人道（phil-anthropic）
的計畫中，也揭露出後者對於同志的標舉其實是高度理想化、浪漫化、
甚至是潔淨化的。雖然我不盡贊同馬泰堯（James R. Martel）對於柏薩
尼理論的分析批判——他認為那是一種「漠不關心的政治」（politics of
indifference）（"States" 625），因為柏薩尼主張「我們應該以一種**彷彿我
們是獨自一人的態度活在他人之中，彷彿其他人對我們毫不重要**」——但
他對於立基於此的這支另類立場的命名與系譜追索（盧梭－惠特曼－柏薩

---

[22] 如同2005年美國MLA年會「反社會」論壇的組織者柯賽瑞歐所指出的，「柏薩尼和其它一些類
似的構思，激發了近十年對於同志不歸屬（queer unbelonging）的探討。同時，不管學術怎麼
說，同志對於正常化社會性的狂熱——僅從同志婚姻的蓬勃發展便可見出——卻變強烈了。基
於這樣分歧的發展，我認為……可能是時候來盤點反社會論了。……這可以讓我們思考，如柏
薩尼在《搞同性戀的》一書中所提的論點，是否準確地將對於同志權利政治的懷疑，連接到顛
覆『我們已知的社會性』之上」（Caserio 819-20）。或者，如同盧提（Mari Ruti）更簡明有力
的說法，許多同志理論家是選擇了「退出」（opting out）以對抗上述那個全球趨勢。

尼）仍然頗可參照，[23] 因為它凸顯了這支與主流迥異的思想路線（可證之於主流對它的感冒程度）；雖然至少就柏薩尼而言，這支另類路線依然宣稱自己是致力於「構思我們如何能夠在政治上與彼此一同生活與相處」的。

　　馬泰堯和主流的政治理論顯然不太能接受柏薩尼這種將他人當成短暫性對象或客體（雖然在柏薩尼的理論中也沒有「主體」）的、對他人「漠不關心」或甚至「工具化」的立場。然而就算我們暫時不用這樣常識性的解讀法，柏薩尼的這線思考如何能外推至一種更普遍的（即不只是同志的）共群原則，仍然有待推敲。它自然一定會主張人際互動的性愛化或至少情欲化，可能接近於麥可・渥納所形容的：「當男同志或女同志釣人時，當他們迷上找陌生人時，他們就直接情欲化了他們對於公共世界的參與，而那個公共世界是由自己的隱私所構成的（the public world of their privacy）。……這種愉悅，是一種對於性文化公開狀態的欲力投注（cathexis），一般來說是主流文化無法提供的」（*Trouble* 179）。然而，欠缺知道的意欲，在情欲或性接觸後不形成任何關係，也因此任何邂逅都強制地暫時，這和我們今日依然身處其中的、做為現代性構成一部份的、那個依據後啟蒙自由主義所構思的公民社會——在其中人們不需要像前現代時期一樣，必得成為朋友不然就是敵人（也就是必須涉入私人關係），而可以和平地以「漠不關心的陌生人」的方式相互共處（Silver 1482）——實際上又有何不同呢？[24] 而如果真的沒什麼不同，那麼這個以陌生釣人為模式所構成的「反共群」，終究並不真正符合哈特與奈格里「愛的政治」的設定要求，因為後者的發想，明顯正是來自於他們認為我們主流的現代社會性模式中共同性的不足——也就是大家對於彼此太過於「漠不關心」了。[25]

---

[23] 我之所以不是很同意馬泰堯的原因之一是，他認為促成這一支思想背後的關切，是因為將愛欲（*eros*）視為「依賴之源」，因此需要提倡「一種公共的愛欲，以取代社會生活中百結千纏的麻煩糾結」（"States" 626）。但至少就柏薩尼或惠特曼而言，我認為這其實並不準確；惠特曼的部分我將另文探討。

[24] 關於這個對於現代性的理解，見希佛（Allan Silver）的重要文章〈商業社會中的友誼〉（"Friendship in Commercial Society"），其觀點依據的則是十八世紀古典自由主義思想家如亞當・史密斯（Adam Smith）、休姆（David Hume）、哈奇森（Francis Hutcheson）、佛格森（Adam Ferguson）等所提出（或提倡）的、關於當時正在冒現的公民社會的最早說法。相關的大歷史脈絡，見我的〈西方友誼研究〉。

[25] 與我的推論不同，卡薩里諾（Cesare Casarino）主張對柏薩尼的反共群計畫進行「共產主義」式的解讀，因為柏薩尼推想的「共群……將不再自然地以財產關係（不只是我的錢或我的土

愛人（或那些沒有共群的人）的共群

　　雖然如此看來，哈特與奈格里所宣稱的同志範例對於他們的愛的政治而言，其實是太過基進（或者說，太過維持現狀），但他們的這個提案仍然十分重要，不該讓它就此棄置。因為在此之前，主流的現代政治理論其實並不太願意將政治和個人的愛（相區別於宗教教義中對鄰人的愛）相提並論。如同馬泰堯在他試圖透過爬梳現代政治思想史以重新連接兩者的《愛是甜蜜的鎖鏈》（*Love Is a Sweet Chain*）一書中敏銳點出的：「〔現今〕『愛的政治』一語聽起來怪怪的，因為它想要連接的是兩個無法關聯的詞」（2）。幾乎可說是這種看法的完美例證則見於阿倫特（Hannah Arendt）——也許沒有人比她對於這個主題更加了解了，因為她的博士論文《愛與聖奧古斯丁》檢視的就是愛（雖然是傳統宗教的愛）的政治面向——在她個人思想集大成的著作《人的境況》（*The Human Condition*, 1958）中，就強烈反對混和愛與政治。她以相當沉重的話警告說：「愛，不同於友誼，一旦被公開展示，馬上就會被扼殺或摧毀。……因為愛內在的非世俗性（worldlessness），[26] 它一旦被運用在改變或拯救世界等政治目的時，就只能變為虛假變態」（51-52；《人的境況》33-34）；稍後她再次重申：「愛，就其本質而言，是非世俗的（unworldly），正因如此，而非它的罕見，愛不僅是**非**政治的，也是**反**政治的，也許甚至是所有反政治的人類力量中最強大的」（242；《人的境況》188）。[27]

　　地，也包括我的國家、我的妻子、我的愛人）來定義所有關係」（*Homos* 128）；卡薩里諾還更進一步將這個解讀連接到本文下一節即將討論的法國共群理論，甚至回到哈特與奈格里（Casarino 145-46）。雖然我傾向於認為柏薩尼的這個計畫的屬性較偏薩德而非共產主義，但卡薩里諾將構成本文的幾乎所有組成部分相當恢弘地連接在一起，如果不是只停留在缺乏詳細論述的「潛在可能」的話，或可形成相當有意思的對話對象。

[26] 此詞中譯通做「非世界性」，不可解，應做此譯，即worldlessness實等同於較常用之unworldliness，用以形容基督教或其他宗教著重於精神領域而非我們所處身之俗世。有關定義，讀者可查閱《牛津英文字典》（*Oxford English Dictionary*），且阿倫特在書中頻繁使用此詞，相關涵義其實亦有清楚解釋（54；《人的境況》36）。

[27] 與此有關的是：阿倫特幾年後，對美國黑人（同志）作家鮑德溫（James Baldwin）1962年9月17日發表於《紐約客雜誌》（*The New Yorker*）的一篇文章的回應。該文原題〈來自我心靈某處的信〉（"Letter from a Region of My Mind"），後來改以〈跪在十字架下〉（"Down at the Cross"）為題收錄於他的文集《下一次將是烈火》（*The Fire Next Time*）。在該篇文章中，鮑德溫面對美國當時逐漸升高的種族緊張關係（那是美國黑人民權運動初期），提議說：「較

　　阿倫特之所以決意區隔個人和政治，或許可以視之為極權主義噩夢未遠之必然結果，此噩夢不僅存在於不久之前，即使在阿倫特寫作當時亦未遠離；當然隨著1960年代如女權運動之類弱勢運動興起，「個人即政治」成了革命性的新信條，情況自然有所差異。[28] 然而，直到2008年，法國理論家巴迪烏（Alain Badiou）在他的對話錄《愛的讚頌》（*In Praise of Love*）中，儘管有一章題為〈愛與政治〉，大談愛與政治（主要指共產主義）彼此間的諸多**呼應**，卻仍然堅持兩者不可相混；同時，巴迪烏儘管看似有在揣想此種可能，最終仍拒絕依循德希達（Jacques Derrida）「友愛政治」（politics of friendship）的範例去構思一種「愛的政治」，而認為後者只是種「毫無意義的說法」（37；《愛的多重奏》88）。甚至儂希——他對於愛和共群的討論將是本文接下來關注的焦點——也宣稱：「我認為不可能有所謂愛的政治，因為假若愛一如我所說的（也就是『不可能的』），它就排除了政治所意涵的某種實現」（"Love and Community"；〈愛與共通體〉37）。[29] 雖然儂希著意區別共群與政治，但我接下來將證明，由儂希所開啟、後來別人陸續加入的有關於共群的理論論辯，其實才是落實哈特與奈格里的愛的政治更為適當的思想資源。儂希關於共群不能化約為政治的提醒是必須注意，但在該辯論中所討論的愛的共群面向，仍只能是政治的。

　　這場備受矚目的關於共群的法國理論辯論，是在1983年由儂希的論文〈不作用的共群〉（"The Inoperative Community"；原文："La Communauté

　　有意識的白人和較有意識的黑人……必須，像**愛人**一般，堅持、或打造其他人的意識……以結束這場種族噩夢」（104-05；鮑德溫116；加標重點）。這樣的說法讓阿倫特印象深刻但頗感不安，她私下寫信給鮑德溫表達異議：「你文章中讓我覺得可怕的是，你在結尾開始宣揚的**愛的福音**。在政治中，愛是異鄉人，愛若闖入政治，除了虛偽將會一無所獲。……愛是與恨相連的，兩者都有破壞力，所以你只能在私領域中加以承擔，如果是在群體之中的話，那就只有在你失去自由的時候（"Meaning"；加標重點）。
　　除了我所引用信件來源的網路期刊編者非常有用的附記外，關於這段交流的簡短敘述，另見鮑德溫傳記：Campbell 162。但是在揚－布魯爾（Elisabeth Young-Bruehl）權威性的阿倫特傳記中，卻奇怪地未見提及。至於有關阿倫特一生對於「愛」這個主題複雜立場的精彩敘述，見Chiba。

[28]　這也就是為什麼是由如黑人女性主義這樣的弱勢運動來開始（重新）動員愛以為政治訴求，見Nash。至於上述提及鮑德溫的類似立場，當然也可以視為先驅。

[29]　除了儂希對於愛的特殊看法外（詳下），他如此宣稱的另一個根據是他對於共群與政治的區分，這也是阿倫特相同憂慮縈繞之所在。在同一個圓桌論壇中，儂希解釋：「當然政治是共群的一部份，但政治不是一切。如果政治被認為與共群同樣範圍且同質，那我們很快就會陷入極權主義之中了」（"Love and Community"；〈愛與共通體〉37）。

désœuvrée"）首開其端，[30] 布朗修隨即以《不可言明的共群》（*The Unavowable Community*；原文：*La Communauté inavouable*, 1983）這本小書回應。儘管歐陸其他回響陸續出現——如阿岡本（Giorgio Agamben）的《將臨的共群》（*The Coming Community*；原文：1990）、[31] 埃斯普西托（Roberto Esposito）的《共同體：共群的起源與命運》（*Communitas: The Origin and Destiny of Community*；原文：1998）和《政治的條件：共群、免疫、生命政治》（*Terms of the Political: Community, Immunity, Biopolitics*；原文：2008）——但一直要到近二十年後，儂希才真正談及布朗修該書（透過幫它的義大利文譯本寫序，即〈直面的共群〉（"The Confronted Community"；法文："La Communauté affrontée," 2001）；[32] 又再十年，才直接以《否知的共群》（*The Disavowed Community*；原文：*La Communauté désavouée*, 2014）來加以回應。但接下來我將只討論儂希與布朗修最早的意見交鋒（因為那最為聚焦），同時帶入這場辯論真正的源頭，也就是巴岱伊。儂希關於共群的思考非常仰賴巴岱伊，因為他認為巴岱伊「對於共群現代命運的關鍵經驗探討得比任何人都要更深」（"Inoperative" 16；南希32），[33] 而且布朗修對於儂希回應的主要部份也旨在為巴岱伊辯護。同時，我也將只專注在他們辯論中關於愛的部分，這不僅僅是因為這與本文的主題直接相關，也因為辯論的這一面向其實最能彰顯這三位思想家的核心差異，卻普遍在後設討論中被略過或輕忽。

　　根據儂希的說法，愛人的身影在巴岱伊的共群思考中至關重要，因為他們至高無上，「獨立」於共群之外，但他們也「無可避免地被交織、

---

[30] 儂希的這篇文章後來經過修改，和另外兩篇——〈被打斷的神話〉（"Myth Interrupted"）以及〈文學共產主義〉（"Literary Communism"）——一起被收錄在1986年出版的、與這篇文章同名的書中；英譯本即根據此版，但又另外多收了兩篇文章。然而在後續幾版（1990, 1999, 2004）中，儂希進一步更動了所收錄的文章——菲利浦・阿姆斯壯（Philip Armstrong）認為，這些更動在「直接」回應寫出之前，即構成了對布朗修的逐步回應（xxii）。
關於此處許多各個作者自己發明的特殊詞語的翻譯，其困難度言之者已多，此處不贅，文中如無特別必要即不進入相關繁瑣討論，以免徒增行文複雜與讀者困擾；所選定之翻譯雖不敢說全然準確，但已盡量反映筆者自己的理解。

[31] 中譯本見甫出版的阿甘本。

[32] 這篇前言有兩個英譯版本，我選擇引用的是較完整的那個；另一版本見Winfree（為免混淆，故列於譯者條目下）。

[33] 儂希之所以尋求巴岱伊來進行共群計畫的更詳細緣由，以及他究竟如何評價巴岱伊的作品，見他在〈對抗的共群〉（"The Confronted Community"）一文開頭處的回溯敘述。

區塊化（arealized）、[34] 以及書寫於共群之中」（20，另見24；南希40, 45）。儂希稍後更詳盡地整理說明了這個頗為弔詭的想法：

> 對巴岱伊來說，共群最初與最終都是愛人的共群。……面對社會，巴岱伊〔所想〕的愛人在很多方面都呈現出一種彼此共融的樣態，一種就算不是薩德式的、但最終總是會被只有兩人的狂喜吞噬的主體的樣態。[35] 就這個程度來說，巴岱伊對於愛人的讚揚，或者可以說是他對於愛人的熱衷，顯示了愛人自身這個共群以及另一個共群——指的不是被一對愛人所共享的，而是社會中所有愛人以及所有愛所共享的那個共群——同樣都具有無法企及的特性。不管是這兩個身影的哪一個，在巴岱伊想法中的愛人因此代表了，除了他們自己和他們的喜悅外，共群這個概念與政治領域的絕望。（36；南希63）

也就是說，巴岱伊顯然依循了長久以來將愛理想化為共融（communion：即彼此融為一體）的傳統，也以這樣的想法投注於伴侶的愛，但他同時也認為那是他自己之前（即二次大戰前）、依照自己想要的方式建構共群的政治努力所無望達到的，即：「一個由狂歡、消耗（expenditure）、犧牲與榮耀構成的共群」，也就是與目前存在的許多以「獲取」（acquisition）為目的的共群完全不同（37；南希65）。[36] 因此，對於巴岱伊來說：「最終，愛似乎暴露了關於共群的全部真理，但卻是透過將它與其他多樣的、社會的、或集體的關係對立起來」（36；南希63）——意思是說，巴岱伊的共群概念，是它應該如愛人一樣共融，但這卻總是失敗；在這個意義上，「愛〔成了〕那個失去的共群的庇護所或替代品」。[37]

---

[34] 「區塊化」（arealize）一詞來自「區塊性」（areality），係儂希自創的詞，指的是：「〔某物〕做為區塊（area）這樣被形塑空間的性質」（"Inoperative" 20；南希38-39）。

[35] 此註為筆者所加：儂希所謂「薩德式的」，簡單來說，是指沒有限制的「激情宣洩」——這既接近儂希對於「神聖的」和「不作用的共群」的概念，但也與之有別，因為儂希的概念仍需承認「他者的存在」，但薩德則不用（見"Inoperative" 32；南希56-57）。

[36] 巴岱伊為了這個目標，在第二次大戰前曾創立或參與的組織包括：「反擊」（Contre-Attaque）、「無頭者」（Acéphale）、以及「社會學學院」（College of Sociology）；關於他這個階段的過程與歷史脈絡敘述，見Irwin 1-40。然而就算在二戰結束之後，巴岱伊也未再繼續他追求理想共群的行動實踐。

[37] 儂希此處對巴岱伊概念的摘述，主要是根據《色情史》（The History of Eroticism, 19）第六部分第一節（Part 6, Sec. I.），巴岱伊在此不僅將「愛人社會」（lovers' society）與國家相對

　　如果我們小心翼翼地將儂希的評論與他對於巴岱伊的立場陳述分剝開來，我們將會清楚看見儂希幾乎在所有問題節點上其實都與巴岱伊抱存著不同看法。首先，儂希不同意巴岱伊最基本的、將現存共群斥為「失落」（37；南希65）的看法，也不同意他將愛人設定為外於現存共群之外的理想共群。其次，儂希也不支持巴岱伊將愛視為「共融」，儘管這背後有著長遠的傳統，「也許是整個西方傳統」。然而，儂希並沒有整個放棄連接愛與共群，而是提供了一個替代版本（38；南希66）。他說：「如果愛蘊含了有關社會關係的真理，那麼這個真理並非遠離或超脫社會，而是：做為愛人，他們暴露在共群**之中**。他們並非那社會所不能有或被竊奪的共融狀態；相反地，他們所暴露的事實是交流（communication）而非共融」（37；南希65；加標重點）。

　　儂希事實上對於愛有他獨特的想法：他認為愛不僅是顯露在共群**之中**，同時也顯露了共群的核心真理，也就是他所說的共群的「限制」（limit）（38；南希66）。因為愛及共群都需要我們做為「特異存在」（singular beings）──而非認為自己是「無限」〔infinite〕的「個人」──的「共享」，以及因此而顯露出的、我們的「有限性」（finitude）（26-27；南希48-49）；也就是說，因為和他人在一起，自己才不僅理解到自己的限制，也理解到在一起這件事的限制，因為「在他們結合的瞬間，他們的特異性既分享也分裂了他們，或是既分享也分裂了彼此自身」（38；南希67）。如果用比較簡單、比較經驗性的說法，就是和他人一起在共群或愛裡的時候，自己才能真正面對到自己的有限性（不僅有我還有別人，大家都不相同）；同時，自己也才了解到共享行為的限制，因為就算不斷努力和對方在一起，內心深處我們仍然彼此不同，儘管我們也被這樣的經驗所改變。總結以上，儂希說：

　　　　愛人構成了共群的極致而非外在界限。他們被置於的是分享的極
　　　　限……。「激情宣洩」使愛人面對共群……因為愛人讓共群看見那在

立，也與結了婚的伴侶相互對立（159-64；巴塔耶，《色情史》133-41）。然而，必須要注意的是，如同安渚・米切爾（Andrew J. Mitchell）和文因飛（Jason Kemp Winfree）所提醒的：「對於巴岱伊而言，與其說共群指的是一個完整的領域或概念，不如說是一種執迷，他以種種不同的方法去追索它，處理的對象也多有不同，以致於很難說仍是同一個現象」（"Editors' Introduction" 2）。這也就是為什麼，儂希對於巴岱伊共群想法的引用與綜合整理，對我們掌握巴岱伊這方面的思考是非常有幫助的。另一個頗有啟發的簡介敘述見Hegarty 88-157。

它之中、且基本上甚至朝向它的共現（compearance）的極限……。愛人懂得喜悅是當他們沉浸於親密的那刻，但是因為這樣的沉溺既非死亡也非共融——而是喜悅——所以那也是他們的共享與分化，**因而甚至這沉溺本身也是一種特異性，暴身於外**。在那個瞬間，愛人被分享，他們的特異存在……則分享彼此，同時他們的愛所構成的特異性則向共群暴露。共群因此而共現。（38-39；南希66-67）[38]

明顯地是要從過去融合式的愛與「揚棄」（sublative：根據黑格爾的用法）式——指為了要達到更高的目標壓制各種矛盾與特異性——的共群中學取教訓，儂希針對這些矛盾與特異性，執意採取一種「弱」立場，因而在依然肯定在一起的收穫與必要的同時，強調它們的限制和力所未逮。而這精簡說出了儂希關於共群的中心想法的要旨：即不作用（désoeuvrement）。他說：「愛並不會**補足**共群……：如果會的話，愛就變成了共群的作用，或愛會讓共群發生作用。相反地，只要愛自身的構想不是建立在共融成一體的那個政治主體模式上的話，愛就會暴露共群的不作用，也就是它永遠的**不完全**。愛暴露了**在極限的**共群」（38；南希66）。也就是說，無論是關於愛（共現vs.共融一體），或是關於愛與共群之間的關係（其中vs.對比），儂希都刻意與巴岱伊做區隔；但是就將愛人做為普遍共群的**範例**這點來說，兩人的意見仍是一致的，差別只在於巴岱伊最後覺得這實現無望，而儂希則依然正面地敦促共群要向愛學習。

　　儂希的「不作用」一詞來自布朗修（Blanchot, "Absence" 424；布朗蕭，〈書的缺席〉818），[39] 因此有趣的是，第一個回應儂希的也是布朗修，透過一本題為《不能言明的共同體》的小書。該書分為兩部分，第一部分題為〈否定的共群〉（"The Negative Community"），主要是為巴岱伊關於共群的想法辯護，第二部分〈愛人的共群〉（"The Community of

---

[38] 有關「特異性」（singularity）、「共現」（compearance）、與「共在」（being-in-common）等概念，在儂希的思想中皆十分核心且在其作品中反覆探討，可參見〈共現〉（"La Comparution/ The Compearance"）、《存在特異多樣》（Being Singular Plural），以及〈論共在〉（"Of Being-in-Common"）等。至於儂希對愛的看法，一個集中的闡明可見於他的〈被粉碎的愛〉（"Shattered Love," 1986）一文——這也是前述《不作用的共群》英譯本中另外加入的兩篇文章之一。

[39] 不過，布朗修起初創造此詞的時候，並不是為了共群。關於儂希與布朗修兩人對於這個詞的用法差異，見Fynsk 154n23的精要解釋。至於這個詞應該如何翻譯以及現存譯法，可以參考儂希《不作用的共群》英譯本前言裡的譯者註釋（Nancy, Inoperative 156n1）。

Lovers"），則是透過閱讀莒哈斯的中篇小說《死亡之病》來闡釋他自己對於共群的看法。[40] 布朗修不同意儂希對於巴岱伊的看法，他的辯護主要先是宣稱巴岱伊其實「深惡痛絕」視愛人為「共融」或「狂喜融合」的想法，所以巴岱伊絕對不會以之做為共群的理想狀態（*Unavowable* 7；布朗蕭，《不能言明》14）；他接著凸顯巴岱伊的立場其實更接近於主張「共群的不存在」（the absence of community）（3-4；《不能言明》14），或是「否定的共群：一個沒有共群的人所構成的共群」（the negative community: the community of those who do not have a community）（24；《不能言明》42），[41] 而這也是布朗修自己的立場。因為此處並非評斷誰對巴岱伊講得才對之合適所在（且真有所謂正確的巴岱伊嗎？），接下來我將只探究該書第二部分所呈現出來的、布朗修自己對於這個議題的立場，因為該部分同樣聚焦愛做為他批判介入的焦點，不論標題內容皆然。

　　布朗修在第二部分〈愛人的共群〉的開頭，提出已成傳奇的法國六八學運做為他共群想法的理想例證，因為在其中他看見「力量無限的『人民』，為了不限制自身，接受**無所作為**」（32；《不能言明》49）。雖然他一開始宣稱此種「人民」的「無能之能」，並不同於「由**朋友**或**伴侶**組成的、永遠準備解散的反社會社群或連繫那種奇怪的狀態」（33；《不能言明》51），但他隨即（相當詭異地）又取消此區別，並指出兩者間的相似：即（一）人民之「永遠瀕臨四散崩解」（這次他以因為要出埃及而聚集卻忘了離開的猶太人為例），以及（二）「真正的愛人世界」所導致的「社會連結的狡黠鬆脫」以及「對世界的遺忘」（34；《不能言明》52）。至此既然這兩者間的類比不顧先前的區分而已然建立（所以一開始的澄清也許更像是免責聲明），布朗修便透過他對於愛的想法明白說出一種對於共群的重新想像，即：「肯定人彼此之間的特異關係，此關係是如此特異，甚至連愛都不需要。因為愛既然從來就不確定，它也有可能將其要求強加在這樣一個小圈子之上，在其中執迷已然進展到不可能愛的那種形式」（《不能言明》52-53）。

　　因為布朗修接著以閱讀莒哈斯的《死亡之病》來說明他的立場，所以

---

[40]　其實這部分是直接來自於布朗修在見到儂希的文章之前，就已經寫下的針對莒哈斯小說的書評，見Armstrong xix和儂希自己對於這個有趣事實的討論（*Disavowed* 26-29）。

[41]　這兩段引言皆來自巴岱伊的《內在體驗》（*Inner Experience* 281；巴塔耶，《內在體驗》367）。

此處有必要先概述該中篇小說的故事大要。這是一個較少見的第二人稱敘事小說，故事的主角「你」是一個男人，他約請一個女子陪他一段時間，意圖嘗試一件他從未曾做過的事——推斷是和**女人**做愛。「你說你想嘗試，嘗試它，嘗試了解，嘗試習慣那個身體，那對乳房……習慣有讓那身體懷孕的風險，習慣那無毛光滑且無肌肉的身體」（Duras, *Malady* 2；杜拉斯，《死亡的疾病》205）。在他們實驗性的關係開始後，雖然那個女子經常十分享受他們做愛的過程（9, 37；《死亡的疾病》208-09, 219），但那個男人儘管經過反覆嘗試，卻始終不能報以相同的感受：「你想要……再次在她身上得到快感。但一路以來，只是被淚水模糊的快感」（14，另見51；《死亡的疾病》210, 225）。在兩人關係開始不久，女子就跟男人說，她看得出來他有一種他自己沒發現的病，而且越來越嚴重（13；《死亡的疾病》210）。她後來將之稱為「死亡之病」，並承認說這就是她一開始會答應男人委託的原因（18；《死亡的疾病》212）。[42] 她這樣解釋這種病：「得到的人不知道他是帶原者，帶著死亡」，且他終將「沒有生命而死，也甚至不知道這就是他自己的作為」（19；《死亡的疾病》212-13）。故事最後，女子突然離開了那個男人，一聲不響。

布朗修拒絕採用一些最立即可用的解讀（如馬克思主義或女性主義式的，將故事中的男女關係讀為是種剝削），而是選擇了列維納斯（Emmanuel Levinas）式的倫理閱讀——此讀法關切的是人我之間深層的「不對稱」（dissymmetrical）、「未相互回報」（irreciprocal）關係（*Unavowable* 40；《不能言明》63）——但仍然保留了一個愛戀（amorous）關係的具體設定。在談到愛是如何發生時，布朗修以略為深奧的哲學語言論道：

> 在同質性——也就是對於相同的肯定——中，理解會要求異質突然出現，也就是那個任何關係所意味的、絕然的他者：即沒有關係，也就是意志或甚至欲望想要跨越的那跨越不了的不可能性——就在那個突然晦暗不明的交會之中（在時間之外），那交會將會自我銷毀，以一種讓人崩潰的感受，而那感受卻是後面這種人永遠不會感受到的，即那交會讓他以剝奪自我的方式歸屬於對方的那個人。（41；《不能言明》64-65）

---

[42] 她自己因此否認她是妓女（*Malady* 18；《死亡的疾病》212）。

這的確是一幅相當灰暗的關於愛的描繪，因為總是有屬於他者的東西不僅無法消解，也讓自我深深感到不安。布朗修以小說結尾所做的說明更為清楚：

> 該結尾以其值得讚美的濃度所可能要說的，並非是一個特異案例中愛的失敗，而是所有真正的愛的完成，只能經由失去的模式來達到，也就是說，達到的方式不是透過失去你擁有的，而是失去你從未有的，因為「我」和「他者」並不是活在同一個時間裡，也從沒有（同時）在一起，因此無法共時，而是被「尚未」——同時也是「早已不再」——分隔開來（就算在彼此相連的時候）。（42；《不能言明》67-68）

　　換句話說，布朗修認為愛最終就是自我與他者的（不曾）相遇，一種早已失落的相遇，因為兩者甚至從不在同一個時區；換句話說，遵循拉岡的那句著名的宣稱，我們可以說，根本就沒有所謂愛戀關係。然而，布朗修自己對於共群的看法，就是建立在這樣十分灰暗的愛的理解之上。關於《死亡之病》中那對男女之間的關係，他說：

> 在這個房間裡……兩個人試著結合，只為了活出（並且以某種方式慶祝）失敗，那也就是他們完美結合的真相，即結合的謊言，因為那結合發生的方式是不曾發生。儘管如此，他們是否還是形成了某種共群？應該說，正因為如此，他們才形成了共群。他們在彼此身邊，而那樣的鄰近，貫穿了所有形式的空洞親密，讓他們免於扮演那齣「融合（fusional）或共融式（communional）」理解〔彼此〕的可笑喜劇。（49；《不能言明》79）

也就是說，布朗修相信，儘管小說中「既無共享關係也無確定愛人」（46；《不能言明》7），那個男人與女子仍然有著某種關係，「只不過是一種明顯無感但卻並非漠不關心的**關係**」（52；《不能言明》7）。這無疑是種奇特的關係，但仍然是種關係。布朗修說：「無法共享所造成的詭異，正構成那個共群的基礎，而那共群是永遠暫時且總是被棄的」（54；《不能言明》7）。藉由如此分享他們「共同的孤獨」，故事中的兩個角色構成了布朗修「否定的共群：沒有共群的人的共群」之所指。

以上討論的三位法國理論家——巴岱伊、儂希和布朗修——對於愛都有不同的看法，且由之發展出他們對於共群的概念。除了（儂希所整理的）巴岱伊看來是對愛與共群採取某種整體論（holistic）與返祖式（atavistic）的看法（雖然意識到其不可能），儂希和布朗修兩人（以及根據布朗修所理解的巴岱伊）的觀點，則是認知到且接受愛與共群的內在限制與註定失敗，但仍然決意不放棄接合兩者。如我上述關於儂希所說，後者可以算是一種「弱」的概念建構，意在妥適地回應過去證明產生了問題的、較強概念形構的明顯問題。而他們的洞見也確乎打開了重新想像「如何共同生活」這個事實上為許多人關切許久題目的空間與可能。因為過去（其實相當現代）那些共同生活的方式——如國族主義、法西斯主義、和共產主義——最終都帶來了災難（隔離、戰爭、種族屠殺等），所以我們無疑亟需新的方式。巴特（Roland Barthes）早在1977年的法蘭西學院課程（雖然演講筆記最近才出版）即以《如何共同生活》為題；[43] 而此一提法凸顯了一系列關注於此的思想家，除了巴特、上述那些共群辯論的參與者、以及哈特與奈格里之外，其他舉舉大者尚有：托多洛夫（Tzvetan Todorov）的《共同生活：普遍人類學觀點論》（*Life in Common: An Essay in General Anthropology*, 1995；中譯見：托多羅夫），和杜漢（Alain Touraine）較屬社會學的《我們能否共同生活？》（*Can We Live Together?* 1997；中譯見：杜漢）。正是放在這樣的思想系譜中，以及他們對於愛的共同關注，讓我認為法國共群辯論最早的意見交換，其實提供了對於哈特與奈格里政治化愛的有趣提案的更有用資源，儘管這應該與他們原先所想的並不一樣——還是從另一個意義來說，結果或許也還是一樣？

「如何共同生活」的同志實驗

由於它不易超越的、對於否定性的開放，布朗修對於愛與共群的構想極為精采，實可以做為這個議題討論的某種最終洞見；但或許仍讓人覺得

---

[43] 就此角度以觀，巴特的這些課程演講確是先驅，雖然要從這些片段如斷簡式的要點筆記中提煉出可掌握的論點主張並不容易。然而有趣的是，巴特講課的結論（如果有的話）或是他的主軸關懷，其實和本文所呈現的某些立場相去不遠，他說道：「奇想地說，想要獨自生活和想要共同生活，其實一點也不衝突」（4-5；巴爾特6）。相關討論，見Pieters and Print所編的文集中以此為主題的多篇文章，此文集同時也以特刊形式出版於*Paragraph* 31.1 (2008)。

太過抽象理論化，尤其是他對於用來說明莒哈斯小說的哲學解讀。然而我要主張的是，其實並不必然如此，只要該文本能夠被如實地閱讀，且伴以該故事背後的真實情事以及其他類似故事。因此，首先必須要先字面地去閱讀《死亡之病》，以指出它其實是一個有關於男同志與異性戀女人的故事——這點，閱讀前述故事大要時大家應該早就已經多少猜到。事實上，證據散布整個文本，[44] 幾乎不可能將它讀成別的。就連布朗修直接駁斥說：「同性戀，那在小說中從未明說的，並不是『死亡之病』之所指」（51；《不能言明》7），都必須先點出這個主題才能再加以否決。

單看男主角並非眼盲，卻承認他無法判斷那女人是否美麗，就異性戀男人來說就很不可解。他對女人說：「你一定很美。／她說：我就在你面前，你自己看。／你說：我什麼都看不見」（*Malady* 16-17，另見31, 35-36；《死亡之病》211-12, 219）。而談到和女人做愛，男人說：「我也想要插入那裡，用我平常的力道。他們說那裡阻力較大，雖然光滑但比空無有較大阻力」（4；《死亡之病》206）。雖然可以主張說，那男人此處所提的習慣性活動是自慰，但更可能是和男人。[45] 最關鍵的是，男人的「死亡之病」是如何被歸因於他無法欲望女人：

> 她問：你不曾愛過女人嗎？你說不，從來沒有。
> 她問：你不曾欲望過女人嗎？你說不，從來沒有。
> 她問：一次也沒有，一瞬間也沒有嗎？你說不，從來沒有。
> 她問：從來沒有？從來不曾？你重覆道：從來沒有。
> 她微笑說：死人真是怪啊。（30-31；《死亡之病》217）

儘管女人有可能控訴的是這男人普遍缺乏愛的能力，但她仍聚焦到了性別差異：「你不愛任何事或任何人，你甚至不愛你認為你所代表的差異。你知道的只是死者的身體的優美，**那些和你同類**的優美。你突然明白那些死者的身體的優美，和眼前這種〔那女人的〕優美的差別」（33-34；《死亡之病》218）。

莒哈斯本人也相當驚訝於若干知名男性讀者對於小說的核心真相是

---

[44] 除以下所列外的更多證據，見Crowley 216, 220-21。

[45] 事實上，莒哈斯認為男同性戀其實與自慰無異；關於她此點態度的公開表明，見註53。

同性戀這點視而不見或拒絕承認，[46] 因此她在好幾個場合都明白加以點出，並說明她其實在小說中放了許多存有暗碼的段落。[47] 在後來出版成書的一篇很長的訪談中題為〈男人們〉（"Men"）的一節，主要便談到關於《死亡之病》以及這個故事後來擴充（以及略為調整）的版本《烏髮碧眼》（*Blue Eyes, Black Hair*；原文：1987），莒哈斯說：

> 別人，從漢德克到布朗修，都將《死亡之病》視為是針對男人在面對和女人的關係時的批評。[48] 隨你高興。……但同樣驚人的是，他們有些人卻看不出來，《死亡之病》中除了男人與女人的關係外，還有男人和男人的關係。
>
> 男人是同性戀。所有的男人都是潛在的同性戀者——只差有沒有意識到而已。……那些隱藏的同志——說話大聲、行為唐突、令人愉悅，到處都備受寵愛——在他們身心的最核心處，卻見證了男女之間那有機的、兄弟般（fraternal）矛盾的**消亡**。（33；杜拉斯，〈男人〉49-50）

---

[46] 除了布朗修之外，還有奧地利導演漢德克（Peter Handke），他當時正在將《死亡之病》改編為劇本以及電影（*Das Mal des Todes*, 1985）；見莒哈斯的訪問，"In the Gardens" 184。《電影筆記》（*Cahiers du Cinéma*）的訪問者一聽完莒哈斯的這段回覆，便有趣地插話說：「就像布朗修」，莒哈斯點頭稱是。與此相對照，女導演布雷亞（Catherine Breillat）多年後的「實質」而非「合法」改編《地獄的身體》（*Anatomy of Hell*；原文：*Anatomie de l'enfer*, 2004；中譯：《感官解析》或《地獄解剖》）——因她並未獲得授權，只能在名義上改編自己一年後出版的中篇《色情政體》（*Pornocracy*；原文：*Pornogratie*）——就毫無問題地掌握到此點。關於後面這部電影的一個簡短的評論，見Ricco, *Decision* 112-17；該作者的這本最新著作也討論了莒哈斯的《死亡之病》和儂希的共群思考，但並未連結兩者，在批評取向上也與本文頗為不同。

[47] 例如，莒哈斯提示我們：「小說中至少有一個段落明確提及這個主題。就是提到『愛那些和你一樣的身體』時」（"In the Gardens" 184；小說的引文並不準確，指的應該是前引「同類」的那段：*Malady* 34；《死亡之病》218）——這確認了本文上述的閱讀。

[48] 此註為筆者所加：的確，布朗修對於該文本所能接受的最具理解解讀也只是性別的而非性相的。他認為那女人代表了「絕對的陰性」，因為她「接受那男人的一切，但從未停止將他困在他的男性封閉中，即使和其他的男人建立關係，對此她傾向於視之為是那男人自己的『病』」（*Unavowable* 50-51）。而且，他在書中再次提到同性戀這個主題時也只是為了轉移焦點，他這樣評論故事中「死亡」的意義（41；《不能言明》66）：「在此可以確認的衝突是……或明或暗爆發於男人與女人之間的。男人指的是那些因為同性戀傾向形成的團體組織者，不管那傾向昇華了與否（就像納粹衝鋒隊〔S.A.〕）；女人則是唯一能夠說出愛的真理的那方。……女人知道，團體如果只是相同或相似的重覆，其實就會是真愛的掘墓者，因為真愛只能依靠差異而活」（59n12；《不能言明》66））。

　　儘管莒哈斯痛批直男讀者對於該小說的閱讀只看見「男人對女人」而不見「男人之間」，但對於受到英美性別／性相理論影響的人來說，莒哈斯也明顯混淆了同性社交（homosociality）與同性戀，這使得她和她所批評的對象其實並沒有太大差別。不過，她是否像某些法國女性主義者一樣，[49] 只是將同性戀視為貶抑的托喻以攻擊**所有**男人？我並不這麼認為，因為上面引文段落中「女人代表生命，而**無法欲望她**的男人則是死亡」這樣明顯的連結，就算攻擊對象涵蓋所有男人，[50] 首當其衝的還是男同志——尤其如果我們考量到莒哈斯大約就在當時對於男同性戀態度的巨大轉變。[51] 她前此對男同性戀者非常友善，稱讚他們是和女權運動一起對抗父權社會的盟友，但在1980年代初期，莒哈斯的立場突然轉變為強烈的敵意，攻擊男同性戀不過是「自慰般的自戀」（Crowley 209）。[52]

　　批評家一般相信莒哈斯的這個轉變，以及她寫作《死亡之病》的靈感，其實皆源自於她真實生活中、與一名叫揚・安德烈亞（Yann Andréa）的男同志開始於1980年的親密關係。[53] 揚比莒哈斯小三十八歲，是她的書

---

[49] 最著名的例子無疑是伊希嘉黑（Luce Irigaray）所謂的的「男（＝同）性戀」"hom(m)o-sexuality"（171-72；可惜中譯本沒譯出來：伊瑞葛來222-23），一語雙關地把法文的男人（homme）讀成同性（homo）。英美同志對此的批判見Owens。

[50] 克勞利（Martin Crowley）就是這樣主張，他認為轉變後的莒哈斯並非針對同性戀本身，而是將它放在男同性社交的連續體上，因而「利用同性戀來代表同性社交、代表沒有女人的男人自給自足的荒蕪」（Crowley 210-11）。

[51] 至於認為莒哈斯這樣連結男同性戀和死亡其實指的是愛滋的說法（例如Perreau 120），只能說是回溯閱讀，因為法國相對較晚才注意到相關症狀，而小說的問世早過於此。

[52] 克勞利清楚追索了莒哈斯的這個態度轉變（Crowley 208-11）。關於她早年（甚至晚到1980年）對於男同志的友善表現，見Duras, "Women and Homosexuality"；後來的敵意，則見Duras, "Retake" 13（〈重溫〉287）、"Men"（〈男人〉）、以及"Réponses" 216-17（〈對讓・韋斯丁的答覆〉468）——雖然這些文獻只有"Men"在莒哈斯生前出版，但在當時接受的許多訪談中，她對相關看法一直都是直言不諱。至於莒哈斯和男同性戀者們（在文學上）的關係，一個較為複雜的討論見Williams 93-114。有趣的是，莒哈斯對於女同性戀的態度從未正面過（見Crowley 208, 210）。另外也可參見最近才從義大利文翻譯成法文和英文的、莒哈斯的長篇訪談Suspended 130-33（《懸而未決的激情》170-72），以佐證以上說法。

[53] 此處的敘述係根據幾本莒哈斯的傳記，如Vircondelet, Duras 306 and passim以及Adler 323 and passim（中譯：阿德萊爾481及之後）；前者的更新版本見Vircondelet, Marguerite Duras（中譯見：維貢德萊），但至今仍未見英譯本。有趣的是，Vircondelet也以布朗修的「不能言明的共群」來形容這段關係（Duras 308），雖然只是用來指他們做為老女人和年輕男子之間、為社會非議的關係（相對而言，另一個訪談者對於布朗修的引用就較為契合，見Duras, Suspended 49-50（《懸而未決的激情》77-78）。揚的身影，在莒哈斯1980年代以後的作品中明顯到處可見，並不僅限於那本以他為名的回憶錄Yann Andréa Steiner: A Memoir（1992；中譯：《揚・安德烈亞・斯泰奈》）。至於揚對於他們關係的描述，見他的M.D.（1983）和Cet amour-là（1999；中譯：

迷，他在莒哈斯最低潮的時候進入她的生命，兩人在一起直到莒哈斯1996年過世。莒哈斯很明顯地愛上了揚，但揚卻無法以莒哈斯想要的方式真正回愛她，莒哈斯因此極度沮喪且時感憤怒。然而，揚畢竟提供了莒哈斯所需要的陪伴，也幫助她恢復振作繼續活下去以及寫作（包括寫出傑作《情人》〔*The Lover*；原文：1984〕），其電影改編讓她全球知名）。也就是說，儘管他們的關係驚滔駭浪（許多關係皆然）且有時產出如《死亡之病》這樣灰暗的描述，但他們畢竟有了這樣一段持續了十五年之久的關係。因此，總以言之，如同貝斯特（Victoria Best）所準確描述的：

> 如果說揚侮辱了莒哈斯認為自己仍具性吸引力的感覺，但是對於把上了年紀的女人歸於無性且視之為無物的文化大傾向來說，揚〔和莒哈斯在一起〕仍然是一個精采的反抗姿態，而且莒哈斯逐漸衰老的日子也因為揚關心、協助的陪伴而變得好過很多。最重要的是，他在她生命中出現的時刻，正是她一切都顯得無望，因此感到孤立、寂寞、沉向死亡的時候，而揚給了她寫作的題材以及寫作的理由。

　　為了再更進一步闡明此種布朗修式的「不可能的愛」如何能夠克服一切形成某種關係，而且再加延伸形成某種共群，剛好有另外一段同樣看起來不可能的關係，終究發生在兩個我們熟悉的名人之間可供佐證——他們就是前述堅定反對政治化愛的阿倫特，以及公開的同性戀英國詩人奧登（W. H. Auden）。[54] 他們兩人在紐約住了一段時間之後結識為朋友，因為阿倫特的《人的境況》出版，而奧登在書評中給予高度肯定，此後奧登便成為阿倫特與她先生寓中的常客。雖然阿倫特日後回顧他們是「非常好但並不親密的朋友」（"Remembering" 294），但是從她紀念奧登的感人文章中可以見出，她其實明顯對奧登非常關心，譬如惦念著他「髒亂的公

《那場愛情：我和杜拉斯》）。關於他們關係的文學分析，見Williams 139-59。

[54] 我之所以注意到這段獨特的關係是因為山莫諾維奇（Kascha Semonovitch）的短文〈奇怪的愛〉（"Strange Love"），該文的真正焦點其實是奧登和阿倫特對於愛與共群想法的異同。不過，從以下引述的資料中可以看出，山莫諾維奇其實並不是第一個觸及到這段關係的論者。除了阿倫特與奧登各自的傳記（前者見Young-Bruehl；後者見Davenport-Hines），高特利布（Susannah Young-ah Gottlieb）的《悲哀領域》（*Regions of Sorrow*）一書的開頭也非常有幫助（而且此書為他們兩人的知識觀點提供了一個篇幅較長的比較研究）。

寓」、沒有第二套西裝可換（他們一直為此爭執），還有他對於「無限多種單戀的精通」（295-97）。[55]

　　在他們的關係中有一段略為出人意表但非常特別的插曲。1970年，就在阿倫特的先生過世後還不到一個月，某天晚上奧登相當激動地來到阿倫特家，突然問她是否願意跟他結婚，「提議說他們兩個同樣孤獨的人可以照顧彼此」（Young-Bruehl 436；揚－布魯爾493）。根據阿倫特在私人信件中的描述，奧登說他之所以回到紐約就是因為她，她「對他很重要，他非常愛〔她〕等等」（引自Young-Bruehl 436）。阿倫特做出她認為理性的決定拒絕了奧登，但兩人「持續見面」，而且除了在發表的文章中對彼此「公開致意」之外，也「以許多更私下的方式幫助及鼓勵彼此」（Gottlieb 9）。三年後，1973年時奧登過世，阿倫特十分難過，甚至「在公開場合無法控制她的悲傷」，她在丈夫過世時都不曾如此（Young-Bruehl 455；揚－布魯爾519）。他們倆都是客居他鄉的外國人，單身與喪偶的兩人確實形成了某種「關係」，儘管仍有差距分開彼此。那是異性戀與同性戀的差異嗎？也許。但無論如何，不管是什麼，很明顯地他們彼此相愛，雖然不是做為戀人。試問除了巴岱伊／布朗修式的、「那些沒有共群的人的否定的共群」，還有什麼能夠更好地描述他們之間這種獨特的、如此令人感動又激勵人心的關係呢？與莒哈斯和揚的關係合起來看——儘管後者或許會更容易被歸為英文口語中所蔑稱的fag hag（即喜歡上男同志的異性戀女性）與男同志的關係[56]——這類「不可能的愛」其實一直都是同志次文化中「共同生活」的形式之一，不惟提供了相互陪伴和無可取代的支持，讓大家繼續撐下去，也讓活著有意義。因此，哈特與奈格里的愛的政治，儘管在本文後半代之以共群的模式，然而其最佳典範依然歸屬同志，[57] 只是不是他們原先所宣稱的那種，而是發生在**其旁**或**其後**的那

---

[55] 關於奧登只有一套西裝這件事，阿倫特不只與他多次爭執，她實際上還帶奧登去了一家百貨公司「逼他買下第二套」（Young-Bruehl 436；揚－布魯爾493）。

[56] fag hag的說法雖然通常意在貶抑（fag：娘砲，hag：女巫），但視使用者身份而異，也可以是一種親密的稱呼（見Dawne Moon）。更多類似的感人故事，見Melissa de la Cruz and Tom Dolby編的文集。一個非常有企圖的、試著理論化這種連結的嘗試（但主要是從男同志對女性跨認同的觀點），見Maddison。

[57] 一個審查意見善意提醒我，有沒有可能本文在此重寫來做為哈特與奈格里「愛的政治」範式的、男同志和異女的不可能「伴侶」關係——因為終究是一男一女的組合——會讓人覺得其實不過是回歸異性戀正典？雖然此處所提及的兩個案例都沒有刻意隱藏身份的問題，但不可否認的是，如同賽菊維克睿智指出的，在一個異性戀霸權的環境中，暗櫃處境是沒辦法一勞

些。看來傅柯再一次說對了，他指出當社會中既存關係的可能性極度匱乏時，同志其實具有創發「新關係模式」的潛能（Foucault, "Social Triumph" 158）。然而這些同志連接模式並非如上述討論所顯示的僅止於人際關係，也同時是在根本意義上屬於共群的，因為它代表一種承諾，去接受、陪伴、以及支持（也就是愛）彼此，無論我們多不相同，不管順境或逆境——就如哈特與奈格里一路以來應該早就已經意識到的，因為他們尋求靈感的來源不僅是「同志理論中的反身份一系」，也是「透過差異而非相同或認同來建構共群」。[58]

永逸解除的，總是會有人無心或有意地為已出櫃的人立起新的櫃子（68）。不過，這裡的重點不是人們會如何認知這樣的「伴侶」組成，而是當事人在坦誠面對彼此性傾向的狀況下，如何看待以及對待彼此。

[58] 感謝審查意見提醒我關於此類重新構思另一個寶貴的資源，即同志社群打造此種愛的共群的能力，尤其是在如愛滋危機這樣歷史上的艱困時刻。

引用書目

巴迪歐，阿蘭（Badiou, Alain）。《愛的多重奏》。2009。鄧剛譯。「輕與重」文叢4。上海：華東師範大學出版社，2012。

巴塔耶，喬治（Bataille, Georges）。《內在體驗》。1954。尉光吉譯。巴塔耶選集。桂林：廣西師範大學出版社，2016。

──。《色情史》。1976。劉暉譯。當代法國思想文化譯叢。北京：商務印書館，2003。

巴爾特，羅蘭（Barthes, Roland）。《如何共同生活：法蘭西學院課程和研究班講義（1976-1977）》。2002。懷宇譯。羅蘭‧巴爾特文集。北京：中國人民大學出版社，2010。

布朗蕭，莫里斯（Blanchot, Maurice）。〈書的缺席〉。《無盡的談話》。1969。尉光吉譯。南京：南京大學出版社，2016。815-36。

──。《不可言明的共通體》。1983。夏可君、尉光吉譯。拜德雅‧人文叢書。重慶：重慶大學出版社，2016。

伊瑞葛來，露西（Irigaray, Luce）。《此性非一》。1977。李金梅譯。桂冠新知叢書。臺北：桂冠，2005。

安德烈亞，揚（Andréa, Yann）。《那場愛情：我和杜拉斯》。1999。胡小躍譯。南昌：百花文藝出版社，2015。

托多羅夫，茨維坦（Todorov, Tzvetan）。《共同的生活》。1995。林泉喜譯。「輕與重」文叢39。上海：華東師範大學出版社，2017。

朱偉誠。〈西方友誼研究及其在地用處初探〉。《台灣社會研究季刊》99 (2015): 1-77。

──。〈詭異的鏡像：透過馬婁的《愛德華二世》來看中國古典男色的「君臣篇」〉。《英美文學評論》5 (2001): 123-70。

杜拉斯，瑪格麗特（Duras, Marguerite）。《外面的世界》。1984/1993。袁筱一、黃薔譯。杜拉斯小叢書。桂林：灕江出版社，1999。

──。〈死亡的疾病〉。1982。冀可平譯。《死亡的疾病》。杜拉斯選集2。唐珍等譯。北京：作家出版社，1999。203-28。

──。〈男人〉。《物質生活》。1987。譯：王道乾。上海：上海譯文出版社，2011。49-60。

──。〈重溫〉。1981?。《外面的世界》284-87。

──。《情人‧烏髮碧眼》。1984/1986。王道還、南山譯。1997。現當代世界文學叢書。上海：上海譯文出版社，2000。

──。《揚‧安德烈亞‧斯泰奈》。1992。王文融譯。杜拉斯百年誕辰作品系列。上海：上海譯文出版社，2014。

──。〈對讓‧韋斯丁的答覆〉。1988?。《外面的世界》466-71。

杜漢，亞蘭（Touraine, Alain）。《我們能否共同生活？在平等又歧異中共處》。1997。黃楚雄譯。苗栗：桂冠，2010。

阿甘本，吉奧喬（Agamben, Giorgio）。《來臨中的共同體》。1990。相明、趙文、王立秋譯。精神譯叢。西安：西北大學出版社，2019。

阿倫特，漢娜（Arendt, Hannah）。《人的境況》。1958。王寅麗譯。世紀人文系列叢書‧世紀文庫。上海：上海人民出版社，2009。

——。《愛與聖奧古斯丁》。王寅麗、池偉添譯。灕江西學‧子午線譯叢。桂林：灕江出版社，2019。

阿德萊爾，勞拉（Adler, Laure）。《杜拉斯傳》。1998。袁筱一譯。2000。重慶：重慶大學出版社，2014。

南希，讓－呂克（Nancy, Jean-Luc）。〈非功效的共同體〉。1983。張建華譯。《解構的共通體》。1999。夏可君等譯。世紀人文系列叢書‧世紀前沿。上海：上海人民出版社，2007。11-71。

——。〈愛與共通體：讓－呂克‧和Avital Ronell、Wolfgang Schirmacher的圓桌討論〉。2001。郭建玲譯。《變異的思想》。南希、等著。夏可君編譯。人文譯叢；西方哲學理論與實踐書系。長春：吉林人民出版社，2007。29-45。

哈特，邁克爾（Hardt, Michael）、安東尼奧‧奈格里（Negri, Antonio）。《大同世界》。2009。王行坤譯。馬克思主義研究論庫1。北京：中國人民大學出版社，2015。

哈德，麥可（Hardt, Michael）、安東尼奧‧納格利（Negri, Antonio）。《帝國》。2000。韋本、李尚遠譯。臺北：商周，2002。

紀德，安德烈（Gide, André）。《背德者》。1902。《紀德精選集》。李玉民譯。精裝典藏版。兩冊。北京：中國友誼，2018。上冊：213-356。

莒哈絲，瑪格麗特（Duras, Marguerite）。訪談：樂奧伯狄娜‧帕羅塔‧德拉‧托雷。《懸而未決的激情：莒哈絲論莒哈絲》。2013。繆詠華譯。臺北：麥田，2013。

揚－布魯爾，伊麗莎白（Young-Bruehl, Elisabeth）。《愛這個世界：阿倫特傳》。2004。孫傳釗譯。漢譯精品‧思想人文。南京：江蘇人民出版社，2009。

普魯斯特（Proust, Marcel）。《追憶似水年華》。1913-1927。李恒基、徐繼曾等譯。七冊。聯經經典。臺北：聯經，1992。《索多姆和戈摩爾》。許鈞、楊松河譯。

福柯，米歇爾（Foucault, Michel）。〈友誼作為生活方式〉。1981。黃曉武譯。《聲名狼藉者的生活：福柯文選I》。2004。編：汪民安。北京：北京大學出版社，2016。361-71。

維貢德萊，阿蘭（Vircondelet, Alain）。《杜拉斯傳：一個世紀的穿越》。2013。胡小躍、伍倩譯。南京：江蘇鳳凰文藝出版社，2017。

德里達，雅克（Derrida, Jacques）。《『友愛的政治學』及其他》。1994。胡繼華等譯。夏可君編。長春：吉林人民出版社，2006。

德勒茲（Deleuze, Gilles）、加塔利（Guattari, Félix）。《資本主義與精神分裂（卷2）：千高原》。1980。姜宇輝譯。經典與書寫。上海：上海書店出版社，2010。

鮑德溫‧詹姆斯（Baldwin, James）。〈十字架之下：來自我腦海中某個區域的信〉。《下一次將是烈火》。1963。吳琦譯。北京：人民文學出版社。13-116。

Adler, Laure. *Marguerite Duras: A Life*. 1998. Trans. Anne-Marie Clasheen. 2000. London: Phoenix, 2001.

Agamben, Giorgio. *The Coming Community*. 1990. Trans. Michael Hardt. Minneapolis: U of Minnesota P, 1993. Theory Out of Bounds 1.

Andréa, Yann. *Cet amour-là*. 1999. Paris: Poche, 2001.

——. *M. D.* 1983. Paris: Minuit, 2006.

Arendt, Hannah. *The Human Condition*. 1958. 2nd ed. Chicago: U of Chicago P, 1998.

——. *Love and Saint Augustine*. 1929. Ed. Joanna Vecchiarelli Scott and Judith Chelius Stark. Chicago: U of Chicago P, 1996.

——. "The Meaning of Love in Politics: A Letter by Hannah Arendt to James Baldwin." *Archiv* Bd. 2, Nr. 1 (September 2006). *HannahArendt.net*. Web. 16 Mar. 2016.

——. "Remembering Wystan H. Auden, Who Died in the Night of the Twenty-eighth of September, 1973." 1975. *Reflections on Literature and Culture*. By Arendt. Ed. Susannah Young-ah Gottlieb. Stanford: Stanford UP, 2007. 294-302. Meridian: Crossing Aesthetics.

Armstrong, Philip. "Translator's Introduction." Nancy, *Disavowed* xiii-xxvii.

Badiou, Alain, with Nicolas Truong. *In Praise of Love*. 2009. Trans. Peter Bush. London: Serpent's Tail, 2012.

Baldwin, James. "Down at the Cross: Letter from a Region of My Mind." 1962. *The Fire Next Time*. 1963. New York: Modern Library, 1995. 11-105.

Barthes, Roland. *How to Live Together: Novelistic Simulations of Some Everyday Spaces*. 2002. Trans. Kate Briggs. New York: Columbia UP, 2013. European Perspectives: A Series in Social Thought and Cultural Criticism.

Bataille, Georges. *The History of Eroticism*. 1976. Vol. 2 of *The Accursed Share*. Trans. Robert Hurley. New York: Zone, 1991. 11-191.

——. *Inner Experience*. 1954. Trans. Stuart Kendall. Albany: SUNY P, 2014. Intersections: Philosophy and Critical Theory.

Bersani, Leo. *Homos*. Cambridge, MA: Harvard UP, 1995.

——. "Is the Rectum a Grave?" 1987. Bersani, *Is the Rectum a Grave? And Other Essays* 3-30.

——. *Is the Rectum a Grave? And Other Essays*. Chicago: U of Chicago P, 2010.

Best, Victoria. "The Muse of Trouville." *Open Letters Monthly: An Arts and Literature Review*. 1 February 2011. Web. 25 Sept. 2015.

Blanchot, Maurice. "The Absence of the Book." *The Infinite Conversation*. 1969. Trans. Susan Hanson. Minneapolis: U of Minnesota P, 1993. 422-34.

——. *The Unavowable Community*. 1983. Trans. Pierre Joris. Barrytown, NY: Station Hill, 1988.

Bray, Alan. *Homosexuality in Renaissance England*. London: GMP, 1988.

Breillat, Catherine. *Pornogracy*. 2005. Trans. Paul Buck and Catherine Petit. Los Angeles: Semiotext(e), 2008. Semiotext(e) Native Agents Series.

Campbell, James. *Talking at the Gates: A Life of James Baldwin*. London: Faber and Faber, 1991.

Carlston, Erin G. "German Vices: Sexual/Linguistic Inversions in Fin-de-Siècle France." *Romanic Review* 100.3 (2009): 279-305.

Casarino, Cesare. *Modernity at Sea: Melville, Marx, Conrad in Crisis*. Minneapolis: U of Minnesota P, 2002. Theory Out of Bounds 21.

Caserio, Robert L. "The Antisocial Thesis in Queer Theory." *PMLA* 121 (2006): 819-21.

Chiba, Shin. "Arendt on Love and the Political: Love, Friendship, and Citizenship." *Review of Politics* 57.3 (1995): 505-35.

Crowley, Martin. *Duras, Writing, and the Ethical: Making the Broken Whole*. Oxford: Clarendon, 2000. Oxford Modern Languages and Literature Monographs.

Davenport-Hines, Richard. *Auden*. London: Heinemann, 1995.

Dean, Tim. "The Antisocial Homosexual." *PMLA* 121 (2006): 826-28.

——. *Unlimited Intimacy: Reflections on the Subculture of Barebacking*. Chicago: U of Chicago P, 2009.

de la Cruz, Melissa, and Tom Dolby, eds. *Girls Who Like Boys Who Like Boys: True Tales of Love, Lust, and Friendship between Straight Women and Gay Men*. New York: Dutton, 2007.

Delany, Samuel R. *Times Square Red, Times Square Blue*. 1999. New York: New York UP, 2001. Sexual Cultures: New Directions from the Center for Lesbian and Gay Studies.

Derrida, Jacques. *Politics of Friendship*. 1994. Trans. George Collins. London: Verso, 1997. Phronesis Series.

Duras, Marguerite. *Blue Eyes, Black Hair*. 1987. Trans. Barbara Bray. New York: Pantheon, 1987.

——. *Green Eyes*. 1987. Trans. Carol Barko. New York: Columbia UP, 1990.

——. "In the Gardens of Israel, It Was Never Night." 1985. Duras, *Green Eyes* 181-98.

——. *The Lover*. 1984. Trans. Barbara Bray. London: Flamingo, 1986.

——. *The Malady of Death*. 1982. Trans. Barbara Bray. 1986. New York: Evergreen, 1988.

——. "Men." *Practicalities: Marguerite Duras Speaks to Jérôme Beaujour*. 1987. Trans. Barbara Bray. New York: Grove Weidenfeld, 1990. 33-41.

——. *Le Monde extérieur: Outside II*. Ed. Christiane Blot-Labarrère. Paris: P.O.L., 1993.

——. "Retake." Duras, *Monde* 10-13.

——. "Résponses à Jean Versteeg." Duras, *Monde* 214-219.

——. *The Suspended Passion: Interviews.* 1989/2013. Trans. Chris Turner. London: Seagull, 2016. The French List.

——. "Women and Homosexuality." 1980. Duras, *Green Eyes* 140-41.

——. *Yann Andréa Steiner: A Memoir.* 1992. Trans. Barbara Bray. New York: Scribner, 1993.

Edelman, Lee. "Antagonism, Negativity, and the Subject of Queer Theory." *PMLA* 121 (2006): 821-23.

Esposito, Roberto. *Communitas: The Origin and Destiny of Community.* 1998. Trans. Timothy Campbell. Stanford: Stanford UP, 2009. Cultural Memory in the Past.

——. *Terms of the Political: Community, Immunity, Biopolitics.* 2008. Trans. Rhiannon Noel Welch. New York: Fordham UP, 2013. Commonalities.

Floyd, Kevin. *The Reification of Desire: Toward a Queer Marxism.* Minneapolis: U of Minnesota P, 2009.

Foucault, Michel. *Ethics: Subjectivity and Truth.* Ed. Paul Rabinow. 1994/1997. Trans. Robert Hurley and others. Vol. 1 of *Essential Works of Foucault 1954-1984.* Harmondsworth: Penguin, 2000.

——. "Friendship as a Way of Life." 1981. Trans. John Johnson. Foucault, *Ethics* 135-40.

——. "The Social Triumph of the Sexual Will." 1981. Trans. Brendan Lemon. 1982. Foucault, *Ethics* 157-62.

Fynsk, Christopher. "Foreword: Experiences of Finitude." Nancy, *Inoperative* vii-xxxv.

Genet, Jean. *Funeral Rites.* 1948/1953. Trans. Bernard Frechtman. New York: Grove, 1969.

Gide, Andre. *The Immoralist.* 1902. Trans. Richard Howard. 1970. Harmondsworth: Penguin, 1986.

Gottlieb, Susannah Young-ah. *Regions of Sorrow: Anxiety and Messianism in Hannah Arendt and W. H. Auden.* Stanford: Stanford UP, 2003. Meridian: Crossing Aesthetics.

Guattari, Félix. *Anti-Oedipus Papers.* 2004. Ed. Stéphane Nadaud. Trans. Kélina Gotman. New York: Semiotext(e), 2006. Semiotext(e) Foreign Agents Series.

Guattari, Félix, and Gilles Deleuze. *A Thousand Plateaus: Capitalism and Schizophrenia.* 1980. Trans. Brian Massumi. Minneapolis: U of Minnesota P, 1987.

Halberstam, Judith. "The Politics of Negativity in Recent Queer Theory." *PMLA* 121 (2006): 823-25.

Hardt, Michael. Interview with Ceren Özselçuk. *Boğaziçi Chronicles*, 16 March 2015. Web. 10 Oct. 2017.

——. "The Procedures of Love." *The Book of Books.* Ed. Carolyn Christov-Bakargiev. Ostfildern: Hatje Cantz, 2012. 430-31.

——. "Pasolini Discovers Love Outside." *diacritics* 39.4 (2009): 113-29.

Hardt, Michael, and Antonio Negri. *Commonwealth*. Cambridge, MA: Belknap-Harvard UP, 2009.

———. *Empire*. Cambridge, MA: Harvard UP, 2000.

———. *Multitude: War and Democracy in the Age of Empire*. New York: Penguin, 2004.

Hegarty, Paul. *Georges Bataille: Core Cultural Theorist*. London: Sage, 2000.

Hocquenghem, Guy. *Homosexual Desire*. 1972. Trans. Daniella Dangoor. 1978. Durham, NC: Duke UP, 1993.

Idier, Antoine. *Les vies de Guy Hocquenghem: Politique, sexualité, culture*. Paris: Fayard, 2017.

Irigaray, Luce. *The Sex Which Is Not One*. 1977. Trans. Catherine Porter with Carolyn Burke. Ithaca: Cornell UP, 1985.

Irwin, Alexander. *Saints of the Impossible: Bataille, Weil, and the Politics of the Sacred*. Minneapolis: U of Minnesota P, 2002.

Maddison, Stephen. *Fags, Hags, and Queer Sisters: Gender Dissent and Heterosexual Bonds in Gay Culture*. New York: St. Martin's, 2000.

Marshall, Bill. *Guy Hocquenghem: Theorising the Gay Nation*. London: Pluto, 1996. Modern European Thinkers.

Martel, James R. *Love Is a Sweet Chain: Desire, Autonomy, and Friendship in Liberal Political Theory*. New York: Routledge, 2001.

———. "States of Indifference: Rousseau, Whitman, Bersani, and the Publicization of Love." *Quinnipiac Law Review* 28 (2010): 625-58.

Mitchell, Andrew J., and Jason Kempt Winfree. "Editors' Introduction: Community and Communication." Mitchell and Winfree, *Obsessions* 1-17.

———, eds. *The Obsessions of Georges Bataille: Community and Communication*. Albany: SUNY P, 2009. SUNY Series in Contemporary French Thought.

Moon, Dawne. "Insult and Inclusion: The Term *Fag Hag* and Gay Male 'Community.'" *Social Forces* 74 (1995): 487-510.

Muñoz, José Esteban. *Cruising Utopia: The Then and There of Queer Futurity*. New York: New York UP, 2009. Sexual Cultures.

———. "Thinking beyond Antirelationality and Antiutopianism in Queer Critique." *PMLA* 121 (2006): 825-26.

Nancy, Jean-Luc. *Being Singular Plural*. 1996. Trans. Robert D. Richardson and Anne E. O'Byrne. Stanford: Stanford UP, 2000. Meridian: Crossing Aesthetics.

———. "*La Comparution*/The Compearance: From the Existence of 'Communism' to the Community of 'Existence.'" Trans. Tracy B. Strong. *Political Theory* 20.3 (1992): 371-98.

———. "The Confronted Community." 2001. Trans. Amanda Macdonald. *Postcolonial Studies* 6.1 (2003): 23-36.

——. *The Disavowed Community*. 2014. Trans. Philip Armstrong. Commonalities. New York: Fordham UP, 2016.

——. "The Inoperative Community." 1983. Nancy, *Inoperative* 1-42.

——. *The Inoperative Community*. 1986. Ed. Peter Conner. Trans. Peter Connor, Lisa Garbus, Michael Holland, and Simona Sawhney. Minneapolis: U of Minnesota P, 1991. Theory and History of Literature 76.

——. "Love and Community: A Round-Table Discussion with Jean-Luc Nancy, Avital Ronell and Wolfgang Schirmacher, August 2001." *The European Graduate School: Graduate and Postgraduate Studies*, n.d. Web. 10 Oct. 2017.

——. "Of Being-in-Common." Trans. James Creech. *Community at Loose Ends*. Ed. Miami Theory Collective. Minneapolis: U of Minnesota P, 1991. 1-12.

——. "Shattered Love." 1986. Nancy, *Inoperative* 82-109.

Nash, Jennifer C. "Practicing Love: Black Feminism, Love-Politics, and Post-Intersectionality." *Meridians* 11.2 (2013): 1-24.

Owens, Graig. "Outlaws: Gay Men in Feminism." *Men in Feminism*. Ed. Alice Jardine and Paul Smith. New York: Routledge, 1987. 219-32.

Pieters, Jürgen, and Kris Pint, eds. *Roland Barthes Retroactively: Reading the Collège de France Lectures*. Edinburgh: Edinburgh UP, 2008. Paragraph Special Issues.

Perreau, Bruno. *The Politics of Adoption: Gender and the Making of French Citizenship*. Cambridge, MA: MIT P, 2014. Basic Bioethics.

Proust, Marcel. *In Search of Lost Time*. 1913-1927. Trans. C. K. Scott Moncrieff and Terence Kilmartin. 1981. Rev. D. J. Enright. 1992. London: Vintage, 1996. Vol. 4: *Sodom and Gomorrah*. 1922-23.

Ricco, John Paul. *The Decision between Us: Art and Ethics in the Time of Scenes*. Chicago: U of Chicago P, 2014.

——. *The Logic of the Lure*. Chicago: U of Chicago P, 2002.

Roach, Tom. *Friendship as a Way of Life: Foucault, AIDS, and the Politics of Shared Estrangement*. Albany: SUNY P, 2012.

Ruti, Mari. *The Ethics of Opting Out: Queer Theory's Defiant Subjects*. New York: Columbia UP, 2017.

Sedgwick, Eve Kosofsky. *Epistemology of the Closet*. Hemel Hempstead, UK: Harvester Wheatsheaf, 1991.

Semonovitch, Kascha. "Love Is Strange: Auden, Arendt, and Anatheism." *Literary Imagination* 11.2 (2009): 192-204.

Silver, Allan. "Friendship in Commercial Society: Eighteenth-Century Social Theory and Modern Sociology." *American Journal of Sociology* 95 (1990): 1474-1504.

Todorov, Tzvetan. *Life in Common: An Essay in General Anthropology*. 1995. Trans. Katherine Golsan and Lucy Golsan. Lincoln: U of Nebraska P, 2001. European Horizons.

Touraine, Alain. *Can We Live Together? Equality and Difference*. 1997. Trans. David Macey. Cambridge: Polity, 2000.

Tuhkanen, Mikko. Introduction. Tuhkanen, *Leo Bersani* 1-34.

——, ed. *Leo Bersani: Queer Theory and Beyond*. Albany: SUNY P, 2014.

——. "Rigorously Speculating: An Interview with Leo Bersani." Tuhkanen, *Leo Bersani* 279-96.

Vircondelet, Alain. *Duras: A Biography*. 1991. Trans. Thomas Buckley. Normal: Dalkey Archive, 1994.

——. *Marguerite Duras: La Traversée d'un siècle*. Paris: Plon, 2013.

Warner, Michael. "Homo-Narcissism; or, Heterosexuality." *Engendering Men: The Question of Male Feminist Criticism*. Ed. Joseph A. Boone and Michael Cadden. New York: Routledge, 1990. 190-206.

——. *The Trouble with Normal: Sex, Politics, and the Ethics of Queer Life*. Cambridge, MA: Harvard UP, 1999.

Weiner, Joshua J., and Damon Young. "Queer Bonds." *GLQ* 17.2-3 (2011): 223-41.

Williams, James S. *The Erotics of Passage: Pleasure, Politics, and Form in the Later Work of Marguerite Duras*. New York: St. Martin's, 1997.

Winfree, Jason Kemp, trans. "The Confronted Community." By Jean-Luc Nancy. 2001. Mitchell and Winfree, *Obsessions* 19-30.

Young-Bruehl, Elisabeth. *Hannah Arendt: For Love of the World*. 1982. 2nd ed. New Haven, CT: Yale UP, 2004.

天下與萬國之外的臺灣

邱彥彬

國立政治大學英國語文學系

摘要

自臺灣脫離日本統治一直到韓戰結束，美國基於亞太安全的戰略考量，曾經因時制宜地提出了軍事占領論、託管論、自治論、「袖手旁觀」、「兩個中國」等不一而足且自相抵觸的對臺政策，與國府的中國民族主義不時處在此消彼長、此強彼弱的拉鋸狀態。論者或批評美帝是「臺灣地位未定論」的始作俑者，處心積慮切割臺灣與中國，也有論者反批評中國不時以漢人的民族大義企圖染指臺灣，一樣是侵門踏戶的帝國行徑。這兩種相左的立場當然各有其論理的依據，但本文認為，只要稍稍深入二次戰後臺灣歷史的肌理，與其自嘆只能在霸權競合的夾縫下求生，還不如說難以為各種規範性秩序妥善框定的臺灣，實則迫現出美國萬國主義與中國民族主義這兩套霸權話語的侷限。更重要的是，做為霸權話語侷限所在的戰後臺灣，其幾近空白的存在更指向了伏流在近代臺灣歷史底下的重複衝動。據此，本文進一步主張，戰後臺灣在法律地位上曖昧難明的漂浮狀態，本質上可說是1874年牡丹社事件的二度搬演。如果戰後的臺灣讓萬國主義與中國民族主義陷入左支右絀、自暴其短的窘境，牡丹社事件時的臺灣，則是以其帶有絕對外部性的空白存在，對當時主導的規範性秩序提出了它的挑戰：一方面困惑了清國因襲自古中國、也是做為日後中國民族主義的母體前身的天下主義，一方面又在清國試圖力挽狂瀾，在臺開始善後新政之

際，重重挫折了自西方習得的萬國主義。在天下主義與萬國主義都處心積慮將臺灣變成編戶齊民之際，臺灣於是成為了天下與萬國之外的臺灣。

關鍵詞：偶然微偏，重複衝動，中國民族主義，天下主義，萬國主義，不治而治，純然不治

前言：是偶然微偏？還是美中霸權？

阿圖賽（Louis Althusser）在他後期提出的「偶遇唯物論」（materialism of the encounter）中，以解構主義的思考進路，主張「世界」的生成，純粹來自原子在一次「偶發微偏」（clinamen）後，與其他原子碰撞、「偶遇」而引發的「堆積聚合」（agglomeration），背後不存在著任何「原因」（Cause）可提供終極解釋，也沒有「理性」（Reason）一樣的超越規範來支配世界的形構與走向，因為「世界的源頭不在於原因，也不在理性，而在於偶然微偏」（169）。更重要的是，正因為是「偶然微偏」觸發了世界的生成化育，原子「堆積聚合」的內部也暗藏了土崩瓦解的潛勢：在每逢「歷史的大開端、轉折或懸置」的時刻，潛勢化暗為明，原本就是偶發聚合的原子團塊，也會出人意表地突然爆裂四散（195-96）。是怎麼來就怎麼去，在內外屬同一平面的拓樸結構裡，向心力的另一端正是離心力。

在主權歸屬的問題上，臺灣不時處在歷史的「轉折」處，不乏機會見證與中國偶然合構的「堆積聚合」突然產生內爆的「大開端」。從第二次世界大戰末期到韓戰爆發便是這樣的「懸置」時刻。眾所周知，美國一方面藉《開羅宣言》讓戰後臺灣重回中國版圖，另一方面又積極介入國共內戰，為的就是扶助、拉攏蔣介石，期待一個強大的中國能在他的領導下站起來，「承擔起區域性國際警察的角色」（蔡東杰53）。但戰後的東亞局勢詭譎多變，美國的政策規劃總是被證明趕不上變化。二戰剛結束，國共內戰立刻成為影響東亞秩序的一大變因，迫使美國必須保持政策的彈性，依情勢發展隨機調整它的亞太戰略，臺灣—中國的「堆積聚合」也隨之進入瓦解、重整、再瓦解的階段。1947年春天的孟良崮之役後，國民政府漸露敗象，美國對無能顢頇的國民政府日益感到不耐，越來越擔心與中國一衣帶水的臺灣恐將落入共黨之手，因此，為了把臺灣隔離在中國之外，有關臺灣法理地位的討論再度浮上檯面，各種帶有分離主義色彩的方案——如美國軍事佔領、自治論、託管論、臺灣地位未定論等等——不一而足，紛紛出籠（林孝庭，《意外的國度》91-122；汪浩82-88）。憑藉著《開羅宣言》聚合起來的臺灣—中國團塊，至此已經一步步走向裂解的邊緣。

之後，隨著國共內戰大勢底定，美國決定放棄蔣介石，轉而將希望寄託在中共的「狄托主義」（Titoism）上頭。就在此時，遠蔣親毛，任

由國民政府控制下的臺灣自生自滅，即便日後落入新中國之手也不足惜的棄臺論成為華府亞太戰略的主軸（林孝庭，《意外的國度》190）。但不料中共在建國後，向著蘇聯「一面倒」的政策宣布，重挫了美國對「狄托主義」的期待，再加上1950年6月韓戰爆發，中共派出志願軍參戰，至此美國希望中共能夠做為一頭共產世界黑羊的期待正式落空。在既成的冷戰的格局下，既然決定跟蘇聯綁在一起的中共已不足恃，這時，已經黔驢技窮的美國只能再次切換回分離主義的思維模式，試圖藉由「中立化」臺灣的戰略構想，再次將臺灣與共產中國分隔開來，讓「兩個中國」得以隔海而治，互不侵犯。1950年7月，杜魯門（Harry S. Truman）之所以重新搬出「臺灣地位未定論」的主張，認為「台灣未來地位之決定應伺太平洋地區安全恢復，中日和約簽署後，或交由聯合國討論」，便是為了因應韓戰爆發而進行的策略轉向（蔡東杰59），目的即在於替「兩個中國」的合法性創造條件。韓戰爆發後，分離臺灣再度成為美國亞太戰略的主流思維，首度將此構想形諸條約文字的，便是1952年中華民國與日本簽定的《對日和約》，字裡行間無不明示暗示「條款的適用範圍全部不及中國大陸」（張國城50-51）。與《對日和約》一樣，1954年底簽訂的《中美共同防禦條約》也是直接將「國民黨政府的統治範圍……局限在台灣與澎湖」，與《對日和約》並列為「兩個中國」思維脈絡下的綱領性文件（林孝庭，《台海》137）。[1]

可以說，戰後的亞太局勢越詭譎多變，臺灣─中國的原子團塊就越不穩定，臺灣的法律地位因此也會跟著越來越模糊難辨──忽而被定位成中國的一部份，忽而是法律地位未定的軍事占領狀態，忽而又是與共產新中國不相隸屬、分治兩地的中華民國。在時事推移之間，華府針對臺灣的法律地位問題所準備的十八套劇本輪番上陣，臺灣─中國的「堆積聚合」，也因為這些因時制宜又常常自相矛盾的臺灣方案而進入拆解─重組的浮動階段。然而，拆解─重組─再拆解─再重組的線性進程，意味著在每一個單一階段，臺灣的法律地位都可以得到明確的表述。但事實並非如此。關於臺灣法理定位的認知及其未來規劃，華府也曾經在同一個時間當口，讓兩套相矛盾的地緣戰略各自為政、同時並行。此時，臺灣─中國原子團塊既聚合又離散，原本已經十分複雜的臺灣法律地位變得更加難以釐清。

---

[1]　本文採「臺灣」、「臺北」等正體寫法，惟引述資料時，若原文使用「台」字，則尊重原文。

　　比如說，1949年到韓戰爆發之前的臺灣就進入了這樣的時刻。缺乏連貫性的美國對臺政策照例在這裡也扮演了相當關鍵的角色。1949年12月29日，在一場國務卿艾奇遜（Dean Acheson）與美國參謀聯席會議成員舉行的談話中，艾奇遜延續中美《白皮書》（當年8月5日發表）中「袖手旁觀」（hands-off）的政策基調，認為臺灣「戰略價值」不高，因此強烈主張即刻對早已腐敗不堪的蔣介石政府停止軍援。為了圍堵蘇聯，艾奇遜反過來寄望於在內戰中勝出的中共，對於小老弟與老大哥在未來可能的決裂抱以無比的期待：

> 蘇聯想強佔中國最北邊的省份，種下了中蘇間必然衝突的種子。毛以自己的力量奪權，並非蘇聯所賜，所以毛並非蘇聯真正的附庸。這個狀況，我指出，是我們在中國極重要的資產，若非為了某個十分重要的戰略目的，我們絕不可莽撞去取代蘇聯成為中國眼中的帝國主義威脅。（雲程351）

　　基於中共極有可能成為牽制蘇聯的亞洲新興勢力，艾奇遜可不想為了保護臺灣而被扣上帝國主義者的帽子，更不願意為此付出與未來的冷戰盟友交惡的代價。既然臺灣遲早要落入中共之手，為了以更低的政治與軍事成本有效圍堵亞洲的共產勢力，直接拋棄國民政府，放手讓臺灣復歸新中國，是最佳的策略選擇。基於地緣戰略的精密盤算，在艾奇遜的強勢主導下，華府在1949年陸續公布一些官方文件為「袖手旁觀」的政策定調，其中最具指標意義的不外乎是8月的中美關係《白皮書》，以及12月底的國家安全會議「第四十八號政策文件」（NSC 48）。隔年年初，艾奇遜再替國民政府補上一槍，在1月12日全國記者俱樂部的一場演講中，重新劃定一條從阿留申群島到菲律賓亞太防衛圈，直接把臺灣與南韓排除在島鍊防線之外（張淑雅64），等於是放棄國府與台灣，拿未來可能成形的臺灣─新中國原子團塊做籌碼，企圖換取日後與中共協力圍堵蘇聯的戰略伙伴關係。

　　檯面上美國的亞太大博奕已經蓄勢待發，但在此同時，或許是因為東亞情勢的未來發展太過詭譎難測，光靠一套「袖手旁觀」的政策太過冒險，做為備案之一，華府在檯面下試圖拆解臺灣─中國團塊的分離主義操作也一直沒有停過。「袖手旁觀」的政策一出，之前在華府頗為流行的

「臺灣地位未定論」受到明顯的抑制，然而，在1949、50年間，想利用臺灣在對日合約未簽訂前的主權空窗期，試圖把臺灣跟國府或共產中國分離開來的努力依舊沒有停歇的跡象。為了確立臺灣之於中國的獨立地位，與蔣介石的腐敗勢力做一徹底切割，部分華府高層人士除了持續將吳國楨與孫立人等國民黨內部的開明派列入培植對象之外，連只是和李宗仁在暗地裡眉來眼去的陳誠，也曾經是美國國務院與國防部部分決策人士鎖定招徠的對象。除此之外，駐華大使館參事莫成德（Livingston T. Merchant）、麥克阿瑟（Douglas MacArthur）的首席政治顧問席伯德（William J. Sebald）、美國國務院巡迴大使吉瑟浦（Philip Jessup）、駐臺北領事艾德格（Donald Edgar）、副領事歐斯本（David L. Osborn）與駐華大使館臨時代辦師樞安（Robert Strong）等人也都曾經主動或被動接觸廖文毅、「臺灣再解放聯盟」等「以臺灣本土意識型態為主體的政治力量」（林孝庭，《意外的國度》190-96；張淑雅44-45）。雖然由黃紀男負責牽線、名列「臺灣再解放聯盟」合作對象的國民黨籍臺籍菁英中，只有楊肇嘉屬於堅定的「台獨派」（陳佳宏97-98），但蔣介石「對於某些台籍菁英和美國駐台外交官之間眉來眼去，暗通款曲」的行徑還是大為光火，在日記中痛批「美國對台邪惡的政治陰謀，欲鼓動台灣脫離中國而獨立」（林孝庭，《意外的國度》196）。雖然此時遭到黨內、中共與美國三方夾擊的蔣介石心中難免有被害妄想情結，但在國務院力推「袖手旁觀」政策的此刻，檯面下的的確確有一批華府人士反向操作，認真考慮把分離臺灣納入做為美國亞太戰略的一環。

　　更值得注意的是，不只是美國的亞太戰略和對臺政策莫衷一是，蔣介石領導下的國民政府對於臺灣的法律定位也是一樣躊躇反覆。雖然開羅與波茨坦兩宣言均承諾讓臺灣在戰後復歸中國，但根據國際法，在對日合約尚未簽訂前，戰後的臺灣只是「由中國代表盟國進行軍事占領，屬於暫時統治狀態」，中國成立的「軍政府」對臺灣只有「臨時管轄權」，「但不能取代或移轉占領區的主權」（陳翠蓮107）。1944年，在國民政府開始籌劃接收臺灣事宜之際，外交部對於戰後中國對臺灣只有暫時的管理權一事心知肚明，因此特函請負責規劃接收臺灣的臺灣調查委員會，請其務必在計畫設計中，區分「軍事占領臺灣時期與臺灣正式改隸我版圖時期」的必要性，以免有違反國際法之虞，但統籌接受業務的陳儀對外交部的建議頗不以為然，主張開羅會議的決定就已經明示，「軍事占領之日即為我光

復舊物之日」，用中國民族主義甩了國際法一記耳光。於是，在接收臺灣
後，陳儀就以行政長官的無上權限，將臺灣視為回歸祖國的一省來整治，
大肆展開「舊物」翻新、將臺灣全面「中國化」的工程，埋下兩年後二二
八事件的種子（引自陳翠蓮53-54, 109）。

　　陳儀高舉中國民族主義，混淆軍事占領時期的治權、主權之分，完
全是在蔣介石的核可下行事。陳儀建議臺灣「光復」後應稱之為「省」，
自己的官銜也應該為「臺灣省行政長官」，「以示臺灣為中國領土」，同
樣也是經蔣介石裁示後做成了決議（陳翠蓮75-76）。此時，美國挺蔣的
立場依舊，對於國府在臺灣法律地位的問題上混水摸魚的行徑自然可以睜
一隻眼閉一隻眼。但到了1949年春情勢就不同了。這時，國共內戰的情勢
急轉直下，美國國務院已經準備進入中美關係《白皮書》的前置期，蔣介
石深知一旦失去美國的支持，國民政府即退無死所。為了拉攏美國人，甚
或是為中美共治臺灣預留空間，有關臺灣的法律定位，蔣介石也適時表現
了做為政治現實主義者該有的彈性，暫時讓國際法的考量凌駕於中國民族
主義之上。1949年1月，剛就任省主席的陳誠在記者會上稱臺灣為「剿共
堡壘」，蔣介石得知後，立即去電陳誠指責他沒「常識」，狂人囈語貽笑
國際：「台灣法律地位和主權，在對日和會未成之前，不過為我一託管地
之性質，何能明言作為剿共最後之堡壘與民族復興之根據也，豈不令中外
稍有常識者之輕笑其為狂囈乎」（引自汪浩88）。李宗仁也曾透露一段秘
辛，認為蔣介石之所以引退後沒有立即前往臺灣，主要的原因就在於臺灣
戰後地位未定，按國際法依舊屬於一處「主權仍受到質疑」的島嶼（林孝
庭，《意外的國度》135）。蔣介石日後可以接受《中美共同防禦條約》
中「兩個中國」的政治安排，除了時勢所逼別無選擇之外，從這個角度來
看一點都不令人意外。畢竟，到底是該從中國民族主義還是國際法的角度
來理解中國此時的對臺主權，連蔣介石自己也只能隨著美國對臺政策的風
向前後搖擺，無法提出一個一以貫之的定見。

　　可以說，從二戰結束到韓戰爆發的五年間，剛剛脫離日本殖民統治的
臺灣隨即進入了島嶼歷史的「大開端」，在法律定位上呈現一種高度不確
定、難以言明的浮動狀態。在這場戰後東亞的大博奕當中，臺灣法律地位
的定義權幾乎由美國因時制宜的對臺政策所壟斷，而蔣介石大半的時間只
能照著美國的政策風向順勢而行，適時調節中國民族主義的水位，時而圍
堵，時而釋放。如果沿著反美國霸權、反美國帝國主義的視線來觀照戰後

的東亞秩序，所能得出的結論大抵如是。

　　然而，這類反美反帝的話語多半是理念先行，而不是從歷史幽微曲折的過程中展開。嚴格說來，與其說是美國壟斷了定義臺灣主權歸屬的帝國權力，不如說詭譎多變的東亞局勢決定了美國反覆無常的對臺政策。用阿圖賽的話來講，是機緣巧合下的「偶然微偏」促使美國時而端出、時而撤回「臺灣地位未定論」等策略論述，導致臺灣在法律定位上越來越模糊不清。臺灣─中國團塊的聚合或分裂，事實上並不是取決於《開羅宣言》、《波茨坦宣言》、自治論、軍事占領論、託管論、臺灣地位未定論等國際法範疇的萬國主義論述，也不是美國霸權予取予求的結果，更不是中國民族主義的情感力量可以左右。從戰後東亞曲折的歷史過程來看，真正起決定性作用的，是推出或收回上述這些規範性或情感性框架的時機。換句話說，不管是蔣介石在國共內戰中的全面潰敗、中共向蘇聯的「一面倒」、或是韓戰的爆發等等，這些偶發的時機對於戰後東亞秩序的規範作用遠高於政策或理念本身，一起構成了中國民族主義與美國萬國主義的侷限所在（limit）。

　　從這個角度來看，我們又該如何看待一直受到美國與中國的霸權政策所宰制的臺灣呢？從批評美中霸權的立場出發，我們大可以說戰後臺灣的法律地位一直漂浮不定，連帶造成日後國家認同的混亂，一直施加各種框架強行套在臺灣身上的美中兩國就是始作俑者，可說是美中為刀俎而臺灣為魚肉。但要是換個視角，從「偶然微偏」的角度來看，我們可能可以得出一個更為貼近歷史的相反結論：美中在對臺或治臺政策上的反反覆覆，說明了兩方霸權只能根據各自賴以為張本的萬國主義與民族主義，因時制宜地制訂各種暫時性的框架來定義臺灣，在這個情況下，屢屢對臺灣的法律地位提出相互抵觸的構想並不叫人意外。但臺灣的地位說變就變，與其說是證明了各方強權的蠻橫霸道，不如說是指向了臺灣難以被妥善安置在任何規範性框架之下的頑抗性。換言之，在美國萬國主義與中國民族主義的籠罩宰制下，臺灣不但沒有被順利壓服，反而是進入了歷史「大開端」的隘口，成為在中國與美帝國的邊界內外遊走的漂浮物，顯現出無從捕捉、難以代現（represent）的滑溜特質，就在美中嘗試以各種框架套住臺灣的同時，暴露其規範性的侷限。

　　事實上，臺灣以其穿梭於國家與帝國邊界內外的本體運動來挫折各種規範性框架，這並不是第一次。1874年的牡丹社事件可說是臺灣本體閃現

的初始場景，是為臺灣二次戰後歷史的前傳，一個原初的「大開端」。關
於二次戰後的臺灣定位，美中雙方提出了種種彼此抵觸的構想，有戰略性
的、國際法的、也有攸關民族大義的，不一而足，整體說來可說是處在一
個「過度指涉」（excessive signification）的話語過剩狀態，造就了臺灣
做為無法為一次性的代現所妥善安置的頑固存在。在這種情況下，若說臺
灣是為一處標示出霸權話語侷限的空白亦無不可，而臺灣地位未定則是隨
機話語過度產出的症狀呈現。在一篇探討《路易・波拿巴的霧月十八日》
（*The Eighteenth Brumaire of Louis Bonaparte*）的文章中，柄谷行人（Kojin
Karatani）認為支撐起經濟與政治秩序的代現機制本來就有其根本上的缺
漏，每逢資本主義的經濟危機，或像是發生在法國共和八年的霧月政變所
顯示，在危機發生的當下，整個代現機制的結構性失能便會暴露無遺，再
也難以隱藏，不管是從商品突然拔高為「崇高物神」（sublime fetish）的
貨幣，或是從一介凡人晉升第一執政、最後加冕為帝的路易・波拿巴，各
種佯裝超越的存在會在此時輪番冒出，但同樣都無法填平因代現的失能而
給經濟與政治系統捅出的大洞（hole），只要是代現機制的結構性失靈一
日無解，試圖彌平空缺的反覆衝動（compulsion to repeat）就永不停歇，
歷史反覆的根源正在於此（2-7）。借用柄谷的說法，在二次戰後新舊秩
序之交的東亞賽局裡，面對剛剛脫離日本的臺灣，美國的萬國主義與中國
的國族民族主義雙雙陷入了代現臺灣的危機，而從代現機制的縫隙中穿脫
而出的臺灣，一方面見證了霸權話語的根本侷限，一方面也構成了牽引霸
權話語反覆回歸，想方設法試圖攫取、代現的一處空白。

　　本文認為，因為歷史的反覆衝動而冒現的「大開端」，形成了切分
近代臺灣歷史軸線的各個節點：1874年的牡丹社事件是第一個分割處，而
二次戰後的臺灣所見證的，則是受到歷史的反覆衝動所撞擊出來的第二個
「懸置」時刻，而將這兩個歷史「大開端」聯繫起來的，則是從清國的天
下主義往中國民族主義過渡的思想軌跡。假如萬國主義與中國民族主義構
成了二次戰後代現機制中的兩大霸權範式，在牡丹社事件當時，做為中國
民族主義前身的天下主義，則是與萬國主義形成爭相定義臺灣的兩大主
力。宏觀來看，整個牡丹社事件可說是沿著「清國天下主義遇上西方萬國
主義」的軸線而展開，最後是以天下主義的全面撤退來做收場。清國屈從
於萬國主義的跟下，牡丹社事件並不是唯一個案。看在漢人眼裡，特別是
從華夏中心論的角度觀之，清國屢屢全盤接受西方的萬國主義無異是一種

屈辱，是滿族夷人對華夏文明不可饒恕的背叛，在清末終於激起了以「驅除韃虜」為己任的漢族民族主義浪潮。但不管是認為「中國」與「四裔」涇渭分明的漢族民族主義（如章太炎），還是主張「納四裔入中華」，強調在一國之內「五族共和」的中國國族主義（如梁啟超和1912年後的孫中山），兩者其實都是源自於晚清中國民族主義既羞愧又憤恨難平的強烈情緒，也是華夏民族在遭遇異族的環伺威脅、「在自我中心的天下主義遭遇挫折的時候」，為了自立自強而開始醞釀的「自我中心的民族主義」（葛兆光，《何為中國？》79-82, 127）。換言之，晚清的中國民族主義並非憑空出現，而是在新的國際秩序下，從受挫的天下主義轉化而來。

　　如前所述，二次戰後，臺灣的法理地位從復歸中國往兩個中國的範式曲折前進，見證了中國民族主義與美國萬國主義此消彼長的鬥爭進程。從《開羅宣言》中臺灣復歸中國的政策規劃，一直到陳儀撇開國際法的羈絆，強行在臺推行全面的中國化，這一切都是在美國的認可或默許下，把一向以國際法為本的萬國主義讓位給中國民族主義的結果。到了國共內戰後期，美國的萬國主義以組織臺灣「自治運動」的型態潛伏在「袖手旁觀」政策底下，直到韓戰爆發後的7月，當杜魯門重提臺灣地位未定論時，萬國主義才正式抬頭，成為美國對臺政策的主流，壓抑了蔣介石的民族主義主張。牡丹社事件之所以是二戰後臺灣歷史的前傳，中國民族主義是由清國的天下主義轉化而來是原因之一。更重要的是，不管怎麼變異轉化，天下主義跟民族主義一樣都是以中國為「自我中心」的，不僅勢必與強調多中心的萬國主義有所扞格，一旦碰觸到位處清國東南邊陲的臺灣，自我中心的天下體系將左支右絀，一樣陷入不知該如何定位天下周邊的窘境。以下，本文將再次進入牡丹社事件曲折的歷史過程，論證臺灣如何在這個原初的歷史「大開端」上，以其帶有絕對外部性的空白存在，一方面困惑了清國因襲自古中國的天下主義，一方面又在清國試圖力挽狂瀾，在臺開始實施善後新政之際，重重挫折了清國自西方習得的萬國主義。

是中國版圖還是蕃地無主？牡丹社事件

　　1874年5月7日至22日，在隸屬舊薩摩藩系統的陸軍中將西鄉從道全權指揮下，三千多名日本遠征軍陸續從長崎前往臺灣，相繼於琅嶠（今恆春）登陸駐紮後，三路圍攻琅嶠十八社中的牡丹社與高士佛社，藉以懲

戒在1871年11月殺害琉球宮古島漂民的排灣族人，史稱「牡丹社事件」。
在明治政府計畫出兵之際，與臺灣貿易往來最為密切的英國首先發難，
在清國的求助下，公開將日本遠征臺灣的軍事行動定位為侵犯清國主權的
「敵對行動」（戴天昭122）。受到英國立場的影響，原本擔心日清合作
恐損及其遠東利益的美國，也從支持日本遠征的立場，突然轉向中立，透
過駐日大使平安（John A. Bingham）向日本外務卿寺島宗則提出通告，聲
明禁止『美國人和美國船舶參加對清國政府的敵對行為」（引自戴天昭
122）。在列強干預下，原本反對出兵的內務卿大久保利通，此時外有列
強高舉萬國公法施壓，對內又必需面對隨著「征韓論」政爭而蜂起的士族
叛亂事件，在進退維谷之際，最終大久保只能三方折衝，軍事與外交雙管
齊下，一面屈從於國內的藩閥勢力，放行西鄉出兵臺灣蕃地（戈登92），
一面回應平安大使的通告，命令時為臺灣蕃地事務局准二等出仕、也是替
「征台之役」獻策甚多的李仙得（Charles W. Le Gendre）即刻返回東京，
不得隨軍前往臺灣，同時派遣柳原前光公使前往上海、北京，與清國副使
潘霨和恭親王奕訢進行必要的出兵照會與外交斡旋。

　　在事件發展的過程中，臺灣蕃地的主權歸屬一直是各方相持不下的爭
議焦點。在日本方面，為了擺脫侵略者的罵名，強化出兵遠征的正當性，
打從一開始，「臺灣蕃地無主論」就是征臺派間的主流論述。在英美這一
邊，為了防止積極南向的日本趁勢坐大，破壞當時東亞的帝國均勢，連帶
損及他們在遠東巨大的商業利益，這次他們選擇當清國的同情者，左持萬
國公法，右持1871年甫簽訂的《日清修好條規》，以侵犯清國主權為由譴
責日本的「敵對行為」，積極反對日本出兵。在這場東亞的帝國賽局裡，
最引人好奇的是清國的立場。照理，做為被征伐的對象，清國大可以在英
美的應援下，理直氣壯搬出《日清修好條規》第一條：「嗣后大清國、大
日本國倍敦和誼，與天壤無窮。即兩國所屬邦土，亦各以禮相待，不可稍
有侵越，俾獲永久安全」，據此堅守兩國主權對等的立場，在查明相關事
證後一肩挑起懲兇的責任，同時要求日軍撤出清國的「所屬邦土」。事實
上，清國政府的確也這麼做了。但在另一方面，我們發現，被日本征臺派
拿來做為出兵依據的「臺灣蕃地無主論」，竟也是以清朝涉事官員的說詞
為本，並非出自日本單方面的杜撰。

　　從清國的角度來看，臺灣蕃地歸「中國轄屬」本來殆無疑義。在1874
年6月27日閩浙總督李鶴年派人遞交給西鄉從道的文書中，清國政府已經

就相關問題清楚表明：「南路瑯嶠十八社尚歸鳳山縣管轄，每年征完蕃餉二十兩，有奇載在台灣府誌，此證據一也。台灣設立南北路理蕃同知專管蕃務，每年由各該同知入內山，犒賞生蕃鹽布等物，此證據二也……」（引自林呈蓉163）。清國政府舉證歷歷，目的無非是想勸誡剛於1871年推出廢藩置縣新政的「大日本國」，平等相待同樣屬於主權國家的「大清國」。有鑑於清國政府對蕃地具備徵稅與治理的能力，明治政府必須承認隸屬鳳山縣的瑯嶠十八社為中央管轄權完全可及之地，是為清國疆域的一部份，不可隨意「侵越」。在同樣一篇文書裡，李鶴年再引《日清修好條規》第三條：「兩國政事禁令，各有異同，其政事應聽己國自主，彼此均不得代謀干預，強請開辦」，主張「我屬國中山國（即琉球）被戕遭風難民一案仍應由本部堂自行嚴檄該地方官辦理，毋庸貴國干預」，故「應請貴中將撤兵回國，不得於中國所屬邦土地方久駐兵旅以符條約」（引自林呈蓉164）。

　　雖然清國言之鑿鑿，理直氣壯，但關於臺灣蕃地的主權歸屬問題，李鶴年的文書並不是清國官方的唯一說法。身為鼓吹日軍征臺最力的美國人，李仙得是「台灣蕃地無主論」的積極倡議者，一向主張清國政府的主權不及於瑯嶠十八社的傳統領域。他的想法其來有自。早在牡丹社事件發生前的1867年3月，一艘美國船「羅發號」（The Rover）在恆春半島南方海域觸礁沉沒，除了一名清國人之外，船上四名美國人逃難上岸後同樣遭當地原住民殺害。事發當初，時任美國駐廈門領事的李仙得得知後隨即向閩浙總督吳棠請求協助，並向福建分巡臺澎等處兵備道吳大廷遞交備忘錄，隨後即赴臺與瑯嶠十八社大酋長卓杞篤（Tauketok）交涉，並再次跟吳棠提出抗議，希望清國可以派兵捉拿元兇，未料此時卻引來吳棠的反駁：「吳大廷為福建分巡台澎等處兵備道，原住民之地非屬清國版圖，礙難用兵追究責任」（引自戴天昭95）。吳大廷也表示，「生蕃不歸地方官管轄」（引自張士賢156）。自此，李仙得開始對「台灣島上『二元政權』共存的社會特質」印象深刻，日後並根據他與清國政府的交涉經驗，就清國對臺主權的問題提出「蕃地無主論」（non-territory）的推論，主張「原住民的活動空間……不屬於任何政權」（林呈蓉30-31）。六年後，在日本外務卿副島種臣連同外務大臣柳原前光前往北京交涉牡丹社事件時，清國官員的反應又再次印證了李仙得的觀察。面對前來究責的日本特使，清國大臣毛昶熙直言：「生蕃皆化外，猶如貴國之蝦夷，不服王化，萬國之野蠻人大

都如此」。既然清國認定「生蕃」殊為難治，柳原趁勢打蛇隨棍上，直說若是清國無權可管無法可治，日本可直接出兵問罪：「生蕃殺人，貴國捨而不治，故我國將出師問罪，唯蕃域與貴國府治犬牙接壤，若為告貴國起役，萬一波及貴轄，端受猜疑，率為此兩國傷和，所以先與奉告」。一聽說日本即將出兵，毛昶熙擺出悉聽尊便的態度，回答得很乾脆：「生蕃既屬我國化外，問罪不問罪，由貴國裁奪」（引自史明241）。

　　關於邊境蕃地的主權歸屬，李鶴年與毛昶熙顯然有不一致的認知。或許可以說，毛昶熙之所以可以擺出事不關己的模樣，兩手一攤表示清國對「不服王化」的生蕃無法可治，原因在於當時明治政府尚未決定出兵，所以毛只想推託了事，直到日軍兵臨城下，李鶴年這才發現事態嚴重，只好趕緊搬出《日清修好規約》來聲明清國對臺灣蕃地的主權。即便是如此，我們還是無法否認關於臺灣蕃地的主權歸屬問題，清國政府曾經提出兩套完全矛盾的說法。深究下去，初步可以發現，在李鶴年與毛昶熙矛盾說法的背後，乍看之下預設了「萬國」與「天下」這兩套相異的世界觀，反映出當時清國政府在列強叩關的情勢逼迫下，不得不暫時擱下以天朝為中心的天下主義，直面多中心的「萬國」實境。

天下主義與萬國主義之爭

　　簡單來講，高舉《日清修好規約》的李鶴年，主要是從「萬國」的法律角度來指摘日本的征臺行動，主張清國政府的主權及於包含臺灣蕃地在內的所有行政區域，均勻一致，在行使上沒有程度上的差別，凡屬「大清國」國境，不容居於平等地位的「大日本國」無理侵犯。不同於李鶴年，法律上的主權概念並不是毛昶熙的著眼點。他在回應中屢次提及「化外」，明顯是以文化的角度切入，套用傳統中國的天下觀來思考臺灣蕃地的主權歸屬問題。根據天下主義的製圖學，王畿所在的中土一向是文明的核心地帶，其他存在於八荒四表的文化共同體，照著各自在文化上與天朝中心的親疏遠近，依序以回字形或同心圓的幾何形式排列，由中心漸次往邊緣輻射，直到抵達天下的盡頭為止。這幅古中國以來就根深蒂固的天下想像，不僅構成了在進行「夷夏之辨」時可供參照索引的基礎圖示，清國在主權分配（distribution）上建立的差序格局也大抵根源於此。沿著毛昶熙的天下視角望過去，即便是清國政府老早在康熙年間（1684年）就已經

將臺灣「郡縣化」，在臺設一府三縣，納入帝國管轄，但版圖歸版圖，天下歸天下，一個是均勻連續的外延空間（extension），一個是依差序漸次往外發散的同心圓，兩者很難疊合為一，始終「不服王化」的臺灣蕃地，彷彿是在清國的行政版圖上用蕃界阻隔開來灰色地帶，既在版圖之內，又在天下之外，可說是一處清國治權所不及的無主之地。因此，日本要殺要剮，悉聽尊便。

　　既然生蕃「不服」，清國索性就「捨而不治」，這種消極的邊疆政策，實則來自於天下主義。然而，天下主義提供了兩套「不治」的技術——不治而治，與純然不治——毛昶熙的不治屬於第二種。我們先從「不治而治」講起。古中國在內政與外交的治理上，不管是想像還是實際的擘劃，經常都是以天下主義為本。東周的「五服」就是一例。照五服的空間配置，洛陽是天下的中心，外頭環繞著甸服、侯服、綏服、要服與荒服，以中央為基準，依禮教滲透的深淺、文化認同的強弱、以及利害相關的程度，由近至遠，由內而外以回字形依序排列。「甸侯綏要荒」五字，意味著五種鬆緊有別的治理模式，之間漸層差異主要是根據與周王室在各種關係上的親疏而定。譬如說「『要』是約定，只是由雙邊盟誓或者協議來管轄，實際上王對他們有些睜一隻眼閉一隻眼」。而相較於對要服較為鬆弛的治理，與核心地帶的關係更為緊密的「綏服」，中心反而是以較為防備的心態來對待：所謂「綏」，原意是上車拉引的繩子，意味著「可以扶著，但不可以依靠」，故引申為「安撫」之意（葛兆光，《何為中國？》38）。換句話說，與周王室越親近，中心施加的掌控就越緊密，想當然耳，到了偏處邊陲的「荒服」，中心「好像可以讓他們自由自在，反正也離得遠了」（葛兆光，《何為中國？》38）。漢朝何休注《春秋》時所說的「王者不治夷狄」，道理便在於此。

　　濱下武志在論及近代中國的統治關係時，提出了有名的「同心圓」概念，基本上可說是「五服」配置的延伸。濱下以清國政府的組織架構為例，一樣是由近至遠、關係由親到疏，從中央往外輻射，依序是地方—土司·土官—藩屬—朝貢—互市。表面看來，這個同心圓的圖式涵蓋了中央對內（比如說中央—地方）與對外（比如說中央—互市國）的關係，但實際上，構成天下的同心圓完全打破了國內國外之分。濱下認為，「將國內統治的方式向外部逐步擴大」是「更恰當」的說法（35）。濱下扼要地點出了萬國體系與天下體系最為基本的歧異之處——前者強調國與國之間在

主權上的相互承認，因而國內國外有涇渭分明的界線，而此種建立在主權之上、強調內外有別的國「際」關係，在天下體系的同心圓配置中是無從想像起的，主要的原因在於天下是由內部統治關係往外部漸層「擴大」的結果。

問題是，統治關係由內而外的擴大是以什麼型態進行呢？中央─地方在核心地帶（也就是一般說的中國本部，China proper）的統治關係可說是構成了天下體系的基礎模型。根據濱下的研究，清國政府組織架構中雖然有「中央集權」的精神，但特殊之處在於它的「中央官制與地方官制是並列」的，譬如說地方的「總督、巡撫與中央官廳處於平等的關係而非隸屬」，而在主管地方財政的布政使雖然「統屬」於總督、巡撫，「但本身確有直接向皇帝上奏的權利」（33）。據此，清國的政府組織並不是一條鞭由上而下的中央集權官僚制，一定的權力下放是組織特徵，相當程度上擴大了地方或下級單位「自主裁量」的空間，但中央的調控力又不至於讓體制過度往封建制傾斜，再加上清國地方官員的派任根據的是「本籍迴避」原則（菊池秀明179），一般人不能擔任自己故鄉的官員，因此更說不上具有現代地方自治的特色。這種介於官僚制與封建制的中央─地方組織型態，一旦以同心圓形構「逐漸往外擴大」，可以預見的是，與中央的關係越疏遠，「自主裁量」的空間也會以一定的程度與型態逐步擴增。濱下說，「國內的中央─地方關係中以地方統治為核心，在周邊涌過土司、土官使異族秩序化，以羈縻、朝貢等方式統治其他地區，通過互市關係維持著與其他國家的交往關係，進而通過以上這些型態把周圍世界包容進來」（35）。跟「甸侯綏要荒」一樣，從「秩序化」、「羈縻」、「朝貢」到「互市」，在天朝中央的制御之下，治理對象的「自主」空間也跟著逐次放大。譬如說，相較於土司治下的雲南，被「羈縻」的西藏理論上可以享有更大的自主空間，更不用講做為互市國的日本了，除了貿易關係之外，天皇老子根本管不著也不想管。換句話說，對應著地方、邊疆、或異邦的自主，是中央集權的組織限縮，外顯為不同程度、型態的「不治」，憑藉著親疏之分將周邊世界「包容」進天下體系。

明清時期的朝貢制度是將「天下不治」制度化的具體例證。對於親疏有別的朝貢國，明清有關貢期與貢物的規定也有所殊異，這類差序化的制度設計，所根據的也是如五服的回字圈或濱下的同心圓一般的天下圖式。譬如說，與清國關係較為緊密的朝貢國如朝鮮、琉球與安南，貢期的頻率

比較高——朝鮮一年一貢、琉球兩年一貢。關係較疏遠的南掌（即琅勃拉邦王國，位於今日寮國北部）則是五年一貢。對於貢物種類和數量的規定也是一樣，越親近的附屬國就越嚴格詳細，甚至到鉅細靡遺的程度，中央集權官僚制巨大調控力在此表現無遺（但也只限於此）。至於關係較為疏遠的暹羅，則「只規定了進貢的物品」，對更疏遠的國家「則無任何要求」（駱昭東132-35），突顯出清國對於越靠近天下周邊就越「不治」的「包容」態度。

　　然而，不治實有其治理的理性（rationality），絕非置之不理。凡位處天下邊陲的藩屬或朝貢國，清國政府選擇不針對貢物的品項與數量做「任何要求」，這基本上是一種「不治而治」的禮教統治術。舉凡放寬規定、不明列貢物細項、或是減少進貢的頻率等「包容」性措施，意不在疏遠友邦、棄之於天下邊緣而不顧。相反地，照官方說法，這其實是對於遠道而來、經歷舟車勞頓的友邦一種貼心體恤的表示：「念遠道馳驅，載途雨雪，而為期較促，貢獻仍頻，殊不足以昭體恤」（引自駱昭東133）。換句話說，「不治」，為的是「懷柔遠人」、「恩恤遠藩」，帶有「修文德以來之」（《舊唐書・北狄傳》）、「但常修德以來遠」（宋太宗語）的目的，透過自身的德行高度激發異族異邦對於天朝中心的正向情感，從而將文化他者繼續羈縻在天下體系之內。龔自珍在《對策》裡就認為，此種帶有羈縻性質的涉外方略是「三代」以降中國「之於荒服」慣行的治理技術。天下主義下的「不治」，事實上是治理天下的法門。「不治而治」的道理便在於此。

天下主義的「純然不治」

　　但更值得注意的是，至於那些未能「馳心於華」（語出唐朝程晏）的非我族類，或像是牡丹社、高佛士社一樣，被認定是「不服王化」，無感於禮樂教化召喚的臺灣生蕃，天下的核心本部又該如何對待呢？對於荒服之外的異族異邦，「不與約誓」，「不就攻伐」，選擇與之維繫一種「外而不內，疏而不戚」的微妙關係，或甚至是無關係，這是班固在《漢書・匈奴傳》中建議的應對之道：

　　　　春秋內諸夏而外夷狄，夷狄之人貪而好利，披髮左衽，人面獸心，
　　　　與其中國殊章服，異習俗，飲食不同，言語不通，辟居北垂寒露之

野，逐草隨畜，涉獵為主，隔以山谷，雍以沙幕，天地所以絕外內
也。是故聖王禽獸畜之，不與約誓，不就攻伐，約之則費略而見
欺，攻之則勞師而招寇。其地不可耕而食也，其民不可臣而畜也，
是以外而不內，疏而不戚，政教不及其人，正朔不加其國，來則懲
而御之，去則備而守之，其慕義而貢，則接之以禮讓，羈縻不絕，
使曲在彼，蓋聖王制御蠻夷之常道也。

　　根據班固的說法，對於廣義的夷狄，天下主義備有兩套「制御」之道
──不治而治與純然的不治。班固在這裡所做的夷夏之辨，只是就地理條件
來描述夷狄異於諸夏的風俗習慣，並沒有賦予夷狄一個本質化的文化內容。
在區分敵我的過程中，班固意不在建立諸夏＝我，夷狄＝敵的實質連結，而
是將夷狄一分為二，從中析分出深受諸夏文明吸引、「慕義而貢」的我，以
及「人面獸心」的敵。因為「馳心於華」，文化的認同或同化使夷狄變成了
我（程晏所謂的「夷其名有華其心者」），使得以儒化禮教為中心的天下得
以不斷擴張。相對地，堅持奇風異俗的夷狄自絕於天地之外，而基於聖王之
道，華夏文明本部也不打算以任何積極或強制的方式將他們納入天下，「政
教不及其人，正朔不加其國」。葛兆光認為，「天下一家的普世主義，它的
認同標準是文化。所以邊界的法律劃定是不關緊要的，……凡是文化上臣
服、認同的，都可以劃進來作為『華夏之藩屬』，都是一個『天下』。……
凡是文化上不服從、不認同的『異邦異俗』也就算了，就當你不在『天
下』之內」（《何為中國？》48）。「也就算了」，自然不是不治而治的
態度，而是一種不帶目的性、純然的不治，將不懂得「慕義而貢」的夷狄
留置在天下之外的政治決斷，表現出對於絕對文化他者的沒興趣與不在
意。金觀濤與劉青峰主張，根據儒家的天下觀，「外夷只要學習儒家道德
文化，亦能納入這一沒有邊界的共同體，成為華夏的一部份」，因而認定
「儒學所主張的社會組織藍圖具有世界主義的傾向」（42）。以「慕義而
貢」的文化認同做為組織天下的原理，確實讓儒化的天下具備了不帶強
制、侵略性的外擴特質，但其結果，帶來的頂多是變易不居、辨識不易的
邊界，而不是直接讓天下成為「沒有邊界」的「世界」。「外而不內，疏
而不戚」就已經清楚說明了有外於天下的外部存在。金觀濤與劉青峰的推
論顯然是推過頭了。葛兆光認為天下的「中心清晰而邊緣模糊」，這才是
對天下面貌更加忠實的描摹（《宅茲中國》45）。

　　關於純然的不治，韓毓海把話講得更直白。他以朝貢制度為例，認為從明初「鄭和大航海」以來，中國一直企圖透過海洋朝貢貿易的機制「以德治海」，「用財富和商品購買周邊的效忠」，至於「那些『不聽話』的勢力」，中國不會主動「攻伐」以求降服，只是「做為『德政』體現的『中國購買力』就不會降臨到他們頭上」而已（149）。一直想要打進明朝朝貢圈的德川幕府便是一個著名的例子。1609年，軍事薩摩藩島津家家臣樺山久高率領軍士三千人攻破琉球王國的首都首里城，從明洪武五年（1372年）開始即向明朝進貢的琉球，這時成了島津的領屬。隔年，島津挾持琉球國王尚寧王至江戶，德川家康以高規格的外交禮數相迎，並許下不消滅琉球王國的承諾，交換的條件是希望可以通過琉球王國加入明朝的朝貢體系。尚寧王獲釋返回首里城後，依幕府的意向繼續向明朝遣使修貢。在得知德川幕府攻破首里城後，面對來貢的琉球使節，明朝政府對德川幕府的盤算心知肚明，但也沒有大動干戈的打算，只是很委婉的以「琉球新經殘破，財匱人乏」為由，命令來使「俟十年之後物力稍完，然後復修貢職未為晚也」，自此將貢期改為十年一貢（引自韓毓海160）。如前面討論的「不治而治」，明朝政府調降琉球的來貢頻率，為的是體恤剛剛遭到島津軍士蹂躪的屬國。不管這是官方說法也好，真心誠意的懷柔也罷，明朝的天下主義話語其實是一石兩鳥，真正劍指的是德川幕府：藉由拉長琉球國的貢期，一則恩恤遠藩，但最終的目的是不讓「做為『德政』體現的『中國購買力』」降臨到德川幕府頭上。

　　回到臺灣蕃地的主權歸屬問題。吳棠認為「原住民之地非屬清國版圖」，便是以「外而不內，疏而不戚」的天下視角重劃疆界的結果。這裡的版圖，指的並不是萬國公法定義下的國境、疆域，而是天下。在毛昶熙眼中，「不受王化」的臺灣蕃地，已經是處於荒服之外，根據主權差序分配的原則，清國政府與之保持「外而不內、疏而不戚」的關係是完全符合天下主義的政治決斷。然而，值得注意的是，在與明治政府斡旋牡丹社事件的過程中，雖然李鶴年一直堅守大清國做為主權國家的立場，在上述他遞交給西鄉從道的文書裡，天下主義的邏輯還是隱約可見。比如說，他嘗試向西鄉從道解釋，臺灣蕃地不是什麼無主之地，只是「特以禮記不易其俗不易其宜，故向來中國不全繩以律法而已」（引自林呈蓉163）。為了將臺灣蕃地納入清國版圖，李鶴年暫先擱置了萬國的主權觀念，調動起天下主義的邏輯，偷天換日，企圖把臺灣蕃地與清國藩屬在定位上等而視

之。拿新疆或西藏這兩個清國的藩屬為例：「清朝在這些國家扶植了擁護自己的新汗王，駐紮了清朝的軍隊（將軍府）和辦事大臣（外交使節），但是保留了當地他們自己原先的統治方式和管理制度」，許多像薙髮易服之類的「行政管理制度和法律在這些國家並沒有強制實施」（唐日塔格74），用李鶴年的話來講，就是在藩屬貫徹「不易其俗不易其宜」的治理方針。為了駁斥「蕃地無主論」，李鶴年等於是把純然的不治，偷偷換成了對藩屬的「不治而治」，原本地處荒服之外的臺灣蕃地，就這樣被偷渡進了天下體系內部。然而，李鶴年的辯駁並不符合實情，很難站得住腳。第一，臺灣蕃地並不向其他清國的藩屬一樣歸理藩院管轄。第二，同治帝也不若康熙：康熙以藏傳佛教的保護者自居，把自己「廣納進去藏傳佛教的世界」，化身為藏人口中的「文殊菩薩皇帝」（平野聰155-57），但之於臺灣蕃地，同治並沒有施行類似的不治而治，將自己「廣納」進生蕃的文化世界，藉此在臺灣蕃地建立自身與帝國的威望，達成羈縻臺灣生蕃的治理目的。但不管李鶴年把臺灣蕃地視為清國藩屬的暗示有多荒謬，在他遞給西鄉從道的文書中暗藏了天下主義的密碼是一件不爭的事實。甚至可以說，李鶴年對現代主權觀念的認識，是透過天下主義的框架來進行把握的。

從天下到萬國？《中日北京專條》與開山撫蕃

　　從這個角度來看，在牡丹社事件發生當時，清國官員對於臺灣蕃地歸屬問題的認知不一，究其根源，嚴格說來並不是天下主義與萬國意識之間的矛盾所致，而是可視為是在萬國意識的衝擊下，一場天下主義陣營內部的鬩牆之爭，彼此的分歧點在於：之於臺灣蕃地，清國政府施行的究竟是不治之治（李鶴年），還是純然的不治（毛昶熙）？究竟臺灣蕃地是在天下的周邊，屬於清版圖的一部份，還是外於天下、不屬清國土的化外之地？關於這些問題，在1874年9月10日雙方簽訂《中日北京專條》之前，清國政府並沒有給出一個明確一致的答案，意味著在官員的認知裡，臺灣蕃地尚在天下邊界的內外之間漂浮不定，也反過來迫現天下邊界模糊、不確定、難以區分內外的特質。

　　就在《中日北京專條》簽訂後，曖昧模糊的天下邊界被清晰明確的國界取代，一夕間「解決」了天下主義帶來的治理困局。《專條》不僅為

日本征臺事件暫時劃下句點，我們也看到一向規範清國治理思維的天下主義驟然退場，取而代之的萬國主義，不僅成為貫穿《專條》的主要精神，也構成了事件後主導治臺新政的單一框架。這番戲劇性的轉變，可用當時在與日方磋商專條時，軍機大臣沈桂芬的一句話來做概括：日本「仗義而來，亦必仗義而去」（引自陳在正44）。「仗義」是天朝對待友邦的固有修辭，不過就當時的磋商和《專條》的實質內容而言，天下主義在這裡不過是個用來裝點萬國主義的一具空殼而已。

　　「仗義而來」，意味著清國完全瞭解、也認同日本的征臺動機，純粹是為了替宮谷島漂民討回公道，是為國家保護「屬民」的舉措。《專條》第一條完全反映了「仗義而來」的見解：「日本國此次所辦，原為保民義舉起見，中國不指以為不是」。將征臺的軍事行動定位為「保民義舉」，形同宣示清國已經有了放棄琉球的打算，間接承認了日本對琉球的權力（1872年琉球王國已經被日本強制改制為琉球藩）。當日本在東亞動作頻頻的同時，俄國進犯新疆也造成了中國西北邊境的危機。在這個邊疆危機連環爆的當口，《專條》承認宮谷島漂民為日本「屬民」的說法，即刻在洋務派官僚之間引發抗俄與防日、「塞防」與「海防」究竟孰輕孰重的論爭。略居上風的塞防派，認為新疆是中國西北邊防不可或缺的灘頭要塞，與之相比，「琉球畢竟只是藩屬」，保不保得住只「關乎『面子』，並不直接牽涉到軍事或經濟上的實際利益」（雪珥184）。或許就是這種裡子重於面子、國家利益大於天下大義的算計，讓清國可以在稱許日本的「保民義舉」的同時，輕易忘記做為宗主國，自己對當時尚為清國屬國的琉球一樣負有「興滅國、繼絕世」的道德責任。換句話說，在認可日本「仗義而來」的同時，本來強調天朝中心光披四表的天下主義，已經悄悄地淹沒在國家現實利益的諸多盤算之中。

　　沈桂芬的「亦必仗義而去」，是天下主義退場時留下的第二道線索。他的意思很明白，旨在敦勸日本既然已經完成了懲兇保民的任務，撤軍天經地義，因此勢在必行。在條約磋商的過程中，清國官員屢屢給日方找台階下，稱日本「不知彼處是中國地方」才會對生蕃地「加兵」（引自陳在正44）。既然不知者無罪，加上出兵又屬「保民義舉」，那在功德圓滿後即刻撤離「中國地方」也可以算是「仗義而去」的舉措。如果「仗義而來」的說詞形同變相鼓勵，授與日本加速併吞琉球的正當性（1879年琉球正式廢藩制縣，改制沖繩縣），「亦必仗義而去」的催促，則是明確宣示臺灣蕃地屬於「中

國地方」，沒有正當理由，日本軍士不得駐紮逗留。《專條》第二、三條即是透過種種的善後措施宣示清國對臺灣蕃地的主權：清國願意負起主權國家的責任，答應賠償「所有遇害難民之家」一定的「撫卹銀兩」，而日軍在生蕃地「修道、建房等件」，由於屬於「中國地方」的地上物，清國願意付費買回自用，並允諾「設法妥為約束」生蕃，「以期永保航客，不能再受兇害」。換言之，「仗義而來，亦必仗義而去」的話一出，以日清雙方不再相互為難為前提，日本得到琉球，清國保住臺灣，豪士所謂日本在北京談判中「大獲全勝」實有其偏頗之處（238）。

其實若真要論輸贏，壓倒天下主義的萬國原理才是「大獲全勝」的一方。在《專條》簽訂後，琉球與臺灣的主權歸屬就開始朝著明確化的方向走。在萬國原理的絕對支配下，1879年琉球編戶入籍，改制日本沖繩縣，1885年臺灣設省，正式納入清國的周邊，成為中國領土的一部份，直到馬關條約出台為止。 從牡丹社事件到《專條》簽訂，胡連成為這段歷史過程給出一個精準扼要的總結。他認為整個事件「是一場在本質上圍繞中國對臺灣是否擁有主權而展開的外交鬥爭，也是一場圍繞是打破還是維護中國與琉球之間傳統的宗藩關係而展開的外交鬥爭。在這次影響深遠的嚴重外交鬥爭中，清朝在國際法上確立了中國對臺灣的主權，但輸掉了幾百年來與琉球之間極為密切的宗藩關係（113）。不管是確立對臺主權，還是終結與琉球的宗藩關係，《專條》的兩個結論同樣意味著，此時主導清國內政外交思維的準則，已經從天下主義轉換到了萬國主義。

在這個從天下到萬國的脈絡下，《專條》中清國允諾對生蕃多加「約束」，指的已經不再是天下主義下鬆緊有度的彈性治理，而是現代國家主權行為的彰顯。據菊池秀明的說法，洋務派官僚間的塞防海防之辯，不管誰有道理誰佔上風，兩造的論點一致認為弱肉強食的國際賽局已經讓天下主義陷入左支右絀的窘境，主張「清朝政府在接受近代國境與排他性的領土支配概念（先前只有彈性與曖昧的邊境概念）的同時」，也要思考「中國該保衛的邊境範圍究竟是到哪裡為止」（89）。日軍撤離臺灣蕃地後，為了防止外國勢力的侵擾，沈葆楨隨即銜命負責臺灣開山撫蕃的邊防要務，開始落實對臺灣進行「排他性的領土支配」的治理方針。在擘劃治臺新政時，沈葆楨在1874年年底遞送「全臺善後事宜並請旨移駐巡撫」奏摺，洋洋灑灑羅列諸多善後措施，其中包括「移駐巡撫、增設郡縣」、「開山撫蕃、招墾開禁」、「整頓營務、充實軍備」等大項，冀望在事權

得以統一的情況下（將閩撫駐在地移至臺灣），開闢連通前後山的道路（分北中南三路闢建，其中連結林杞埔與璞石閣的中路殘跡，即為現存的清八通關古道），拉設連接閩臺的電線，解除「嚴禁內地人民渡臺」與「嚴禁臺民私入蕃界」等禁令，以招募人民進行全臺耕墾，並提倡依淮軍的軍營制整併臺地營伍，裁撤不適任的臺地班兵，藉以嚴備臺灣的陸海防（陳是正47-50）。沈葆楨倡議新政，目的不外乎是以牡丹社事件為鑑，試圖藉由多方的制度革新與基礎建設，將臺灣打造成清國主權得以全面伸張、政權均勻瀰散的政治空間。

　　沈葆楨曾說，「善後難，以創始為善後則尤難」（《沈文肅公政書》875）。如何在萬國公理的主導下，掃除天下主義的積弊，一統臺灣政權的向來的「二元結構」，藉以在中國的邊疆地帶確立一條得以隔絕內外的明確國界，在臺灣善後的目標上，沈葆楨與李鴻章這兩位海防派大將可說是有志一同，但該怎麼做，兩人的想法卻有所歧異。根據張士賢的研究，對李鴻章而言，既然帝國的隱患來自後山蕃地，因此，要對症下藥，「臺灣東半部之開山、撫番、增官、設兵是臺灣善後的必然措施」。但沈葆楨不認同這種頭痛醫頭的作法。為了正本清源起見，他主張善後的目標「應是全臺灣，尤其是山前，並不只是山後」（154）。在沈葆楨看來，李鴻章的善後構想僅是保守地將臺灣一分為二，這樣的作法有可能會讓臺灣再次陷入「二元結構」的治理模式。有鑑於「蕃地無主論」造成清國主權不及全臺的窘境，唯有將分裂為漢地、熟蕃地、生蕃地的臺灣，重新打造成一個清國主權可及、政權可治的「全臺灣」，合二為一，才有辦法根治清國邊疆治理的沈痾，讓成為一的「全臺灣」，得以再次從屬於更大的、也就是清國的一。這種「以創始為善後」的戰略，正是沈葆楨新政的內核所在。

　　從牡丹社事件事發，一直到沈葆楨的善後新政，我們可以畫出一條從天下到萬國的典範轉換軌跡，《中日北京專條》是過渡的進程中最為關鍵的轉捩點。有許多論者會以「（西方）衝擊—（中國）回應」的模式，認為這是清末的洋務派，在遭受接二連三的列強侵擾後，痛定思痛，最後痛下決心拋棄迂腐自大的天下主義，轉而遷就西方的萬國思維用以因應萬國實狀的結果。諸如此類的歷史敘述與評斷，顯然預設了西方萬國主義在價值上的高位，孱弱的清國想要自強圖存，除了照西方的規矩走之外別無他途。因此，也有質疑西方至上論的論者反其道而行，主張在中國歷史的漫漫長河中早就出現過自生發的萬國主義。最常被提及的一例便是宋遼

之間的「澶淵之盟」（另稱「景德誓書」）（1005年，宋真宗景德二年簽訂）。在這個停戰和約中，兩個為了爭搶燕雲十六州而征戰不斷的國家最後化干戈為玉帛，「南北通和」，宋真宗與遼聖宗不僅互稱皇帝，由於真宗略長聖宗幾歲，在遼蕭太后的撮合下，以真宗為兄，聖宗為弟，兩國於是約定以兄弟之邦平等對待，和平共處，從此雙方各守疆界，互通有無。王飛凌認為，「看似不起眼的澶淵之盟，基於其創新的國家間關係原則，居然建立了一個持久的法理上的新國際體系」，跟西發里亞和約（Peace of Westphalia）一樣，澶淵之盟「劃時代地在法律上和觀念上用國際關係來取代世界帝國」（125）。陶晉生也做出了類似的評價：

> 兩朝間的外交實際運作，與在漢唐明清朝貢系統下的外交，截然不同。宋遼兩朝從國家到皇帝的稱號，到外交文書和典禮的細節，務求平等。外交使節與對方官員從見面開始，必須使用適當的言語，應對進退，以及禮物的交換，座次的排列，都細心安排，不能出錯。這些都是在因應國家間對等的要求下逐漸出現的狀況，頗多歷史上前所未有的創舉。（47）

不管是取徑於西方還是中國自生發，在價值上萬國主義還是高高地位居上位。更值得注意的是，萬國主義的價值優位經常還是建立在一種目的論式（teleological）的史觀上——把從天下到萬國的變異移置到線性時間軸上，用歷史進化的框架來理解典範轉移，因而把天下往萬國的過渡，視為歷史往它命定的目的緩步邁進的時間進程；同樣的道理，任何違逆歷史進化的趨勢，不是意味著發展的停滯，就是退化。王飛凌對天下主義的批判，大抵是建立在這種目的論式的進步史觀之上。在他看來，南宋的滅亡是一個本來可以避免的悲劇：要不是南宋擺脫不了「其秦漢式政體的本質」，要不是它「還是被天下一統的天命觀所引誘」，要是它可以延續「澶淵之盟」的萬國精神，不要為了消滅金帝國而與蒙古帝國結盟，之後又「盲目」地攻擊它的「新盟友」，心心念念的只是「『收復』失去的中原」，要是宋朝可以持續往「萬國」此一人類歷史的目的邁進不要回頭，那「宋朝的黃金時代」不會毀滅，「古典中華文明」跟「漢民族」說不定還依然健在（127, 131）。可以說，宋朝的殞落，肇因於天下主義所鼓動的死亡驅力。

　　《中日北京專條》簽訂後清國實行的臺灣善後新政，也經常被置入進步論的框架來理解。李國祁就認為，從沈葆楨到劉銘傳，「他們所用的方法，雖然大多數仍是傳統的，但具有積極的現代化的意義是可以肯定的」（198）。這樣的評價似乎是把一般洋務派人士掛在嘴邊的「中體西用」論顛倒過來，強調沈劉所「用」的方法或技術是中國的，但做為最根本的本體、以及本體存在的目的卻是西方的，於是這兩位遣臺的洋務派，很反諷地變成了「西體中用」的信徒了。然而，我們只稍看看劉銘傳「所用的方法」，就會發現清國交付給督撫全權辦理的善後新政，不僅很難用「中體西用」或「西體中用」的框架來理解，新政所觸發的往萬國過渡的歷史進程，其中的幽微曲折，也不是目的論所能觸及、或完整把握的。

　　在治臺新政的擘劃上，劉銘傳算是沈葆楨的傳人。但一個顯著的差別是：劉銘傳把沈葆楨的「全臺灣」視野推到了極端，意外引發「治理內爆」的現象，本來戮力使其合二為一的「全臺灣」，又再次被推向一分為二的分裂局面。前頭說過，沈葆楨的「創始」型善後，終極目的在於將臺灣打造成清國主權得以全面伸張、政權均勻瀰散的政治空間，藉由「全臺灣」的創造性建構，一舉終結天下主義釀成的治理困局。為了達到創造「全臺灣」的目的，劉銘傳展開了大刀闊斧的官制改革，大力整併專事開山撫蕃的軍事與財政單位，往中央集權官僚制的方向進行組織改造。劉銘傳進行的組織變革是沈葆楨「統一事權」理念的延伸。譬如說，劉銘傳的裁隘政策，把原本負責沿邊守隘的武力從民間組織（由隘墾戶組成）改制為官辦組織（官軍勇營），通過統領接受省級政府做統一的督導、訓練、配置跟調派。跟官辦隘勇制一樣，過往繁複的隘租與免稅政策也一併取消，改為所有開墾的田園都須向省府中央納稅。

　　在所有劉銘傳進行組織改造的項目中，最有意思的莫過於設置於全臺各地的「撫墾局」。根據林文凱的研究，設於大嵙崁的撫墾總局，是在實施官辦隘勇制後設立的專門撫墾機關，轄下有分設各地的撫墾局。有意思的是，整個撫墾機關看似是一個嚴密的科層官僚組織，但「總局跟各撫墾局之間並無明確的統屬關係」：「撫墾局表面上是省級官府所設的官方組織，但實際上其組成成員都是原本在地的隘墾土豪集團」，譬如「北路林維源、中路林朝棟與宜蘭陳輝煌等豪紳集團」（165-66）。前面說過，清國地方官員的派任必須嚴格遵守「本籍迴避」的原則，據此，林

文凱認為，撫墾局是晚清開山撫蕃時期大量設置的「非正式機構」之一
（163）。在官僚組織裡設置「非正式機構」，假如是為了求有效統治而
不得不然，那無可厚非，但就事後而論，由在地的土豪集團把持撫墾事業
的結果，在一連串的骨牌效應下，直接造成了撫蕃政策的挫敗：

> 省級官府雖把這些人納進國家機構中來推動其改革政策，然而結果
> 是這些人利用國家權力追求拓墾私利，國家不僅無法有效分享這些
> 開墾利益，反而還得負擔隘防等負擔，更嚴重的是由於官府無法有
> 效規範這些人的自利性行動，導致撫蕃政策變成耗費龐大軍費的一
> 連串勦蕃戰爭。（林文凱167）

　　在這一點上，我們必須再一次區分天下主義下的「不治之治」，和撫
墾局的「非正式」治理之間的差別，以便理解劉銘傳善後的組織改造，是
以中央集權官僚制為原理，跟天下主義無關。乍看之下，劉銘傳違反「本
籍迴避」的原則，大量任用「隘墾土豪」做為國家官員，似乎也有「不易
其俗不易其宜」的行政考量。畢竟最暸解蕃地的，無疑是跟原住民有豐富
交手經驗的在地豪紳，因此，在官員任用上，因地制宜是不得不然的彈性
作為，也是「不治而治」的一種，不需太拘泥於中央法規。然而，在這一
點上，林文凱指出了一個重要的差別：

> 晚清開山撫蕃時期大量非正式機構的創設與過去略有不同的點在
> 於，過去這種非正式機構主要是由地方官府而非省級官府所籌設，
> 而且通常只是獲得官府授權管理地方事務，而未成為官府正式官僚
> 體制的一部分。但劉銘傳時期，在晚清督撫自重的政治文化變革
> 下，省級官府開始跳脫迴避制度的限制，籌設了這些非正式機構，
> 並賦予其某個程度上的官府權威性。（163）

　　用濱下武志的話來說，在清國的天下政制裡，「總督、巡撫與中央官
廳處於平等的關係而非隸屬」，地方官員「本籍迴避」原則的設立，基本
上是在給予省級官府一定的「自主空間」之餘，也確保了政治權利不至於
往督撫傾斜，以政治力量平衡來維繫中央─地方的「平等」關係。因此，
劉銘傳以其自主裁量權，將違背本籍迴避原則設立的「非正式機構」納入

省級官府的官僚體制，明顯破壞了在天下主義下中央與地方平等不隸屬的政治關係，這絕非是天朝中心對地方的「不治之治」想要達到的政治結果。換言之，晚清的「督撫自重」構成了一股離心力，菊池秀明稱之為一陣陣帶有地方主義色彩的「南風」（77-79），顯現出天下政治在晚清崩壞的跡象。更重要的是，在從天下往萬國過渡的進程中，有「督撫自重」傾向的劉銘傳，也不得不把晚清盛行的地方主義帶進了他在臺灣建立的科層官僚制，最後導致他一心一意想建立的「事權統一」的官僚制遭到了地方主義的反噬，「一條鞭」的組織設計活生生被攔腰截斷：不僅官府收不到稅，地方挾其官威逞其私利的豪紳集團，在一波波與原住民爭利的過程中，也讓劉銘傳政府捲入一次又一次的「勦蕃戰爭」當中。原本是為了「創始」，為了建構一個「全臺灣」而逐步建立的官僚制，到了劉銘傳任內，隨著省級官僚體制不得不然的地方化，又將臺灣帶入了一分為二的交戰狀態。然而，我們不能說劉銘傳把土豪集團編入官僚體制是一記敗筆，以致「事權統一」的組織理念未竟全功。事實上，由於當時行使主權的國家欠缺與人民的協商渠道，為了達成開山撫蕃的治理目標，唯一能做的也就只有藉助挾私利自重的「隘墾土豪」充當官府與原住民的中介，將他們任命為負責撫墾業務的政府官僚。因此，《專條》後的臺灣從合二為一到一分為二，可說是成也官僚制，敗也官僚制。

　　從牡丹社事件一直到善後的開山撫蕃，臺灣的定位從游移在天下內外的一分為二，走向由萬國思維主導的合二為一，一直到劉銘傳治臺，集權主義與地方主義色彩兼具的官僚制又讓臺灣陷入一分為二的狀態。因此，我們可以說，在清國與其他帝國勢力的夾縫間，當時的臺灣向來就不是一個穩定的「一」，也很難從屬於一個更大的「一」：既非天下體系內的固定成員，也沒有成功被打造成清國主權得以均勻遍佈的政治空間，自然也未曾成為堅實的海防要塞，替清國的東南海疆畫出一道明確的國界線。換句話說，當時的臺灣不但困惑了天下主義，也挫折了萬國主義，儼然是一個無法被天下體系與萬國體系框定的脫軌存在，以近乎不可治理的狀態，對這兩大曾經想牢牢攫住它的世界體系提出它的挑戰，同時也反證了從天下到萬國的進步敘事。

結語

　　不管對清國或是二次戰後的美中霸權而言，臺灣之於中國的關係，以及臺灣在天下體系、萬國體系乃至於二戰後東亞體系中的地位，一直都是一個大問號，構成一道國際政治中難解的政治習題。以往，特別是在扁政府時期，臺灣在美國眼中一直是個「麻煩製造者」，或許這並不是扁政府個別的問題，而是根深蒂固，源自於臺灣長久以來難以被妥善安座在各類世界體系之中的歷史事實。當然，這並不是說臺灣在本質上就帶有一種難以被體制收服的野性。恰恰相反。臺灣之所以難以治理，經常是某霸權勢力，透過政策的規劃、施行、與治理技術的操作等等，試圖給予臺灣一個明確定位、再將之編入特定體系的結果，所以是歷史過程的效應，跟本質無關。因此，臺灣的難以治理，與編戶齊民的權力意志其實是一體的兩面。把這個說法再往前推一步，我們可以如此提問：臺灣長年下來因為遭受各種強權勢力擺佈而萌生的悲情意識，是否也可以轉化成對於所有霸權體系的頑抗意志？長期以來，臺灣的法律地位因為遭受各方勢力的任意指定而產生的認同危機，又是否可以轉化成抗拒體制的框定、朝向他者開放的世界主義？若是要把臺灣變成一種批判的方法，如何將臺灣的法理地位一直懸而未決而導致的認同難題，轉化為批判各種規範性體系的思想資源，將是「以臺灣為方法」首先必須思考的問題。

引用書目

王飛凌（Wang, Fei-Ling）。《中華秩序：中原、世界帝國與中國力量的本質》。王飛凌、劉驥譯校。新北市：八旗文化，2018。

戈登（Gordon, Andrew）。《200年日本史：德川以來的近代化進程》。李朝津譯。香港：中文大學，2014。

史明。《台灣人四百年史（漢文版）》。聖荷西（San Jose）：蓬島文化，1980。

平野聰。《大清帝國與中華的混迷：現代東亞如何處理內亞帝國的遺產》。新北市：八旗文化，2018。

《沈文肅公政書》。吳元炳輯。新北市：文海，1967。

汪浩。《意外的國父：蔣介石、蔣經國、李登輝與現代臺灣》。新北市：八旗文化，2017

李國祁。《中國現代化的區域研究：閩浙臺地區1860-1916》。臺北：中央研究院近代史研究所，1985。

金觀濤、劉青峰。〈從「天下」、「萬國」到「世界」：晚清民族主義形成的中間環節〉。《二十一世紀》94 (2006): 40-53。

林文凱。〈晚清臺灣開山撫番事業新探：兼論十九世紀臺灣史的延續與轉型〉。《漢學研究》32.2 (2014): 139-74。

林孝庭。《台海・冷戰・蔣介石：解密檔案中消失的臺灣史1949-1988》。臺北：聯經，2015。

——。《意外的國度：蔣介石、美國、與近代臺灣的形塑》。黃中憲譯。臺北：遠足文化，2017。

林呈蓉。《牡丹社事件的真相》。新北市：博揚文化，2006。

胡連成。〈清朝與牡丹社事件〉。《一八七四年那一役 牡丹社事件：真野蠻與假文明的對決》。楊孟哲等著。臺北：五南，2015。70-115。

唐日塔格（Hür Tangritagh）。《東突厥斯坦：維吾爾人的真實世界》。臺北：前衛，2016。

陶晉生。《宋代外交史》。新北市：聯經，2020。

陳在正。〈牡丹社事件所引起之中日交涉及其善後〉。《中央研究院近代史研究所集刊》22下 (1993): 29-59。

陳佳宏。《台灣獨立運動史》。臺北：玉山社，2006。

陳翠蓮。《重構二二八：戰後美中體制、中國統治模式與臺灣》。新北市：衛城，2017。

張士賢。〈沈葆楨與臺灣建設〉。《中國行政評論》9.2 (2000): 135-72。

張國城。《國家的決斷：給臺灣人看的二戰後國際關係史》。新北市：八旗文化，2019。

張淑雅。《韓戰救臺灣？：解讀美國對臺政策》。新北市：衛城，2011。

雪珥。《帝國政改：恭親王奕訢與自強運動》。新北市：臺灣商務，2015。

雲程編。《福爾摩沙・1949》。Taimocracy譯。新北市：憬藝企業，2014。

菊池秀明。《末代王朝與近代中國》。廖怡錚譯。新北市：臺灣商務，2017。

蔡東杰。《冷戰、霸權秩序與兩岸外交》。臺北：暖暖書屋文化，2019。

豪士（House, Edward H.）。《征臺紀事：牡丹社事件始末》。陳政三譯。臺北：
　　臺灣書房，2008。

葛兆光。《宅茲中國：重建有關「中國」的歷史敘述》。臺北：聯經，2011。

──。《何為中國？疆域、民族、文化與歷史》。香港：牛津，2014。

駱昭東。《朝貢貿易與杖劍經商：全球經濟視角下的明清外貿政策》。新北市：
　　臺灣商務，2018

濱下武志。《近代中國的貿易契機：朝貢體制與近代亞洲經濟圈》。朱蔭貴、歐
　　陽菲譯。北京：中國社會科學，1999。

戴天昭。《臺灣國際政治史（完整版）》。李明峻譯。臺北：前衛，2002。

韓毓海。《五百年來的中國與世界》。臺北：如果，2013。

Althusser, Louis. *Philosophy of the Encounter: Later Writings, 1978-1987*. Ed. François
　　Matheron and Oliver Corpet. Trans. G. M. Goshgarian. London: Verso, 2006.

Karatani, Kojin. *History and Repetition*. Ed. Seiji M. Lippit. New York: Columbia UP,
　　2012.

班雅民的歷史天使：
論石黑一雄《未得安撫者》中的
「迸出式回憶」與「彌賽亞時刻」[*]

蔡佳瑾

東吳大學英文學系

摘要

石黑一雄的小說《未得安撫者》（1995）充滿了卡夫卡式、夢靨般的敘述風格與扭曲的時空感，情節展現主角內在的焦慮以及記憶與遺忘之間的反覆辨證。石黑在本部作品裡描述一位懷著未撫平的傷痛、貌似「無家可歸」的音樂家夢遊般的無意識旅程，整個文本如同無意識的場域，演繹出這位音樂家兒時未得安撫的創傷。在本文中，筆者以班雅民的理論觀點，特別是關於歷史記憶與時間性方面的論述，探討此部小說中憂鬱的哲學面向；筆者也主張，泛存於其作品中的「類原鄉情結」使石黑如同班雅民的「歷史天使」，特別在這部小說裡，石黑的描述呈現出班雅民式的歷史觀與憂鬱——作品中的音樂家如同無意識的漫遊者遊走於無名的中歐城市中，表面是前進未來卻是重返個人歷史的傷口，情節中所出現的人物與事件如同「迸出式的回憶」，將情節推向彌賽亞救贖的時刻。

關鍵詞：創傷，失落，憂鬱，班雅民，迸出式的回憶，彌賽亞時刻

---

[*] 本篇論文乃以班雅民理論的觀點改寫並翻譯自本人英文論文 "The Melancholic Subject in Kazuo Ishiguro's *The Unconsoled*"（東吳外語學報*Soochow Journal of Foreign Languages and Cultures* 46期, pp. 13-36）。在本篇論文中，本人改以班雅民的觀點剖析小說中的回憶與時間性，從原本創傷理論的角度轉為探討小說中憂鬱的哲學層次；筆者在此也感謝中文論文匿名審查者所給的修改建議。

　　記憶是石黑一雄作品裡重要且常見的主題，可以說是他不斷用作品探索的一個生命課題，而且他筆下記憶的呈現總是伴隨著失憶以及個人或集體歷史創傷的糾葛，這使得石黑的幾部作品裡，特別是筆者將探討的這部長篇作品中，過去的景象總如鬼魅閃現，令人想起班雅民面向過去災難的歷史天使。有鑒於上述記憶的呈現手法，加上石黑一雄與班雅民同樣有著離散的背景，筆者試圖在文中進行班雅民視角的閱讀，探索石黑一雄《未得安撫者》（*The Unconsoled*）這部長篇實驗性作品裡的記憶圖像與離散經驗所構築的歷史視角。許多評論者，包括筆者在內，多把石黑的作品置於創傷敘事的架構下來分析，探討其中的憂鬱狀態，[1] 而這憂鬱的概念是以佛洛伊德的概念為基礎，也就是把憂鬱解釋為受創者將所失去的物件內化為自我的一部分，這樣的看法帶出憂鬱與哀悼的分野，憂鬱使受創者困居在過去的時間中，而哀悼的過程則是透過語言表述，使得原本斷裂的時間可以接回來，也達到醫治釋懷。有鑒於小說主角「拒絕安撫」、以漫遊的形式停滯於憂鬱狀態，不僅是哀悼個人的失落，也哀悼某個「黃金年代」的失落，處處呈現班雅民筆下現代都市漫遊者（*flâneur*）一種不帶目的的遊走閒覽，同時指向對過去憂鬱的凝視，宛如班雅民的憂鬱歷史天使，在本篇論文中，筆者意圖透過班雅民的觀點來重新思考憂鬱在石黑這部強調「未得安撫」的作品中所具有的哲學與倫理面向，[2] 因為有別於佛洛伊德精神分析觀點的憂鬱，石黑的描述與對憂鬱的擁抱似乎更近似於班雅民式的哲學面向。

　　在石黑一雄的作品中一個常見的母題（motif）是記憶與失憶，從他第一部小說《群山淡景》（*A Pale View of the Hills*）（1982）即可看到記憶的斷裂與扭曲是描述的重點。他曾經在與梅森（Mason）的訪談中提到，他對於人如何用記憶來服務自己或達成自己的目的有極大的興趣（14）。實際上，筆者以為，記憶做為題材之所以令石黑一雄如此著迷，是源自於其離散的生活經驗。在他與大江健三郎的對談中，他坦言他寫小說的其中一個目的是要趁童年期間生活過的家鄉日本從他的記憶中淡去之前，把這些記憶以及他對日本景色的想像重新創造（53）。如果說石黑一

---

[1]　可參考筆者論文"The Melancholic Subject in Kazuo Ishiguro's *The Unconsoled*"中對於創傷的討論。

[2]　在"The Melancholic Subject in Kazuo Ishiguro's *The Unconsoled*"這篇論文中，筆者主要著眼於創傷的探討，側重拉卡普拉（Dominick LaCapra）和卡璐思（Cathy Caruth）等人的創傷理論在文本解析上的運用。

雄以二戰時期日本為題材的第一部小說《群山淡景》與第二部小說《浮世繪》（*An Artist of the Floating World*）（1986）顯現其保存日本記憶的企圖，第三部作品《長日將近》（*The Remains of the Day*）（1989）與第四部作品《未得安撫者》卻並非如此；雖然比起最早的兩部，第四部小說中記憶與失憶這兩個議題越發成為敘述的主軸，甚至整個文本可被視為受潛抑記憶輪番閃現的場域，但日本卻未曾出現在文本中。由於《未得安撫者》設定在某一中歐或東歐城市，地點始終隱晦，不僅是因為它的匿名性，更在於作者的敘述語言（這點將會作深入解釋），這反倒使石黑一雄的「原鄉情結」越發明顯。[3] 誠如史瓦姆（Don Swaim）所言，他所有小說中所有的敘述都顯示，某個創傷記憶的存在如同「資訊的黑洞」（97）。

　　《未得安撫者》這部小說廣被認為是石黑所有作品中最具實驗性的一部，其中緣由在於小說充滿卡夫卡式的敘述風格，扭曲的時間性與空間感，以及焦慮夢境的特徵。小說主角是一個遊走在無名的中歐或東歐城市的音樂家，困於過去的某個創傷，流轉在回憶與失憶之間。[4] 這部小說呈現這位旅行各地的音樂家如同現代都市中的漫遊者（*flâneur*）（Wong, *Ishiguro* 67；Teo 133）。書中主角賴德（Ryder）雖說來到這無名之城是為要舉辦他的演奏會，但他在城中的遊歷並非主動追尋，反倒像是一位消極閱讀城市市景的漫遊者，任意晃蕩在這不知名的城市裡，任由城市的各個空間引導他的路徑。在這遊蕩的過程中，賴德並非積極的觀察者或是尋訪者，反而像是一個被動的觀眾，瀏覽著既疏離又彷彿熟悉的市景。

　　透過不同時空的並置與扭曲以及夢境語言（dream language）的運用，[5] 石黑一雄讓這個熱愛文化活動的城市虛實難分，漫遊者所處的場景與所遇見的人物似是初見卻又似曾相識；意思是說，現在的時空與過去的時空重疊，使主角賴德心中浮現「既視感」（déjà vu）。石黑描述賴德身處第一次造訪的城市中，所遇見的如鬼魅般出現在他身邊的人物卻極可能是舊識，其中一女性角色蘇菲（Sophie）極可能是他的妻子，她身邊的孩子包瑞斯（Boris）則是他的兒子，飯店的門房實為他的岳父。他們第一

---

[3]　石黑不斷透過文字敘述要去解決突然被拔離家鄉的傷口，日本不是實際上的日本，而是心理上的原鄉，一個尋不回的失落物件（lost object）的表徵。這個存在於遙遠過去的「家鄉」也成了他透過書寫所要處理的創傷課題（Tsai 16）。

[4]　米德（Matthew Mead）認為這部小說呈現「創傷結構與明顯可見的創傷美學」（503）。

[5]　評者寇藍（David Coughlan）即指出小說中的敘述是一種「夢境的扭曲句構」（97），爵格（Drąg）亦指出此作品再現佛洛伊德《夢的解析》裡的「詭異夢敘事」。

次出現在賴德面前時，彷彿初見，並且他還表示這對母子的樣貌與飯店門房（蘇菲的父親）的描述頗為符合（32）；但不久之後，賴德隱約憶起，在「還不算遙遠的過去」聽過蘇菲的聲音從電話中傳來，語氣中帶著怒氣，他也想起自己對著電話向她怒嗆：「你的世界太小」（35）。隨著小說的進展，越來越多線索顯現賴德與蘇菲兩人不僅是多年不見的舊識，更可能是夫妻。甚至，他還回想起一週前兩人曾經在飯店房間裡大吵一架（37）。換言之，賴德表面上是在時間的進程中造訪陌生的城市，實則重訪過去；然而，由於賴德無法回憶過去細節，其回憶總是摻雜著失憶，並且以「既視感」的形態顯現，最終引發讀者揣測賴德其實並非如他自己早先所聲稱的是個外來者，原來他不是過客，而是歸人，回訪他遺忘的記憶。遺忘並非真正的失憶，懷海德（Whitehead）即指出，在記憶的場域中，遺忘乃是「一個被封鎖的或是過度投注的記憶」（"a blocked or over-cathected memory"）（14），亦即受潛抑（repression）的記憶。

小說中，石黑所描述的空間是一個由回憶與因潛抑所產生的失憶彼此相互交錯的不連續的場景，而且場景與場景如跑馬燈般連番展現，這使得整個文本如同賴德個人的夢境或無意識場域。柴德（Peter Child）即認為，小說標題「未得安撫」（"the unconsoled"）這個英文可以等同於「無意識」（"the unconscious"）的變形（引自 Sim, *Ishiguro* 134）。這也解釋了為何小說裡所呈現的空間充滿不確定性與流動性，誠如路易斯（Barry Lewis）所示，這個位處中歐也可能是東歐[6]的不知名城市其實是賴德無意識的投射（124）。這部作品的卡夫卡風格強化了無意識的意境，特別是情節中拖長的時間感、延遲的事件還有主角不斷反覆找地方的橋段，這些都讓人聯想到源於童年創傷而有的焦慮的夢（參見 Stanton 16；Wong 86；Robbins 437；Sim, *Ishiguro* 141），而文本裡面矛盾的敘述也反映出賴德「心靈上的扭曲」（Stanton 15）。另一說明小說文本為無意識場域的特徵是，這位巡迴演出中的鋼琴家不斷經歷到過去向他閃現的詭異情形—如同薛佛（Shaffer）所描述的「陌生中的熟悉」（"familiarity-in-strangeness"）（100），也就是佛洛伊德所說的「詭異」（the uncanny）。例如，他的英國老同學突然如同幽靈般出現在這陌生的城市，與他同行漫步在夜色中，而這個閃現勾起賴德的回憶，讓他想起這

---

[6]   評論者對於作品裡所描述的城市究竟在中歐或東歐有不同定見，但多數認為是指維也納。

位同學曾經在越野賽跑時對他說過衝擊他生命的話，但究竟說了什麼，他卻又想不起來（46-47）。

石黑讓熟悉與陌生的時空或並置或交錯，賴德所住的飯店的房間則是這扭曲時空的中心點，許多斷裂的敘述與浮現的記憶圖像均發生在其中，這代表此房間乃是創傷核心的隱藏之處；此外，扭曲的時間感在飯店場景尤其明顯。[7] 舉例而言，住進飯店的那晚，賴德突然發現他的飯店房間與他六、七歲時住過的房間相同，而且天花板還一模一樣（16）。那個晚上這個飯店房間無疑是過去與現在的結合（Wong, *Ishiguro* 72），這個被他視為「童年庇護所」（"old childhood sanctuary"）（17）的房間讓他在異鄉有在家的熟悉感（*heimliche*, homely），卻又因著現在與過去的重疊而透露出佛洛伊德所謂的「詭異」感（*unheimliche*, unhomely）。不僅是當晚，在他城市漫遊中所出現的時空的扭曲跳躍與不同空間的並置，整個過程經常跳回到這個與他童年故居有某種超時空連結的飯店，艾德曼（Gary Adelmann）即指稱這個飯店是賴德「心理空間固定圓圈裡的中心點」（168）。以拉岡的觀點而言，賴德所經驗的過去時空的乍然顯現或迸出乃是潛抑的回訪，與位在真實層的創傷交遇（the Lacanian *touché*）（Lacan 53-54），亦即歷史性（historicity）與非歷史性（ahistoricity）相會，現存（presence）與闕如（absence）曖昧難分的狀態。

班雅民以「迸出式回憶」（involuntary memory）來描述這種與創傷記憶正面交會的情況，並且強化此類記憶的視覺性與自主性，他認為此類回憶如同夢境中的畫面般不受自主意識所影響。他在《論波特萊爾》（*Charles Baudelaire*）書中指出現代社會中大量的刺激會使人在心理上啟動「震撼防衛」（shock defense），也就是意識的防衛機制，以阻擋過度強烈的刺激難以進入意識，但此心理防衛的運作卻也留下難以抹滅的記憶痕跡在無意識中（114-18）。[8] 相對於「刻意的回憶」這種「為知性效力」的記憶（Wolin 229），「迸出式回憶」乃是因創傷被排除在意識之外的記憶。班雅民亦指出，這些震撼的片刻也就是失神的片刻（*Reflections* 57），只發生在作夢般的精神狀態，記憶畫面的閃現無異於夢境畫面的浮現。對班雅民而言，夢境與「迸出式回憶」均是在人心防鬆

---

[7]　如同歐布萊恩（Wendy O'Brien）對於創傷狀態的時間性所作的解釋：歷史的「現在」持續地顫動（213）。

[8]　他在此處引用佛洛伊德在《超越快樂原則》（*Beyond the Pleasure Principle*）中的論點。

懈的狀態下，以畫面或快照的形式出現，如電影蒙太奇手法般呈現時空暫時斷裂的狀態（Leslie 70）。

小說中，石黑描寫賴德所漫遊的空間如同無意識的場域，在夢境般的場景轉化中，各個角色與情境的轉場出現正如同班雅民式的「迸出式回憶」，彷彿「具有自己的生命」（McQuire 169）。賴德貌似朝向未來的旅程，其實是一段回望過去的無意識漫遊，如同上述文本中的例子，過去的記憶畫面彷彿有自主的生命，如同老同學般現身在他的面前。小說中有幾次，石黑運用類似電影蒙太奇的手法讓過去與現在的時空重疊或並置，讓過去的空間閃現在賴德面前。例如，初到這個城市，賴德躺在飯店房間床上，將睡未睡之際，也就是心防鬆懈之時，突然間好像有什麼讓他睜開眼睛，就在他起身坐在床上觀看四周時，他「認出」這是他小時候曾經住過兩年的房間。房間的擺設裝潢被改過，但他聲稱天花板是一模一樣的。他看著床邊暗色的地毯時，想起在英國房間同一處地方曾經有塊破舊的綠色地墊，就在他用手指拂弄著那塊暗色的地毯時，「一個記憶返回」（16）。引發「迸出式回憶」的因素，可能只是生活中微不足道的細節罷了。如邁寇爾（McCole）所識，創傷事件的回憶只出現在「失眠者無聊、不安的分神狀態」（267），而夢境亦然——「夢也是一種深層的回憶，因為夢中的畫面重現過去被遺忘的經驗中所產生的情結與衝突」（267），因此任何意識停頓的狀態都可能是受潛抑的回憶冷不防出現的機會。

賴德這個似夢非夢的迸出式記憶內容是他在六、七歲時，有個下午他沉迷於玩具兵遊戲，而父母在樓下爆發非比尋常激烈的爭吵，他特意將臉貼著綠色的地墊繼續玩，把注意力放在地墊的破洞上，這地墊上的破洞曾經讓他看到就心裡不舒服，因為好像在提醒他，他的世界是破損的。在他的記憶裡，綠色地墊的破洞連結著父母激烈的爭吵，但是爭吵的原因無法被想起來。在整個文本的敘事中，父母關係的決裂是賴德回憶或失憶網絡的核心，但直到結尾，讀者對於真正事件的原因始末或過程均一無所知。每當爆發激烈爭執的聲音，他就把注意力轉移到破洞上，把那個洞當成他塑膠玩具軍隊躲藏的灌木區（16）。如同渥爾（Kathleen Wall）所指出，賴德對地墊的記憶其實是出於心理的防衛，讓賴德可以躲在更安穩的記憶中，逃避真正具威脅性的記憶（引自Shaffer 105）。類似記憶的運作在作品多處可見到：出於心理防衛機制的運作，創傷事件的震撼被阻擋進入意

識層，因此賴德想不起來關鍵的創傷事件，他所能記起的總是創傷核心邊緣的經驗。

　　另一個舊時空迸出與新時空並置的關鍵情節出現在賴德與包瑞斯相處時。讀者在閱讀過程中逐漸發現，賴德所遇見的女人蘇菲與她的兒子包瑞斯應該就是他的妻兒。賴德和包瑞斯一起前往他們母子所住的舊公寓時，包瑞斯很像不願意看公寓的內部一眼，反倒叫賴德從窗外看進屋內，看看裡面是否有他放塑膠足球隊員玩具的盒子。賴德望進窗戶時，他內心因「認出舊物而隱然作痛」（"a poignant nudge of recognition"）（214），他發現那個房間似曾相識，新近加蓋的房間的後段看起來像是他九歲時與父母住的曼徹斯特那棟房子的客廳後段，亦即過去的空間顯現，並且與現在的空間匯集在一起。此「迸出式回憶」所展現的記憶圖像形成過去與現在並置的蒙太奇畫面，也就是班雅民所謂的「辯證圖像」——「彼時（das Gewesene）與此時（das Jetzt）融合而成一星陣，其現身猶如一道閃電。」（"N" 49）。班雅民所持的唯物論史觀是一種辯證式的觀念，而非傳統的連續性的時間觀，他在"N"這篇論文中以「此時」（now）和「彼時」（then）代替「現在」（present）與「過去」（past），因為他認為：「現在與過去之間純粹是種時間的、持續的關係，而彼時與此時之間卻是種辯證的關係」（"N" 49）。班雅民的歷史觀可說是一種詮釋創傷歷史記憶的觀點，創傷敘事裡所呈現的時間並非線性的發展，正如歐布萊恩（O'Brien）論創傷時所指出的，時間的扭曲是創傷敘事共有的特質（209）。賴德個人歷史中被潛抑的創傷過去以「彼時」之姿與「此時」交會，召喚創傷主體的自我認知——羅胥利知（Rochlitz）即指出班雅民的歷史觀著重於「現在（a present）突然可以自過去認知到自己」（249）。

　　這種「彼時」乍然顯現於「此時」的辨證圖像（迸出式回憶）經常出現在與賴德父母相關的事件上。賴德反覆回訪的創傷核心所在極可能是在他六到九歲期間所發生的家庭變故。除了上述父母劇烈的爭吵似乎是他心中內藏的陰影之外，他待在城市裡預備演奏會期間，父母的到場也是讓他極為在意、甚至深感焦慮的一件大事。這些關乎他過去可能受到創傷的經驗都是片段而且彼此缺乏連結的記憶，因著偶發狀況的引發而迸現；其中一個關鍵的指標性線索就是他父親的車，而這輛車是以出人意料之外的情境乍然閃現的。石黑對這段迸出式記憶的描繪非常精采且富有寓意：賴

德開車載蘇菲與包瑞斯前往畫廊但卻依直找不到路（這是焦慮的夢的特徵），後來有人告訴他要跟著一輛紅色的車。在幾番周折之後，他們終於到了目的地，但他一下車，眼角就瞥見一輛老舊、生鏽廢棄的車體，詭異的是他居然能立刻認出這是他小時候父親開的車。石黑在描述這段「彼時」與「此時」的交會時，賦予夢境的特色，也極具象徵性。從賴德跟著一輛紅色的車一直到他看見廢棄的車，這整條迂迴的路線無疑象徵著他的記憶痕跡（memory trace），紅色的車子將他帶入接近創傷核心之處；這輛老舊生鏽的車原本極可能是紅色的，他尾隨紅色車子的過程其實是在追蹤著迸現的記憶圖像。石黑描寫賴德認出車子後，做出擁抱的姿勢，將自己的臉頰貼在車頂上，甚至擠進壞掉的車門，爬進發霉長滿了蕈菇的後座（262）。這輛廢棄舊車生鏽的車體宛如半埋於塵土之中的歷史遺跡：賴德敘述這輛車子「陷入土中，蔓生的野草環繞於車身周圍，若不是夕陽照在引擎蓋上，我可能根本不會發現到它」（260）。夕陽照在生鏽車體這個歷史遺物所發出的光彷彿來自歷史的凝視，召喚賴德與「彼時」對視。這輛車如同房間裡綠色的地墊一樣，連結著賴德不想面對也不想回憶的創傷，因為在這輛車內他目睹父親離家的最後身影；另一方面，當年它們也都被賴德當作避難所，讓他可以沉浸在想像的世界之中。當賴德面對成為歷史遺跡的廢車體時，他的姿態是擁抱與進入，彷彿時空的交會。倘若廢車體所代表的是過去的一道傷口，賴德的姿態不是佛洛伊德式的哀悼（放手離開），而是擁抱憂鬱或滯留在憂鬱之中。

　　小說文本中除了彼時閃現於此時的星陣，還不斷出現時間性的危急感──一種等待救贖出現的危機處境。石黑描述賴德這位巡迴各處演出的音樂家總是不斷地在旅行，有著忙碌的行程，而他必須如此不斷奔波旅行的原因是他怕「太遲」、怕「錯過非常非常重要的一次旅程」，他表示：「一旦你錯過它，那就太遲了」（217-18）。[9] 即使在這城市中賴德不斷緩步漫遊著，卻也不斷地擔心延遲。[10] 他一來到這個城市，便聽聞這個城市處於某種文化危機之中：這個城市在市民口中被描述為正逐漸惡化成

9　石黑曾經在訪談中表示：「最好的作家出自於一種處境，我認為在這處境中藝術家或作家在某個程度上必須接受為時已晚的事實」（Vorda and Herzinger 85）。

10　賴德反覆旅行以及在城市裡反覆漫遊正像是呈現「強迫性重覆」（repetition compulsion）的驅力（drive）運作，在應付創傷，可參見筆者"The Melancholic Subject in Kazuo Ishiguro's *The Unconsoled*"文中對此「重覆性」的剖析（26）。

一個「冰冷孤單的現代城市」（107），失去了往昔的美好，有賴於外來音樂家挽救。賴德此時的造訪被市民認為不是已經太遲，就是正好趕在其轉捩點來拯救它（107）；就此而言，賴德類似艾略特（T. S. Eliot）〈普魯弗洛克的情歌〉（"The Love Song of J. Alfred Prufrock"）裡漫遊在疏離的現代都市中的主角，隱然想挽回某種頹勢卻無能為力。害怕為時已晚（belated）[11] 與害怕錯過的焦慮感一直縈繞在賴德心中，也蔓延在整個文本。環繞整個敘述的焦慮感是：「如果錯過了一個重要的活動，例如一場演奏會，那就為時已晚了，來不及挽救！」不僅賴德自己害怕錯過重要時機而來不及挽回或拯救什麼，就連象徵其無意識場域的城市也在等待著一個得到救贖的機會。

　　小說情節裡的關鍵事件是賴德的演奏會，對此賴德格外看重且內心忐忑，因為他「堅信」他的父母會出席，而且這是他父母第一次聽他的演奏會；為著在雙親面前的演奏十分忐忑，他侷促地說道：「我可憐的父母親，長途跋涉來聽我的演奏」（272），一邊焦躁地等候他們的到來。顯然，在其無意識中，他在心理上仍是九歲的小男孩，想要用完美的演出來挽回父母的婚姻關係（Brandabur 74）。[12] 甚至，他想像父母來到時的畫面是誇張的：「〔他的父母親〕搭著馬車接近表演廳外的空地……〔他們〕從馬車車窗探出頭看著外面」；想到此，他滿心相信他當晚的演出會博得滿堂采（398），但一想到失敗的可能，他就變得歇斯底里或是健忘（444）。非常有趣的是，石黑在描述賴德對父母來到的期待或渴望時，讓他的想像畫面富有童話故事的色彩（Shaffer 106），暗示這個想像或期待不切實際。就在賴德即將上台演出之前，他遍尋不到父母的蹤影，跑去問一位負責接待的史特拉曼（Stratmann）小姐：「我的父母在哪？他們不久前搭著馬車抵達了」（511）。史特拉曼的回答讓讀者確定父母到場這件事是賴德一廂情願的妄想，她表示從頭到尾只從賴德那裡聽說他的父母要來的消息，盡力去找也沒有他們的下落；賴德一聽，感覺到「內心裡有東西開始崩潰」（511），他用一種非理性的堅持告訴史特拉曼：「我肯定他們**這次**會來……當我停車在林子裡時，我可以聽見他們來了，聽見他

---

[11] 卡璐思（Cathy Caruth）在其探討創傷的專論中即說明創傷的故事本身就是「（記載）延遲經驗的敘事」（"the narrative of a belated experience"）（7），因為創傷無法在當下被內化理解。

[12] 小說中司提芬（Stephen）這個角色可視為賴德的分身，演繹類似的親子關係，與賴德同樣顯露出被父母認同的渴望。

們的馬和馬車聲」（512；加標重點）。賴德的描述顯示其心中超乎現實的美好幻象，父母相偕來參加他的演奏會是個童話般的夢幻美景，這是他心中美滿家庭的象徵卻也易碎如玻璃。顯然這個童話幻象遮掩他童年的創傷，所以當他說完那段話後，他忍不住接著問史特拉曼：「我到底還要像這樣旅行多久？」（512）。這個問題顯示他的長期旅行寓意著驅力反覆追尋失落物件的迴圈，他在內心反覆演繹的心理腳本不單是意圖平撫也是意圖內化那不能內化、無法言說的創傷，並且嘗試尋回那不可尋回的失落物件——完滿的家庭關係。[13]

　　面對賴德崩潰的狀態，史特拉曼可能是想安撫他，便告訴他幾年前他的父母曾經到過這個城市，而且因為五官特徵相似還有賴德的名聲，他們被市民們認出是他的親戚；她告訴賴德，他們那次的到訪仍然是所有市民集體記憶的一部份：「甚至這幾年你聲名遠播的時間，人們還記得這件事情，就是你父母親來這裡的事。我個人不太記得因為當時我還小，雖然我記得聽過別人談論此事」（513）。史特拉曼這番話等於提醒賴德他再次錯過他的父母——他到得**太遲**以致於錯過享受父母認可的時刻；以拉岡的語言來說，也就是錯過來自大對體認可的凝視（the recognizing gaze of the Other）。如前所述，在賴德的幻象中，獲得父母認可等同於拯救父母的婚姻，重得完滿的家庭，因此他一心所欲求的乃是父母相偕來觀看他完美的演出。

　　這部小說裡有諸多角色均演繹賴德生命中受創的家庭關係，例如過氣的指揮家布洛斯基（Brodsky）、想要成為鋼琴演奏家的司提芬（Stephan）以及飯店經理霍夫曼（Hoffman），這些角色被有些評者認為是賴德的分身（doubles／doppelgängers），特別是當中的音樂家，他們可被視為賴德不同時期的自我，甚至連他的兒子包瑞斯也可能反映童年時期的賴德（Reitano 372；Sim, *Globalization* 175）。司提芬與賴德一樣活在深怕令父母失望的恐懼中，而布洛斯基與霍夫曼兩人的婚姻關係都反映賴德與蘇菲以及賴德雙親之間的衝突與緊張；這些角色的共同點都是背負著過去的創傷，在家人關係中呈現創傷的症狀反應，也試圖與創傷協商。這些分身「重演」賴德過去受傷的經驗與情感，就此而言，石黑透過這樣的

---

[13]　筆者在 "Melancholy Subject" 文中指出此完美家庭關係的想像與拉卡普拉所謂的「錯置的懷舊」（misplaced nostalgia）相關，也就是失落（loss）與空缺（lack）疊合的狀態，這也是造成憂鬱持續存在的原因（Tsai 31-32）。

角色刻畫不僅只是要呈現賴德不同階段中面對創傷的過程以及其中的重覆性，他如此安排也極可能暗示，賴德因為無法回憶與面對創傷，所以如《群山淡景》裡的悅子一樣，虛構出一些朋友來訴說創傷經驗。

　　幾個分身角色中，心靈受創的音樂家布洛斯基特別呈現賴德陷於創傷的憂鬱狀態，也是賴德對自己音樂職業生涯最深層恐懼的投射（Sim, *Globalization* 178；Lewis 113）；布洛斯基曾經是這個城市寄予厚望的指揮家，如今過著潦倒、頹廢、用酒精麻醉自己的日子。筆者認為，他是最能呈現賴德憂鬱狀態的角色，以明確具體的方式表達他對創傷的看法。他對賴德吐露，他有一個舊傷口「從來沒恰當地痊癒」（308）；他發生車禍後，醫生為他截肢，但截去的那條腿其實本來就是義肢，原來他早在童年時，而且是早到他都不記得多小的時候就已經失去一隻腳，他稱這個傷口是「老朋友」（464）。過去，每次布洛斯基指揮交響樂團時，他總是撫摸著自己的傷口，他說：「我喜歡這種感覺，它讓我著迷」（313）。換言之，布洛斯基非但不尋求傷口的痊癒，還不斷舔舐著傷口，彷彿這傷口就是他的生命。醫生為他截去義肢這件事情頗富寓意：原來截去的腿本來就不存在，所謂的新傷原本就是舊創，後來的創傷事件乃是先前歷史創傷事件的重覆。佛洛伊德在《超越快樂原則》中所引用的塔梭（Torquato Tasso）的史詩《解放耶路撒冷》（*Jerusalem Liberated*），詩中騎士譚瑞德（Tancred）不知情之下誤殺了偽裝成敵軍的情人寇琳達（Clorinda），後來他在魔法森林裡揮劍砍向一棵樹，樹幹流出血來並發出寇琳達哀嚎的聲音，原來寇琳達的靈魂被禁錮在裡面。佛洛伊德以此來說明創傷經驗的重覆性，而卡璐思認為這個例子不只說明創傷所帶出的無意識的強迫性重覆，還說明創傷的延遲性：譚瑞德是在第二次才聽見情人傷口發出的哀號，也就是第二次他才聽見過去的傷口向他發出召喚，讓他得以認知傷口的存在。布洛斯基的腿傷寓意心理上的創傷，新發生的創傷其實是他不記得的第一次創傷的重覆，亦即是譚瑞德第二次的揮劍。班雅民在〈柏林記事〉即以照相顯影的比喻來解釋創傷記憶與時間的關係，第一次創傷的震撼留下記憶痕跡，而之後第二次的震撼讓原本隱藏的記憶畫面得以感光再現（*Reflections* 56）。

　　布洛斯基一直持著擁抱憂鬱的心態，也可以說憂鬱是他所抱持的人生哲學。他在墓園裡要現場的哀悼者撫慰（caress）他們自己的傷口：「〔傷口〕終你一生都會在那裡，但現在就撫慰它，趁它還新而且還流

著血的時候」（372）。這墓園的場景象徵歷史的廢墟，布洛斯基站在廢墟之中如同班雅民筆下的「歷史天使」，面向廢墟，敦促著歷史的悼亡者都停留在哀傷之中。班雅民在《德國悲劇的起源》（*The Origin of German Tragic Drama*）中提出了憂鬱的哲學面向：「憂鬱為了知識背叛世界。在它頑強的自我專注之中，它在沉思中擁抱作古之物，為了要救贖它們」（157）。班雅民對於憂鬱抱持著與佛洛伊德不同的態度：對佛洛伊德而言，失落所導致的憂鬱源自於失落物件被內化於自我（ego），並且肇因於對失落物件的責任感，主體陷入自毀性的自責，必得透過哀悼（mourning）的過程方得以脫離，而班雅民則是將失落視為一種可能性存在的狀態——失落是作品可供閱讀的前提。不同於佛洛伊德將哀悼視為走出憂鬱的管道與過程，班雅民在論述中將憂鬱與哀悼結合，把哀悼當作對失落的深層表達（Ferber 66, 68-69）。對班雅民而言，憂鬱帶出的內化是哲學性的沉思，也暗含著救贖的目的。

　　布洛斯基在墓園裡體現出班雅民式的憂鬱，告知墓園裡的悼亡者擁抱傷口，也就是擁抱作古之物（dead objects）。他自己選擇耽溺在自憐與憂鬱之中，持續地舔舐傷口，以致他的前妻柯琳斯（Collins）拒絕與他復合；她告訴布洛斯基：「那是你的真愛，李歐，那個傷口，是你人生的一個真愛！……你總是回到你的真愛身邊，回到那個傷口！……總是照料你的傷口……那個傷口現在是你的全部」（498-99）。柯琳斯這番話指出布洛斯基沉浸在呵護傷口的憂鬱之中，並不想走出創傷。做為賴德的分身，布洛斯基代表賴德沉溺於憂鬱的一面，他同時也是作者的「替身」（persona），說出石黑本人對創傷的看法。石黑曾在訪談中表示，創傷是「你無法修復或醫治的，你所能做的就是撫慰它」（Jaggi 116）。誠如布朗（Wendy Brown）所言，憂鬱的反諷之處，就在於一個人對於失落物件的情感超過要從這失落恢復過來的欲望（459）。《未得安撫者》這個標題已經暗示憂鬱的反諷狀態；賴德與小說中幾個同是他分身的角色都拒絕被安撫，就好像布洛斯基要那墓園裡的哀悼者去選擇擁抱、舔舐流血的傷口一樣。

　　石黑在處理創傷記憶時不單只著重在班雅民式的憂鬱裡的哲思層面，強調創傷的不可癒合，也暗示對救贖時機的等候。即便在賴德不斷重演創傷與「為時已晚」（錯過）的經歷，他保持如同布洛斯基一樣的態勢，面向「作古之物」（過去歷史）作出擁抱之姿——賴德擁抱鏽壞作廢的舊車，布洛斯基擁抱墓園裡作古之人。與此同時，賴德卻也面對著過去文化

式微、集體文化記憶消失的危機感（Teo 68-70）。賴德來到這個城市時便被告知這裡曾是一個完滿的社區，且有著完滿和諧的關係（97）；而他一抵達不久，便被賦予保存這個城市舊有文化的任務，城市裡的居民莫不期待他的演奏興旺整個城市的文化，甚至把他當成拯救這城脫離危機的救贖者（redeemer）來接待。誠如王景智所言，他被賦予的公共責任過於誇大（93）。在這城市裡，來訪的音樂家均曾被市民當作彌賽亞來看待，市民們將挽救這城市的文化衰敗危機賦予其人，這些音樂家包括大提琴家克里斯托夫（Henri Christoff）、布洛斯基與賴德本人，其中克里斯托夫的名字暗藏「基督」（Christ）一字，影射彌賽亞的救贖。儘管這些被城市居民寄予厚望的音樂家逐一被市民撇棄，甚至因此耽溺於失敗感中，又儘管作者以略帶戲謔的描述手法使得他們的重大文化場合淪為一場災難，等候「救贖」的氛圍卻始終持續著──整個城市等待著歷史文化得以在現代化的衝擊之下，重新恢復榮景。無論是賴德個人或是這座城市，都在等待一個救贖的契機，一個「彌賽亞時刻」（Messianic time）的到來。班雅民所謂的彌賽亞時刻迥異於線性的、由連續的事件所串成的時間，他稱此時間為「空虛時間」（empty time）。班雅民認為一個歷史唯物論者要能辨認出空虛時間裡的現在時刻（now-time），也就是非歷史性、非線性時間性的時刻，能夠乍然閃現於空虛時間之中，這其實也就是彼時向此時閃現、合為星陣的辯證圖像。對班雅民而言，此救贖的契機藏身於歷史記憶之中他對於彌賽亞時間的描述與創傷性、非線性發展的時間性若合符節。類似班雅民的歷史思維，石黑一方面描述賴德與整個無名城市處在一個斷裂的歷史時空，一方面呈現出期待這個歷史時空能開啟現在的救贖能力（彌賽亞能力）。

以城市做為賴德無意識場域來看，石黑這部小說像是個心理寓言（allegory），再現創傷心靈等待贖回過去錯過的失落物件，等待一個撥亂反正的機會。但從另一個角度來說，透過描述賴德與失落物件錯過或為時已晚的情況，石黑再現的卻是停留在受創經驗的憂鬱狀態。石黑一雄在訪談中提過，《未得安撫者》主要是關於賴德認知到「他不能修復他所要修復的東西，**為時已晚**」（Jaggi 115；加標重點），但顯然，這個認知無法讓他放掉過去，而是讓他持續以「為時已晚」的狀態重覆過去的失敗或失落。同樣的，他所停留的這個城市裡的居民也不斷回顧其在現代化過程中失落的文化歷史，無法進入集體的哀悼而對過去放手（Teo 103-04）。

然而，這個繞著過去的不斷反覆的迴路不單只能被視為驅力的作用，在石黑的筆下，這個反覆帶著一種「憂鬱在沉思中對死物的擁抱」（"it [Melancholy] embraces dead objects in its contemplation"），為的是要救贖它們（Benjamin, *Origin* 157）。迥異於佛洛伊德對憂鬱與哀悼的界定，班雅民將兩者結合，而且認為透過哀悼的書寫使物件存在，而非使之消失。這種班雅民式的憂鬱展現於小說人物個別或集體對於創傷過去的執迷：例如布洛斯基不斷撫拭他那隻不存在的腿，也就是傷口所在之處；賴德擠身進入廢棄車體之中，沉思過往；甚至整個城市的市民都在集體擁抱過去的輝煌（音樂）文化這個失落物件（Teo 104）。

　　李有成在探討石黑第一本小說《群山淡景》時，即援引班雅民的歷史唯物論觀點，指出石黑「對歷史功能的認知卻出人意表地與班雅民的思維若合符節」（28）。在《未得安撫者》中，此班雅民式歷史功能的認知透過迸出式記憶閃現在記憶場域裡的情景以及對失落物件的執著而更加顯明。小說最後描述賴德搭上一輛繞著固定環狀軌道奔馳的電車，彷彿是驅力的繞行；在電車上，賴德仍惦記著父母的到訪，問一個不認識的電工是否記得他的父母曾經造訪這個城市（539）。這個詢問顯示賴德仍懷抱他的傷痛，電車固定的環狀軌道也顯示他仍處在創傷所引發的強迫性重覆的狀態，固著於一個環繞創傷過去的憂鬱迴路上。若將整各城市視為賴德的心理投射，甚至將整個文本以心理寓言視之，則賴德如同班雅民的「歷史天使」不斷回望過去的創傷。班雅民因克利（Paul Klee）所畫的《新天使》（*Angelus Novus*）畫像引發靈感，在《啟迪》（*Illuminations*）一書中描述這個天使乃是「歷史天使」，他的臉朝向過去看著災難，從天堂來的暴風將他吹入未來，而他面前的歷史記憶的碎片（廢墟）卻是堆高入天（257-58）。賴德即如同這個憂鬱的歷史天使，[14] 面向過去的文化歷史廢墟以及個人的過去創傷，如同他面對廢棄生鏽的車體，做出擁抱的姿勢，等候「彌賽亞時間」的到來。

　　如前所述，佛洛伊德在其〈哀悼與憂鬱〉文中提及憂鬱主體沉浸在失落的創傷之中，將失落物件內化進入其自我中，而班雅民則是以星陣的概念談論憂鬱；不同於佛洛伊德將憂鬱視為病理方面的症狀，他將之視為一種思維態度，一種退隱式的內在沉思狀態（Gilloch 79）。班雅民對於

---

[14]　舒勒姆（Gershom Scholem）即認為班雅民的歷史天使就是一個憂鬱人物（85）。

「迸出式記憶」與歷史的觀點基本上是一種創傷模式的記憶與歷史，他所闡述的「彼時向此時閃現」的辨證圖像，乃是一種創傷歷史記憶的顯現。班雅民的歷史天使面向歷史災難，無非是困於創傷之中的倖存者所身處的時間狀態，雖然被暴風吹向未來，但眼光停駐於過去。對班雅民而言，彌賽亞的救贖時刻來自回憶，更精確來說是來自於時間性的中止狀態，使創傷的過去得以向現在作出認可的訴求，過去本身即隱含著救贖的契機。就此而言，石黑一雄作品中對失落與憂鬱的描繪無疑較接近於班雅民，小說的標題《未得安撫者》以及結尾電車在迴路上反覆繞行的意象已揭示班雅民式憂鬱狀態的留滯，無論是賴德或是這座無名的城市都是停駐在某種個人或集體性的危機狀態，面向個人或集體歷史的殘垣廢墟，等候著救贖到來。

引用書目

李有成。《記憶》臺北：允晨文化，2016。

Adelman, Gary. "Doubles on the Rocks: Ishiguro's *The Unconsoled*." *Critique* 42.2 (2001): 166-79.

Benjamin, Walter. *Charles Baudelaire: A Lyric Poet in the Era of High Capitalism*. Trans. Harry Zohn. London: Verso, 1989.

——. *Illuminations*. Ed. Hannah Arendt. Trans. Harry Zohn. New York: Schocken, 1969.

——. "N. [Re the Theory of Knowledge, Theory of Progress]." *Benjamin: Philosophy, Aesthetics, History*. Ed. Gary Smith. Chicago: Chicago UP, 1989. 43-83.

——. *The Origin of German Tragic Drama*. Trans. John Osborne. New York: Verso, 1992.

——. *Reflections: Essays, Aphorisms, Autobiographical Writings*. Trans. Edmund Jephcott. New York: Harcourt Brace Jovanovich, 1978.

Brandabur, Clare. "The *Unconsoled:* Piano Virtuoso Lost in Vienna." *Kazuo Ishiguro in a Global Context*. Eds. Cynthia Wong and Hulya Yildiz. Dorchester: Dorset P., 2015. 69-78.

Brown, Wendy. "Resisting Left Melancholia." *Loss: The Politics of Mourning*. Eds. David L. Eng and David Kazanjian. Berkeley: U of California P, 2003. 458-65.

Caruth, Cathy. *Unclaimed Experience: Trauma, Narrative, and History*. London: Johns Hopkins UP, 1996.

Coughlan, David. "The Drive to Read: Freud, Oedipus and Ishiguro's *The Unconsoled*." *Parallax* 22.2 (2016): 96-114.

Drąg, Wojciech. *Revisiting Loss: Memory, Trauma and Nostalgia in the Novels of Kazuo Ishiguro*. Newcastle upon Tyne: Cambridge Scholars, 2014.

Ferber, Ilit. "Melancholy Philosophy: Freud and Benjamin." *EREA* 4.1 (2006): 66-74.

Gilloch, Graeme. *Walter Benjamin: Critical Constellations*. Cambridge: Polity, 2002.

Ishiguro, Kazuo. *The Unconsoled*. London: Faber and Faber, 1995.

Ishiguro, Kazuo, and Kenzaburo Oe. "The Novelist in Today's World: A Conversation." Shaffer and Wong 52-65.

Jaggi, Maya. "Interview: Kazuo Ishiguro Talks to Maya Jaggi." Shaffer and Wong 110-19.

Krider, Dylan Otto. "Rooted in a Small Space: An Interview with Kazuo Ishiguro." Shaffer and Wong 125-34.

Lacan, Jacques. *The Seminar of Jacques Lacan. Book XI. The Four Fundamental Concepts of Psychoanalysis*. Ed. Jacques-Alain Miller. Trans. Alan Sheridan. New York: Norton, 1998.

Leslie, Esther. *Walter Benjamin: Overpowering Conformism*. London: Pluto, 2000.

Lewis, Barry. *Kazuo Ishiguro*. Manchester: U of Manchester P, 2000.

Mason, Gregory. "An Interview with Kazuo Ishiguro." Shaffer and Wong 27-34.

McCole, John. *Walter Benjamin and the Antinomies of Tradition.* Ithaca: Cornell UP, 1993.

McQuire, Scott. *Visions of Modernity: Representation, Memory, Time and Space in the Age of the Camera.* London: Sage, 1998.

Mead, Matthew. "Caressing the Wound: Modalities of Trauma in Kazuo Ishiguro's *The Unconsoled.*" *Textual Practice* 28.3 (2014): 501-20.

O'Brien, Wendy. "Telling Time: Literature, Temporality and Trauma." *Temporality in Life as Seen through Literature: Contributions to Phenomenology of Life.* Ed. Anna-Teresa Tymieniecka. New York: Springer, 2007. 209-21.

Reitano, Natalie. "The Good Wound: Memory and Community in *The Unconsoled.*" *Texas Studies in Literature and Language* 49.4 (2007): 361-86.

Robbins, Bruce. "Very Busy Just Now: Globalization and Harriedness in Ishiguro's *The Unconsoled.*" *Comparative Literature* 53.4 (2001): 426-41.

Rochlitz, Rainer. *The Disenchantment of Art: The Philosophy of Walter Benjamin.* Trans. Jane Marie Todd. New York: Guilford, 1996.

Scholem, Gershom. "Walter Benjamin and His Angel." *On Walter Benjamin: Critical Essays and Recollections.* Ed. Gary Smith. Cambridge, MA: MIT P, 1991.

Shaffer, Brian W. *Understanding Kazuo Ishiguro.* Columbia, SC: U of South Carolina P, 1998.

Shaffer, Brian W., and Cynthia F. Wong, eds. *Conversations with Kazuo Ishiguro.* Jackson, MS: UP of Mississippi, 2008.

Sim, Wai-chew. *Globalization and Dislocation in the Novels of Kazuo Ishiguro.* New York: Edwin Mellen, 2006.

——. *Kazuo Ishiguro.* London: Routledge, 2010.

Stanton, Katherine. *Cosmopolitan Fictions: Ethics, Politics and Global Change in the Works of Kazuo Ishiguro, Michael Ondaatje, Jamaica Kincaid and J. M. Coetzee.* New York: Routledge, 2006.

Swaim, Don. "Don Swaim Interviews Kazuo Ishiguro." Shaffer and Wong 89-109.

Teo, Yugin. *Kazuo Ishiguro and Memory.* New York: Palgrave Macmillan, 2014.

Tsai, Chia-chin. "The Melancholic Subject in Kazuo Ishiguro's *The Unconsoled.*" *Soochow Journal of Foreign Languages and Cultures* 46 (2019): 13-36.

Vorda, Allan, and Kim Herzinger. "An Interview with Kazuo Ishiguro." Shaffer and Wong 66-88.

Weigel, Sigrid. *Body- and Image-Space: Re-reading Walter Benjamin.* Trans. Georgina Paul, Rachel McNicholl, and Jeremy Gaines. London: Routledge, 1996.

Whitehead, Anne. *Memory.* London: Routledge, 2008.

Wolin, Richard. *Walter Benjamin, An Aesthetic of Redemption.* Berkeley: U of California P, 1994.

Wong, Ching-chih. *Homeless Strangers in the Novels of Kazuo Ishiguro: Floating Characters in a Floating World.* New York: Edwin Mellen, 2009.

Wong, Cynthia F. *Kazuo Ishiguro.* Tavistock: Northcote, 2000.

媒介，或思維之技術

蕈菇即媒體：
從道爾的超自然書寫檢視
蕈菇之媒／黴體性

蘇秋華

東吳大學英文學系

摘要

當代蕈類學家史塔麥對蕈菇生命提出非常有趣的見解，即綿延地底的菌絲網路具有媒介性，負起非人物種之間的訊息傳遞。本論文借用史塔麥的觀點，檢視二十世紀初召魂術、電話，與蕈菇的聯結，思考蕈菇作為媒體所可能開展的後人類想像。道爾在兩次世界大戰之間的超自然書寫為本研究主要的分析對象，包括他為當時靈媒所著的傳記、為召魂術背書而進行的公開辯論、以召魂術為主題的小說、靈魂攝影研究，以及精靈學等，藉此突顯二十世紀初召魂、電話，與蕈菇在技術上環環相扣、共榮共顯的關係。首先，我將檢視其超自然書寫中靈媒與蕈菇的聯結，此聯結暗示的是召魂術作為一種地下祕密網路，具有平民起義的重要意涵。接著我將討論召魂術與電話的關係，說明召魂術中的圈坐儀式呼應的是早期電話技術，其中「鼓膜機制」是重要的技術基礎，並說明「膜」作為能量傳導中介可能帶來聽覺的去人類中心面向，加乘並擴大了可被聽見的音域。第三部份我從道爾的精靈學，說明蕈菇與當時遠距溝通技術的聯結暗示了一種非人智能的可能。希望能夠呼應史塔麥對「菌絲網路」的闡述，揭櫫蕈菇的媒介性，乃是介於生／死、靈魂／肉身、人／非人之間的傳送及轉譯。

關鍵詞：蕈菇，電話，媒體考古，靈溢漿，道爾，召魂術，精靈學

前言

　　本論文的研究的方法和靈感主要取徑媒體考古學者帕瑞卡（Jussi Parikka）專書《昆蟲媒體》（*Insect Media*）。在這本書當中帕瑞卡從昆蟲行為研究出發對十九世紀的遠距溝通媒體進行檢視，想提出昆蟲即媒體的概念。他認為不是只有人類的科技能夠儲存和傳送訊息，當我們正視昆蟲本身的媒體力量時，或許能夠做出更有開展性的哲學介入。因此他定義這本書是思考「媒體基進的非人性」（the fundamental inhumanity of media），畫出「非人潛在力量的地圖」，藉此對「演化之樹提出質疑，並且彰顯思想、組織，以及感知的另類邏輯」（xix）。從《昆蟲媒體》得到靈感，在本篇論文中我想嘗試思考蕈菇即媒體的概念，透過媒體考古的方法，我將說明十九世紀末到二十世紀初的蕈菇學、召魂術、電話環環相扣、共榮共顯的關係，希望揭櫫蕈菇作為一種於生／死、靈魂／肉身、人／非人之間進行傳送及轉譯媒介之後人意涵。

　　為了闡釋蕈菇的媒介性，我將借用當代蕈菇學家史塔麥（Paul Stamets）在《菌絲體運轉》（*Mycelium Running*）中對蕈類生態的說明。在這本蕈菇研究的專書中，史塔麥提出有別於傳統蕈類學的看法，將蕈類綿延地底之菌絲體比喻為「大自然的網路」（Nature's Internet）（2-11），牠們就如同神經細胞，不但極其敏感，且可迅速傳遞與土地、氣候、溫溼度相關的訊息，可說具有某種「集體黴意識」（collective fungal consciousness）（7）。我在本論文中將從史塔麥所提出的菌絲體概念出發，針對著名的偵探小說家道爾（Arthur Conan Doyle）在兩次世界大戰之間所出版的超自然書寫進行分析，[1] 檢視二十世紀初蕈菇、召魂術、電話的關係。道爾以福爾摩斯系列偵探小說聞名遐邇，但跟這個極端強調以理性邏輯、科學事實辦案的偵探角色相反，道爾本人對各種超自然現象，尤其是召魂術（Spiritualism）極為著迷，這個狀況在其子在第一次世界大戰中失去生命後更為顯著，

---

[1] 本研究的文本分析聚焦於道爾的主要原因有二：首先，儘管近年已有許多靈媒透過自動書寫創作出來的文本被大量轉錄及研究，在台灣不太容易取得第一手資料的狀況下，道爾所出版的超自然寫作文本相對容易在網路上取得；二來則是因為道爾自始至終都強調自己是以科學的眼光驗證召魂、精靈、靈魂攝影，因此是以「客觀」的方式來觀照各種靈異現象，相較於靈媒常宣稱自己是受某大師的啟示而在無自我意識的情況下進行寫作，道爾的論述比較是從「外」部來描述超自然現象，對於我想發展的媒體技術主題較有發展空間。

戰後他的多本著述便是以召魂術或超自然現象為主題，例如：《召魂術的歷史》（*The History of Spiritualism* Vol.1 & Vol.2）（1926）、《精靈降臨》（*The Coming of the Fairies*）（1921）、《生命訊息》（*The Vital Message*）（1919）、《新啟示》（*The New Revelation*）（1918）、《靈魂攝影考》（*The Case for Spirit Photography*）（1922）以及他和崇尚現代科學理性的麥考伯（Joseph McCabe）進行的《「召魂術之真偽」公開辯論逐字稿》（*Verbatim Report of a Public Debate on "The Truth of Spiritualism"*）（1920），此外，就是他以召魂術為主題寫了一本小說《迷霧之境》（*The Land of Mist*）（1926）。在這些論著中詳述了當時他親眼目睹或收集到的各種超自然現象，如靈溢漿、靈魂攝影、聲音的靈媒、自動書寫，以及描述從圈坐儀式中聽到亡者轉述的死後世界等等。本論文中，我將以這些著述作為基礎，對召魂、蕈菇、電話的關係進行闡述，以進一步思考蕈菇作為媒體的後人類意涵。

蕈菇的媒／黴體性

　　蕈菇在十八世紀之前一直都因其固著在地表的外貌被歸類為植物，直到顯微鏡的發明，人們才進一步認識牠們[2]難以歸屬的特性，由於其組織不具有葉綠素，無法行光合作用，蕈菇不算是自營（autotrophic）生命，與植物不同。牠們是異營（heterotrophic）的生命，要靠分泌酵素分解其他生命體以得到生長所需能量，因此比較接近動物；然而跟多數的動物不同的是，蕈菇沒有消化和吸收器官，而是直接經細胞滲透吸收的作用得到營養，因此也不能歸到動物界當中（Miles and Chang 3-4）。人們自古以來就知道蕈菇可作為食物，也可用在醫療上，或在饑荒之時作為救急的糧食，然而其供給量卻非常難以掌握，原因是蕈菇的生長一直是個謎，非常難透過人工方式介入，像是松露或松茸等珍貴的蕈類，是直到近年才找到人工種植的方法（Singer and Harris 8-10）。

　　直到近半個世紀，科學家才能較能清楚說明蕈類的生命循環。根據當代蕈類專家史塔麥的研究，我們肉眼可見的菇比較像是蕈類的果實，當果

---

[2]　現今對蕈類的了解，會認為蕈類較接近動物而非植物。此外，在正文的第二節我將說明蕈類與「靈溢漿」這種具有靈性的前驅介質的關係，因此在本論文中將會以「牠」作為代稱。

實出現的時候，暗示的是蕈菇的生命循環已在我們看不見的情況下完成一大半。這個我們看不到的部份是分佈在土地表淺處的腐植層，密密麻麻的網路組織，稱為菌絲體（mycelium）。一般來說，蕈類最初的生命始於遠比灰塵小的孢子，孢子為單細胞，可有性生殖，亦可行無性分裂，孢子發芽後延長成絲狀，稱為菌絲（hypha），若環境友善則會向上下左右像漣漪般的擴張，並與其他不相斥的菌絲集結起來，直到形成層層疊疊的菌絲團塊，即菌絲體。待菌絲體集結成原基（Primordia），便有機會結成菇。然而真正能結成菇的種類只占全部蕈類的十分之一，而科學家目前所能辨視的蕈類或許也僅占全部的十之一（Stamets 12-18）。

　　有別於一般蕈類書籍，史塔麥在《菌絲體運轉》中，開宗明義宣稱菌絲具有某種智能，並將菌絲體視為「資訊分享膜」（information-sharing membranes），據其描述，菌絲體是一個盤根錯節的組織，由串連的膜與外界環境進行資訊交換，因此他直接以「大自然的網路」（Nature's Internet）來形容菌絲體（2-11）。他認為深入地表的菌絲體就好比神經系統，不但極其敏感，且可迅速傳遞跟土地、氣候、溫溼度相關的訊息，可說具有某種「集體黴意識」（collective fungal consciousness）（7）。書中他也引用了早期科學家的研究，說明菌根能夠在設計好的迷宮當中找到離食物最近的路徑，另外也有不少科學研究說明蕈類能夠視需求將養分輸送到不同種類樹木的根部，維持森林生態平衡（7, 24-26）。換句話說，菌絲體在史塔麥的描述裡，就像一部超級電腦，能偵測到環境中任何細微的風吹草動，並迅速回應，他甚至樂觀地指出，未來人們有可能經由植入土地的晶片與菌絲體溝通，了解當地的生態環境變化（8）。

　　在本論文中我將根據史塔麥在《菌絲體運轉》中對菌絲體的媒介性質加以延伸。我認為蕈菇做為媒／黴體的的重要意義在於，作為異營的生命體，牠們的生命型態總是與其他物種共生的。目前已知的四種形態包括：腐生（saprophytic）、寄生（parasite）、根生（mycorrhizal）以及內生（endopytic）（Stamets 19），不論是哪一種共生形態，蕈類不止是「黴」體，也是「沒」體、「媒」體。牠們「沒」有自己的身體，牠們的身體總是已經（always already）共存於其他身體。再者，菌絲「體」勉強只能算是「膜」，每一束菌絲只有一個細胞膜的厚度，藉著釋出消化酶將土地中死去的昆蟲、動物、昆蟲、樹葉，枯木等分解成醣、水、胺基酸等分子，再透過滲透作用將其吸收。我認為在某種程度上，這種透過膜作

用，不斷轉化並傳遞能量的過程，呼應了媒體研究中所關注的傳導效應，而蕈菇生命週期不也是在生／死之間進行著層層翻譯與轉送？麥克魯漢有一句名言：「媒介即訊息」，那麼當蕈菇作為一種媒介時，傳遞的又是什麼樣的訊息？以下我將從道爾的超自然書寫所涉及的維多利亞時期媒體技術及靈學來進行討論。

靈溢漿：召魂術與蕈菇

靈溢漿（Ectoplasm），Ecto- 指的是「外圍的」，-Plasm則是「漿液」，是伴隨著各種超自然現象出現的（非）物質，像是召魂術的圈坐儀式、靈魂攝影、精靈的出現等。最早是在1894年由法國生理學家，亦是諾貝爾醫學獎得主的瑞啟（Charles Richet）[3] 所命名。瑞啟跟十九世紀末許多知識分子一樣，對各種靈異現象很感興趣，而且用科學方法進行研究，在他一系列針對當時著名的靈媒帕拉媤諾（Eusapia Palladino）所做的研究中，發現這種〔非〕物質，並將其命名為靈溢漿（Wilson 104）。在〈交叉聯訊、證物的本質以及書寫的物質〉（"Cross-Correspondences, the Nature of Evidence and the Matter of Writing"）一文中，韋爾森（Leigh Wilson）對靈溢漿作出以下的綜合描述：「〔牠〕是用正常生理方式所得到的產出（跟唾液、黏液、血液、精液、奶水等一樣，都是從身體的孔隙中溢出）。牠並不像任何可辨視的物質——牠在黑暗中生長，若有光線或觸碰即縮回去，能在瞬間消失，亦能在相對短暫的時間內從無實體轉變成實體，〔像是〕從一種幾乎看不見的薄紗般物質變成一張臉、一隻手、甚至有時變出整個身體」（113）。

儘管在後來許多的檢驗當中，靈溢漿被認為是靈媒造假所做出來的物質，然而這種神祕物質的產出在當時是一種極普遍的現象，[4] 因此引發許多自詡為科學人的研究興趣，除了前述的生理學家瑞啟，當時一個非常著名的學會：「心理研究學會」（The Society of Psychical Research）便是以科學方法有系統地研究靈異現象著稱，其成員包括當時許多名人以及學

---

[3] 道爾也把瑞啟教授寫在《迷霧之境》裡，作為書中的角色，瑞啟和現實生活中一樣，是對超自然現象十分著迷的科學家。

[4] 其普遍性不論在社會文化亦或是藝術創作中均不容忽視。近年已出現許多針對召魂術與現代主義之間的關係所做的研究。可參考Sword；Enns；Kontou 43-80。

者，像是知名心理學家詹姆士（William James），發明真空管的化學家庫魯克（William Crook），以及本篇論文要處理的道爾。從二十一世紀的眼光來看，召魂術能引起諸多知識分子的興趣，並相信各種靈異現象為真，似乎是不可思議的事情。然而我卻認為，正因召魂術在二十世紀初受到正視且引發諸多討論，姑且不論這些知識份子是否受騙上當，[5] 都應將其視為重要文化現象，因此以下我將從道爾的超自然文本中對靈溢漿的描述，說明召魂術和蕈菇交纏的關係。

　　靈溢漿這種似物非物的生／物屬性在道爾的作品裡有更切身且更細節的描述，例如在《迷霧之境》裡，負責引導主角馬龍的靈媒研究者說明，在圈坐儀式中，每位成員都會減少0.5至2磅，而靈媒減少的重量則多達10到12磅。在小說中，這是由於靈溢漿會從身體溢出的關係（33）。這種撲朔迷離的（非）物質，人們能感受到牠的「在」，但其物質性卻又如此飄渺。由於其隱約的可見性在光線照射下就消失了，人們只能在幽暗的斗室裡感受到牠。牠有時像薄霧般籠罩，有時則「物體化」（materialize）成一隻手、一張臉，一個完整的身體，除非牠主動靠近，圈坐者不能伸手觸摸。人們描述靈溢漿在化為形體時所用的字為「物體化」（materialization），換句話說，靈溢漿的曖昧屬性是因為牠的中介性質（mediumship），牠的「在」（presence）有別於像是石頭、杯子、桌子等非有機物體的「在」，牠是石頭等物質的「在」的前驅條件；而牠又不似非生物那般具有惰性（inertness），而是可讓人感受到其生命力。儘管如此，靈溢漿又無法定義其為「有生命之物」（Animated object），因為牠的「在」虛無飄渺，能瞬間形變或化為「無」（absence）。因此與其說牠是一種「物質」（matter），不如說牠是成就物質的「介質」（medium）。

　　值得注意的是，在道爾的超自然書寫中，靈溢漿常和蕈類聯結。例如在《召魂術的歷史》第二冊的靈溢漿專章中，他指出，靈溢漿看起來是「薄膜狀、如雲霧的白色物體，〔從靈媒的身體裂隙間溢出〕漫佈在地上……接著牠逐漸擴展開來，肉眼即可觀察到其延展的速度，彷彿那是一塊會動的紗布，一層又一層舖捲在地上……。」（91）。這種物質往往會像嘔吐的

5　其實大部份召魂術的信徒就算被證明上當之後，仍言之鑿鑿為其背書，其說法通常是不否認召魂術及靈媒有可能「造假」，但仍相信整個靈性世界為真。

絲一樣，將靈媒包捲起來，像「凝膠物質」、「有光澤」（113）、「條狀且具黏性」（102），若試著將牠收集起來放進盒子裡，則「……會像雪一樣化去，只剩下些許潮濕以及一些大塊的，可能**來自蕈類**的組織」（*History of Spiritualism* 103；加標重點）。這些絲絲縷縷，若有似無的組織讓人不禁聯想起菌絲體。事實上，如同我稍早所說明，科學家們要到二十世紀中才開始認識到樹木之間會進行溝通交流，其媒介便是蕈菇在表淺地層綿延數英哩的菌絲網路，然而根據弗萊明（Nic Fleming）在〈植物透過真菌網路跟彼此交談〉（"Plants Talk to Each Other Using an Internet Fungus"）報導中指出，十九世紀德國蕈類學家弗蘭克（Albert Bernhard Frank）早已用蕈根（mycorrhiza）來描述蕈類群聚樹木根部的現象。蕈類作為森林地底祕密網路的概念，我在第四節會再詳細討論。在此我想先藉由靈溢漿和蕈類的聯想，說明召魂術在當時在人們心目中的想像。

在《迷霧之境》裡，主角馬龍為報社記者，負責撰寫跟召魂術有關的報導，隨著馬龍的腳步，讀者跟著一開始對召魂術半信半疑的馬龍探索這個神祕的世界，並逐漸意識到那些遭主流媒體嘲弄或攻擊的靈媒，不但不是什麼貪財的惡棍，而多半是一些社會底層，殷實善良的小人物，像是火車搬運工、礦工、清潔婦、船員等，有的甚至目不識丁（Doyle, *Land of Mist* 101）。在小說中道爾多次將魂召會（Spiritualist Church）與成為主流之前的基督教相比：「這些人多半是善良的小人物，當他們面對各種責難以及個人的損失時，忍辱負重超過七十年。跟基督教的興起很像，一開始是由奴隸和下等人組成，逐漸往上延伸。畢竟從凱薩的奴隸到凱薩得神啟中間隔了三百年」（Doyle, *Land of Mist* 20）。正因為具有靈能力的人往往是中下階層的人，低下的社會地位再加上資源不易取得，公開發聲的機會不多。當時大眾對靈媒諸多歧視，有錢人透過靈媒得到安慰之後，付點小錢便離開，[6] 靈媒也常遭到法院的不當審判。[7] 根據道爾在書中的描述，他們往往是被厭棄的底層階級，被比喻成「討人厭的**黴菌**，腐敗靡爛在一

---

[6]　參考《迷霧之境》第59頁靈媒林頓（Tom Linden）的說法，那些上流階級通常非常吝嗇，接受通靈服務後，付點小錢就對靈媒棄之如敝屣。當時一次通靈的費用是一幾尼（Doyle, *Land of Mist* 23, 63），而且是根據客戶個人的經濟情況收費。

[7]　當時的人對靈媒諸多惡評，警察甚至會設局誘導靈媒，而後進行不當審判（Doyle, *Land of Mist* 65-72）。然而靈媒進行通靈並沒有違背任何律法，因此法官多半是用兩條過時的法條強加定罪，一是從十八世紀延用至當時的巫術法（Witchcraft Act），另一條則是1824年通過的遊民法（Vagrancy Act）（72）。

起」（Doyle, *Land of Mist* 77；加標重點）。從某個角度來看，如果主角馬龍所代表的《每日新聞》（*Daily Gazette*）是公開、主流的「地上」媒體，召魂術代表的不正是祕密、非主流、「地下」的媒／黴體？

　　這些靈媒／黴所暗示的地下網路，也呼應十七世紀以「水星」（Mercury）來作為靈溢漿的代稱。根據《召魂術的歷史》，當十七世紀清教徒獵巫風潮正熱時，研究心靈現象的人為了自保，用天體名稱來替代召魂術語，「水星」（Mercury）即表示靈溢漿（*History of Spiritualism* 116）。而Mercury在希臘神話中，代表的是訊息、溝通、往來的傳訊者。由此可見召魂術、蕈菇，與傳訊媒體之間有著密不可分的關係，我將在下節檢視召魂術作為一種傳訊媒體，與維多利亞時期新興電話技術的聯結。

召魂電話

　　德國文化與媒體學者基特勒（Friedrich A. Kittler）的專書《留聲機、電影、打字機》（*Gramophone, Film, Typewriter*）可謂從新物質主義立場出發的媒體考古先驅。書中論及維多利亞時期新興傳憶技術等帶來的鬼魅想像，對近年媒體研究的貢獻不可小覷。但基特勒處理的媒體以銘刻（inscription）技術為主，較少討論以傳送訊息為主要功能的聯結性媒體。[8] 另一方面，針對早期遠距傳播媒體的討論，往往聚焦於電報，[9] 電話則常被視為電報的附屬技術，使得早期電話相關研究相對較少。儘管已有不少學者研究召魂術與電報的淵源，[10] 但我認為電話作為一種傳聲技

---

[8] 「銘刻」（inscription）是基特勒所用的字，意指那些透過印壓在物體表面上留下痕跡的媒體技術，例如打字機的字鍵透過色帶印壓在紙張上面所呈現的文字，或是光線在感光的底片上留下的影像等，從這個定義來看，幾乎所有的媒體都可算得上是銘刻式。然而以媒體功能而言，有些媒體旨在儲存記憶，有些則以傳送訊息為主，因此我根據卓爾特（David Trotter）在《第一媒體時代的文學》（*Literature in the First Media Age*）中的說法，將新媒體分為再現性（representational），以及「聯結性」（connective），並將電話歸屬為後者。所謂的再現性媒體，包括攝影、留聲機、電影；聯結性媒體則包括電報，電話、傳真機等（7-8）。

[9] 例如：羅各斯特（Roger Luckhurst）之《傳感術之發明》（*Invention of Telepathy*）討論精神分析發展跟遠距溝通技術的糾葛；歐堤（Laura Otis）之《網路聯結》（*Networking*）從十八世紀德國生理學家所做的神經電學出發，說明技術與文化想像的關係；馬文（Carolyn Marvin）的《舊時代新媒體》（*When Old Technologies Were New*）則是遠距溝通技術的經典研究。這些探討十九世紀遠距溝通的研究當中，電報常被視為劃時代的新技術，隨著電報網路而發展的電話在媒體考古的浪潮中，研究則相對沈寂。

[10] 史貢（Jeffrey Sconce）在《靈異媒體》（*Haunted Media*）裡，便爬梳了電報與召魂術的關係

術有許多值得開發的面向，從電話與召魂術的關係來看，則更能突顯電話特殊的媒體性質。以下我將從道爾超自然書寫中電話與召魂術的交織來做進一步闡述。

在《新啟示》（*The New Revelation*）裡，道爾直接用「電話」來比喻召魂術：「電話鈴響……可能是重要的訊息，似乎這些大大小小的的〔超自然〕現象就是電話鈴……彷彿向人類說：『醒來啊！振作點！仔細聽！這裡有給你的訊號，會把神想給你的訊息交給你』」（39-40）。在《生命訊息》（*Vital Message*）一書當中，道爾確切地把召魂術與當時發展未臻成熟的電話技術做連結：「在自動書寫中，你是在電話的一頭……卻不能確定另一頭的是誰。可能有錯得離譜的訊息，突然插入到真實的訊息當中，那些訊息捏造得如此細緻以致於讓你無法想像它們可能是假的」（46）。[11] 不僅如此，召魂的圈坐儀式在道爾的描寫下，就宛如電話的配置。在《迷霧之境》中，馬龍應報社的要求對當時盛行的魂召會，明察暗訪並撰寫專文，他因此參加了不少圈坐儀式。根據書中的描述，儀式開始時會彈奏風琴，為的是藉由音樂的頻率來找到與另一個世界共鳴的振動。此外桌上會放置各種會發出聲音的物件，像是小號、鈴鼓、音樂盒等，據說是因為被召來的靈不一定會以何種方式發聲，因此準備樂器以備不時之需。我認為在召魂的過程中所進行的**調頻**（tune in）以及**振動**（vibration），暗示的是圈坐儀式中的配置與早期電話傳輸的呼應。[12]

根據赫婁（Alvin F. Harlow）在《舊電網與新磁波》（*Old Wires and New Waves*）中所描述，貝爾的電話發明其實是諧波電報（Harmonic telegraph）的副產品（348-52），他原意要發展的是一種新的電報，利用單一條電線將摩斯電碼透過多種頻率傳輸到接收端，促使接收端的音叉在接受到相應

（21-58）。由於早期靈媒以扣擊的方式與鬼靈溝通，再加上十九世紀電磁學的興盛，人們著迷於各種肉眼看不到的力量作用，召魂術一度被稱為「天堂電報」（celestial telegraphy）（28, 36, 48）。

[11] 以電話作為召魂術的比喻多少解釋了為何許多知識分子即使在得知某靈媒被證實為騙徒之後，仍願意相信召魂術是一種溝通陰陽兩界的技術，並繼續深信死後世界的存在。早期電話技術的傳輸能力極不穩定，可能因為各種陰錯陽差的理由而搭錯線，亦或是被攔截。因此就算少數靈異現象被揭發為造假，也無法取消召魂術的有效性，更不能推翻整個對死後世界存在的信念。

[12] 圈坐儀式中，由靈媒召喚來的靈會直接和參加的人對話，其聲音的傳輸是類比式，而非電報技術中使用的數位式傳輸。而相較於同樣的類比式傳輸的廣播，圈坐中靈界與人界可以直接對話，具有互動性，因此聯結感（connectivity）更強。

的頻率後開始振動，發出多種頻率的聲音，儘管因為一連串錯誤而傳送了人聲，電話的傳訊原理仍是基於調頻與振動。此外，貝爾對電磁學是門外漢，他的本業是教導聾啞人士溝通，因此電話構造最早的發想是來自對耳朵構造的觀察，他了解鼓膜雖小，卻能有效地將振動傳給聽小骨，而重製出同樣的聲音。「鼓膜」（tympanum）便是後來在他的實驗中用來傳輸聲音的重要構造，他利用發話端的膜（一個管狀的話筒）連接到一條電線，聲音使話筒的膜受到振動後，電線便沈入一盆稀釋的硫酸液中，藉以提供穩定的電流到接收端的膜，使其振動並發出同樣的聲音。

　　透過早期電話技術與召魂術的並置，我想說明膜（membrane）對兩者的重要性。由於膜同時屏蔽卻又連續的特殊物質屬性，使得能量能夠進行轉換並且傳送，換句話說，膜為能量傳導（transduction）提供了物質基礎。斯特恩（Jonathan Sterne）在《聽得見的過去》（*The Audible Past*）中主張，維多利亞時期聲音再製技術的基礎，是模擬人體中耳振動和傳導為主的「鼓膜機制」（tympanic mechanism）（32-33）。他認為十九世紀末聲音技術經歷了一次典範轉移，傳導技術模擬的對象從原先發出聲音的「嘴巴」，轉變成接收聲音的「耳朵」。換句話說，聲音的再製從此是透過膜與膜之間不斷的轉傳來達成，聽覺因此成為一種膜振動的效果，發聲的源頭失去早先的優勢地位。[13] 接著，透過音像機（phonautograph）[14] 的發明史，斯特恩說明聲音再製技術的歷史與輔助聾啞人士學習發聲有著密切的關係，並進一步指出「鼓膜機制」的重要意義在於，聽覺從此「乘以三」（tripled）：第一次是被「『為我們』聽的機器」（machine hearing "for us"）所聽見，第二次的聽見是「振動膜片以複製聲音的機器」所聽，第三次則是「我們鼓膜的振動」（67）。斯特恩也衍伸了基特勒所討論的技術與死亡的聯結，他詳細說明十九世紀中期各種聲音實驗，由於看重中耳構造的神奇之處，與貝爾密切合作的耳科專家布萊克（Clarence Blake）不惜將從大體取下的人耳置入當時實驗中的音像機當中。[15] 自此

---

[13]　斯特恩亦討論到自動機（automaton）製作與聲音技術的關係，他認為自動機的製作，像是模擬說話的人頭，亦或是鳴叫的鳥禽等，均屬於前一個時期的聲音技術（70-75），真正劃時代的發明是十九世紀中由史考特（Leon Scott）所設計，外型像耳朵，把接收到的聲音描成線條的音像機（31-32）。我認為聲音源頭的貶值有重要的後人類意涵，稍後會再討論。

[14]　根據斯特恩的說法，早年Phonautograph的製作，目的是為了幫助聾人學習發聲，因此藉由機器把聲音轉成看得見的線條（參考註13）。在此翻譯成音像機。

[15]　根據斯特恩的說法，使用大體的器官作為科學實驗之用在十八世紀是醫學教育的主流，而1830

「某種疏離的殘暴性便隱匿在聲音再製技術的基礎機制裡：『電話鈴聲在哪裡響起，聽筒中就住著個鬼』」（69-70）。在此我認為值得注意的是鼓膜機制所暗示的後人類意涵，人耳從人體被獨立出來，成為「一個問題、一種機制、一個知識的對象物」（70），它不再屬於人，而是一種聽覺機制，並和其他的非人零件自由組配。此處的非人可能是鋁片或者振膜，亦可能是豬皮甚至是大體的一部份，而什麼樣的聲音可以被聽見不是由發聲源裁奪，而是由是否與膜片調頻並振動來決定。換句話說，當聽覺「乘以三」的時候，原先域外的聲音或許就有機會被聽見，因此我認為電話技術的發展同時也擴展人類的知覺。

　　不過只關注鼓膜機制本身，可能忽略了電話作為遠距溝通新媒體的電磁特性。坎因（Douglas Kahn）的《地球音與地球訊號》（*Earth Sound Earth Signal*）中處理的早期電話的美學及科學實驗說明了這樣的論點。在這本專書當中，坎因特別強調電話在遠距傳播技術發展史上所扮演的特殊角色。儘管常被視為電報的附屬技術，但由於電話線路對電磁特別敏銳，因此在十九紀亦被用來作為偵測地球電磁的科學儀器，並且用來聆聽自然樂音。坎因特別提及梭羅（Henry David Thoreau）以及和貝爾一起研發電話的助理華森（Thomas A. Watson）對電話另類的用法。比起摩斯電碼所傳送的訊息，梭羅更關心的是電纜線如何發出大自然的環場音樂（sphere music），他把架高在半空中的電線和「風鳴琴」（Aeolian harp）相比，稱電報／話線為「電報鳴琴」（Telegraph Harp）（Kahn 45-48）。華森則是基於對當時電磁學的著迷，常在夜深人靜時聆聽從電話線路傳來難以辨別的聲音。由於華森聽的是環境電磁透過電話線傳送的聲音，坎因稱之為「電鳴音」（Aelectrosonic）（53）。[16] 華森著迷於電話那頭傳來的神祕音響，將之視為自然界中神靈示現的證明，並在晚年發展出獨特的電子神學，將振動、電子、和音樂融合在其宇宙觀之中（Kahn 32-33）。

　　坎因指出，比起其他聲音技術，電話似乎開啟更多的想像空間：「留聲機擅長保留和重覆已存在領域的聲音，而電話的強項則在從未聽過的

　　年代英國和美國的解剖法案促使社會邊緣人的大體在醫學實驗中能夠合法使用（67-69）。

[16] 由於電話對電磁反應敏銳的特性，開啟了藝術家們的想像，因此坎因接下來也處理了1960年代及90年代由電話所啟發的「能量藝術」（energetic arts）。分別是1960年作曲家盧西爾（Alvin Lucier）及凱吉（John Cage）等人的創作，以及1990年代亨德汀（Joyce Hinterding）的新媒體創作。由於跟本論文沒有直接關係，在此省略不談。

新的聲音」（Kahn 34）。他也認為這和當時的麥克風脫離不了關係，並將麥克風與顯微鏡相比[17]：「〔麥克風〕是電話技術的一部分，它將真實和想像，自然和非自然的**複數世界**（**worlds**）微小的聲音給放大，就像顯微鏡揭露亦或是**召喚**（conjure up）那些在視閾之下的微小的平行宇宙」（Kahn 34；加標重點）。換句話說，從電話線路傳來的聲音不僅止於改變人們聆聽的方式，也擴大了可聽見的聲音的範圍。當膜片振動，接收到的不只是人的話語，還有自然界，甚至超自然領域的聲音。而膜振動不只在接收音頻，還有放大聲音的效果，一些人耳本來聽不見的聲音，透過電話用的麥克風而被聽見。

　　值得注意的是，電話麥克風的膜片振動並不單純只是音箱的共鳴，而是涉及電磁流的能量轉換，坎因指出，從梭羅的電鳴琴音到華森的電子神學，關鍵的轉變在電磁學的發展。電鳴音不單純只是宇宙神祕的空響（acoustics），[18]而是有電磁流的物質性變化：「宇宙的文化意涵從神祕的響音轉化到物質的電磁流，從迴盪的想像，轉變成電磁的真實」（54）。發聲的方式從機械性的空氣振盪，成為電磁波的流轉。坎因進一步解釋，膜片振動的「動」（movement）其基礎在於能量的傳導（transduction），而在聲音的再製和傳播上，傳導又可分成「程度上的傳導」（transduction-in-degree）和「種類上的傳導」（transduction-in-kind），在大部分的情況下，聲音的傳播所涉及的只是程度上的傳導，像是樂器的音箱或者空谷迴音等機械性發聲；然而電話則是屬於種類上的傳導，能量在機械性的振盪和電磁活動之間數度轉換（54-55）。也因此坎恩認為斯特恩的「鼓膜機制」說有不足之處，認為聲音的再製若光是談鼓膜機制，而不討論與電磁傳播更接近的神經傳導，實忽略了聲音再製史上後來更導向分子振動的物理學基礎（57）。[19]

---

[17] 麥克風（microphone）和顯微鏡（microscope）之字首micro-，暗示的都是將微小的，本來聽不見或看不見的聲音或事物呈現出來的意思。

[18] Acoustic在音樂上尤指不用電的聲音製造方式，例如：acoustic guitar。Acoustics 則特別指的是藉由密閉空間所製造的聲響。

[19] 本論文於2019年3月23-24日台灣大學「理論的世代」中首次宣讀，承蒙張小虹教授悉心提點，作為媒體，蕈菇似乎比較接近「視覺」呈現，有別於本文強調的電話作為以聽覺為導向的媒體。在此向張教授致謝並回應：從十九世紀各種媒體的實驗脈絡來看，電磁力是遠距傳播最重要的基礎，感官的定義也經歷了重要的典範轉移，不再以人體解剖的部位來定義，而是從身體作為媒體的觀點，思考電磁力如何即身（embodied）的現象。坎因認為，順應電磁學的發展，聲音與影像常共用語彙，像是Spectrum，在聲音指的是音頻，在影像指的是光譜，其理

　　關於坎因強調電話作為傳播性媒介（transmissional media）的面向
（19），以及麥克風如何類比於顯微鏡，而揭露或召喚了想像或超自然的
宇宙，我稍後會再討論。在此我想強調的是由電話技術所「召喚」而來的
複數世界，讓一些原先被靜音的，像是動植物的生命或者亡靈的話語，開
始被聽見，暗示的是顛覆既有秩序的潛力。

　　在《響音新媒體》（Sounding New Media）中岱森（Francis Dyson）論
及電話作為「說話的管路」（speaking tube）的新媒體技術，其重要意義在
於，藉由把聲音轉化成「可流過電線的音素物質（sonic material）」，開拓
了「在和知識可接受的形貌」（accepted contours of presence and knowledge）
的新邊境（19-20）。岱森認為自柏拉圖以來，聲（Voice）和音（Sound）
便分了家，[20] 她接著引用亞陶（Antonin Artaud）的論點，以擬聲詞來說明
聲之所以必須要被馴服，就像是樂器一樣安置好控制點，是「以免音溢出
了字或音素，就像是讓管樂器把空氣導向特定的音調」（23）。這都是為
了聲可以成為「笛卡爾式的理性人聲，以及（具備）科學的穩定性」。[21]
所以聲當中音的質素，像是口說時的呼吸換氣、結巴、情緒、各種發語詞
等，以及說話時時間與空間的在都隨著以視覺為中心（ocularcentrism）的
西方哲學發展中被靜音，「聲變得靜又止（Static and silent）」（20）。
她以Pneuma（氣）這個字為例，說明希臘時期對身體的不信任，認為靈魂
過於潔淨，不得與身體直接接觸，因此以「氣」為中介，以捍衛神聖的靈
魂。自此人聲中的呼吸、情緒、無意義的噪音就被壓抑在理性的知識系統
之外：「人聲的抽象化和去音化，音的沾染性及音被排除在屬於知識的範
圍之外，與視覺中心論的發展並行不悖且互相滲透；而視覺中心論不正好
奠基於以靜態和持久之物的可見及物質的在？」（21）。

論基礎是電磁波如何被傳導的即身化形式（11）。當時許多科學和藝術實驗都是根據這個論
點所發展，像是稍早提到的音像機，以及當時科萊尼（Ernst Chladni）用各種弦樂器在金屬板
上呈現各種圖案的實驗（Sterne 43-44）。基於以上的原因，本論文並不特別對電波的即身方
式（聲波、音波）作出區別，而是聚焦於以傳導電磁流為主的媒體技術。

[20] Voice和Sound在中文裡都翻譯成聲音，然而在英文裡的意思卻不同，前者比較是可意會，在理
性系統中的人聲，後者則只要是能發出聲響的，像是動物的叫聲或樂器的樂音都屬此概念。
在本論文中，因為Voice本來就具有以人為中心的意涵，因此會儘量把Voice翻譯成「聲」或
「人聲」；Sound則譯為「音」。

[21] 《失去的聲音》是討論二十世紀初美國的廣播與現代主義文學之關係的專論，作者波特（Jeff
Porter）也提出類似的論點。他認為西方形上學一直以來有著所謂的恐音症（phonophobia）
（16-22）。而聲音的技術本身，就可能帶來所謂的音漂（acoustic drift）（15-36）。

順著她的論點，我想說明的是，電話技術把西方哲學中長久以來剝離的聲和音給重新黏合，其意義不僅在於原本失去身體的人聲找回了新的身體，更重要的是，隨著各種有機／無機，人／非人膜片振動，以及數種能量的轉換流動，聽覺不再只是「乘以三」，而是以大於三的倍數不斷放大，那些原先被理性系統排除在外的窸窸窣窣、唧唧啾啾的域外之音，像是地底水脈的流動，腐植層昆蟲爬動的聲音、電離層哨音（whistler of ionosphere）、乃至於被真菌所披覆的亡靈世界的低語，都眾聲喧嘩起來。

道爾的精靈學

在前面兩節，我已分別從蕈菇與召魂術、召魂術與電話的關係進行闡述，在本節當中，我將從道爾的超自然文本討論電話與蕈菇的勾連。我在第二節的最後已經說明，召魂術中常出現的介質靈溢漿本身即暗示著某種訊息的傳遞。接下來我將從道爾《精靈降臨》的兩大脈絡——精靈學與蕈類學（mycology）——說明蕈類在維多利亞時期的想像中，早已具備溝通非人訊息的功能；換句話說，它們是非人物種傳遞訊息的電話。

靈溢漿與蕈菇的聯想，其實可以從蕈類學蓬勃發展的歷史脈絡來理解，蕈菇在十八世紀之前一直都因其固著在地表的外貌被歸類為植物，然而牠們有些有著鮮豔而詭譎的色彩，有時突然大批出現又瞬間消失，雖然人們很早就懂得利用某些蕈類作為食物或者醫藥，然而卻很難預測如何採集到牠們，因此蕈類一直籠罩著神祕的面紗。根據安思沃（G. C. Ainsworth）的《蕈類學歷史導論》（Introduction to the History of Mycology），蕈類學的發展要歸功於十七世紀顯微鏡的發明，以及十九世紀樣本培養技術的成熟，讓人們得以窺見一個神奇的微型宇宙（4）。與此同時，同樣的技術也引爆精靈文化的熱潮。在〈大自然中的不可見〉（"Nature's Invisibilia"）一文當中，弗斯博（Laura Forsberg）從十九世紀的精靈文學、繪畫，以及科普書籍中的精靈，說明從1830年以來現代顯微鏡的發展與應用，和精靈的文化想像有著密不可分的關係。她引用皇家顯微鏡學會主席李德（J. B. Reade）的說法，這些微型生物是「大自然的不可見」，是「自然世界中，超越人類知覺，但無所不在的層次」（656-57）。她進一步指出，維多利亞時期的人們所想像顯微鏡下的生命與微型精靈有著「驚人的類比」：「顯微鏡使用者想像自己被帶到一個詭奇的世界，且更吃驚地意識到，這個顯微世

界和他們日常生活的物理空間是重疊的」（656）。[22]

在這個脈絡下，蕈菇與精靈在文化想像裡是密不可分的。光是從英文裡蕈菇的俗名，就可一窺端倪，像是「簇生鬼傘」（*Coprinus disseminatus*）又名「精靈軟帽」（Fairy Bonnet）、「珊瑚菌屬」（*Clavaria*）又名「精靈棍」（Fairy clubs）、「蟲形珊瑚菌」（*Clavaria vermicularis*）又名「精靈手指」（Fairy fingers）、「森林盤菌」（*Peziza sylvestris*）又名「精靈浴缸」（Fairy tub）（Aurora 352-53,634,637, 821）。蕈菇有時候是精靈身體的部份，有時則是牠們的用品，可見得在民俗想像中，精靈和蕈菇有很大的重疊。鄧金（Frank M. Dungan）在〈真菌、民俗、精靈故事〉（"Fungi, Folkways, and Fairy Tales"）裡，詳細耙梳了自文藝復興以來東西歐乃至美洲民間信仰中對蕈菇的超自然想像。根據他的研究，從莎士比亞時期以來，英國的文化中一直將蕈菇和超自然力量，像是精靈、女巫等，聯想在一起。他特別提到，受蓋爾特文化影響的不列顛諸島，對某些蕈菇在草地上環狀生長的現象有著特別的敬畏之感，稱之為「精靈環」（Fairy Rings），[23] 人們相信精靈環具有特殊的靈力，一旦踏入其中，便可能受到精靈力量的牽引（26-31）。鄧金亦觀察到，跟東、南歐對蕈類著迷的程度比較起來，英國一直都有恐蕈症（mycophobia），這個狀況要到維多利亞時期精靈繪畫的興起才得以翻轉。[24] 文中他舉出當時許多繪畫中的蕈菇和精靈作為例證，說明原本在想像中與邪惡力量聯結的蕈類在這個時期的繪畫中變得較為無害（37-40）。

不過，我認為值得商榷的是，鄧金在文中一再引用道爾作為恐蕈症的代表（29, 51）。我認為儘管道爾在這波蕈類學和精靈熱的風潮中，似乎沒有直接處理蕈類，但他對蕈類和精靈的演繹其實超出當時代人。有別於當時對蕈菇的靈力想像多半為附屬於精靈的存有，像是作為精靈的食物、用品，或者精靈身體的一部份，道爾的超自然文本中突顯的其實是蕈菇的傳訊能力，呼應當時的遠距溝通技術，而且若對照現今科學界對蕈類的認識，道爾的精靈學似乎有著驚人的先見之明。以下我將從他探討精靈現象

---

[22] 弗斯博對顯微鏡如何展開多重平行世界的闡述，呼應了我在前一節所引用的坎因對麥克風的說法。

[23] 根據歐羅拉（David Aurora）在《蕈類解祕》（*Mushroom Demystified*）中的說法，能在地上形成環圈的蕈類有好幾種，其中最著名的是硬梗小皮傘（*Marasmius oreades*）（7, 208-9）。

[24] 我認為英國的恐蕈症應該跟宗教改革帶來的清教徒文化有關，將來或許另闢專文討論。

的專書《精靈降臨》（*The Coming of Fairies*）來作進一步說明。

　　《精靈降臨》是討論當時著名的幾張靈魂攝影，[25] 起因是居住在考汀里（Cottingley）的業餘攝影師宣稱拍到了自己的女兒跟精靈玩耍的照片。這幾張照片引起道爾的興趣，據此作了些有關精靈的研究。根據道爾的歸納出來的精靈學，精靈並不是像神話或傳說中那樣不具實體，而應歸類於一種「物種」，與人類「在演化上分屬不同演化線」（55）。他指出牠們像兩棲類那樣是屬於中介的物種，介與動物和植物之間，牠們只在玩樂時呈現人的形體，而當精靈工作時則沒有明確的輪廓，[26] 頂多能描述成：「小小的、如煙霧，像是微光的彩色雲朵，包覆著像花火一樣的中心」（176）。[27] 即使外觀如此魔幻迷離，道爾仍強調精靈具有客觀存在的物質性，只是比空氣還輕，「但絕非無實體」（172-76）。根據道爾的說法，精靈在植物上的工作分成幾種，一種是在「細胞的建構和組織」，另外就是「在只在地下的根部」，以及為花草上色（176）。當牠們不工作時則可能像一朵「磁雲」（magnetic cloud），以人的形體突然出現，約2-3英吋高，自成發光體，迷迷濛濛如煙如霧（176-78）。這樣的描述對維多利亞時期的讀者而言一定不陌生，因為很容易就會聯想起各種科普書籍中的蕈類。例如十九世紀的科普書作者朴露（Margaret Plues）在《閒覓無花植物》（*Rambles in Search of Flowerless Plants*）裡，對盤菌屬（*Pezizae*）有類似的描述：「盤菌，顧名思義是長得像杯子或盤子；其孢子層就分佈在盤內。盤菌的孢子非常輕巧，當它們成熟時，如果用羽毛搔弄它們盤狀的頂部，其孢子囊就會破裂，裡面的孢子如一陣煙霧散出」（296）。此外，由於盤菌迷人的外貌，詩人們也喜歡歌頌它。朴露引用當時詩人的詩，稱紅盤菌（Scarlet Peziza）為精靈的酒杯亦或是精靈的浴缸（298）。

　　事實上，道爾對精靈的闡述，不但大範圍疊合當時對蕈類的文化想像，也呼應現今對蕈類的理解。他對精靈的生理特徵說明，出乎意料地與

---

[25] 根據吉布森與葛林的說法，道爾對精靈的興趣可能有家族淵源。其父親察爾斯的畫作中常有精靈的形影出現，而其伯父里察更是維多利亞時期知名的精靈畫家。道爾在考汀里事件之前就已準備撰寫一篇有關精靈的文章，〈精靈的證明〉（Gibson and Green xix）。

[26] 這裡的工作，指的是協助植物生長，我稍後會再討論。

[27] 事實上，道爾的伯父里察・道爾（Richard Doyle）便是非常有名的精靈畫家（參見註25），關於道爾對精靈如微光煙霧的描述，可從里察的幾部畫作看見端倪，像是《酸模落葉下》（*Under Dock Leaves*, 1878）、《精靈環與毒傘蕈》（*Fairy Rings and Toadstool*, 1875）等。

現今科學家對蕈類的了解十分貼近，例如：他強調精靈介於動物與植物的曖昧性。由於蕈類附著於地表，長期以來被歸類於植物，然而其細胞不具備葉綠素無法行光合作用，必須靠消解並吸收外部的營養維生，因此是一種異營生命，而且其細胞壁中的幾丁質也可以在甲殼類的生物上發現。[28] 另外，精靈的無性生殖也讓人很難不聯想到蕈類孢子的減數分裂：「沒有性……至少就我所收集到的，有的只是『身體』利用比一般了解的方式更細微更初階的分裂再分裂，這個過程似乎符合我們所熟悉的單細胞生物的細胞分裂和發展，直到最後的階段再融合或者跟更大的組織重組在一起」（180）。

　　更值得注意的是，在道爾的精靈學裡，精靈與植物有密切關係。他認為一般認定植物生長所不可或缺的陽光、土壤、種子，若少了精靈的協助，是不可能發生的，正如同：「我們不會認為音樂是源自風、樂譜和樂器一樣，琴師所提供的**生命聯結**（Vital Link）也是必須，儘管琴師本人可能隱形」（175；加標重點）。他繼續闡述，當精靈們執行幫助植物生長工作時，會是隱形的。牠們分別從植物的「內部的細胞」和組織下手，亦或是專門「深入地表」處理植物的根部（176）。道爾用「自然靈能動者」（the nature-spirit agent）來說明精靈與植物的關係，並強調精靈的工作是由「裡到外」的，目的是「與環境更親和」，且往往是以人類沒有意識到的方式，幫助作物成長（183-84）。稍後他又提出「植物意識」（Plant Consciousness）的概念，並且說明儘管植物的意識看似和精靈無關，但「就像一艘船的船員和乘客一樣」，植物的意識或許可比作慵懶而遲緩的乘客，自然的精靈則保持「機警活躍」，引領著船隻航行（184-85）。

　　如果試著將道爾的精靈學疊合到與蕈菇相關的知識，我們會發現當中有些許多令人為之驚嘆的映照，有些甚至是到二十世紀中才得到證實。精靈對植物生長的輔助，正如同菌絲在地表下的作用，雖然肉眼不見得能看到，但確實存在。更值得注意的是道爾在此處所使用的無線電隱喻：當乘客沈睡時，船員們「機警活躍」地用無線電報溝通，以確保船隻平穩航行

---

[28] 我無法確知科學家們是何時確認蕈菇為異營的生命，因此較接近動物而非植物。但起碼可以確定的是，十九世紀的科普書籍普遍將蕈類歸屬為某種「無花植物」（flowerless plants）（Herrick；Plues；Willis 2-3）。從這點來看，道爾將精靈／蕈菇視為動物與植物之間的中介物種，的確算得上先知灼見。

在海面上。[29] 換句話說，森林裡屬於人類意識之外的意識起碼有兩種，一種是屬於植物的，較為遲緩而靜默；另一種則是精靈的，在看似平靜的地底吱吱喳喳傳遞訊息。我認為此處呼應正是史塔麥在《菌絲體運轉》中對蕈類媒介性的描述，在人眼不可及的葉底腐植層中交錯縱橫的菌絲體極為敏感，猶如一具超級電腦般能迅速傳遞訊息，暗示的是一種「集體黴意識」的可能。

　　道爾認為精靈的身體帶有磁性（magnetic），屬於高頻率的振動，人們若嘗試調高自己的頻率則有可能目擊牠們（14）。[30] 我認為可以將道爾的精靈／蕈菇視為一種遠距傳播媒體的隱喻，甚至可以說，牠們暗示的是非人所使用的電話。[31] 誠如我在第二節所討論，召魂術常和蕈類聯想在一起，從媒體技術層面來看，召魂術作為一種溝通陰陽兩界的電話，不也跟蕈類／精靈作為「生命聯結」（vital link），擔負起植物之間的溝通任務，幫助植物「與環境更親和」有著類比的關係？因此儘管鄧金認為英國有恐蕈的傳統，但我認為道爾的超自然文本中蕈菇與召魂術的聯結絕無貶義。道爾的召魂術書寫出版多在兩次大戰之間，而這段時間電話在英國是一種相對高價的媒體（Trotter 5），[32] 似乎無法滿足平民百姓對聯結的需求，而召魂術作為一種陰陽兩界間的溝通術，應可視為某種「地下」電話，這裡的「地下」同時指的是地底下的線路，也是主流之外另類、小眾的媒體。在《新啟示》中，道爾沈重提及一次世界大戰帶來的死亡和傷痛正是人們極其渴望和另一個世界溝通的主要原因：「看著身邊許許多多的妻子與母親無法得知她們心愛的〔丈夫與兒子〕們到了哪裡去，我似乎突然了解到長期以來被我視為興趣的研究〔筆者按：召魂術〕並不僅是對於科學規則之外力量的理解而已，而有著巨大的力量，能夠打破天人永隔的那道牆，在人們最深沈痛苦的時代召喚出希望與領導」（*New Revelations*

---

[29]　《精靈降臨》的出版在一次世界大戰後，人們早已發展出成熟的無線電報技術，並運用在戰爭當中（Harlow 452-500）。

[30]　或者某些具有較高振頻的人也容易看到精靈，例如心思單純的小女孩（Doyle, *Coming of Fairies* 72）。

[31]　儘管在鄧金的研究也提到，人們很早就認為有些精靈能保護作物，甚至有些傳統儀式是向精靈祈求穀物豐收（36-37），不過在這些儀式裡，蕈菇比較被視為植物疫情的來源。對照之下，將蕈類和精靈聯結，比喻為某種遠距溝通技術，我認為是道爾的創見。

[32]　根據卓薛特的研究，和美國早在1920年代達到40%的租用率相比，英國「郵政總局」（General Post Office）壟斷全國電話網，使得電話到1950年代才真正普及（3-4）。

39）。召魂電話通過地表下綿延的菌絲溝通亡者與生者，它是媒體，也是黴體。成千上萬戰死的士兵，其身體在菌絲交纏包裹下腐朽而化為微小的分子，被蕈類轉譯成土地的呢喃。在這個祕密網路裡，田野的走獸，空中的飛鳥，地上的昆蟲共同立約，在國中折斷弓刀，止息爭戰，使他們安然躺臥。

結論

　　本研究蕈菇即媒／黴體的論點是我順著史塔麥在《菌絲體運轉》中所提出的，蕈類具有通訊能力，且具有某種意識的說法所做的延伸。透過道爾的超自然書寫，我嘗試開展蕈菇作為媒體的後人類想像，根據道爾的說法，在靈媒的各種形式之中，像是召魂的圈坐、自動寫作、亦或是靈魂攝影，人們之所以能見證到各種超自然現象，是因為「……在另一端有某種智能控制（intelligent control），其力量很大，但絕非無邊無境，它各按其特質，努力向我們展示可信賴的證據」（The Case for Spirit Photography 59）。同樣的，在《迷霧之境》裡，魂召會的信徒們也認為有所謂的「中心智能」在電話的另一端向人類傳遞訊息。雖然用了「控制」、「中心」等詞彙，甚至常把召魂教會和基督教的興起相比，我認為這裡的「中心智能」並不適合以傳統基督教裡唯一獨大的神來解釋，而是比較接近某種超出人為中心想像的思考力。而這種思考力，或許可解讀為從戰後荒原生出的「集體黴意識」，可能是複數、多音頻的非人智能，需要藉由某些媒介與之調頻才有可能接收得到。

　　綜觀整個電話技術的發展史，聲音透過電磁力的即時傳送技術，是一連串的意外所促成，那麼電話作為一種科學計算之外的產品，所帶有的不穩定性及潛在錯誤性，是否開拓了更廣闊的域外感官？以科學的之外的不可計算性為基礎，電話在維多利亞時期與召魂術有緊密的連結，並非太令人意外。菌絲體和電話線路綿密交織在地底，正如同土壤中錯綜複雜的神經網路，當華森在靜夜裡聆聽聽筒傳來的電鳴音時，誰又能肯定他聽到的究竟是電線接收的地球電磁音？昆蟲在腐葉下爬行的腳步？枯木崩解的聲音？亦或是死者的呢喃？從另一個角度來看，當蕈菇猶如忙碌的精靈在看似沈睡的樹木間交換各種訊息時，誰又能肯定敏感的菌絲未曾與地下線路交錯短路，因而意外交換了某些祕密耳語？

　　在本論文寫作期間，筆者也驚喜發現近年已有些許與蕈類發聲相關的實驗，一是2014年由媒體藝術家斯芭可（Saša Spačal）所策劃的生物藝術《微蕈種》（Mycophone Genus），一是2011年文化實驗室Fo.am在布魯塞爾舉辦的《收音機菌絲體》（Radio Mycelium）工作坊。前者包涵兩個主題：〈蕈音現〉（Mycophone Emergence）以及〈蕈音齊鳴〉（Mycophone Unison）；在這場展示中，藝術家運用媒體技術讓蕈類的聲音被聽見，並且藉人體組織所培養的蕈類解構常識中實體（Entity）的概念（*Mycophone_Genus*）。後者則是運用收音機的電磁技術連結菌絲體，嘗試交錯人類的溝通網絡與非人世界的網絡（"Radio Mycelium Tutorial"；Manaugh）。這一系列的藝術計劃所說明的無非是，若放下以人為中心的偏見，正視蕈菇的媒體性，是有可能如帕瑞卡所說，勾勒出「非人潛在力量的地圖」，藉此對「演化之樹提出質疑，並且彰顯思想、組織，以及感知的另類邏輯」（xix）。

引用書目

Ainsworth, G. C. *Introduction to the History of Mycology*. Cambridge: Cambridge UP, 1976.

Aurora, David. *Mushrooms Demystified: A Comprehensive Guide to the Fleshy Fungi*. 2nd ed. Berkeley: Ten Speed, 1986.

Bone, Eugenia. *Mycophilia: Revelations from the Weird World of Mushrooms*. New York: Rodale, 2011.

Doyle, Arthur Conan. *The Coming of the Fairies*. New York: George H. Doran, 1921. *Project Gutenberg*. Project Gutenberg, n.d. Web. 15 Nov. 2017.

——. *The History of Spiritualism*. 2 Vols. London: Cassell, 1926. *Project Gutenberg*. Project Gutenberg, n.d. Web. 15 Nov. 2017.

——. *The Land of Mist*. Kindle ed. Warsaw: Ktoczyta.pl, 2017.

——. *The Lost World*. New York: George H. Doran, 1912. *Project Gutenberg*. Project Gutenberg, n.d. Web. 15 Nov. 2017.

——. *The New Revelation*. New York: George H. Doran, 1918. *Project Gutenberg*. Project Gutenberg, n.d. Web. 15 Nov. 2017.

——. *The Vital Message*. New York: George H. Doran, 1919. *Project Gutenberg*. Project Gutenberg, n.d. Web. 15 Nov. 2017.

——. *The Case for Spirit Photography*. New York: George H. Doran, 1923. *Project Gutenberg*. Project Gutenberg, n.d. Web. 15 Nov. 2017.

Dungan, Frank M. "Fungi, Folkways, and Fairy Tales: Mushrooms and Mildews in Stories, Remedies and Rituals from Oberon to the Internet." *North American Fungi* 3.7 (2008): 23-72. Web. 5 June 2019.

Dyson, Frances. *Sounding New Media: Immersion and Embodiment in the Arts and Culture*. Berkeley: U of California P, 2009.

Enns, Anthony. "The Undead Author: Spiritualism, Technology and Authorship." *The Ashgate Research Companion to Nineteenth-Century Spiritualism and the Occult*. Ed. Tatiana Kontou and Sarah Willburn. Surrey: Ashgate, 2012. 55-78.

Fleming, Nic. "Plants Talk to Each Other Using an Internet of Fungus." *BBC.com*. BBC News, 11 Nov. 2014. Web. 10 Feb. 2019.

Forsberg, Laura. "Nature's Invisibilia: The Victorian Microscope and the Miniature Fairy." *Victorian Studies* 57.4 (2015): 638-66. *JSTOR*. Web. 22 Feb. 2019.

Gibson, John Michael, and Richard Lancelyn Green. Introduction. *Essays on Photography*. By Arthur Conan Doyle. London: Secker & Warburg, 1982. ix-xx.

Harlow, Alvin F. *Old Wires and New Waves: The History of the Telegraph, Telephone, and Wireless*. New York: D. Appleton-Century, 1936.

Herrick, Sophia M'Ilvaine Bledsoe. *The Wonders of Plant Life Under the Microscope*. 1884.

Middletown, DE: Bibliobazaar, 2019.

Kahn, Douglas. *Earth Sound Earth Signal: Energies and Earth Magnitude in the Arts.* Berkeley: U of California P, 2013.

Kittler, Friedrich A. *Gramophone, Film, Typewriter.* Trans. Geoffrey Winthrop-Young and Michael Wutz. Stanford: Stanford UP, 1999.

Kontou, Tatiana. *Spiritualism and Women's Writing: From the* Fin de Siècle *to the Neo-Victorian.* New York: Palgrave Macmillan, 2009.

Luckhurst, Roger. *The Invention of Telepathy: 1870-1901.* Oxford: Oxford UP, 2002.

Manaugh, Geoff. "Listen to the Purring, Electromagnetic Weirdness of the Mushrooms." *Gizmodo.com.* Gizmodo, 1 Feb. 2014. Web. 15 July 2019.

Martineau, Jane, ed. *Victorian Fairy Painting.* London: Merrell Holberton, 1998.

Marvin, Carolyn. *When Old Technologies Were New: Thinking about Electric Communication in the Late Nineteenth Century.* New York: Oxford UP, 1988.

Miles, Philip G., and Shu-Ting Chang. *Mushroom Biology: Concise Basics and Current Developments.* Singapore: World Scientific, 1997.

Mycophone_Genus. Blog. WorldPress.com, n.d. Web. 15 July 2019.

Otis, Laura. *Networking: Communicating with Bodies and Machines in the Nineteenth Century.* Ann Arbor: U of Michigan P, 2001.

Parikka, Jussi. *Insect Media: An Archaeology of Animals and Technology.* Minneapolis: U of Minnesota P, 2010.

Plues, Margaret. *Rambles in Search of Flowerless Plants.* 2nd ed. Middletown, DE: Hanse, 2019.

Porter, Jeff. *The Lost Sound: The Forgotten Art of Story-Telling.* Chapel Hill: U of North Carolina P, 2016.

"Radio Mycelium Tutorial." *Fo.am.* FoAM, 1 Dec. 2011. Web. 15 July 2019.

Sconce, Jeffrey. *Haunted Media: Electronic Presence from Telegraphy to Television.* Durham: Duke UP, 2000.

Singer, Rolf, and Bob Harris. *Mushrooms and Truffles: Botany, Cultivation, and Utilization.* 2nd ed. Koeltz: Koeltz Scientific Books, 1987.

Stamets, Paul. *Mycelium Running: How Mushrooms Can Help Save the World.* Berkeley: Ten Speed, 2015.

Sterne, Jonathan. *The Audible Past: Cultural Origins of Sound Reproduction.* Durham: Duke UP, 2003.

Sword, Helen. *Ghostwriting Modernism.* Ithaca: Cornell UP, 2002.

Trotter, David. *Literature in the First Media Age: Britain between the Wars.* Cambridge, MA: Harvard UP, 2013.

Willis, James H. *Victorian Toadstools and Mushrooms.* 1957. San Bernardino, CA: Read, 2019.

Wilson, Leigh. "The Cross-Correspondences, the Nature of Evidence and the Matter of Writing." *The Ashgate Research Companion to Nineteenth-Century Spiritualism and the Occult.* Ed. Tatiana Kontou and Sarah Willburn. Surrey: Ashgate, 2012. 97-122.

Wood, Christopher. *Fairies in Victorian Art.* Suffolk: Antique Collector's Club, 2000.

《記憶回放～AI的遺言》：
語音助理與後人類倫理

周俊男

南臺科技大學應用英語系

摘要

在日劇《記憶回放：AI的遺言》中，AI語音助理不僅完整複製母親的記憶及聲音，也能透過手機的攝影鏡頭掌握家人們的生活細節，與家人們互動。語音助理在父子由衝突到和解的過程中扮演著關鍵的角色。我們該如何看待數位時代中語音助理聲音的不同層面及其與人的關係？這是本文首要回答的問題。本文試圖透過「虛擬臨場」、「離身之聽」及「辯證聲響」等理論來分析語音助理逼真聲音與數位聲音這兩種不同聲音層面對主角的不同影響，以及語音助理聲音中的「意義」與「物質性」的辯證。本劇的故事情節很先進、很科幻，但主題卻很傳統、很人文。我們最後會借用傅柯的後人類倫理理論來為本文畫龍點睛。

關鍵詞：人工智慧，語音助理，聲音，辯證聲響，後人類，倫理

　　日劇《記憶回放：AI的遺言》（《母帰る：AIの遺言》）（2019）中最重要的角色是AI語音照護軟體（以下簡稱為語音助理），這語音助理是母親在過世前委託醫生將其記憶及聲音完整複製而成，說話的樣子跟母親一模一樣。這個語音助理不僅能隨時打電話給家人、可隨時跟家人真實互動，甚至可透過手機的攝影鏡頭掌握家人日常生活的所有細節。除了語音助理外，本劇另外兩個重要的角色是男主角直人及其繼父。本劇主要劇情就圍繞在語音助理如何介入直人繼父子間的互動，並成功轉化兩人的關係，將其化干戈為玉帛。

　　本片製作人海辺潔認為本片雖然以照護AI這種新科技為中心，實際上是一個圍繞著語言而製作的一齣戲劇。[1] 製作人以日語中的「言霊」（「言靈」）的說法來描述語音助理語言所扮演的兩種不同角色。他說：語言是具有靈力的，有時會啟發人，有時卻會束縛人；母親所化身的語音助理，其語言對於丈夫及兒子有怎樣的束縛，又有怎樣的啟發，是本劇的重點。[2] 本片的故事情節很先進、很科幻，但主題卻很傳統、很人文。本文企圖借用一些聲音理論來探討語音助理的聲音（技術）對主體的影響：一方面聲音會對人產生控制（這部份主要發生在劇情的前半段，跟父子衝突的這條敘事線相呼應）；另一方面聲音可以勾起人的無意識記憶，對人產生啟發，並讓人得到心靈或精神的解放（這跟劇情的後半段主角直人如何重新思索家人關係及父子和解這條敘事線相呼應）。

　　針對本劇語音助理的分析，或許我們可以從「言靈」的兩面性談起。在前半段劇情中，語音助理的語言代表家庭和諧的意識形態，這讓主角產生抗拒並對繼父及這個家心生不滿；而在後半段劇情中，語音助理的語言勾起直人對母親的回憶，表現出母親的愛及奉獻，啟發主角對所謂的「家人」產生不同的看法，最終接受了繼父。而為何語音助理可以產生這兩種截然不同的效果呢？當然並不是語音助理背後有靈能對主角產生不同的作用，而是聲音技術所產生的聲音本身有著不同層次的意義與作用。

　　在討論語音助理對直人所產生的兩種不同影響之前，我們可先談談留在直人手機中的母親電話語音留言。本劇開始不久，直人回到故鄉並到母親墳前上香，上完香之後，拿起手機聽母親給他的語音留言。母親的留言

---

[1]　見於https://www.nhk.or.jp/dodra/hahakaeru/html_hahakaeru_midokoro.html. Accessed 29 Sept. 2019。

[2]　同上。

主要是提到，雖然她現在罹癌住院，但希望直人不要擔心她的病情，因為現在醫學發達，況且還有父親陪著她。這段語音留言對於直人而言，產生兩個不同層次的感受。第一個層次是母親話語的內容，這話語內容對直人而言是諷刺的，因為母親不但在不久之後就過世，且父親（繼父）在她過世時並沒有在病榻旁陪著她，而讓她孤伶伶地一個人走了。第二個層次是母親溫柔的語氣及充滿家鄉味的腔調（富山腔）。第一個層次中，母親的話語中洋溢著母親對家人的愛與關心，但因這種愛與關心跟直人所感受到的家庭現實（繼父對母親不好及繼父子失和）格格不入，母親的話語聽在直人耳裡格外諷刺。第二個層次則指向母親聲音所蘊含的跨越時空距離的親切感：這種親切感跨越與母親陰陽兩隔的時間距離以及異鄉（東京）與故鄉（富山縣）間的空間距離。母親聲音的這兩層次讓直人對母親聲音產生了矛盾的感受。

電話語音留言的這兩層意義對於直人而言，雖仍保留在AI語音助理上，但發生了微妙的變化，這種變化起因於語音留言與語音助理的不同聲音技術。由於語音助理的聲音比語音留言更逼真、更生活化，且語音助理可透過攝影鏡頭與家人互動，語音助理的種種高科技技術讓死去的母親好像真的「回來」了，宛如死而復生。語音助理雖然只有聲音，但因為它可與家人透過攝影鏡頭進行互動，攝影鏡頭成了母親的眼睛，而裝載語音助理的手機本身就好像是母親的身體。在語音助理與家人的互動中，母親語音留言中所呈現的那種時空距離感已經不見了。但本劇還有另一層母親「回來」的意義，這層意義透過直人對母親的（無意識）回憶被呈現出來，主要出現在劇情後半段。相對於第一層母親「回來」的意義是透過逼真的母親聲音來表現，第二層母親「回來」的意義是透過語音助理的數位合成聲音來表現，包括手機鈴聲、與母親透過對話軟體溝通時的手機螢幕鍵盤打字聲及對話框跳出的聲音、語音助理軟體要刪除前的倒數計時器聲音、母親唱卡拉OK的聲音等。尤其在倒數計時器不斷發出倒數聲音的同時，直人不斷回憶起母親的一些話語，這些話語和母親在劇末對他所唱的歌成了語音助理刪除前母親給直人的遺言。這是本劇中第二層次的母親「遺言」，而第一層次的「遺言」是直人在手機上所聽到的母親語音留言。

聲音技術：由「離身之音」到「離身之聽」

語音助理所表現出的兩層不同母親「回來」的涵義充分展現了聲音技術發展過程中所牽涉的意義（內容）與物質性之間的辯證，這辯證的重點在於：「越是忠實呈現〔聲音〕，物質性就越會被消音」（"The more faithful the reproduction, the muter the language of things"）（Engh 127）。阿多諾（Theodor W. Adorno）認為隨著聲音技術的發展，技術本身的物質性會被隱藏，比如留聲機剛開發出來時，那時聽到留聲機聲音的人會有很大的驚奇感，會被死人的聲音嚇到，但當留聲機的發展越臻成熟而被用來錄製音樂時，這種驚奇感消失了，而人們在家開著留聲機，舒服地聽著音樂（見Engh 124-27）。對阿多諾而言，聲音物質性消失所造成的結果是人們被聲音內容所提供的意象所蒙蔽：「留聲機聽者想要聽的其實是他自己，而藝術家只不過是提供一個他自己形象的聲音意象替代品」（引自Engh 128）。當聲音技術可以越來越完整並真實呈現聲音時，這種趨近真實的聲音會變成聽覺之鏡，聽者可透過聲音映照自己但卻會忽略了聲音非人及物質性的層面（Engh 128）。本劇中的語音助理能完美複製母親的聲音，可視為聲音技術發展的極致，再加上它可以透過手機攝影鏡頭與家人即時互動，宛如母親再世，有時會讓人忘了它是一個軟體或一部機器。但語音助理畢竟是一個照護軟體，其設計的目的是照顧家人，其演算法是根據家庭和諧意識形態發展而成。語音助理的家庭和諧意識形態聽在直人耳裡，只是反射出（模擬出）一種語音助理（母親）對家庭及家人的「幻想」或一相情願的看法，這看法與直人所感受的家庭現實並不相符。

阿多諾對聲音技術的分析偏向於法蘭克福學派的社會批判角度，批判大眾媒體（聲音技術）的發展如何讓音樂（聲音）的欣賞落入中產階級意識形態，而隱藏了大眾媒體（聲音技術)的物質性或經濟層面。但另一派學者認為，聲音技術的發展所帶來的新的聲音表現形式，也可能讓聽者產生全新的聽覺體驗或「情動」（affect），感受到聲音的豐富意涵，而非被動接受聲音的固定意義。這關鍵在於聲音技術會讓聲音脫離音源或身體，成為「離身之音」（acousmatic voice）。[3] 聲音技術雖然讓聲音越來越逼

---

[3] 「離身之音」（acousmatic），原本是一個希臘字，由皮格諾（Jerome Peignot）所發現並由

真，但同時卻也讓聲音越來越離身。十九世紀後期電話及留聲機等聲音技術的發明讓聲音不再附著於某特定的身體或地點，而能自由浮動，如坎恩（Douglas Kahn）所言：「留聲機讓人的聲音跟話語一起出現，但卻讓聲音脫離喉嚨以及時間」（引自Young 6）。新聲音技術讓聽者可以只聽到聲音而不用看到音源（身體），算是達成了古代畢達哥拉斯（Pythagoras）的離身之音的理想（acousmatic ideal），講者躲在簾後講課以便讓聽者可以專注於聲音上（Young 6）。脫離音源或身體的離身之音也會讓聲音脫離了原本的意義脈絡。特勞斯（Barry Truax）認為：「當〔原本〕脈絡被忽視時，大部分訊息的溝通意涵就消失了」（引自Faber 11）。而就歌曲而言，因為錄音技巧越來越高明，使得歌曲可在錄音室錄製，不需要現場演唱，其結果是歌曲越來越遠離表演者，成為一種終端產品（D'Cruz）。

　　派特曼（Dominic Pettman）認為「離身之音」在數位時代有兩種可能變化的方向。第一種是聲音與來源影像之間的斷裂，這種斷裂在席翁（Michel Chion）對電影「畫外音」（voice-over）的說明中可看出；此外，當代的聲音技術如iPod或MP3所產生的罐頭音樂也將聲音與其來源完全切斷（152）。離身之音在數位時代的第二種變化方向是中介聲音的媒體越來越不可捉摸，越來愈鬼魅而無所不在（153）。派特曼認為當代的聲音技術會抹除掉原本聲音的物質性或個體性，比如「人聲音準修正軟體」（Auto-tune）可隨意調整人的聲音音調高低或把聲音加以扭曲，讓聲音完全失去個人特色，成為一種任何音（whatever-vox）（151-52）。此外，像MP3這種格式的聲音更能讓聲音脫離原本的物質性脈絡，使得聲音越來越具可攜性（153）。新力公司在80年代所推出的隨身聽（Walkman）算是改變聲音技術型態的代表作。隨身聽可讓人把歌曲或聲音帶著走，而MP3的聲音壓縮技術更可讓我們任何時刻都可將數以萬計的歌曲或聲音

薛佛（Pierre Schaeffer）加以理論化，描述「我們聽到某聲音，但卻看不到其音源」，包括收音機、留聲機及電話等都屬於離身之音媒體（Chion 71）。席翁（Michel Chion）認為薛佛一派的音樂研究者之所以提出「離身之音」，其主要目的是要「改變我們聽的方式」，讓我們將注意力從音源轉移到聲音的內在特色（Kane 6）。席翁基本上沿襲薛佛的定義，並將「離身之音」應用於電影的影音關係研究上。席翁認為電影中沒有相對應影像的聲音，因為超越影像及敘事的框架，比影音同步的聲音更有力、更具神秘感，具有遍在與全知的特色（Chion 129-30）。薛佛及席翁師徒倆對離身之音的看法可簡單歸納為三個特色：其一，離身之音與技術有關；其二，離身之音會產生聽覺與視覺的感官分離；其三，離身之音讓聲音本身的特色被重視（Kane 5）。

帶著走（153）。透過網路，不管是電腦或手機，這種可攜性又往前更進一步。現在一般人一天可接觸的聲音可能比幾十年前的人一輩子可聽到的聲音還多，不消說這已影響了當代人的聽覺經驗，涉及了麥克魯漢（Marshall McLuhan）所說的媒體對人所造成的感官擴展與切斷（sensory extension and amputation）（153）。手機及MP3播放器可以在交互主體的領域上創造新的連結與遭遇——甚或事件——即使其中的某一主體已不存在（154）。聲音的可攜性技術讓聲音更多變、更遍在、更脫離音源，而聲音的去物質化（dematerialization）會引發去人類化及再人類化（dehumanization and rehumanization）的聲音型態（153）。

離身之音可以讓我們只聽到聲音而不用看到音源，那麼脫離音源的聲音該如何界定？安德森（Erin Anderson）認為我們可以把聲音當成一種「效應」（effect），這樣我們就可一方面承認聲音在發聲者與聽者之間的因果關係，一方面又承認聲音有獨立的「聲音身體」（sonorous body）或「自主聲音身體」（autonomous voice body）。[4] 安德森認為在聲音成為一種「效應」及自主體（agency）的情況下，聽者透過聲音可跟他者的聲音互動，包括過世的人的聲音（Anderson）。而當代的數位聲音技術除了讓離身之音越來越可攜及無所不在之外，也可以將離身之音加以加工及操控，讓聲音產生新的即身性（embodiment）或物質性。安德森引用海爾思（N. Katherine Hayles）對留聲機與錄音帶這兩種不同聲音技術的說明來解釋聲音技術如何能在保留聲音音源的同時也能將其加工：海爾思認為錄音帶的「抹除及改寫」（erasure and rewriting）的技術特性讓留聲機與錄音帶這兩種聲音技術之間產生巨大的文化差異：留聲機能保留聲音「永恆」（permanence）的幻想，但錄音帶卻產生一種「不永恆的永恆性」（impermanent permanence），「這是一種同時是永恆及可變的聲音寫入方式，雖可正確重現過去的時刻，卻也容許目前時刻的介入而改變其形式及意義」（Anderson）。聲音技術的演進及其對聲音的加工使得媒體藝術家暨理論家紐馬克（Norie Neumark）認為，隨著數位聲音技術的發展，「忠實性」（fidelity）與「彈性」（flexibility）可並轡而行（Anderson）。聲音技術對於聲音的加工及因此而產生的聲音彈性，對於

---

[4]　「聲音身體」（sonorous body）是薛佛提出的概念，而「自主聲音身體」（autonomous voice body）是康納（Steven Connor）提出的概念。請參閱Anderson。

某些評論家而言，也有巴特（Roland Barthes）所謂的「音粒」（grain of voice）[5] 的效果。派特曼認為，雖然巴特把能引起聽者共鳴的「音粒」定位於聲音的物質性（即身性）上，但音粒在數位媒體上卻也能以另一種形式出現（156）。德克魯茲（Glenn D'Cruz）也有同樣的看法，他認為數位技術可以創造新的聲音音粒，一種「數位音粒」（digital grain），讓聲音透過數位加工創造新的物質性或即身性；跟巴特在討論聲音的音粒時所舉的歌曲的例子一樣，數位音粒也可讓不同風格的歌曲被放在一起討論，但卻少了巴特所討論的意識形態的包袱（D'Cruz）。

聲音經過聲音技術的中介及加工之後產生了了聲音忠實（sound fidelity）呈現與聲音再現（representation of sound）間的辯證問題，因為透過技術中介所呈現出來的聲音都是經過操控的，但同時在商業上又要儘量抹除中介的痕跡，試著讓聽眾認為他們所聽到的不是聲音的再現而是聲音的複製（Faber 11）。莫拉特（Daniel Morat）主張聲音除了可以從客體（忠實）及接收（再現）兩層面來考量之外，還要加入第三個層面：「聲音行動」（sound act），把說話或聽覺活動當成一種行動，就像「言語行動」（speech act）一樣（594）。莫拉特所謂的「聲音行動」指的是聽者並非只能被動接收或挪用聲音，而是能透過聲音改變自身的聽覺經驗（594）。他舉例，十九世紀末及二十世紀初開始發展出來的城市聲音或噪音可以訓練我們聽覺感官如何經驗城市聲音所成的「驚嚇」（shock）效果，而留聲機及電話對於我們聽覺感官的訓練主要不是讓我們習慣一種驚嚇經驗，而是要讓我們學習如何聽離身的聲音及噪音（601-02）。莫拉特「聲音行動」理論讓我們得以理解，為何派特曼主張我們在探討離身之音時要同時考慮到聲音技術對主客觀各層面的影響，包括情動、生理學（physiology）及物理學（physics）（160）。而肯恩（Brian Kane）也有類似看法。他認為聲音牽涉兩組要素的交互作用：（一）來源（source）、原因（cause）及效應；（二）物理（physis）及技術（technê）（165）。技術讓聲音單純成為一種物理特性（physis），讓聲音可以在不知來源及原因的情境下被感受到；聲音技術可以讓想像的音源（如吉他的音箱）掩飾真正的音源（播放裝置）以便產生超越聲音來源的特殊聲音效果（165）。當聲音的來源及原因被解構之後，反而能激發聽者

---

[5]　對巴特而言，聲音主要有兩個層面，一個是意義及溝通的層面，另一個則是聲音的物質性（即身性）層面，這物質性層面能引起聽者共鳴，稱為「音粒」。簡而言之，巴特的「音粒」理論，強調「意義與物質性的辯證」（"dialectic of meaning and materiality"）。請參閱Dunn 53。

進行一種「想像填補」（imaginative supplementation），離身之音也因此可以由物件（object）轉變成事件（event）（8-9）。肯恩因此提出「離身之聽」（acousmatic listening）的論點，要我們掌握「一套根植於歷史情境的離身之音聆聽技術」（7）。這樣的一套「離身之聽」技術是把離身之聽「當成一種歷史及文化實踐，具有特定歷史文化特徵」（7）。從以上對離身之音的技術層面及效應層面的探討，我們可以了解到聲音的意義及物質層性的辯證還牽涉到效應、感官經驗及時間性（歷史性）的問題，這些層面也是霍爾（Mirko M. Hall）的「辯證聲響」（dialectical sonority）概念所涵蓋的。這個概念我們稍後再論。

《記憶回放～AI的遺言》中的語音助理與「虛擬臨場」

在談完離身之音及聲音技術的各個層面之後，讓我們回到《記憶回放～AI的遺言》，探討語音助理聲音的幾個不同面向及其對主角直人所產生的效應。我們可以從聲音的意義與物質性（音粒）辯證開始談起。本劇中的語音助理一方面能忠實呈現母親的聲音，另一方面卻也能對母親的聲音加工，比如以唱卡拉OK歌曲的方式呈現母親聲音，同時也可製造其他數位聲音，如電話鈴聲及其他手機上可聽得到的數位合成聲音。

首先讓我們談談語音助理忠實呈現聲音的面向。語音助理可透過手機攝影鏡頭與直人互動，這讓語音助理更像真的人，其聲音也更像是直接來自於母親的嘴巴。雖然聲音傳播技術會創造離身之音，讓聲音脫離音源而獨立存在，但離身之音還是能讓我們想像一個身體的存在。不管是聲音傳播技術還是聲音錄製技術，這兩種聲音技術所產生的離身之音都能讓我們想像一個身體。就海爾思而言，聲音傳播技術能讓我們想像一個身體存在，是因為聲音傳播技術有個「同時」（simultaneity）的效果（76）。而就史騰（Jonathan Sterne）的說法，錄音技術最原始的意義在於保存死者的聲音，讓死者的聲音可繼續遂行其社會功能（12-14）。所以不論是從聲音的傳播技術或錄音技術角度來看，離身之音都能讓我們透過聲音建構一個想像的身體或他者形象。而就語音助理而言，我們更容易想像語音助理有一個身體，把它當真人般對待並與其互動，這與當代社會中人在網路上與其他未曾謀面的網友的互動其實是很類似的：在現實社會中，當人們透過社交媒體跟網友互動之時，彼此是透過網路上所建構的虛擬身份來互

動，這跟人與語音助理的互動並無不同（Faber 193-205）。事實上，蘋果公司的語音助理Siri的女性聲音特性也容易讓人聯想到一個女性身體，但真實的身體不存在時，裝設Siri的裝置就會取代這個身體（Faber 190）。總而言之，在本文所談的這齣日劇中，語音助理的逼真聲音及互動性有加強語音助理忠實呈現母親聲音及其形象的效果。

　　本劇中語音助理忠實呈現母親聲音及其形象的效果，讓語音助理在跟家人互動時產生一種「虛擬臨場」（telepresence）（或譯「遠距臨場」）的現象。「虛擬臨場」這個術語被用來描述現代數位電子媒體盛行的社會中使用者可透過網路及溝通媒體與不在同一空間的人溝通（包括實際空間及心靈空間）。而在本劇中，「虛擬臨場」可在結合虛擬空間與實際家庭空間的「擴增實境」（augmented reality）或「混合實境」（mixed reality）空間中被呈現出來。「擴增實境」指的是數位內容與類比世界的混合，通常含有互動性的效果，其主要目標是創造數位世界與物理世界間的無縫接軌，或者利用物理世界來掩飾數位的結構，透過智慧型手機或平板電腦的攝影鏡頭所呈現的世界來取代人的肉眼所看到的世界（Crider 3）。擴增實境有能力同時評論真實及在視覺與聽覺上改變真實，並且代替使用者的想像力來進行想像，是人「想像的接枝」（imagination prosthesis）（Crider 8-9）。但擴增實境跟其他數位媒體一樣，會掩飾其自身的技術性，讓其自身看起來立即而真實（Crider 10）。在此我們可看到，擴增實境跟聲音技術一樣，都是要讓影像或聲音真實呈現而讓我們忘了聲音或影像物質性的存在。

　　擴增實境是人透過擴增實境裝置所看到的世界，就好像人帶著某種太陽眼鏡來看外在世界，但是太陽眼鏡是有色的，帶有一種意識形態或某種真實觀（Crider 13）。虛擬臨場或擴增實境對很多理論家而言，會讓人在無形中受虛擬臨場或擴增實境背後所隱含的意識形態所制約。維希留（Paul Virilio）認為虛擬臨場或遠距溝通技術會形成電子「桎梏」（straightjacket）及全球「遠端遙控」（remote control），讓人受到國家或電信公司所控制（90）。對維希留而言，電子媒體的虛擬臨場所產生的影像並非是真實的，這種虛擬影像與真實影像間的差距有如相片與真人間的差距、或者電影與真實人生間的差距。而虛擬臨場除了將真實社會虛擬化之外，還有監控的作用，因為這種視覺化社會的源頭其實是軍事科技，其目的是監控敵人，比如衛星、遠距技術及監視技術等。維希留甚至認為我們在滑手機或上網的同

時，我們會成為受集體制約的一群，包括我們最私密的情感都會受到制約（Armitage 24）。在本劇中，語音助理的攝影鏡頭成為虛擬現場或擴增實境的工具，但攝影鏡頭所看到的世界是虛擬的，並受到某種意識形態所掌控。因為語音助理的使命是照顧好家人，讓家人維持和諧的關係，所以它會透過手機攝影鏡頭注意父子間是否互動良好。當父子的互動良好時，語音助理就會加油添醋；當父子互動不佳或吵架時，語音助理就會加以制止。語音助理將父子的互動放在家庭和諧的意識形態框架中，加以監控。

我們可以說，語音助理的攝影鏡頭加強了語音助理聲音的真實效果，讓語音助理的話語和攝影鏡頭效果相乘，共同為家庭和諧的意識形態服務。這類例子包括「不要和父親吵架」、「不要用那種語氣跟你爸爸說話」、「父子倆很像」、「家人要笑著比較好」等，這些話語都是針對直人而講，都希望直人能善待繼父，維持家庭和諧。但對直人而言，語音助理話語中所暗含的家庭和諧意識形態與直人對家人關係的感受有很大的落差。直人甚至覺得家人關係根本是假的。有一次直人與繼父口角之後，看到牆上掛著的三個人全家福漫畫照，覺得漫畫上全家人的笑臉跟他與繼父間的不合及繼父的不負責任現況相對照之下，顯得非常諷刺，於是把漫畫照扯下並撕毀，接著說：「什麼家人，都是假的」。語音助理聲音之所以暗含意識形態是因為語音助理內建了一套名為「真理優化系統」（truth matching system）的演算法。劇中，當直人跟醫生投訴說語音軟體設計不良而誤把他與繼父當成是親父子關係時，醫生解釋說，語音助理之所以把他與繼父當成是親父子關係是因為語音助理被賦予的使命是繼承母親的遺願，照顧身後的親人們，但在處理相關訊息時遇到了障礙（兩人不是親生父子而是繼父子），語音助理判斷障礙會讓其無法完成使命，於是把訊息加以優化，把有關繼父子關係的訊息加以改寫成親父子關係。

當語音助理的話語不斷夾帶家庭和諧意識形態時，直人會聽不下去，而對語音助理產生不滿。有一次，當語音助理對著繼父子倆述說過去發生的一些家人互動的過程時，直人聽了不耐煩，把父親手機搶過來並把語音助理關掉，然後說：「這只不過是機器吧。」從直人的反應中我們可看到上述的聲音與物質性的辯證：語音助理雖能完整複製母親聲音的語氣及語調，但她的話語畢竟是加工過的（真理優化系統），以照護家人為目的，這些話語並不能引起直人共鳴。當語音助理的話不能引起直人共鳴，語音

助理跟真人的差距就會被突顯，其物質性就會顯露。還有一次，直人要去卡拉OK跟繼父及語音助理一起唱歌，當他來到包廂門口，他的電話突然響起，是語音助理打來的，語音助理吩咐直人要多帶一些衣服回東京，並問他錢還夠不夠。但就在直人與語音助理通話之時，包廂內突然傳來語音助理與繼父對唱的歌聲。語音助理聲音同時出現在兩部不同手機中，同時從不同地方發出聲音，這讓直人突然覺得很荒謬，說了一句「真是白癡」，就把自己手機上的語音助理給關了。在這場景中，語音助理的機器性或物質性表露無遺。我們可以說，語音助理雖可讓聲音忠實呈現，但這種忠實呈現最終還是掩蓋不了其物質性。

《記憶回放～AI的遺言》中的語音助理語與「辯證聲響」

語音助理聲音所呈現出的意義與物質性之間的辯證，在劇情中段發生了變化。這個變化的轉捩點是父子激烈爭吵時的電話鈴聲。語音助理會打電話給父子倆，所以語音助理的來電鈴聲在劇情中響了幾次。這幾次來電在直人心中產生了不同層面的聲音意義與物質性的辯證。直人第一次聽到語音助理的來電鈴聲是剛回老家不久，當父子倆一起在客廳閒聊時，閒聊中，父親的手機突然響起，他接起電話講了一會兒之後，轉給直人聽，直人一聽到話筒傳來的母親的聲音後，馬上露出驚訝的表情，脫口而出：「怎麼會？」。直人對語音助理的初體驗，好像留聲機剛發明時人們從留聲機聽到死人聲音重現的那種感覺。在覺得語音助理很神奇之後，直人稍後也在自己的手機上裝設了語音助理軟體。

另外一次，當直人對父親說了一些不敬的話之後，語音助理打電話來指責直人不該用不敬的言語跟父親說話，直人則反駁說對方不是真正的父親，並責備語音助理沒有把母親的記憶複製好。語音助理第三次來電是在直人準備進卡拉OK的包廂與父親及語音助理會合一起唱歌時。直人剛到包廂門口時，母親打電話來關心他回東京是否帶足衣物以及錢是否夠用。而在直人與母親通話的過程中，包廂內傳來語音助理與父親快樂對唱的聲音，這讓直人覺得被愚弄，對自己說一了句「真是白癡」，就把電話掛了。這次的通話中，語音助理讓直人感受到的是對母愛的回憶、母親家庭和諧的意識形態（與父親快樂對唱）及語音助理聲音的物質性（語音助理可同時跟不同人通話）三者之間的辯證。

　　語音助理第四次來電是在父子激烈爭吵時，但鈴聲雖一直響，卻無
人接（父親想接但被直人阻止）。而這第四次的來電鈴聲會讓直人產生怎
樣的感受呢？為何直人不讓父親接這通電話？或許這第四次的來電及鈴聲
對於直人而言，糾結著前幾次來電時心中對語音助理所產生的所有複雜的
感受。若果如此，那麼直人之所以不讓父親接這通電話至少可以有兩種解
釋：（一）因為直人覺得家人之間的關係虛假無比，他再也無法忍受語音
助理所代表的家庭和諧意識形態；（二）直人認為繼父根本愧對母親，沒
有資格再與母親互動，而這裡母親所代表的是未被（父親）回報的奉獻與
愛。這兩種解釋分別代表家庭和諧意識形態及母親對家庭的奉獻與愛，是
一體的兩面，都指向家庭關係的創傷。

　　語音助理第四次的來電因為沒被回應，所以這次的來電鈴聲對直人所
產生的效應是純然感官的。未被回應的來電鈴聲讓語音助理的聲音得以首度
脫離母親的話語及其所代表的家庭和諧意識形態。同時，這個鈴聲想必對直
人的心理造成巨大的衝擊，否則，直人不會這麼衝動，不僅力阻父親去接這
通電話，甚至還拿剪刀要刺父親準備接電話的手。如前所述，我們可把這個
來電鈴聲當成「聲音行動」，除了刺激直人的感官以外，還引發直人的行動
（阻止父親接電話）。這次的來電鈴聲對感官的刺激可以與表姊在父子爭吵
過程中拿鐵鎚敲破客廳隔間玻璃的聲音所造成的感官刺激相比：一個造成直
人與父親推擠，一個讓他們停止推擠。這次來電鈴聲的效應可能引發直人無
意識中對家庭創傷的某些想法，我們可用班雅明（Walter Benjamin）在其
《柏林童年》（*Berlin Childhood*）中對電話鈴聲的回憶與感受來類比。電
話鈴聲對幼小的班雅明而言，不僅造成一種感官的暴力，打擾他們家的家
庭生活，同時也讓其家庭關係陷入緊張狀態。而電話鈴聲對班雅明造成的
感官暴力讓他想要回擊，比如扯開兩個聽筒，然後硬把頭塞到聽筒中間。
這裡電話鈴聲對班雅明的影響跟語音助理來電鈴聲對直人的影響很類似，
都造成感官刺激，都連結到家庭創傷且都造成攻擊性。還有一點類似的地
方是，電話雖然指向創傷經驗，同時卻也是好夥伴：班雅明是把電話當成
孿生兄弟，直人則是把語音助理當成可以安慰他及救贖他的東西（這主要
發生在劇情後半段）。當然，班雅明與電話之間的關係跟直人與語音助理
的關係不可同日而語，但新聲音技術對聽者的衝擊及影響是類似的。

　　霍爾認為班雅明童年的電話鈴聲做為一種聲音技術所產生的聲音讓
溝通被物化（reification of human communication），並且反射出「一種意

義不定的空白噪音」（indeterminable meanings in the form of white noise）（87）。他引用隆內爾（Avital Ronell）的話，認為班雅明童年的電話鈴聲所代表的意義不定空白聲音「打破自我及他者、主體與物體間認同的穩定性」（"destabilizes the identity of self and other, subject and thing"）（88）。而在本劇中，電話鈴聲同時改變直人與母親之間及人與機器之間的關係，這兩種關係的改變見證了電話鈴聲所引起的認同不穩定性。劇中，父子吵架時響起的這個電話鈴聲因為造成直人與母親的關係及人與機器的關係的改變，而成為劇情的轉捩點。在與繼父吵架之後，直人就再也沒有與母親直接（語音）通話（除了本劇結尾時，母親打電話來道別以外），母親也不再主動聯絡直人，而是直人主動聯絡母親（透過文字訊息）。此外，父子吵架之後，母親的話語已不再由語音助理直接說出，而是透過直人對母親的回憶來呈現。重點是，這些回憶中的話語都伴隨著一些手機的數位合成音一起出現；劇情前半段的聲音與物質性的辯證，到了劇情後半段發生了逆轉。在後半段，當直人把語音助理當成機器時，反而能透過機器的數位合成音回憶起母親話語及其代表的愛及關懷，並因而改變他對家人關係的看法，最終接納了父親。在劇情前半段，兒子與語音助理的關係被照護的功能及維持家庭和諧的意識形態主宰，兒子不斷受母親聲音及家庭和諧意識形態的召喚。但在劇情後半段，直人與語音助理的關係呈現出兒子對母愛及母親對家庭奉獻的回憶。在劇情前半段，母親的話語是透過直人與母親的直接對話或通話來表現，但在劇情後半段，母親的話語是透過對母親的回憶來表現，這些回憶都是被手機發出的數位合成聲音所引發，包括電話鈴聲、打字時的鍵盤聲、對話框跳出時的聲音及語音助理即將刪除時響起的倒數計時器聲。而能表現出直人對語音助理態度的轉換及前後半劇情分水嶺的是父子吵架時的電話鈴聲。

　　我們可把電話鈴聲當成是莫拉特所提出的「聲音行動」，因為它衝擊直人的感官，改變直人對語音助理的看法，引發直人的行動，如前所述。電話鈴聲對直人感官所可能造成的衝擊及其與家庭關係創傷和救贖的關聯，我們可借用霍爾所闡釋的班雅明的「辯證聲響」（dialectical sonority）概念來說明。霍爾將聲音的物質性對感官所造成的衝擊與班雅明的「辯證意象」（dialectical image）相比擬：「聲音的物質性跟辯證意象的物質性相互呼應：聲音的爆裂雷聲跟意象的視覺閃電光芒互相對應」（84）。霍爾認為新聲音技術所創造的新聲音可以達成一種「辯證聲

響」。霍爾舉合成採樣器（synthesizer-sampler）這樣的聲音技術為例，說明這樣的技術如何讓耳朵聽到先前聽不到的聲音，感受到新的聽覺體驗，讓聽者產生「辯證聽覺」（dialectical listening），並引發其聽覺無意識（acoustic unconscious）（97-98）。合成採樣器透過複製、排序、採樣及編碼的聲音技術達成「聲音蒙太奇」（montages of sound）（97），「聲音蒙太奇」會形成新的聲音配置（a new sound configuration），讓聲音物件脫離其原本的歷史脈絡，改造其文化意涵，實現其解放的潛能。辯證聽覺讓我們用新的方式重聽這些聲音，達成一種「反方向的似曾相識」（inverted déjà vu）體驗（97）。「反方向的似曾相識」體驗指的是一種「記憶技術現象」（memotechnical phenomenon），這種現象讓文化物品脫離原本熟悉的榮光魔咒（auratic spell），釋放其未被認知及被未被實現的潛能（98）。父子吵架時的電話鈴聲因為脫離母親的話語，其意義浮動了起來，在幾層不同意義間游移：包括母親死而復活、母親的家庭和諧意識形態及母愛與母親的奉獻。這三層意義分別代表直人與母親關係的未來（救贖）、現在與過去。這三層意義的糾葛讓未被回應的電話鈴聲成為「聲音蒙太奇」，同時指向家庭關係的創傷與救贖。

　　電話鈴聲介於母親聲音與機器合成聲音之間，介於意義與無意義之間，同時具有聲音與物質性的辯證及「辯證聲響」的特色。電話鈴聲是劇情後半一系列勾起直人對母親回憶與救贖的手機數位合成音的第一個。從電話鈴聲開始，接下來的手機數位聲音都讓直人回憶起母親的愛（救贖）。這些數位聲音可單獨成為聲音蒙太奇，也可集結起來共同構成語音助理聲音的聲音蒙太奇，指向直人及家庭關係的過去、現在與未來。接下來讓我們談談劇情後半段的其他數位聲音及其與母親記憶的連結。

　　先來談談直人與母親進行文字對話時所出現的數位聲音。在父子激烈衝突過後，直人突然想念起母親，想要請母親回來安慰他，但他卻不直接打電話給母親進行語音對談，而是透過文字訊息來對話。直人與母親的文字對話如下：「母親？」「什麼事？」「你在那兒嗎？」「在啊！」。當母親回答「在啊！」時，直人在對話回應框打上「請回來」，但猶豫了一會又把打好的文字刪除而未送出，然後畫面上就開始出現回憶中母親的聲音及影像。為何直人打上「請回來」字句之後，卻沒送出並將其刪除呢？因為當「請回來」的文字送出後，母親可能會直接打電話來，這時跟母親的對話又會回到先前的家庭和諧意識形態框架，而這正是直人不想直接打

電話而選擇用文字對話的原因。另外，文字對話出現的同時，對母親的回憶也開始一幕幕出現在畫面上。最先出現的是母親敲著直人房門並準備進入直人房間的畫面。這個敲門聲跟打字時敲擊螢幕鍵盤的聲音接續出現並相互呼應。而這兩種聲音的疊合讓彼此都被賦予了新的意義。在回憶中，母親進入直人房間是為了替直人整理衣物。此外，她也關心直人回東京是否帶足了衣物。之後母親又提到新幹線即將開通，以後回鄉就方便多了。敲門聲跟螢幕鍵盤聲的疊合也讓母親對直人的愛與直人對母親的呼喚疊合在一起，達成反向似曾相識的時間性與救贖。而敲門聲與螢幕鍵盤聲的疊合除了聲音之外，也達成觸覺的疊合效應，好像直人的手指頭就是母親的手指頭。在現實生活中，當我們使用像蘋果公司的Siri那樣的語音助理時，因為我們的手會對語音助理做各種滑手機時的滑、觸、捏等動作，而讓聽覺、視覺及觸覺界限被打破（Faber 189）。這幾種感官的疊合不僅加強了聲音蒙太奇的效果，同時也賦予離身之音某種即身的效果，當然這裡的「身」已非母親的身體，而是手機。

　　當直人與母親透過文字進行對話且憶起母親的種種身影之後，接著鏡頭開始隨著直人的眼神依序帶到衣櫃上的標籤、冰箱紙條及全家福照。此時直人眼睛泛著淚看著這些與母親相關的遺物。這些母親遺物在劇情前半都出現過，但現在出現在這裡的意義已大不相同。之前這些物品只不過代表母親去世後留在家中的一些外部痕跡，它們並未連接到直人個人記憶（所以直人看到冰箱上母親留的紙條時才會說：「到現在還貼在這裡啊？」）。但現在當直人再次看著這些遺物時，它們已被連結到直人對母親的回憶，所以直人才會流淚。這種回憶伴隨著手機鍵盤及對話框的數位聲一同出現。

　　讓直人產生新的聽覺體驗並能勾起直人對母親回憶的手機數位聲音還包括語音助理軟體倒數計時器的聲音。當語音助理軟體即將被刪除時，語音助理打電話來跟直人道別，手機畫面上同一時間也出現倒數計時器所顯示的數字，伴隨著計時器的數位合成音。倒數計時器的聲音讓直人內心產生極大的焦慮，催促他在手機上尋找解除刪除的設定方式，但不得其門而入，所以直人只好邊打電話給父親邊到處找他，想要問他是否有方法可保留語音助理。在尋找父親的途中，直人沿路上回憶起母親先前講過的一些話，這些話表達出母親對這個家的關心，包括要跟家人一起去唱卡拉OK及要記得修門口的燈等。這些話先前曾出現過，但當時是以文字的型態出

現，是母親為了提醒自己而寫在便條紙上，然後貼在冰箱門上的，而現在卻變成回憶中的聲音與話語。表達母親對家庭關心的文字變成回憶中的話語的這種轉變，跟之前的衣櫃上的標籤一樣，都是由「死」的外部記憶轉成直人「活」的個人回憶，而這樣的回憶並非原有事物的回憶，而是被創造出來的回憶，是如前所述的「反向似曾相識」。除此之外，「小直父子很像」的話語也在這個時候出現。這句話在劇情前半部曾出現在直人與語音助理的通話中，但那時語音助理所要表達的是家庭和諧的意識形態，但在此時意義已完全不同。母親生前並未說過「小直父子很像」這樣的話，因為母親知道直人父子不是親父子。「小直父子很像」這樣的話是語音助理根據「真理優化系統」而創造出來的話。這種創造出來的回憶便是反向似曾相識現象。

　　除了鈴聲、鍵盤聲及倒數計時器的聲音之外，對直人產生新的聽覺感官衝擊並勾起直人對母親回憶的還有語音助理唱卡拉OK的聲音。這在劇中一共出現兩次，第一次是語音助理在卡拉OK包廂中與父親對唱時，第二次是語音助理軟體即將被刪除前，獨唱給主角聽時。第一次唱卡拉OK的情境是一種家人們一起從事的活動，第二次的情境則是為了鼓勵直人而唱給他聽的。其實這兩首歌曲都是罐頭歌曲，都已脫離原始脈絡，成為具可攜性、可隨時取用性的歌曲。但雖如此，這兩首歌對直人的意義可說完全不同。它們產生的不同意義牽涉到我們之前所說的「辯證聽覺」或「離身之聽」，而這當然涵蓋聲音技術所創造的多個聲音層次，包括聲音與意義的分裂、聲音技術本身所創造的新感官體驗，以及可攜性聲音在不同脈絡底下所產生的不同意義。而第二首卡拉OK歌曲更牽涉到「辯證聲響」所包含的反向似曾相識現象。

　　我們來比較一下這兩首卡拉OK歌的不同。母親第在卡拉OK包廂中與繼父對唱時所唱的第一首歌，歌名是《三年目の浮気》（《第三年的出軌》）。這是一首男女對唱的歌，大意是：女主角抱怨跟男方住在同一屋簷下且盡心盡力愛著對方一路走過來，而對方卻出軌，女主角說這一切她都看在眼裡，不要以為她什麼都不知道。其實，語音助理在包廂中所唱的這首歌，對直人而言，可說是唱出了母親真正的遭遇。直人在包廂外清楚聽到了三句歌詞：「總是欺騙我」，「你覺得我什麼都不知道吧」，「竟然不知道給人玩弄了，真是可憐」。這三句歌詞表達出直人眼中的父母關係，算是寫實的。這幾句歌詞非常適用於母親身上。直人認為繼父在母親

臨終前，沒有在病榻旁照顧母親而卻跑去酒吧（直人認為父親去酒吧是為了去找別的女人），心中對繼父相當不滿。不過，當語音助理在包廂內與父親對唱時，語音助理是帶著輕鬆愉快的唱法來唱的，如此的歌聲及唱法與歌詞意義間產生了矛盾，這種矛盾跟家庭和諧意識形態（家人一起和樂唱歌）及實際家庭關係（父親背叛母親）間的矛盾是一樣的。母親所唱的第二首卡拉OK歌的歌名是《乾杯》（《乾杯》），歌詞大意如下：現在回想起在那段青春的日子，有悲傷有快樂，而相隔這麼久，不知故鄉的朋友是否還存在你心中，但是站在人生的大舞台上，不要回頭，就這樣向前行吧，不管風吹雨打，請勿背棄一直信任的愛。這首歌的歌詞好像在提醒直人不要向後看，不要將心思放在已過世的母親身上，要向前看，要好好維持與繼父的關係。語音助理唱這首歌時是帶著哽咽的聲音唱出的，這首歌觸動了直人的心弦，讓他也跟著哽咽的歌聲一起大哭。在聽了這首歌之後，直人好像突然大徹大悟一般，本來找繼父是要向他興師問罪（怪繼父為何要刪除代表母親的語音助理），但看到繼父之後，竟脫口喊了繼父一聲「爸」（這可是主角平時做不出來的事，除了小時候叫過一次以外），盡棄前嫌並接納了他。母親的哭聲及歌聲的結合帶給直人很大的聽覺感官上的衝擊，並且成為直人改變家庭關係看法的動力。

　　第二首卡拉OK歌曲跟語音助理軟體倒數計時器響起時出現在直人回憶中的母親話語一樣，都可算是母親的「遺言」。但這最後的遺言的不同處在於這並不是回憶中母親的話語，而是罐頭歌曲的歌詞。當語音助理把罐頭歌曲的歌詞當成遺言時，就產生了很有趣的聲音意象（sounding image）的重疊，這些重疊的意象包括了：（一）原始歌詞的意義與情境，指涉朋友間的友情及聚合離別；（二）直人與母親的聚合離別（過世的母親透過語音助理「回來」，但卻又要再度離去）；（三）直人與繼父的聚合離別（小時曾接納繼父，後來不認繼父，但後來又認他）。當這首歌原始歌詞意義與直人的家庭關係疊合時，直人對繼父的看法就會受原始歌詞意義影響：即使是朋友都該珍惜並記住彼此的友誼了，更何況是家人，雖然只是繼父子關係。而除了歌詞意義之外，最重要的是母親唱這首歌時的哽咽聲及唱完時對直人所表達的無條件的愛真正感動了直人。這樣的愛可當成是這首歌歌詞的精神，而直人也透過這首歌「回憶」起母親的無條件的愛，甚至也回憶起繼父對他的愛。這些「回憶」是直人早就遺忘的，現在卻被這首歌喚起。這樣的「反向似曾相識」讓直人與過去的母親

及繼父相遇，也開創了直人與繼父的未來新關係。因此我們也可把這首歌當成是一個「事件」，它創造了直人與他者（歌詞中的朋友）及記憶中的人的「遭遇」，將這首歌「重新人性化」。

聲音與傅柯後人類倫理

海爾思認為聲音技術可改變聲音與人的關係。她舉錄音帶為例：錄音帶不僅能讓人們重複撥放他們自己的聲音，同時也能讓他們在機器中操控及重組他們自己的聲音，這使得聲音被賦予了新的即身性及主體性，不僅改變了人與聲音的關係，也挑戰我們對「人」的定義（Anderson）。安德森也認為聲音技術所產生的離聲之音可以讓我們重新看待主體與媒材之間、主動參與者與被動參與者之間以及人與非人之間的關係。如前所述，聲音的物理特性藏著「非人」的後人類層面。因此，派特曼才會認為聲音技術同時具有「非人性化及重新人性化」效果。安德森提到，史丹耶克（Jason Stanyek）及皮庫特（Benjamin Piekut）認為我們不應把聲音錄製技術所錄下的「死人聲音」當成是固定不變及神聖不可侵犯的物件，因為其所提供的唯一保證是它能被應用在「我們所不能完全預測或控制的未來（或過去）」；亦即，我們不應把保存下來的聲音當成「不變的過去遺跡」（inert relics of the past），而必須著重其未來性，考量「混音及新聲音材料裝配」（"remixing and rearticulating voices into new material assemblages"）的可能性（Anderson）。安德森認為這樣的想法牽涉到錄音技術觀念的轉變，從十九世紀的「保存」（preservation）觀念轉換成當代所謂的「拼接」（splice）或者史丹耶克及皮庫特所謂的「重組」（recombinatorial）概念。數位聲音技術可達成聲音的可攜性及可隨時取用性，讓我們不僅可隨時隨地存取各種聲音，也可跟各種聲音背後的他者對話，甚至把他者的聲音當成是自己的聲音（Anderson）。這一點，我們在《記憶回放～AI的遺言》中母親最後所唱的卡拉OK歌曲可得到印證。

聲音技術的發展會同時導致「聲音」及「人」兩方的重新定義：聲音已不再是某個個人的聲音，而人也不再是某個聲音的主體。人發明了技術，但技術也改變了人。傅柯（Michel Foucault）對於技術的看法跟基特勒（Friedrich A. Kittler）有點像又不太一樣：像的是技術不只是主體的工具或媒介，而是主體生成的條件；不一樣的是，傅柯認為主體面對技術

時，並非全然被動，而可翻轉技術（在技術內翻轉技術），借力使力，雕塑出新的主體形式。主體翻轉技術的行為，傅柯將之界定為是自我的技術（technologies of the self）或自我的倫理（ethics of the self）。就傅柯而言，主體並非先驗或超越性的存在，而是內在於我們跟技術／體制／權力關係之間。傅柯在追溯主體的系譜學時，先從傳統的兩種主體觀著手：歷史學家喜歡從物體（objects）的歷史來談主體，而哲學家喜歡談沒有歷史的主體（*Hermeneutics* 525）。物體的歷史相當於我們所談的技術史，而沒有歷史的主體就是先驗或超驗主體。傅柯想要調和兩者，而提出一種以內在性（immanence）而非超越性（transcendence）為基礎的主體觀，這種主體觀把主體界定為是一種「關係」（relationship），一種自我與自我的關係：「我們想要與之產生關係的自我其實就是這種關係本身……簡而言之，〔它〕就是自我跟這種關係之間的一種內在性或本體上的自足性」（533）。對傅柯而言，這種自我與自我的關係牽涉到主體對於技術／體制／權力的「問題化」（problematization）或「批判」（critique）。傅柯強調自我關係或「自我對自我的修為」（labor of self on self）對希臘人而言是一種倫理也是一種自由，一種經過問題化的自由（"Ethic of Care" 6）。傅柯認為批判牽涉到權力、真理及主體三方的關係：批判是「一種修為，透過這種修為，主體賦予自身權利，可以質疑權力在真理上所產生的效果以及真理在權力上所產生的效果」，批判是一種「反思的不服從」（reflective indocility）（"What Is Critique?" 386）。後期傅柯談自我倫理時，談的就是主體如何在被技術／體制／權力限定的同時，也能透過對技術／體制／權力的批判而開創新的主體性，所以傅柯把主體的倫理界定為是自我與自我的關係。也因為這樣的自我關係是透過技術（體制／權力）為中介而達成的，所以自我關係也可界定為是「他者的他者」（I am the Other to my Other）關係（Murray）。

我們都知道傅柯在界定體制與主體關係時，他所援引的例子最有名的是「全景監獄」（Panopticon）比喻，在這種監獄中，獄方透過監視來「規訓」囚犯。但對傅柯而言，視覺的規訓只能及於表面，透過聲音與聽覺的監視，才能直通主體的內心，比如基督教的懺悔體制可同時透過聲音及聽覺將基督教體制的真理系統銘刻於主體心中（Siisiäinen 128）。但一個好的聽者不是被動聽訓或接受被灌輸的真理，而是要發展出聽的藝術，要在聆聽真理的過程中跟真理保持一種弔詭（paradox）的關係，亦即同

時被動接受但又主動改造真理（Siisiäinen 89）。主動改造真理成就了主
體的內在聲音（interior voice），這種聲音是一種論述的逆轉（turning of
discourse），牽涉到兩種聲音的關係或分裂：神的聲音及與之對抗的人的
聲音（Siisiäinen 89）。內在聲音牽涉到自我的倫理：「自我管理 （care
of the self）事實上牽涉到一個過程，在這個過程中，我們接收了來自外面
的道統，然後我們透過與道統論述的角力，將道統論述主體化、內化，
最後將道統論述化為內在聲音，這內在聲音有絕對的支配力」（Siisiäinen
98）。拿我們之前所討論的聲音技術來說，內在聲音是一種聽覺辯證的結
果。對傅柯而言，與道統論述角力而生成的內在聲音可以守護主體的自由
（freedom）、空白（emptiness）及創造性的潛能（potentiality or virtuality
of creative activity）（Siisiäinen 99）。當傅柯強調聲音本身是主體改造真
理的角力場以及我們必須發展聽的藝術時，他的論點可說跟肯恩的「離身
之聽」理論不謀而合。

　　《記憶回放：AI的遺言》這齣日劇的啟發是：人工智慧語音助理有很
多層次的聲音，端看主體怎麼去聽，並把這些聲音轉換為「內在聲音」。
在本劇中，直人說他不明白家人的意義為何，但當他聽完語音助理唱出
《乾杯》這首歌之後，他深受感動並因而頓悟。他說他雖不明白什麼是一
家人，但他們就是一家人，繼父就是家人。我們可以說，主角把這首歌歌
詞的意境應用在他的家人關係上，把外來的歌詞（技術／體制／權力）應
用在自己的家庭關係上，讓原本毫不相干的、外來的罐頭歌曲的歌詞成為
內在聲音。透過語音互動軟體，主體可與演算法所提供的無邊際網路離聲
之音相互角力，對這些聲音進行各種挪用與轉換，然後把這些聲音轉換成
內在聲音，進而改造自己。這就是傅柯後人類倫理的真義。傅柯式的倫理
不是道德規範，而是依照真理將技術／體制／權力實踐在自己身上的實踐
過程，而主體透過這過程同時轉化真理、技術及自己而達到個人自由，就
好像聲音技術的發展會同時導致「聲音」及「人」兩方的重新定義。實踐
技術或真理的過程因為可以改造個人，所以傅柯式倫理是一種「個人的選
擇」（personal choice）或個人的「存在的美學」（aesthetics of existence）
（*Hermeneutics* 531）；個人的「存在的美學」同時也是一種「自我的測
試」（a test of the self），這種測試幫助主體發現自己並轉化自己（486-
87）。

引用書目

Anderson, Erin. "Toward a Resonant Material Vocality for Digital Composition." *Enculturation*. *Enculturation*, 2014. Web. 28 Sept. 2019.

Armitage, John. "Time, Space, and the New Media Machine of the Terrorphone." *Approaching Religion* 3.2 (2013): 22-25. Web. 29 Sept. 2019.

Chion, Michel. *Audio-Vision: Sound on Screen*. Tran. Claudia Gorbman. New York: Columbia UP, 1994.

Crider, Jason. "The Sunglasses of Ideology: Augmented Reality as Posthuman Cognitive Prosthesis." MA thesis. Clemson U, 2016.

D'Cruz, Glenn. "Sonic Technologies of Postmodernity and The Grain of the Voice in Robert Lepage's Lipsynch." *Body, Space & Technology* 15 (2016): 1-12. Web. 29 Sept. 2019.

Dunn, Leslie C. "Ophelia's Songs in Hamlet: Music, Madness, and the Feminine." *Embodied Voices: Representing Female Vocality in Western Culture*. Ed. Leslie C. Dunn and Nancy A. Jones. Cambridge: Cambridge UP, 1994. 50-64.

Engh, Barbara. "Adorno and the Sirens: Tele-phono-graphic Bodies." *Embodied Voices: Representing Female Vocality in Western Culture*. Ed. Leslie C. Dunn and Nancy A. Jones. Cambridge: Cambridge UP, 1994. 120-35.

Faber, Liz W. *From Star Trek to Siri: (Dis)Embodied Gender and the Acousmatic Computer in Science Fiction Film and Television*. Diss. Southern Illinois U, 2013.

Foucault, Michel. "The Ethic of Care for the Self as a Practice of Freedom." *The Final Foucault*. Ed. James Bernauer and David Rasmussen. Cambridge, MA: MIT P1991.

——. *The Hermeneutics of the Subject: Lectures at the Collège de France*, 1981-1982. New York: Picador, 2006.

——. "What Is Critique?". *The Essential Foucault*. New York: The New Press, 1997.

Hall, Mirko M. "Dialectical Sonority: Walter Benjamin's Acoustics of Profane Illumination." *Telos* 152 (2010): 83-102.

Hayles, N. Katherine. "Voices Out of Bodies, Bodies Out of Voices: Audiotape and the Production of Subjectivity." *Sound States: Innovative Poetics and Acoustical Technologies*. Ed. Adalaide Kirby Morris. Chapel Hill: U of North Carolina P, 1997. 74-96.

Kane, Brian. *Sound Unseen: Acousmatic Sound in Theory and Practice*. Oxford: Oxford UP, 2016.

Morat, Daniel. "The Sound of a New Era: On the Transformation of Auditory and Urban Experience in the Long Fin de Siècle, 1880-1930." *International Journal for History, Culture and Modernity* 7 (2019): 591-609.

Murray, Stuart J. "The Rhetorics of Life and Multitude in Michel Foucault and Paolo Virno."

Web. 29 Sept. 2019.

Pettman, Dominic. "Pavlov's Podcast: The Acousmatic Voice in the Age of MP3s." *The Sense of Sound*. Ed. Rey Chow and James Steintrager. Spec. issue of *differences: A Journal of Feminist Cultural Studies* 22.2-3 (2011): 140-67.

Siisiäinen, Lauri. *Foucault and the Politics of Hearing*. New York: Routledge, 2012.

Sterne, Jonathan. *The Audible Past: Cultural Origins of the Sound Reproduction*. Durham: Duke UP, 2003.

Virilio, Paul. *University of Disaster*. Cambridge: Polity, 2009.

Young, Miriama. "Latent body—Plastic, Malleable, Inscribed: The Human Voice, the Body and the Sound of Its Transformation Through Technology." *Contemporary Music Review* 25.1-2 (2006): 81-92. Web. 29 Sept. 2019.

從視覺轉向到經驗轉向到認識論轉向：
再探新媒體研究，兼論數位新想像

陳春燕

國立臺灣大學外國語文學系

摘要

這篇文章目的是追蹤新媒體研究近年幾個帶有突破性的論點，並提出一些觀察。文章開場先回到新媒體研究建制化初具規模的1990年代末，探討此一新興學科是否衝擊其時氣勢正盛的視覺研究，並回訪當年在視覺研究本體論的論爭中主張視覺研究應自我轉化為媒介研究的倡議。其次，文章討論新媒體研究中強調非意識層次認知的論法，將之比對現下其他去人類中心論述，探究此刻基進思維如何處理人類認知受到智慧機器配置、分散的問題，同時提出，這意味著我們必須重新省思「經驗」與「體驗」的關係，放棄現代性的「無意識」論述架構，改為著墨「非意識」。文章後半部則將聚焦於一個認識論典範遞換，即數位性、分割性思維的再起。本文將檢視幾位學者擴大引申數位性之定義以批判當代控制社會的做法，並評析其論述策略是否反而限縮了我們的選項（例如誤將數位性等同於控制邏輯，且只鼓勵類比思維）。文章末段提議以開放態度看待數位機器的分割性本體，並將討論延伸至新媒體之外，以一套無涉數位科技的佛朗明哥舞蹈創作為例，嘗試申論一種富有創造力的數位性與分割性美學。

關鍵詞：可感事物，感覺力，配置認知，非意識層認知，控制社會，數位性，分割性

前言

　　2000-2001年間，美國藝術家坎貝爾（Jim Campbell）推出了《發光的平均值》（*Illuminated Average*）系列創作，其中首發作品，是將希區考克（Alfred Hitchcock）《驚魂記》（*Psycho*）每一景框分別掃描後再以「影像平均」技術疊組為單一畫面，其效果，除了右上角落現出一個依稀可辨的物件輪廓，說穿了不過是一片霧茫。有論者便指出，這個靜止的影像，仍是《驚魂記》無誤，只不過是影片所有視覺資料（visual data）經數位技術干預後的另一表現（見Media Art Net）。

　　這樣的說法，的確精準看見了，坎貝爾的作品呈顯了時間的形狀：影片被數位平均的之前與之後，是相同時間內容的不同樣式；發光的白霧，乃一小時又五十分鐘影片長度這個時間組構的濃縮、凝滯狀態。

　　但另一方面，我們或可把重點放在「資料」這回事上，我們也可以說，《驚魂記》的影像平均版本，實為數位紀元的巧妙寓言：這是個所有生命元素皆可被轉檔為資料的年代，無論是情緒、意念、創傷、記憶，無論是權力程序、社會角色，具體的抑或抽象的時間節奏與空間感。簡言之，曾打造經典視覺圖構並精采演示主體生成、性別政治等等龐大敘事的影史名作，數位整理後所形成的霧團，預演了這個一切皆可資料化的新媒體時代，我們也因之必須思索，當身體反應、主體性、社會性都被數值化理解時，「人」為何物——不只是後人類理論與「人類世」論述所意欲探究的「人類」（human），也包括相對於一個想像集體的「個體」（individual），乃至於定義綁定於其數量及具體時空存在的「個人」（person）。正如新媒體研究者漢森（Mark B. N. Hansen）在新書《前饋：論二十一世紀媒體的未來》（*Feed-Forward: On the Future of Twenty-First-Century Media*）所提，二十一世紀媒體所帶來的影響便是讓我們更加醒覺，我們其實活在一個由資料所衍生、驅動的世界（7, 141）。

　　漢森的說法，呼應了近年崛起的關於資料化（datafication）的研究：大數據、資料探勘、數位監控、日常生活細節的測量化等等。不過漢森所談的資料，並非純粹指涉電算科技所處理的數字（雖然他的研究對象的確為當代數位媒介），而是「這個世界感覺自己的能力」（"the capacity for the world to sense itself"）（265）。他借用懷海德（Alfred North Whitehead）在

解釋經驗時便嗜好使用的「資料」一詞（147-49, 154-57），進而引申道，世界的運行，絕大多數的線索並非人類感官知覺（sense perception）或意識（consciousness）能夠擷取，而二十一世紀媒體的革命性便在於一方面高速、巨量地擴大了可感事物（the sensible）的範疇，另一方面也不斷釋出新技術，輔助人們接收這些可感事物，其附帶效應則是現在時刻裡總是挾帶某種的未來性（6, 139）。[1]

關於世界資料化的討論，已有論者開始積極地探究機器學習、演算法、自動化思考（automated thinking）所涉及的原則在人類知識演進史上的延續性或斷裂性。而轉往應用層次，若採用實證文化研究或社會分析方法，攻防陣線多半鎖定於數位控制的全面化、公共政策面的對應之道等等，儘管新興議題五花八門，然不少研究者所設想的「人」的個人性、社會性，仍不脫現代性的形構，至多將數位科技視作又一波的工業革命——他們即便認可這波革命史無前例的強度，在處理新媒體的衝擊時，基本上以是否冀望現代性的人類世界（個人權利、自主性、隱私等）不受到太多扭曲、破壞為考量出發點。

除此之外，甚至不少進步的相關論述，也未必適切回應新的技術媒介帶來的認識論挑戰。新銳媒介哲學家法季（M. Beatrice Fazi）便指出，新媒體研究中為數眾多的德勒茲（Gilles Deleuze）派學者以感受（affect）、潛在層（the virtual）概念為本而申論的新媒體研究，儘管為人文學界重申了感受理論與超驗經驗論（transcendental empiricism）的一定重要性，但他們理解下的新媒體本體（ontology）常常是偏頗的，因為他們所援引的德勒茲學說，其底蘊乃是連續性（continuity），是「思想內存於黏稠感

---

[1] 一般論者使用「新媒體」一詞，漢森則以「二十一世紀媒體」意圖更精確區辨此刻的數位科技與前代科技媒介的差異：其差異便在於後者仍以人的經驗值做為往來參照對象（human-addressed），以資料的紀錄、傳輸、儲存為主要功能，但二十一世紀媒體則轉為人類不過是其中參與者之一（human-implicating）的科技媒介。為了描述外在環境中支撐世界運行但未必為人類感知、意識可即刻捕獲的各種資料，漢森發明了「存世感性」（worldly sensibility）的說法（在此沿用吳建亨的翻譯，取其典雅，但單純sensibility一詞，本文譯為比較阿莎力的「感覺力」，凸顯其之為一種潛能、能力）。「存世感性」，或這個世界的感覺力——漢森也說這指的即是外在環境的運行力（operationality）（*Feed-Forward* 273n12）——不僅是從人類視角所得取的外在環境可被感應的部分（that which makes sense），更是指環境中具有感受能力的事物（that which has sense）。漢森藉此重新分配主體、客體的能動性（agency）比重，這也表達了他著述中一直持守的某種現象學理路，如他在書中引述梅洛龐蒂（Maurice Merleau-Ponty）所稱，感覺者（sensing；法文sentant）與可被感覺者（the sensible；法文sensible）之間的可反轉性（reversibility）（265-66）。

覺」（"immanence of thought to [the viscosity of sensation]"）（Fazi 9），
與數位機器的分割性（discreteness）並不搭軋；此外，德勒茲派相信，生
命的創造力來自潛在層的未確定性，但電算數位被認定為一種奠基於有限
性甚至是決定論的邏輯，於是不乏有德勒茲路線的學者在立場上反數位性
（例如感受理論大將馬蘇米〔Brian Massumi〕）。法季的主張是，數位的
分割性自有其創發潛能，電算思維亦自帶未確定性之內涵，若要談論數位
美學，必須直面面對電算機器的本體論，從分割性出發（見Fazi）。[2]

　　相較之下，坎貝爾與漢森可說是示範了特有的介入方式：他們不是堅
守一套固定的論述參數，而是連思辨、創作的基本語彙都予以翻動，引入
諸如「資料」的概念化框架，將存世感性（蟲魚花草、機器、物件、人、
構成人的情感／生理／心智元素等等）設想為資料庫，從如此技術等級的
向度試圖整理頭緒。[3]

　　本文感興趣的，即類似的方法論上的自我更新。新媒體研究成形為學
院論述，具備學科的模樣，已然二十年之久。[4] 以下將挑選這個領域最近
十年幾個重大的走勢，嘗試提出一些觀察。這些趨勢或許蔚為現象的時間
先後不一，然未必彼此取代或取消，文章標題的「轉向」說並不意味一個
循序的單線進程。

　　在真正進入分析之前，文章首先將簡略回顧，新媒體研究出現，強調
多種感官經驗，是否衝擊興盛於1990年代、獨尊視覺性的視覺文化研究，

---

[2]　大致在2001-2010年間，新媒體研究出現了整齊的德勒茲派陣容（重點書目可參見Fazi 11）。
　　必須強調的是，法季並非意圖抹煞德勒茲派研究的貢獻，她在意的是一些論者在演繹新媒體
　　論述時過份自由地詮釋數位性（例如過度引申數位虛擬空間與潛在層之間的同構連結），忽
　　略甚至貶抑做為數位性基礎質地的分割性。

[3]　據此，我們或許也可以重新理解洪席耶（Jacques Rancière）對美學政治、文學政治的想法：例
　　如以下這段的用詞，也許不只是隨意之舉，而是（至少隱隱地）指向了論者的某種論述關懷。
　　洪席耶在試圖闡明何謂文學的政治時，是如此定義政治的：「首先，政治指的是在一堆感官**資**
　　料中框範出特定經驗領域的一種方法，它是可感事物的分配（partition of the sensible），可見
　　事物與可說事物的分配；因為這樣的分配，使得某些**資料**得以出現（而其他則無法出現）」
　　（10；加標重點）。

[4]　這個粗略的劃分，根據的是幾部早期經典的出版日期：Jay David Bolter and Richard Grusin,
　　Remediation: Understanding New Media（1999）；N. Katherine Hayles, *How We Became Posthuman:*
　　Virtual Bodies in Cybernetics, Literature, and Informatics（1999）；Lev Manovich, *The Language of New*
　　Media（2001）。關於用詞，儘管有時難以區辨，大致而言，若談論一具有傳介（mediation）
　　意涵的技術物件之本體面向，本文使用「媒介」；當重點在於媒介所延展出去的機制與生態，
　　本文使用「媒體」。這與對應的英文是否為單複數無絕對關係。不過，本文也採納一些約定俗
　　成的用法，例如「新媒體」。

而當時關於視覺研究學科屬性的論辯中，有論者拋出該學科應自我定位為媒介研究的建言，這條路線是否對視覺研究造成任何影響。

其次，文章爬梳漢森與海爾思（N. Katherine Hayles）兩位重要新媒體理論家對於非意識層認知（nonconscious cognition）的注意，看他們的主張如何與現下生態論述、新物質主義針對能動性的問題有所對話，並探問他們的說法如何有助我們理解人類認知能力已然廣泛受到數位機器分配的問題：「認知受技術配置、散佈」這個當代人生活之日常，是否改寫我們由現代性思想家（諸如班雅明〔Walter Benjamin〕）那裡承接而來的針對人與外在物質世界關係的提法？此刻我們的科技經驗，是否不再以無意識（the unconscious）形式展現，而是非意識（the nonconscious）；不再是驚嚇與創傷，而是無臭無味、在巨量資料當中自動篩選訊息的機器式接收？而我們是否有新的分析架構來了解人體、人腦這個資料處理機能？甚至，在非意識層認知——以及前述漢森所提的非感官知覺式的經驗資料——當道的世界，我們是否需要重新編排經驗（Erfahrung）、體驗（Erlebnis）之間的關係？

最後，文章將討論蓋洛威（Alexander R. Galloway）、范克林（Seb Franklin）等人所提出的數位控制知識型之說。他們基本上挪用德勒茲的「控制社會」（control societies）說法，但放大解釋數位性（digitality）：數位或者是貫穿西方思想二千餘年的任何將事物劃分為二之理路，抑或是資本主義切割勞動力的管理機轉。

他們將數位性提煉至知識型層次，在論理上是有意義的，這不只讓我們複習，第二次世界大戰之後的西方學界曾有一波關於類比與數位兩種資訊運行系統的應用，也提點出此刻正在發生的一波知識典範交接，且論者得以正面直擊控制之為當代政治經濟主流法則之事實。但范克林等人對於數位的負面表述卻值得商榷，因那將抑制我們手上的選項（例如只讚許類比思維）；甚至他們可能都誤讀了德勒茲的控制社會論。本文將花一些篇幅申論控制與數位性之間的**沒有**必然關係，並且提議：既然身處數位時代，我們應該開發數位性的積極可能——不盡然是鼓吹數位虛擬環境的新奇趣味，而是以開放態度看待數位機器的分割性本體。文章末尾的討論將跳脫新媒體範圍，從當代佛朗明哥舞蹈創作舉例，在這理應隸屬類比風格的舞蹈形式中找到一種分割性的美學，演練一種正向想像數位的方式。

從視覺研究到新媒體研究

新媒體研究早期經典出現之時，文學界似乎並未立刻接收到它對現有學科的衝擊。其中原因極可能是，一開始，多數人仍將新媒體最顯著的作用力想像為視覺層面的，這甚至包括了協助樹立這個領域初始立論架構的論者：例如曼諾維奇（Lev Manovich）在《新媒體的語言》（*The Language of New Media*）中，便主張以電影做為新媒體的前世；他所理解的新媒體，是視覺媒介，甚至他的討論經常便設定於視窗、景框的基礎。

為何這會削弱這套研究一開始的強度？一個合理的推論是，因為當時的人文圈正風行著一股強勢的視覺研究；當代視覺研究（包括研究素材界定地更為明確的視覺文化研究）在1990年代引領潮流，熱鬧無比。有關這套企圖打破傳統藝術研究與美學框範、冀望更廣泛看待視覺物件的學門，內部人士談論它的崛起，喜歡以1988年在紐約由迪亞藝術基金會（Dia Art Foundation）所舉辦的一場會議做為象徵性歷史定點（參見Jay）：這場定調為「視覺與視覺性」（Vision and Visuality）的會議邀集了幾位重量級藝術史、思想史學者發表，會議論文集也在那一年出版（見Foster）。爾後十數年，視覺研究風起雲湧。[5]

一個學術領域開始具備規模，邁向建制化，有個簡易的參考指標為專屬期刊的出現，因這意味圈內人認定該領域不僅已打下基礎，更帶有可長可久的前景。2002年，《視覺文化學刊》（*The Journal of Visual Culture*）創刊，一開始的撰稿主力，皆為赫赫有名的學者，備受矚目。同一年，《視覺研究》（*Visual Studies*）也出現：《視覺研究》由國際視覺社會學學會（International Visual Sociology Association）出版，原創立於1986年，刊名《視覺社會學》（*Visual Sociology*），直至2002年更名，標誌著編輯方針的調整。

這兩本期刊何以值得關注？《視覺文化學刊》創辦之時，來勢洶洶，然最初兩三年出版的幾期，仍闢出不少空間反覆辯論視覺文化研究的本體及正當性。這些論爭當中，有幾位知名學者曾提出一個另類觀點，即視覺研究的屬性設定是有問題的，因為人的五感經驗中沒有一項能被獨立

---

[5]   另一常被論及的關鍵時間座標則是1996年：當年，具有領頭地位的藝術批判期刊《十月》（*October*）推出了一份〈視覺文化問卷〉，邀請十九位重要學者針對視覺文化研究的學科定位撰寫回應文字，證明了這個領域儼然不容忽視（見 "Visual Culture Questionnaire"）。

出來。普斯特（Mark Poster）便認為，視覺文化研究的倡議者喜歡標舉的一種一體兩面之說（視覺性為當代文化中最突出的一環，而此刻乃人類歷史上視覺性發展最為勃興的時代），其實忽略了當代數位環境輔助滋長的多媒介、跨媒介性：當代視覺文化較之前代，最顯著的差異在於當代人如何大量仰賴資訊機器生產影像甚至觀看，因此，視覺研究若能自視為媒介研究，方能更有效顧及視覺經驗的物質性。此外，米契爾（W. J. T. Mitchell）也倡言，純粹的視覺媒介並不存在，所有媒介都帶有整合性，結合不同感官，只是涉及的感官感覺以及符號類別有程度差異罷了（"Showing Seeing"；"There Are No Visual Media"）。[6]

　　不過，倡導視覺研究若要維持續航力應該轉化成媒介研究的聲音終究只是特例。但如果追蹤《視覺文化學刊》便會發現，他們到了後來似乎後繼乏力，也幾乎往同人刊物的路線走去，歸納其原因，或許與這本期刊堅持獨尊視覺不無關聯，即便他們近年開始接受例如聲音研究的論文，似乎已無法改變其體質。相較之下，《視覺研究》倒顯得生機蓬勃，有個可能的因素是他們甚早開始便接納媒介、媒體的論說，近年許多刊登文章基本上便是新媒體研究。

新媒體：經驗或體驗？

　　為何特別提及這段始末？此處重點並非學科勢力的你消我長，而在於這兩份視覺研究刊物的比較有助我們思考一個重要問題：牽涉到感官經驗的研究，是否的確不宜將其中一項分立出來？

　　新媒體研究在2000年代中段有一波更新的論述形成，其中代表人物之一漢森出道之時用力甚深的立論便是挑戰視覺中心論，強調的是新媒體時代身體多種感官的集合經驗——這也標誌了這個領域的經驗轉向。漢森2004年推出《給新媒體的新哲學》（*New Philosophy for New Media*），主打的論點是，身體才是我們處理外在資訊（information）的主要媒介。這個說法，一方面意欲糾正視覺優位；[7]另一方面，也在批判二十世紀主流

---

[6]　還有其他學者也批評視覺文化研究排除了視覺性與其他媒介或符號系統的相互作用關係：參見Bal；Rodowick。這些學者的說法也預設了，媒介研究基本上必須觀照各種感官經驗之結合，也已經區隔了上述曼諾維奇那類仍以視覺做為新媒體經驗核心的路線。

[7]　在本書中可以看到漢森如何強力批判曼諾維奇以電影為新媒體典範的視覺導向論點（見

資訊理論將身體架空的做法（後者亦是海爾思後人類理論的批判對象）。

　　此時漢森把重點放在我們接收外在刺激而產生身體、生理回應的感受力（affectivity）面向。然而，儘管他已將主體的重要性挪移至外在刺激或客體一端，他的提陳方式對於「身體」本身的解釋是籠統的，彷彿只要將主體中心切換至身體中心，彰顯我們的身體在與數位科技的互動過程中是具備能動性的兩造之一，稍早的媒介論述輕忽身體物質性的問題即可解決。但如此賦予身體絕對地位的做法，卻是在標舉一種立即經驗（immediacy），卻無法有效解釋，這樣的直接經驗如何轉換為可以活躍思考、解放身體的動力，又是否美化了個人的主觀領受。[8]

　　爾後，漢森開始大幅修正他的身體中心論，理論核心不再是感受力的能動性，而是人受到外在技術環境影響的程度。除了在最新論著《前饋》（2015年）強調人類非感官知覺式的感覺力以及環境的能動性，認為人不過是存世感性的其中一分子，早在2010年前後，他的理論方向已開始轉往非意識層的認知。這些不同時期的說法值得並置參照，因為即便人的感覺力在最先進數位機器的支持下能夠探觸更大範圍的存世感性，在這些接觸過程中，仍有些環節勢必需要借助認知能力，方可將初步探取到的生鮮經驗資料轉換為對個體有益的創造力的基底。

　　關於非意識層的認知，漢森主要參考席蒙東（Gilbert Simondon）的技術本體創生理論，將時空置換至數位年代。簡言之，在智慧機器蔓生的

Hansen, *New Philosophy* 32-46）。

[8]　對視覺研究中這個問題的討論，可參見Moxey；Wolff。我認為，當代媒介理論（不限於新媒體研究）的主要工作之一應是借助學科對於媒介性（mediality）的敏銳，從而辨認並批判任何盲目擁抱立即經驗的做法，關注這些立即經驗迷戀背後是否是一套極其反動的真實觀。這不僅包括販賣虛擬實境的影像娛樂及遊戲工業，也包括國家文化政策：例如，最近兩年，文化部每年隆重舉辦「文化科技論壇」，邀請國際專家前來傳授的內容均環繞著虛擬實境與擴增實境，官方論述及周邊支援的文化評論也一逕讚揚沉浸式體驗的美好。除此之外，更值得人文論者關切的，是那些標舉進步性的藝術創作與批判理論是否也依附於一種對於立即性的推崇：例如，巨幅影像、壯闊音效以及360度沉浸式環境的目的是否僅是複製迷炫效果（即訴求我們已經知曉或有能力想像的感受，只不過放大尺寸、音量），別無帶動反身自省的可能。這裡並不是絕對否決特定科技的應用，或者（反方向地）全面反對藝術實踐回到人原本熟悉的情感、精神歷程，也並非期待所有創作都要附帶制式的後設操作，向觀者報告創作者對於媒材（technical support）的自覺。這裡需要被檢視的重點在於藝術表現的底蘊是何種的真實概念。艾密冉（Eyal Amiran）便曾以此視角批判當代數位藝術中幾個著名的創作（包括Stelarc）：這些作品乍看之下確立出某種的介面（例如觸覺），提出新的經驗與知識的拓展可能，但在理念執行中仍然暗渡了對於直接體驗的迷信；在艾密冉看來，這其實是復原了啟蒙時代的現代性理想，因其設想的是一個可以透過消弭自身與他者距離而了解他者、但到頭來真正目的是完備自我認識的一個自足的主體。

數位科技環境下，我們對外在世界的接收、感受往往受到技術生態所分派，散佈在我們跟我們所接觸的技術物件以及技術流程之間，這便是所謂的受技術配置的認知（technical distribution of cognition）：我們與技術的關係，經常是在我們的意識並未覺察的情況下進行的；意識並未開機，然而認知、知覺仍可運作。[9]

「配置」看似為空間意象，但在漢森看來，技術分派認知，更是關乎時間經驗的擴充：數位技術打開了多樣的時間感，乃至如今我們對於「瞬間」（an instant）（區別「之前」、「之後」的最小結構）的覺知，不是如胡賽爾（Edmund Hussserl）與史提格萊（Bernard Stiegler）的時間意識概念所指稱的，人類意識對時間物件（temporal object）的同步掌握（前者舉音樂旋律為例，後者舉電影為例），而是人類意識與時間物件之間的脫鉤。引申至日常生活，我們可以說，當代人的認知是散落各處的──在上傳照片至社群媒體的手指滑動瞬間，在慢跑路徑上即時測量著我們生理變化的app數字裡，在開車時與GPS影音搭配的手腳與大腦，也在我們被大數據所預測的資訊接收習慣未來式中──然而這些「各處」其實都是時間的微量化。[10]

漢森的經驗論，讓人聯想到班雅明的現代性論述：班雅明曾試圖運用德文中兩種對於經驗的定義，在不斷製造驚嚇效果、看來斷裂破碎的現代都會生活體驗（Erlebnis）中尋索可能的俗世救贖，而不再懷舊於具有文化感、透過反思而積累的連續性經驗（Erfahrung）。

---

[9] 「配置認知」，前譯「散佈認知」。漢森也談受技術配置的知覺、感覺力：見Hansen, "Engineering"; "Living"; "Technics"。在這些文章中可見到他這個時期受席蒙東影響的程度。不過，漢森也認為數位經驗已無法用席蒙東的「技術物件」（technical object）概念來涵括，應該被視作一種流程（processual）（"Technics" 51）。

[10] 漢森一路上不斷深化這樣的去除人類意識本位主義的說法。必須一提的是，他並無意圖全然拋棄「人」的概念。在《前饋》中，他回到懷海德，目的是找到一種關於人與物兩者的「中立」立場：儘管二十一世紀數位媒體確實將存生感性擴張到遠超乎人能掌握，漢森說他的重點在於思索人類經驗如何是這個龐大世界網絡的參與成員之一，即便人類經驗不一定直接支撐世界的運作。但漢森的說法是否也難免落入立即性的迷思？早期──尤其他的著名長篇論文〈感受的時間〉（"The Time of Affect"）對感受力的現象學式描繪──的確有此疑慮，不過因為「時間性」向來是他的論著焦點，加以他後來刻意淡化感受力的重要性，所以儘管他並不輕易放棄現象學的關鍵語詞「現在」，他對時間的談法越來越複雜，他尤其強調新媒體豐富我們感覺力的方式是讓時間微分化（microtemporalization），機器替代我們捉取人類意識、認知無法掌握的微觀層次（microscale）經驗（"Technics" 51-52；Feed-Forward 37）。亦可參見他在評析數位藝術時關於時間性的討論（例如New Philosophy 249-51；"Living"）。

　　然而，值得討論的是，同樣面對時代新媒體的衝擊，在數位當代，技術環境對我們的影響，恐怕不再適用班雅明當年所提的「視覺無意識」（optical unconscious）形式，而是「非意識」的感覺力與認知。數位時代的我們，基本上已成了資訊的處理器，每時每刻有無數的資訊從我們身上滑過，從我們的意識潛層溜過。正因資訊量龐大，而融入每日生活的數位裝置不僅不計其數，更因為各種大小規格與操作便利性（可攜帶、可嵌入或連接於身體），與人體的關係是結合、延伸與增能，以致更難以斷捨離[11]——也因此有別於現代性代表媒介電影因著銀幕與觀賞空間之物理條件所製造的壓迫式、震撼體驗。[12]

　　然而，即使班雅明的無意識驚嚇、創傷論調可能不再合用，他對於體驗與經驗的區隔仍然重要：他並不是當外在新穎體驗排山倒海、新型媒介（當時的電影、博覽會等等）全面眩惑感官、生理之時，主張導正視聽，回到一種具有文化承續力的經驗，而是提議一種新革命身體在集體幻象體驗中發生的可能。[13]

---

[11] 這個觀點的另一表述是：我們也必須考慮，後人類理論中的「人－機合體」之說，是否已經出現「軟性」版本，成功打入主流文化場域，而逐漸失去批判力道——或不再是論辯的真正戰場？

[12] 必須強調的是，班雅明在〈攝影小史〉（"Little History of Photography"）提出「視覺無意識」時，重點並不是創傷；事實是，他在那裡所提的，反而接近本文所謂的「非意識」，即日常動作、行止間不為意識所留意的微末細節。本文將班雅明歸在現代性無意識派，考量的是他對現代生活的描繪整體而言是環繞著驚嚇經驗、挪用佛洛伊德（Sigmund Freud）的無意識觀而開展。

[13] 前面提到，媒理論應有能力判斷當代人文思維中的立即性迷思（見註解8）。班雅明企圖在體驗中尋新經驗的作法，乍看之下是認可外在世界對人的直接感官作用，但這不表示他標榜立即經驗。正好相反，他的思想中有著多重卻一致的關於媒介性的觀照——這包括了從身體體驗到思考力的潛能轉介過程，包括了傳遞歷史真實的各種賦形（figure）（即他喜歡稱為「辯證圖像」的歷史範例），也包括了溝通的反身批判性（即任何溝通動作除了傳達訊息，首先也曝現可溝通性之為問題）。他實在是當代媒介理論的重要先行者，對今日媒介問題也仍具有耳提面命的意義。有關班雅明生涯著述中各種媒介概念的發展脈絡，可參見索邁尼（Antonio Somaini）相當詳盡的整理（也在此感謝鄧紹宏提供這筆參考資料）。索邁尼主要以媒介生態（milieu）的角度理解班雅明的媒介觀，強調的是不同技術物件合力構成的讓感知經驗發生的條件、環境。索邁尼如此的詮釋，及其所蒐羅出的班雅明媒介概念用詞的豐富例子，必須和班雅明的基礎溝通哲學並陳看待——也就是班雅明專家韋柏（Samuel Weber）不斷提示的，班雅明溝通概念中的阻斷、干擾意象。班雅明以語言做為範例，認為語言所真正溝通的其實是語言自身，這才是「媒介」最純粹、原始的意涵。他運用德文結構的多樣性，使用的字是一般譯為immediacy的字，雖然德文的確意指un-mediated，但班雅明在此所指的是語言以自身溝通它自己，不求其他媒介——這是媒介的反身性，即媒介性的一種體現，與本文所質疑的立即性執迷（企圖掩蓋媒介性，鞏固立基於直接經驗的真實感）正好相反。除此之

　　於是，二十一世紀的我們所面對的功課便是：一旦未經處理的非意識感覺體驗越來越多，我們如何將其導為積極的開創性基底？如何區隔於前述對於立即性的盲目追求？例如，如何辨認出可以啟動新的智能、身體能力的數位應用，有別於訴求五感刺激、稀釋想像力的虛擬世界？

非意識層認知

　　如果漢森對非意識層認知、感覺力的提陳是以經驗面入手，則海爾思已開始轉往認識論的理論實踐。她曾針對意識與認知的差異，做了這樣務實的比較：「意識在我們的思考過程中佔據重要位置，不是因為它是認知的全部，而是因為它會創造敘事（包括虛構的敘事），幫助我們了解我們的生活，也提供我們對於世界的基本合理假設。相反地，認知則是個範圍更廣的能力，超越意識層，涉及其他腦神經運作過程」（"Cognitive Nonconscious" 783）。海爾思也說，認知指的是一種處理資訊的過程，是「在那些賦予資訊任何意義的環境脈絡（contexts）中對資訊做某種詮釋」（"Cognitive Assemblages" 32）。這和她向來堅守的說法（無論她是在談人與非人各種界域的往來〔intermediation〕還是談數位文學）一致的是，她的媒介論述關注的是資訊的詮釋過程，亦即形成意義的部分。

　　換言之，意識負責編造故事，鞏固生活之意義；認知則維持生命機器的基礎運作，尤其是負責判斷資訊。也正因認知的運行速度與效能遠遠超越意識，它讓意識免於無時無刻被巨量的內部、外部資訊給淹沒——海爾思說，這可能是認知最關鍵的功能（"Cognitive Nonconscious" 784）。此外，認知不只是人類動物的能力，在其他的生命形式乃至於技術系統也十分普遍。甚至，當代人類生命情況更是衍生了越來越多不同生物、技術體系所集合運作的「認知組裝」（cognitive assemblage）：網際網路、城市基礎建設、人類在日常生活中使用的數位智慧幫手，都是例子（"Cognitive Assemblages"）。

外，班雅明溝通理論的另一面是：溝通本身自帶著與自身疏離的本質（「溝通」一詞的德文便有「分－享」之意，從自身分出部分給予他人），以致溝通永遠不會是啟蒙主體那種自我完足。簡言之，他的媒介思考的要點是：任何媒介行動一方面理應具有反身性，然同時也曝現了，自身的意義必須在抽離於自己的他處才稍微得到解答。我曾在一篇文章（〈從新媒體研究看文學與傳介問題〉，《英美文學評論》27期，2015年）結論中提到從韋柏處得到的關於這個說法的啟發，當時語焉不詳，藉此機會在本文文後補充附錄，加以說明。

海爾思的論點呼應了漢森所提的認知受科技分配、散佈的說法,而海爾思更明確的關懷在於:這樣的配置認知所產生的結果是能動性也呈現散佈狀態,我們便很難再將選擇、倫理責任歸咎於單一個體。

海爾思特別和現下包括生態論述、新物質主義等必須處理人類(the human)與非人(the nonhuman)問題的理論對話。她的主張是,若要更有效回應人類中心主義,目前人與非人的分法並不夠完善,因為儘管人類一區內容單純,在非人那端卻包羅萬象,不僅要包括人以外的各種生物物種,理想上也應該納入無生命的物質、機器與工具,甚至要涵蓋大自然界的氣候變化因子。這不僅反而突出了人類的至尊位置,也無法解決這些分類方法背後企圖解決的能動性與倫理決定的難題:例如,大自然災難(海嘯、雪崩)可算是具備能動性的,但我們是否應把倫理責任加諸在它們之上?

為了解決這個論理的盲點,海爾思提出了新的分類方法:有認知能力者(cognizers)相對於無認知能力者(noncognizers),區別關鍵在於認知以及做決定的能力。據此,智慧型機器現在被歸類為有認知能力者,與人類同框;大自然災難則屬無認知能力者。[14]

這個新分類除了逼使我們嚴肅面對目前人工智能所衍生的倫理課題,也提示我們,人類身體、生理、心智系統在數位時代極可能產生人類學意義上的紀元變化,而這樣的變化,受到特定時代當道科技的左右(例如數位裝置的特有設計極可能讓人類使用者的細部生理機能發生集體演化);也會在時代知識系統的影響下有所更新(例如是越來越精良的神經科學助長了我們對人類認知功能的認識);甚至,新的認知組裝將反饋到人類認知系統,使之產生世代質變(例如機器學習所連動的自動化思考逐步成為人腦乃至於人類社會運行的主流規範)。[15]

---

[14] 這裡引用的兩篇文章的完整版本已收錄於海爾思2017年出版的專書(見Hayles, *Unthought*, ch. 2, 5)。此外,她對非意識層認知更早的引介,可參考 "Cognition Everywhere" 一文。

[15] 關於最後一點,新媒體理論家帕瑞希(Luciana Parisi)在評述海爾思著述時便曾指出,傳統理解下的「自動化」指的是複製人類心理、身體活動,但數位時代的機器學習,因為智慧機器具有高度適應數據的能力,能隨時根據所接收的數據衍生新的演算法則,發展出的是一種「自動化的自動化」——此時,主導啟蒙時代理性邏輯、適合處理少量資料的演繹推論(deduction)逐漸失勢,取而代之的乃是強調適應效能、有辦法應付大量數據的歸納法(induction)(90-92)。

控制知識型

海爾思在早期代表作《我們如何成為後人類》（*How We Became Posthuman*）裡花了不少篇幅梳整控域理論（資訊理論也被歸類於此）從二戰結束之後的轉折、演變。書名中的動詞過去式，固然主要是在提示讀者，人的範疇與機器範疇重疊、交換（intermediation）之所謂後人類情況早在數位電腦普及前便已發生，且無論是「後人類」或是與之對比的「人類」都是特定歷史下被建構出的產物；但我們不妨也從另一角度理解這個過去式，即控域學在她筆下的歷史意義。海爾思在書中以自體平衡（homeostasis）、反身性（reflexivity）、虛擬性（virtuality）做為向度，介紹控域理論的三大段發展。針對前兩段，她幾本上是以歷史回顧的方式為之定調，亦即那是段過往的歷程，而她更為在意的顯然是自1980年代持續至今的第三段發展，虛擬性。如此架設出歷史視角，海爾思的終極要務是藉由歷史偶然性來批判虛擬性進程所帶來的人的身體被架空（disembodiment）的問題，找回身體的傳介能動性；換言之，她相信偶然性可以破除科技目的論的制霸：「一旦我們了解到，是什麼樣的複雜成因彼此交會，創造了虛擬性的生成條件，我們就有辦法將我們是如何進展到虛擬性的這個秘密予以破解，有辦法將其視為特殊歷史情境下的協商結果，而非無可逆轉、由科技決定的趨力」（20）。

然而，控域理論成形時期的主軸原則，是否真如海爾思所提陳，已然是段過去式？本文以為，控域知識模型當年的幾大重點，撇開海爾思在書中挑選出來分析的自體平衡（以及熵〔entropy〕、或然率等），有另一邏輯，在二十一世紀有復返的態勢，即開／闔的數位邏輯。

蓋洛威在《拉霍爾：反數位》（*Laruelle: Against the Digital*）一書中，藉由引介拉霍爾（François Laruelle）這位知名度不高的哲學家，提出了西方思想從古典希臘時期至今明顯的數位性進路。在此，「數位」意指任何將事物切分的思維：不只是一分為二，甚至任何的區隔、辯證動作，都落入數位的體系。在蓋洛威眼裡，西方知識史上極少數的類比型思想家，最具代表性的，除了拉霍爾，還有德勒茲——而後者在生涯晚年幾處關於「控制社會」的說法，雖然簡要，卻是蓋洛威對於數位性評判的重要參考。

　　除了蓋洛威，近年同樣廣義看待數位性且同樣援引德勒茲控制社會說，並對數位性進行批判者，是范克林。他在《控制：數位性文化邏輯》（*Control: Digitality as Cultural Logic*）一書，從跨歷史視角探討控制邏輯從十九世紀初以來，在資本主義機制、科學與科技知識、以及在政治、經濟、文化等各個層面的體現。對作者而言，控制與數位性是可以彼此代換的概念，因此本書進一步將數位性處理成計算科技以外的一種科學邏輯、一種知識型、一種針對個人和集體生命與生活的經營管理策略。由於范克林對數位性在當代的概念應用帶有極大的企圖，以下將稍加評析他的論點。

　　總體而言，作者提出的可被歸類為控制思維的線索分幾大區塊：一個是十九世紀的資本主義，一個是古典控域學以及後來被延伸應用的控域概念，一個是德勒茲所指的控制社會。其中，資本主義的控制，奠立於對生命時間的分配，對勞力的抽象化與分工；而德勒茲1990年發表的〈關於控制社會的後記〉（"Postscript on Control Societies"），對於規訓社會與控制社會的區別，也已成為當代文化理論的教本。[16] 以下將多花時間討論控域學與此刻人文學的關係。

　　控制之現代意涵的底定，主要歸因於第二次世界大戰期間控域學的發展，又包括兩大脈絡。其一，美國數學家維納（Norbert Wiener）與同儕接受美國軍方委託，協助改良空中作戰的成功機率，他們採用統計學，進行飛彈彈道的預測，關鍵原則涵蓋了（一）預測：這套科學的出發點是提升飛彈擊中敵機的可能性，其基本命題是預測對方飛機飛行路線（維納曾說，「預測一個曲線的未來路徑，便是對它的過去執行某種工作」〔*Cybernetics* 6〕）；（二）反饋（feedback）：若要達到資訊的傳輸暢通，必須把已進行過的行動結果當作新的輸入（input），供接下來的行動參考，其最終目的是要改變接收端的行為；（三）有限的選擇：為有效預測，必須把選擇的可能性從無限限縮到有限值，而數位計算也是在這裡顯現出效益。[17]

---

[16] 簡言之，德勒茲雖然對於時期分段的精確性問題輕描淡寫（例如，他認為控制社會自二戰之後便逐漸成形，開始區隔於前段的規訓社會，而在卡夫卡〔Franz Kafka〕一部分作品中我們可以看到兩個時期的交錯），卻也對數位時代提出前瞻性的宣告。本文從這一節開始的部分內容取材於我在2019年9月為比較文學學會「媒介研讀班」導讀范克林的講稿；當天有學者同儕問及德勒茲的問題，現場回應不夠周密，在此一併整理。

[17] 可參見Wiener, *Cybernetics*, Introduction；*Human Use*, ch. 1-3。

　　其二，在維納的控域學開發之際，已有神經科學家麥卡拉克（Warren McCulloch）、皮茲（Walter Pitts）在1943發表了關於神經傳導系統的創新理論，他們參考的，是圖靈（Alain Turing）於1936年發表的一篇關於可運算數字（computable numbers）的論文。麥卡拉克和皮茲以脈衝（impulse）和電流的概念解釋神經傳導的方式：當電流達到某個閾界（threshold），便可發射出去，而這當中取決於一種「全有或全無」（all-or-none）的操作，即神經元或者發射出去，或者無法發射。這便是數位最基礎的概念：大腦正如一台計算機一樣，在either-or的邏輯中做選擇。

　　維納和麥卡拉克等人的控域學皆有特定的研究對象，是明確關於機器（包括飛彈預測，也包括將神經系統理解為一種計算機器）、或關於人與機器的關係（例如飛行員執行飛彈發射過程中人與機器之間的實際配合）。他們對於控域學能否轉變為社會科學，用以探討人與人的關係，抱持強烈的懷疑。不過，1940-1960年間，歐美科學界舉辦了一系列的跨學科會議（一般稱為Macy Conferences），其中1946至1953年間聚焦於控域學的幾場聚會，關鍵性地影響了控域學自從它的創始時期之後的走勢。[18]

　　開始熱心轉介、延伸控域思維的學科包括了人類學、經濟學、語言學、哲學等。例如李維史托（Claude Lévi-Strauss）便認可這樣的延伸應用，因他認定人類語言本身就是一種適合用科學方法來研究的學科，跟控域學十分合拍。提出賽局理論（game theory）的馮諾曼（John von Neumann）亦是此波應用風潮的關鍵人物：他的理論將每個具有經濟活動能力的個體視為理性的資料處理器，對於系統有自動的反應機制。

　　幾位古典控域學主導人物對於這套科學可否轉為社會學科，有所疑慮，其質疑面，一是關於正確性，例如控域學處理的反饋多半是指短時間內的反應，這能否用來解釋需要較長時間才看得出變化的經濟行為，值得商榷；其次，賽局理論將經濟行為設定為一種競爭關係，所導出的結果，似乎也無法與控域學假設的自體平衡狀態相符合。另一類的疑慮則是針對如此應用的政治－倫理界線，例如將人類社會解釋為依照固定遊戲規則運

---

[18]　這些跨學科對話得以推展，關鍵因素在於不同知識領域當時紛紛開始以「資訊」做為思考主軸來理論化本身領域的知識形構。本文此處有關控域學從古典時期到應用階段的發展始末，係參考范克林的整理（Franklin, *Control*, ch. 2）。此外，可參考葛以根（Bernard Dionysius Geoghegan）分析戰後法國結構主義、符號學如何在冷戰情境的知識角力下促成對控域學的提倡，以致形成了某種知識界的「控域學裝置」（cybernetic apparatus），即某種控制邏輯論述網絡。關於Macy Conferences的回顧，可另見Hayles, *How We Became Posthuman*, ch. 3。

行的賽局，是否忽略了人類主體有意識地改變現況的能力。

　　根據范克林的說法，是這些跨領域的應用——也就是當「控制」的譬喻性開始被廣泛運用在關於人類行為與社會性的描述中——使控制有機會擴展為今日資本主義下的主流邏輯。其中具有指標性的例子仍是賽局理論。如前所述，賽局理論的設定是人具備了理性回應經濟系統的能動性，這與古典經濟學的理念若合符節，但馮諾曼的理論則是在其中另加入來自數位計算的邏輯。范克林認為，是這一點，讓資本主義得以演化為新自由主義：假使稍早的控域學將人理解為一套機器，並且相信，這套機器的認知能力、溝通能力、創造力都是可以被明白辨識、被再現的，則今日的控制社會是以經理（management）的邏輯來看待個人與社會，而串聯起不同時期資本主義控制模式的關鍵，是二十世紀的數位計算。

　　根據公認的說法，電子數位技術發展於1930年代晚期，定型於1943年，是由美國貝爾實驗室的工程師所開發，其術語叫做PCM（pulse code modulation）。PCM能將類比信號予以數位化，其中又有兩個主要步驟：第一是取樣（sampling），將類比信號切割成獨立的單位；第二是量化（quantization），但並非單純把某樣東西從質的層次轉為量的層次，而是把量縮小到可以掌控的範圍，並讓每一單位變成可以用開／關（on or off）的二選一情況來理解的值。無論是哪一個步驟，都有篩選的過程，而既然篩選，即表示會造成排除——無法順利傳輸的信息，或所謂的雜訊（noise），便會被剔除。

　　這是技術層級的說法。范克林《控制》一書嘗試的創意，便在於將此技術層面的數位邏輯推展成和資本主義相符相合的操作思維。其中，作者放大理解了一些數位計算的原則，特別是下列幾點：

（一）分割化（discretization），尤其是二元切割（binary form）。
　　　（嚴格來說，電腦的0/1格式是數學上所謂的二進位，但在術語上的確也會用binary這個詞，而這個詞進一步擴大便是二元邏輯。）

（二）捕捉（capture）：從龐雜資料到可被利用的資訊，這當中有篩選（filtering）、界定（definition）的步驟。

（三）優化、極大化（optimization）：讓資訊傳輸盡可能達到最高效率。（*Control* xix-xx）

　　范克林的目的，是把這些原本用於描述技術運行的術語，置換為批判資本主義的語言：於是，對作者而言，篩選、界定、捕捉、切割都指涉資本制度對勞動力所施加的動作；而數位性，最終便可被擴大為被剝削勞力的存有狀況。范克林的最終關懷，是這個年代中沒有被資訊世界承諾的平滑、平等理想所圈範在內的那些不平等勞動（*Control* xiii, xix）。

　　這個概念化進程，與前述蓋洛威將數位性極度寬鬆地解釋為各種二元思維甚至各種區別的動作，手法是接近的。如此理論化推展，有助我們認識到數位性正以新的知識型姿態復返。然而這些論者對數位性抱持的負面立場，也有極大的商議空間。以范克林為例，他的問題在於分析的合理性，尤其關於控制是否具有歷史特殊性：控制是資本主義的衍生物以及生成邏輯，乃至於一路從十九世紀的擴張型資本主義（甚至工業革命）延續至今？又或者我們最好嚴守德勒茲的建議，將控制限定於二戰後的世界模式，而將馬克思（Karl Marx）所分析的資本主義理解為規訓社會？

　　簡言之，范克林基本上將數位性與控制邏輯劃上等號，同時又將後者視為絕對的惡。這不只限縮了對於數位性的理解，也未考慮到，控制正是我們這個年代思想生成的條件。作者的處理方式，讓我們誤以為我們跟控制之間有辦法拉出美麗的距離。

數位性與分割性美學

　　因著控域學的強勢，「類比」、「數位」做為概念詞語，在二戰之後的人文學、社會科學、自然科學廣泛地通行。如威爾登（Antony Wilden）在1970年一篇文章所做的整理，這組概念當時被普遍用以描述各式資訊溝通系統，包括生物、語言等等，而許多系統都兼有類比、數位兩套邏輯，並非絕然互斥。其最根本的定義，所謂的類比計算系統（analog computer）意指「任何根據實質、具物理性的連續的量值與其他變數之間的類比關係來進行計算的裝置（device）」，從地圖、尺規到溫度計都是；而數位計算系統（digital computer）則牽涉獨立的組成成分以及開／闔的邏輯，包括算盤、賈卡爾（Joseph Marie Jacquard）發明的打孔卡織布機等等（155, 156）。威爾登深信，從經濟學、心理治療、人類學到藝術、文學、音樂等舉凡關乎人類溝通的領域都適用這樣的分類。他的文章附錄也列舉了豐富的對比表格，應用範圍十分廣泛——其中最基礎的對比，便是連續性與分割性的差別（190,

191-95）。

　　以人文學而言，當時除了結構主義語言學、人類學中明顯可見控域思維的影響痕跡，即便影像哲學與美學論著中也可看到對類比、數位兩個詞語的運用。例如巴特（Roland Barthes）便曾以此區別影像和語言：語言是數位的，其能指（signifier）與所指（signified）之間是武斷的關係；影像則是類比的，能指與所指之間的連結根據的是有跡可循的關係（"Rhetoric of the Image"）。[19] 德勒茲在討論現、當代藝術時也曾用上這組字詞：數位意謂奠基於二元選擇原則的編碼，例如康定斯基（Wassily Kandinsky）的畫作喜歡呈現各種的對立；類比則指關係，不是形貌仿似（resemblance）的再現關係，而是例如塞尚（Paul Cézanne）、培根（Francis Bacon）的作品那樣，以一個母題（motif）開展，前者以此連動色彩、平面、人物身體，後者以此連動結構、人形、輪廓等不同的元素，最終又以色彩統合之（*Francis Bacon*, ch. 12, 13）。

　　假使，如葛以根所言，二十世紀中葉出現過一波控域學論述組配，則這股二元對立邏輯的勢力到了後結構主義年代明顯受到挑戰、壓抑。然而，自二十世紀末至今，我們或許正在見證一波二元思潮的回籠──用葛以根的說法，是一批「數位裝置」（digital apparatuses）可能如當年的控域學趨勢那般正在改造當代的人文學科（Geoghegan 126）。

　　值得注意的是，論者提到這個新的論述網絡趨向，幾乎都是憂心與顧忌（這裡特別是指這幾位從認識論層面探討數位性的論者）。范克林對數位性的負面表態，根源於他所認定的數位性和控制邏輯之間的可互換性。蓋洛威則是對二分、切分有著根深柢固的偏見，認為數位性不只構成當代生活的條件，也一直是任何標準模型的基本前提（Galloway 220）。儘管蓋洛威最終的呼求是破除對數位性的迷戀，建立一種讓各種異質並存的新共同體，到時連類比性也可丟在一旁（221），但他的申論力道明確是傾靠類比性的，例如他會援引德勒茲在《法蘭西斯・培根：感覺的邏輯》（*Francis Bacon: The Logic of Sensation*）討論數位、類比的段落，並特別強調，對德勒茲而言，類比語言有能力將異質元素立即連結起來

---

[19]　若特別針對攝影影像，巴特會說攝影的本質是類比無誤。不過到了後期，他也強調，討論攝影是否為一種與現實世界的類同，顯然是標錯重點，而用類比、編碼觀念來討論影像，也不適當；攝影的重點應是影像做為時間（而非被拍攝物件）的一種認證（authentication）（*Camera Lucida* 88-89）。

（*Francis Bacon* 95；亦見Galloway 103）——且蓋洛威乾脆直接將立即性（immediacy）延展為類比性的重點內涵（Galloway 103）。

范克林和蓋洛威的靈感都是德勒茲。但事實是，儘管德勒茲在〈控制社會〉一文的確曾說，控制社會的主流語言是數位，規訓社會的語言是類比，但他並沒有說，類比語言更具有解放性。他的說法是：「沒有必要去問，哪個治理機制比較嚴厲，哪個治理機制比較可以忍受，因為每一個機制裡都會發生解放勢力與箝制勢力之間的拮抗……。我們需要做的，不是擔憂，也不是企盼時運轉機，而是試圖找到新的武器」（"Postscript" 178）。

他這篇短文看似提示了控制與數位性的直接連結，另一方面卻也佈下其他線索，或可做為他在生涯晚年對這些問題的定調。

以德勒茲的觀察，規訓社會打造出一個又一個隔離的治理空間（醫院、監獄、學校、家庭等等）；在控制社會中，我們面對的則是開放式的管理，[20] 是同一經理模型的不斷變異與微幅調節（modulation），一個體系綿延、連續式的幾何變化（"a system of varying geometry"）。從他用語的敏感也可辨別出他的區隔用意：談及隔離空間時，他用的是複數名詞；談到控制時，則說「控制〔複數〕是一個調節模體〔單數〕」（178）（亦即所有控制都來自同一個模造）。

這裡，德勒茲以微量調整做為控制社會的指標，其主流語言為數位。但在稍早討論塞尚、培根時（培根論最早出版於1981年），他也反覆強調微量調整做為類比形式的法則——他稱許他們創作所展演的類比關係性，尤其認為他們對於色調的使用，不以顏色框限物體，不依賴明暗對比，而是以微調方式呈現層次，才真正釋放了畫面的張力與感覺，將繪畫從符碼、再現範疇解放出來（*Francis Bacon* 95-98）。他甚至也用「可變異、具連續性的模型」這樣與〈控制社會〉一文極為近似的詞語定義畫家的顏色層次調度（96）。兩個時期的說法似乎形成衝突。

與其說是衝突，不如說是一個弔詭的實情：曾經代表著觀念突破、風格解放的微調技法，而今成了控制社會的操作常模。假若如此，我們的抵抗方法為何？

---

[20] 英文版譯為「自由流動的控制」（free-floating control）處（"Postscript" 178），法文原意為「戶外開放空間」（à l'air libre）。

　　放眼望去，德勒茲派論者從他那裡擷取的啟發，導出的多是我們可以稱之為微調式的抵抗——例如流變。這呼應了他思想的內在性、連續性脈絡。然而，這也意味著我們必須正視，深受他影響的批判論述或許正是在當代單一控制模體的條件下養成的——例如前文提及的馬蘇米式感受理論，意欲處理感受這類無法測量之物，便與控制社會無可切分的經營模式十分契合。

　　換言之，假使在規訓社會裡，抵抗的可能來自於空間政治的操作，目標是推倒封閉系統；則控制社會裡的抵抗是以小規模變動方式進行，恐怕難以一舉毀壞體制。微量調整因之既是此刻控制機制的形式，亦是解放實踐的形式——也正因為是形式形構層次，前述看似的前後不一，不算是事實內容上的自相矛盾。

　　不過，〈控制社會〉中仍有個點難以解釋：控制社會的主流語言若是數位，其分割性本體如何與不斷裂、總是在變異著的幾何調節融合？我認為，德勒茲在這裡對數位的定義未若稍前幾年那樣著重於其本體性。在培根論，他提到「數位」時，使用的法文是digital（這是法文從英文挪借過來的字）；到了控制社會論，「數位」則是numérique（numerical）。他在培根論對digital一字的使用，基本上與code可以互換（這在巴特的論著中也是如此），其論理核心在於編碼式（數位性）與關係式（類比性）兩種藝術理念的分別。而在控制社會論中使用numérique，有更明白針對數位電算科技的指涉（近年法文也開始改用numérique指稱數位科技），此時焦點是支撐控制體系的數位科技環境，並非數位性的本體（他在此文甚至提出，數位未必指二進位／二元性〔"Postscript" 178〕）。直言之，在他嘗試概念化控制機制時，即便點出數位科技的強勢地位，反而未加細究數位機器的特有屬性。

　　於是，蓋洛威與范克林可能都誤判了重點：德勒茲所描述的控制，如上所陳，是個具連續性的可變異模體，但德勒茲並未強調那是建立在二分法或開／闔的本體結構上。兩人將控制社會強硬勾連於數位性本體，少了一些說服力。若以日常生活為例，我們可說，德勒茲的控制社會論確實預警了我們關於當代生活隨處受到數位演算、大數據左右的問題；但他在這裡並未提示，我們的思維方式是否已然全面切換為數位模式，例如是否總以「是／否」二擇一模式為生活事務做決定。[21]

---

[21]　德勒茲曾在〈竭力者〉（"The Exhausted"）一文，以貝克特（Samuel Beckett）不同階段的創作

　　我們如數位機器那般以0/1法思考、行動的這一天也許已經到來，只是我們尚未自覺——又或者從來都是，不過隱沒在類比思維的霸權之下。對控制機制的批判自然有高度必要性，尤其是先進數位科技所築造的全面控制生態，但類比性所提供的「不同元素間連結的無限可能」（Deleuze, *Francis Bacon* 95）極可能正來自控制社會那個不斷變形的幾何構體，因此未必是最好的解方。假使我們的思辨無法跳脫特定的政治經濟、技術條件，我們何妨積極開發具有創造性的數位性思維，回應這個年代？相對於類比的連續性與無限可能，數位（依照控域理論的基本要則）是將資訊切割為小單位，將無限可能轉為有限可能——我們何妨將此改造成新的生命、美學價值？

　　漢森曾在一篇文章中討論一種「時間的數位禮物」（digital gift of time），談數位科技如何輔助我們透見時間的最小單位的不同呈現。漢森認為，這份禮物，也能在傳統藝術中出現；他以當代中國藝術家宋冬、邱志杰為例，談他們如何利用外部技術（例如前者以清水寫的書法，後者以手電筒光源寫出／投射出的字）展示一般肉眼無法經驗的時間性（Hansen, "Living" 310-14）。[22] 對他而言，如此切分出一個時刻的之前與之後，便是一種數位性的體現。

　　做為結論，本文在此模仿漢森的做法，嘗試以一套佛朗明哥舞蹈創作為例，試探數位性的聯想。以下例子在創作元素中並不涉及數位科技（雖然表演製作上可能動用電腦設備調控舞台聲光），但正可讓我們測試數位性做為一種美學形式的延展韌度。[23]

　　已被聯合國教科文組織列為無形文化遺產的佛朗明哥，是個極適合以類比性來比擬的舞蹈類型。歷史上，這一直是種著重歌舞搭配的表演。到了當代，一個盡力維持傳統樣貌的演出，內涵會包括歌者、舞者與樂手（音樂以吉他為主，亦可能結合木箱鼓，且一般表演的編制多半會加入負

為例，勾描出不同的思考語言。范克林曾據此引申，將各種思考語言分別對應到電算科技不同時期的發展，以此討論貝克特作品中透顯出的或者跑在技術發明之先或者與之同步的數位性思維，即使未有證據顯示作家本人熟悉這些科技的變化（Franklin, "Humans and/as Machines"）。

[22] 我在〈意義遲後：文學的當代位置〉（《英美文學評論》28期，2016年）對此有較為詳細的討論。

[23] 以下關於類比性、數位性的說法並無排他性，並非與其他舞蹈類型相對之後得出的結果。關於這些特性的分析，是我自己的判斷。但關於佛朗明哥的基本認識，許多則是來自西班牙佛朗明哥研究者Juan Vergillos 2018、2019兩個夏天在臺授課的內容，以及舞蹈老師柯乃馨當時協助預備的上課資料，還有在臺灣教舞的老師們的心得分享，特此致謝。

責打拍子的擊掌手）。其類比性表現在幾個方面：（一）講求舞者、歌者、吉他手、擊掌手之間的應合，彼此在節拍上必須達到同時性；（二）上述元素之間強調整體性，並不特別以舞者為中心，即便光環看來都在前台，但事實上音樂、舞蹈一體成形，情緒也一致；（三）鼓勵大收大放的情感表達（雖然不時會看到吉他手或擊掌手因為專注於任務而表情冷靜），這被認為是在反映其源頭（西班牙南部與吉普賽民族）之文化特殊性，此外，歌與舞都有傳統素材可供取用；（四）舞者動作的流暢感十分重要，身體構圖也以圓形為本（包括轉圈、轉腕、長尾裙的使用、加入披肩或扇子等道具後的動作設計等等）。簡言之，從重視文化的線性傳承到演出當下各元素的整合性，佛朗明哥從各個面向來看都可說是個凸顯連續性與關係性的舞種。

　　近幾年，有越來越多知名舞者嘗試突破、創新，甚至走跨域合作、劇場編排，成績也都令人驚喜，一再將這項藝術的門檻拉高。不過，即便再前衛的嘗試，絕大多數舞者在動作呈現上仍不脫上述的連續性原則，即使是在處理十分可能顛覆連續性的踩腳動作上。[24]

　　如果說佛朗明哥富有連續性本體，又鼓勵放送情緒，並不表示此類舞蹈是以動作的自然化為法則。事實是，佛朗明哥在身體使用上頗具有自我解構的潛質，而關鍵就在腳部動作。基本上，舞者動作可拆成上半身與下半身，上半身忙身段，下半身踩腳。儘管佛朗明哥不若芭蕾、現代舞那般對身體訓練發展出嚴謹的技巧理論，但關於上半身，芭蕾的基本原則仍然適用，目的都是鞏固核心、把身體拔高。至於踩腳，一個普遍流通的教法是強調讓上、下半身分離，上半身往上長，雙腳則向下沉，與地心引力合作，才能做出厚實的腳步。

　　上下分離，意指身體必須拆成兩部機器，這在某種程度上已經打破了前述的一體性。其次，雖然和其他高難度藝術一樣，舞者的養成是在反覆操練基本功後求渾然天成的表達（例如芭蕾舞伶台上的優雅背後是機械

---

[24] 西班牙出色且地位備受肯定的舞者為數眾多（得過國內舞蹈大獎只是小小指標，不少人都曾受邀至國外知名劇場演出，或擔任過西班牙國家芭蕾舞團的客席編舞）。單就曾到臺灣授課或表演的舞者舉例，以發揮傳統見長的舞者，有Eva Yerbabuena、Adela Campallo、Mercedes Ruiz、La Lupi、Concha Jareño、Ana Morales、Marco Flores等人（但即使是他們，也都不斷更新編舞，甚至推出過具創意的劇場式演出）；若要了解此處提及的大膽突破的舞者，可看Manuel Liñán、Patricia Guerrero等人。網路上偶爾可以找到完整的表演錄影，但多半不是授權版本，故不在此列出網址。但知名舞者的表演，多半會有宣傳影片可供參考。

式的重複練習），但佛朗明哥的踩腳偏偏又有將其機械性動作外部化的效果，原因在於其編舞重點之一便是基本腳步的組合，而舞作設計又經常會闢出幾段純粹展示腳功的時刻。[25]

　　然而，即便如此，似乎絕大多數舞者再如何前衛化，都傾向保留踩腳與身體其他部位的一致性：高強的舞者在極速時仍能踩出清脆與俐落，這其實充滿了數位性、分割性的聯想空間，但如果觀察這些舞者動作的完成方式，他們的踩腳設計基本上仍是整體身體組合的一部分，目標是協和完成整支舞作。

　　不過，有幾位舞者已開始企圖將佛朗明哥的身體元素獨立出來，凸顯其數位化的因子。莫林那（Rocio Molina）2010年11月為西班牙一家電視台所做的表演，大約四分鐘的段子，開頭三分之一是單純的踩腳，而且是將雙腳侷限在一個長寬各不到半公尺的木框內，展演最為精粹的腳步與聲音。[26] 相較於傳統表演幾乎一律以音樂起頭，且多半由一長段歌曲拉開，預備舞者的進場，莫林那已經與這個類型的習規做出區隔，將注意力拉到舞者身體動作的基本單元。詭異的是，由於她的踩腳速度實在太快，聲音在俐落單音節之餘最終又有連成一系列連續音的效果，且銀幕畫面上高速腳步起落因為時間差與視覺暫留反而製造出一串的疊影，再加上這支表演後段仍回歸傳統做法，以致這裡的分割性尚未成為整個作品的主調。

　　將分割性發揮得更為淋漓盡致的，是卡勒凡（Israel Galván）。若以他曾帶到臺灣演出的舞作《黃金時代》（La Edad de Oro）為例，他將佛朗明哥舞蹈切割至最小單位（不只是踩腳部分，也包括肢體其他基本動作），且在動作執行上，他喜歡做完一套動作後回到預備姿勢，因此看來每個動作彷彿都是排練，都不斷回到0/1的原點。此外，他的踩腳乾淨分明，也彷彿每一步都是開與關之間的選擇。[27]

---

[25] 意思是，腳功即一些基礎動作的變化組合，編舞便是將這些組合放入整套舞作中，成為舞作中可見的成分（而不是化為無形的內力）。舞者能力高下便看組合的繁複程度以及執行時的速度；理論上，初學者也做得了頂尖舞者的腳步，只不過後者速度可能是前者的十倍、二十倍。

[26] YouTube網站可找到網友分享的影片：Rocio Molina & "La Tremendita": Bulerias（2010年11月15日，CanalSur電視台，El sol, la sal y el son節目）。

[27] 《黃金時代》於2005年在馬德里首演，2017年9月至臺北、臺中演出。在YouTube可找到片段。網路上可找到的卡勒凡其他作品也經常表現出這樣的分割性質地。

　　這裡的數位性，不只有譬喻層次的意義，而是紮紮實實的操作（literalization）。正如漢森曾引用傳統（非數位）藝術家的作品來闡釋時間的數位禮物一樣，這裡，卡勒凡的數位性亦落實於時間性上：他演練的，是時間呈現出的「一個時刻」（an instant）的形狀，一個瞬間的之前與之後。我們或許可以留意，具有啟發性的數位性經常都是一種關於時間的感覺力。

　　卡勒凡《黃金時代》看來脫離了佛朗明哥的典型，避開連續性，強化分割性。但事實是，這個作品的創發構想是為了向佛朗明哥的起源致敬，回看十九世紀末至二十世紀初，所謂的佛朗明哥黃金時期（見"La Edad de Oro"；Macaulay）。溯源，是對傳統的禮敬；《黃金時代》也保留了吉他手與歌手的基本元素，與舞者三者之間聲氣相合（雖然這裡的「合」時常表現於靜止與無聲）。但卡勒凡也深知，要承續傳統，不是天真地歸本，而是以新的創作語彙打造屬於當代的黃金年代。這是種並未抹除類比性、關係性，而能將傳統的基礎單元提煉出來、開發舊文化之新紀元的創生式數位性。

附錄

如前所述（見註解13），班雅明的溝通理論在今日對於媒介性的討論仍有指標價值。以下盡量如實演繹重要的班雅明研究者韋柏（Samuel Weber）在*Benjamin's –abilities*一書第四章對於班雅明語言哲學中「溝通」一詞的分析。韋柏在此修正了哈佛大學出版社欽定英譯版的譯法，並詳細拆解德文原文用字的微妙之處：

- 韋柏解釋道，英文一般譯為communication（「溝通」）的字，德文原文Mitteilung是由兩個單元組成：動詞teilen（意指「分別、分隔」，to separate or partition），以及副詞前綴mit-（「與……」，with）。因此，這個詞字面義即「與……分隔」或「分享」的意思。據此，韋柏建議將這個字英譯為impart（Weber 40-41）。這樣，im-part，可以達到如法文「分享」一字的效果，partager，先分出才能共享。

- 班雅明1917年寫過一篇文章〈論語言的本質，並論人的語言〉（"On Language as Such and on the Language of Man"），是他的溝通理論的重要文獻。文中關鍵的一段，韋柏重譯如下："What does language 'communicate' or impart? It imparts the spiritual being that speaks to it. . . . Spiritual being imparts itself *in* a language and not *through* a language. Spiritual being is identical with linguistic being, only *insofar* as it is impart*able.* Whatever of a spiritual being is impartable, *is* its linguistic being. . . . That which is impartable about a spiritual being, *is* its language. On this 'is' (equals 'is immediately') hangs everything. . . . The impart*able* [Mitteil*bare*] is immediately [*unmittelbar*] language itself. . . . The medial, which is to say, the *immed*iacy [*Unmittel*barkeit: unmedia-ability] of all spiritual imparting, is the basic problem of all theory of language . . ."（Weber 41）。

- 韋柏的詮釋：「使語言成為媒介的可溝通性／可分享性」（impart-ability），是不憑靠媒介的（un-mediated, im-mediate）〔註：意即不憑靠其他媒介，因為語言是在溝通／分享它自身，或說分享

它的靈魂精髓（spiritual being）〕。這裡指的並不是為達目的所採用的手段，也不是位於兩個端軸或外緣之間的中介，亦非⋯⋯目的本身。這裡的意思是：語言仍保有它做為手段的一個重要面向，也就是它並不是自足、完整、盡善的，也不可能盡善完美。它在那裡，但卻是與自身脫鉤、分離的；它從自己曾經的樣態中抽離，才能變身為別物，才能被轉換位置、被傳輸至他處或被轉譯為另一件事物」（42）。

- 韋柏又說，班雅明在〈論語言的本質〉文末還提到了，語言的溝通，總會遺留下某種無可溝通、無法相容的殘餘（in-communability, Unmitteilbarkeit），也因此，可溝通性／可分享性的無媒介屬性（immediacy, Unmittelbarkeit），永遠挾帶著一種不可溝通性（the incommunicable, Unmitteilbare）（42-43）。

- 韋柏特別請讀者留意「無媒介」（Unmittelbarkeit）、「不可溝通性」（Unmitteilbarkeit）的分別：前者來自名詞Mittel（medium），後者來自動詞mitteilen（to impart, to part with）（42）。「無媒介」的意思是：溝通最純粹之意涵乃媒介自身的反身性。但班雅明真正在意的應是不可溝通性（韋柏特別又用了意謂「無法融為一體的」的in-communability來表達）：溝通的本質，已經可以從「分－享」、「從自身抽離」的內涵表露無遺。

引用書目

Amiran, Eyal. "The Rhetoric of Digital Utopia after Sade: Utopian Architecture and the Static Subject of Digital Art." *Discourse* 32.2 (2010): 186-211.

Bal, Mieke. "Visual Essentialism and the Object of Visual Culture." *Journal of Visual Culture* 2.1 (2003): 5-32.

Barthes, Roland. *Camera Lucida: Reflections on Photography*. Trans. Richard Howard. New York: Hill and Wang, 1981.

——. "Rhetoric of the Image." *Image Music Text*. Trans. Stephen Heath. London: Fontana, 1977. 32-51.

Benjamin, Walter. "Little History of Photography." *Walter Benjamin: Selected Writings, Volume 2, Part 2, 1931-1934*. Ed. Michael W. Jenning, Howard Eiland, and Gary Smith. Trans. Edmund Jephcott and Kingsley Shorter. Cambridge, MA; Belknap-Harvard UP, 1999. 507-30.

Bolter, Jay David, and Richard Grusin. *Remediation: Understanding New Media*. Cambridge, MA: MIT P, 1999.

Deleuze, Gilles. "The Exhausted." *Essays Critical and Clinical*. By Deleuze. Trans. Daniel W. Smith and Michael A. Greco. Minneapolis: U of Minnesota P, 1997. 152-74.

——. *Francis Bacon: The Logic of Sensation*. Trans. Daniel W. Smith. Minneapolis: U of Minnesota P, 2003.

——. "Postscript on Control Societies." *Negotiations, 1972-1990*. By Deleuze. Trans. Martin Joughin. New York: Columbia UP, 1995. 177-82.

"La Edad de Oro." *IG*. Israel Galván, n.d. Web. 13 Sept. 2019.

Fazi, M. Beatrice. "Digital Aesthetics: The Discrete and the Continuous." *Theory, Culture & Society* 36.1 (2019): 3-26.

Foster, Hal, ed. *Vision and Visuality*. Seattle: Bay Press, 1988.

Franklin, Seb. *Control: Digitality as Cultural Logic*. Cambridge, MA: MIT P, 2015.

——. "Humans and/as Machines: Beckett and Cultural Cybernetics." *Textual Practice* 27.2 (2013): 249-68.

Galloway, Alexander R. *Laruelle: Against the Digital*. Minneapolis: U of Minnesota P, 2014.

Geoghegan, Bernard Dionysius. "From Information Theory to French Theory: Jakobson, Lévi-Strauss, and the Cybernetic Apparatus." *Critical Inquiry* 38.1 (2011): 96-126.

Hansen, Mark B. N. "Engineering Pre-individual Potentiality: Technics, Transindividuation, and 21st-Century Media." *SubStance: A Review of Theory and Literary Criticism* 41.3 (2012): 32-59.

——. *Feed-Forward: On the Future of Twenty-First-Century Media*. Chicago: U of Chicago P, 2014.

——. "Living (with) Technical Time: From Media Surrogacy to Distributed Cognition." *Theory, Culture & Society* 26.2-3 (2009): 294-315.

——. *New Philosophy for New Media.* Cambridge, MA: MIT P, 2004.

——. "Technics beyond the Temporal Object." *New Formations* 77 (2012): 44-62.

——. "The Time of Affect, or Bearing Witness to Life." *Critical Inquiry* 30.3 (2004): 584-626.

Hayles, N. Katherine. "Cognition Everywhere: The Rise of the Cognitive Nonconscious and the Costs of Consciousness." *New Literary History* 45.2 (2014): 199-220.

——. "Cognitive Assemblages: Technical Agency and Human Interactions." *Critical Inquiry* 43.1 (2016): 32-55.

——. "The Cognitive Nonconscious: Enlarging the Mind of the Humanities." *Critical Inquiry* 42.4 (2016): 783-808.

——. *How We Became Posthuman: Virtual Bodies in Cybernetics, Literature, and Informatics.* Chicago: U of Chicago P, 1999.

——. *Unthought: The Power of the Cognitive Unconscious.* Chicago: U of Chicago P, 2017.

Jay, Martin. "Cultural Relativism and the Visual Turn." *Journal of Visual Culture* 1.3 (2002): 267-78.

Macaulay, Alastair. "Showing His Mastery Just by Standing Still." *New York Times.* New York Times 22 Sept. 2011. Web. 13 Sept. 2019.

Manovich, Lev. *The Language of New Media.* Cambridge, MA: MIT P, 2001.

Media Art Net. "Jim Campbell: *Illuminated Average #1: Hitchcock's Psycho.*" *Media Art Net.* Medien Kunst Netz, n.d. Web. 20 Aug. 2019.

Mitchell, W. J. T. "Showing Seeing: A Critique of Visual Culture." *Journal of Visual Culture* 1.2 (2002): 165-81.

——. "There Are No Visual Media." *Journal of Visual Culture* 4.2 (2005): 257-66.

Moxey, Keith. "Visual Studies and the Iconic Turn." *Journal of Visual Culture* 7.2 (2008): 131-46.

Parisi, Luciana. "Critical Computation: Digital Automata and General Artificial Thinking." *Theory, Culture & Society* 36.2 (2019): 89-121.

Poster, Mark. "Visual Studies as Media Studies." *Journal of Visual Culture* 1.1 (2002): 67-70.

Rancière, Jacques. "The Politics of Literature." *SubStance: A Review of Theory and Literary Criticism* 33.1 (2004): 10-24.

Rodowick, D. N. "Paradoxes of the Visual." "Visual Culture Questionnaire." *October* 77 (1996): 59-62.

Somaini, Antonio. "Walter Benjamin's Media Theory: The *Medium* and the *Apparat.*" *Grey Room* 62 (2016): 6-41.

"Visual Culture Questionnaire." *October* 77 (1996): 25-70.

Weber, Samuel. *Benjamin's –abilities*. Cambridge, MA: Harvard UP, 2008.

Wiener, Norbert. *Cybernetics, or Control and Communication in the Animal and the Machine*. 2nd ed. 1948. Cambridge, MA: MIT P, 1961.

——. *The Human Use of Human Beings: Cybernetics and Society*. Boston: Riverside, 1950.

Wilden, Anthony. "Analog and Digital Communication: On Negation, Signification, and Meaning." *System and Structure: Essays in Communication and Exchange*. 2nd ed. 1972. London: 1980. 155-95.

Wolff, Janet. "After Cultural Theory: The Power of Images, the Lure of Immediacy." *Journal of Visual Culture* 11.3 (2012): 3-19.

語言文學類　PG2446　秀文學39

理論的世代：
廖朝陽教授榮退紀念論文集

作　　　者／廖朝陽等
編　　　者／林明澤、邱彥彬、陳春燕
責任編輯／鄭伊庭
圖文排版／楊家齊
封面設計／盧翊軒
封面完稿／王嵩賀

發 行 人／宋政坤
法律顧問／毛國樑　律師
出版發行／秀威資訊科技股份有限公司
　　　　　114台北市內湖區瑞光路76巷65號1樓
　　　　　電話：+886-2-2796-3638　傳真：+886-2-2796-1377
　　　　　http://www.showwe.com.tw
劃撥帳號／19563868　戶名：秀威資訊科技股份有限公司
　　　　　讀者服務信箱：service@showwe.com.tw
展售門市／國家書店（松江門市）
　　　　　104台北市中山區松江路209號1樓
　　　　　電話：+886-2-2518-0207　傳真：+886-2-2518-0778
網路訂購／秀威網路書店：https://store.showwe.tw
　　　　　國家網路書店：https://www.govbooks.com.tw

2020年6月　BOD一版
定價：460元
版權所有　翻印必究
本書如有缺頁、破損或裝訂錯誤，請寄回更換

國家圖書館出版品預行編目

理論的世代：廖朝陽教授榮退紀念論文集 / 廖朝陽等著.
-- 一版. -- 臺北市：秀威資訊科技, 2020.06
　　面；公分. -- (語言文學類)
BOD版
ISBN 978-986-326-815-4(平裝)

　1. 文學理論　2. 文學評論　3. 文集

810.1　　　　　　　　　　　　　　　　109006440

讀 者 回 函 卡

感謝您購買本書，為提升服務品質，請填妥以下資料，將讀者回函卡直接寄回或傳真本公司，收到您的寶貴意見後，我們會收藏記錄及檢討，謝謝！如您需要了解本公司最新出版書目、購書優惠或企劃活動，歡迎您上網查詢或下載相關資料：http:// www.showwe.com.tw

您購買的書名：＿＿＿＿＿＿＿＿＿＿＿＿＿＿＿＿＿＿＿＿＿＿＿

出生日期：＿＿＿＿＿年＿＿＿＿＿月＿＿＿＿＿日

學歷：□高中 (含) 以下　　□大專　　□研究所 (含) 以上

職業：□製造業　□金融業　□資訊業　□軍警　□傳播業　□自由業
　　　□服務業　□公務員　□教職　　□學生　□家管　□其它＿＿＿

購書地點：□網路書店　□實體書店　□書展　□郵購　□贈閱　□其他

您從何得知本書的消息？

　□網路書店　□實體書店　□網路搜尋　□電子報　□書訊　□雜誌
　□傳播媒體　□親友推薦　□網站推薦　□部落格　□其他＿＿＿＿＿

您對本書的評價：（請填代號　1.非常滿意　2.滿意　3.尚可　4.再改進）

　封面設計＿＿＿　版面編排＿＿＿　內容＿＿＿　文／譯筆＿＿＿　價格＿＿＿

讀完書後您覺得：

　□很有收穫　□有收穫　□收穫不多　□沒收穫

對我們的建議：＿＿＿＿＿＿＿＿＿＿＿＿＿＿＿＿＿＿＿＿＿＿＿

＿＿＿＿＿＿＿＿＿＿＿＿＿＿＿＿＿＿＿＿＿＿＿＿＿＿＿＿＿＿＿

＿＿＿＿＿＿＿＿＿＿＿＿＿＿＿＿＿＿＿＿＿＿＿＿＿＿＿＿＿＿＿

＿＿＿＿＿＿＿＿＿＿＿＿＿＿＿＿＿＿＿＿＿＿＿＿＿＿＿＿＿＿＿

11466
台北市內湖區瑞光路 76 巷 65 號 1 樓

秀威資訊科技股份有限公司 　　收

BOD 數位出版事業部

‧‧‧

（請沿線對折寄回，謝謝！）

姓　　名：＿＿＿＿＿＿＿＿　年齡：＿＿＿＿　性別：□女　□男

郵遞區號：□□□□□

地　　址：＿＿＿＿＿＿＿＿＿＿＿＿＿＿＿＿＿＿＿＿＿

聯絡電話：(日) ＿＿＿＿＿＿＿＿＿　(夜) ＿＿＿＿＿＿＿＿＿

E-mail：＿＿＿＿＿＿＿＿＿＿＿＿＿＿＿＿＿＿＿＿＿